Ally Trust

YOU
ARE MY
DISASTER

Roman

Das Buch

Lexi lebt in New York und studiert an einer der renommiertesten Privatuniversitäten des Landes. Dort herrschen klare Regeln. Wer sie bricht, fliegt raus. Eine dieser Regeln ist, dass Beziehungen zwischen Dozenten und Studenten verboten sind. Lexi ist dabei genau diese Regel zu brechen, als sie den gutaussehenden und attraktiven Dozenten Ian kennenlernt und die beiden sich ineinander verlieben. Sie wissen, sie tun etwas Verbotenes, doch ihr Verlangen zueinander ist stärker. Das Risiko ist groß erwischt zu werden. Gelingt es ihnen das Verbot zu trotzen und ihre Liebe geheim zu halten?

Die Autorin

Ally Trust ist in Deutschland geboren und lebt dort in einem kleinen ruhigen Ort. Schon in der Kindheit hat sie sich Geschichten ausgedacht und begann in ihrer Jugend mit dem Schreiben. Seitdem schreibt sie leidenschaftlich gerne. 2011 veröffentlichte sie ihr erstes Buch. Vor ihren Büchern hat sie schon einige Kurzgeschichten geschrieben und veröffentlicht.

Ally Trust

YOU ARE MY DISASTER

Bibliografische Informationen der Deutschen Nationalbibliothek: Die Deutsche Nationalbibliothek verzeichnet diese Publikation in der Deutschen Nationalbibliografie; detaillierte bibliografische Daten sind im Internet über http://dnb.dnb.de abrufbar.

Impressum

Copyright: © 2018 Ally Trust
Cover und Gestaltung: © Ally Trust
Herstellung und Verlag: BoD – Books on Demand, Norderstedt
Alle Rechte vorbehalten

ISBN: **9783748101611**

Kapitel 1

„Sehr geehrte Fluggäste, wir beginnen nun mit dem Landeanflug auf New York. Wir möchten Sie bitten die Sicherheitsgurte anzulegen. Bitte bringen Sie Ihren Sitz in eine aufrechte Sitzposition und klappen Sie den Tisch hoch", erklang die freundliche Stimme der Stewardess aus den Lautsprechern im Flugzeug. Ich klappte mein Buch zu und packte es in meine Tasche, die im Fußraum stand. Ich setzte mich wieder aufrecht auf den Sitz und legte den Sicherheitsgurt an, so wie die Stewardess es gesagt hatte.

„Entschuldigen Sie Sir, Sie müssen Ihren Sicherheitsgurt anlegen", hörte ich die Stewardess zu jemanden in der Sitzreihe hinter mir sagen.

„Oh natürlich. Entschuldigen Sie bitte. Das Buch war gerade sehr spannend", antwortete ihr eine männliche samtene Stimme. Sie löste in mir einen wolligen Schauer aus. Nur zu gerne wollte ich wissen, wie dieser Mann aussah, dem diese Stimme gehörte. Doch da mein Sitznachbar, ein Mann im mittleren Alter, sich sehr breit machte und mit seiner Schulter mir die Sicht durch den Spalt der Sitze versperrte, blieb mir nichts anderes übrig, als zu warten, bis die Maschine gelandet war und wir ausstiegen. Es nervte mich schon den ganzen Flug über, dass ich so wenig Platz hatte, aber ich wollte es doch genauso haben. Meine Eltern wollten mir ein Ticket für die Business-Class kaufen, aber ich wollte viel lieber normal in der Economy-Class fliegen, denn ich brauchte diesen Luxus nicht. Es waren nur ungefähr zweieinhalb Stunden, die ich von Orlando bis New York flog. Diese kurze Zeit konnte ich auch mit einer Standardausstattung im Flugzeug überstehen. Abgesehen davon hätte ich dann auch nicht diese wundervolle männliche Stimme gehört, von der ich mich fragte, wie wohl der Besitzer dieser Stimme aussah. Ich seufzte leise, sah aus dem Fenster und schaute dem Flugzeug beim Landen zu. New York war seit vier Jahren meine neue Heimat. Ich studierte an der Privatuniversität Design and Arts Mediendesign und war für dieses Studium nach New York gezogen. Zur Zeit waren Semesterferien. Gut sie waren heute zu Ende, denn morgen begann das neue Semester. Meine Ferien hatte ich in Orlando bei meinen Eltern verbracht. Naja eher in meinem Elternhaus, denn meine Eltern waren die meiste Zeit nicht Zuhause gewesen. Ich kannte es nicht anders. Meine Eltern waren beruflich sehr eingespannt und hatten schon immer wenig Zeit für mich. Mein Vater besaß eine Baufirma in der meine Mutter, die Rechtsanwältin von Beruf war, in der Rechtsabteilung arbeitete. Da die Firma landesweit Aufträge bekam, waren meine Eltern oft auf Geschäftsreisen, um Bauaufträge zu besprechen und Verträge abzuschließen. Bis zu meinem Highschoolabschluss war ich sehr oft bei meinen Großeltern, die ebenfalls in Orlando gelebt hatten. Sie hatten sich, in den Zeiten, in denen meine Eltern auf Geschäftsreisen gewesen waren, um mich gekümmert. Nun waren meine Großeltern im Himmel. Beide waren sie letztes Jahr gestorben. Meine Großmutter hatte Darmkrebs gehabt und mein Großvater war nur ein halbes Jahr später, nachdem meine Großmutter von uns gegangen war, an einem Herzinfarkt gestorben. Ich vermisste sie sehr. Sie waren die besten Großeltern gewesen, die sich ein Kind wünschen konnte. Sie taten alles, damit es mir gut ging und um mich glücklich zu machen, denn ich war oft sehr traurig gewesen, dass meine Eltern kaum Zeit für mich hatten. Dafür war ich meinen Großeltern sehr dankbar. Ich wusste, dass meine Eltern so viel arbeiteten, um sich und für mich ein schönes und sorgenfreies Leben zu ermöglichen. Ich fände es allerdings schöner, wenn sie nicht so viel arbeiten würden und dafür mehr Zeit für mich hätten. Lieber hätte ich weniger Geld zur Verfügung, dafür aber mehr gemeinsame Zeit mit meinen Eltern.

Das Flugzeug war gelandet und die Leute begannen eilig ihre Sachen aus den Gepäckablagen zu nehmen. Anschließend drängten sie aus dem Flugzeug. Ich blieb noch etwas sitzen, denn ich hatte keine Lust mich mit ins Gedränge zu stürzen. Ich schaute zu, wie die Leute aus dem Flugzeug eilten, als ob sie Angst hätten nicht herauszukommen. Dabei wurde gedrängt, geschubst und gemeckert, wenn es den Leuten nicht schnell genug ging. Nebenbei schaltete ich mein Handy wieder ein, welches ich während des Fluges ausgeschaltet hatte. Langsam leerte sich das Flugzeug. Ich löste den Sicherheitsgurt, nahm meine Tasche und stand auf. Zum Glück war der Mann, der neben mir gesessen hatte, bereits gegangen und so konnte ich die Sitzreihe verlassen. Ich öffnete die Klappe, der Gepäckablage und versuchte meinen Trolli dort herauszuholen.

„Kann ich Ihnen helfen?", fragte mich die samtene Männerstimme, die ich kurz vor der Landung bereits gehört hatte. Wieder löste diese Stimme in mir einen wolligen Schauer aus. Ich drehte mich neugierig zur Seite, denn ich wollte immer noch wissen, wem diese Stimme gehörte und es verschlug mir glatt die Sprache. Vor mir stand ein atemberaubend gutaussehender Mann und lächelte mich an. Er war ein Meter neunzig groß, hatte einen sportlichen Körper, dunkelbraune kurze Haare und grüne Augen. Sein Drei-Tage-Bart ließ ihn etwas verwegen wirken, was ihn aber nur um so anziehender machte. Ich schätzte ihn vom Alter her auf Mitte oder Ende zwanzig.

„Warten Sie. Ich hole Ihnen den Koffer aus dem Gepäckfach", sagte er, nachdem ich nichts erwidert hatte. Mit einer Leichtigkeit holte er meinen Trolli aus dem Fach und stellte ihn neben mir auf den Boden.

„Danke", brachte ich gerade so heraus.

„Das habe ich gerne gemacht", erwiderte er und lächelte.

„Könnten Sie mal gehen? Hier wollen noch Leute aus dem Flugzeug aussteigen", blaffte eine Frau hinter ihm.

„Oh natürlich. Entschuldigen Sie bitte", entschuldigte er sich höflich. Ich fasste den Griff meines Trollis und machte mich auf den Weg Richtung Flugzeugtür. Währenddessen drehte ich mich kurz um und sah, dass dieser gutaussehende Mann mir lächelnd folgte. Ich lächelte zurück, drehte mich wieder nach vorne und erreichte die Flugzeugtür. Ich verließ das Flugzeug und ging durch das Gate hindurch in die Flughafenhalle.

„Wo müssen wir denn jetzt hin?", fragte mich der gutaussehende Mann und tauchte an meiner linken Seite auf.

„Zu den Gepäckbändern geht es da vorne entlang", erwiderte ich und deutete auf den Weg vor uns, der zu den Gepäckbändern führte. „Wenn Sie allerdings kein Gepäck haben, dann können Sie auch dort vorne zum Ausgang gehen." Mittlerweile kannte ich mich am Flughafen aus. In den letzten vier Jahren war ich oft nach Orlando geflogen, um meine Eltern zu besuchen oder um einfach nur meine Semesterferien Zuhause zu verbringen.

„Nein, nein, ich habe Gepäck dabei. Wohnen Sie hier in New York?", fragte er.

„Ja das tue ich. Wohnen Sie auch hier in New York oder sind Sie nur zu Besuch in der Stadt?"

„Ich wohne in New Jersey. Eher gesagt bin ich erst vor zwei Wochen in die Stadt gezogen. Ich beginne morgen meinen neuen Job. Ich musste nur noch etwas in Florida erledigen. Wissen Sie, ich musste noch die Schlüssel meiner alten Wohnung beim Vermieter abgeben und noch einige bürokratische Dinge klären", erzählte er.

„Oh, Sie haben in Florida gelebt? In welcher Stadt denn?", fragte ich neugierig.

„In Orlando. Stammen Sie aus Florida?", wollte er wissen. Mittlerweile waren wir an dem Gepäckband von unserem Flugzeug angekommen.

„Ja, meine Eltern wohnen in Orlando. Dort bin ich aufgewachsen. Ich wohne erst seit vier Jahren in New York."

„Arbeiten Sie hier in der Stadt?", fragte er und hielt, wie ich, Ausschau nach seinem Gepäck.

„Nein, ich studiere hier. Oh, da ist mein Koffer", sagte ich und ging zum Gepäckband.

„Warten Sie. Ich mache das schon." Er schnappte sich meinen Koffer, nahm ihn vom Band und stellte ihn neben mir auf den Boden.

„Vielen Dank", bedankte ich mich bei ihm.

„Das habe ich gerne gemacht. Na und da ist mein Koffer", sagte er und nahm ihn ebenfalls vom Gepäckband. „Hätten Sie Lust mit mir noch einen Kaffee trinken zu gehen?" Hatte er das jetzt wirklich gefragt? Er wollte mit mir einen Kaffee trinken gehen? Er war ein Adonis und ich wirkte neben ihm nur durchschnittlich. Meine beiden besten Freundinnen sagten zwar immer, ich könnte mit meinem Aussehen als Model arbeiten, doch ich teilte Ihre Ansicht nicht. Ich fand mich mit meiner schlanken Figur, den ein Meter fünfundsechzig, den blauen Augen und den hellbraunen kinnlangen Haaren ganz annehmbar, doch ich war der Meinung, dass meine Freundinnen noch hübscher waren und eher als Models arbeiten konnten, als ich.

„Ja, sehr gerne", erwiderte ich lächelnd. Er lächelte mich ebenfalls an und seine grünen Augen leuchteten strahlend. Sie zogen mich regelrecht in einem Bann. Ein Klingeln riss mich wieder in die Realität zurück.

„Oh, das ist mein Handy", sagte der gutaussehende Mann und holte sein Handy aus seiner Tasche heraus. „Entschuldigen Sie, da muss ich kurz herangehen."

„Es ist schon in Ordnung", versicherte ich ihm, als er mich entschuldigend ansah. Es war bestimmt seine Freundin, die ihn anrief. So ein gutaussehender Mann konnte kein Single sein. Er hatte sicherlich eine Freundin. Vielleicht war er sogar schon verheiratet und hatte Kinder.

„Hey Linus, was ist los", fragte er, als er das Gespräch annahm. Linus? Das war ein Männername. Also war es nicht seine Freundin oder gar Ehefrau, die anrief. Oder war er etwa homosexuell und dieser Linus war sein Freund? Ich hatte nichts gegen Homosexuelle. Im Gegenteil. Jeder Mensch sollte selbst entscheiden, ob er beziehungsweise sie einen Mann oder eine Frau liebte und das sollte auch von der Menschheit respektiert werden. Es gab nicht normal oder anormal. Wo die Liebe halt hinfiel. Aber dieser Mann hier wäre echt der Frauenwelt verloren gegangen, wenn er homosexuell wäre. „Ich stehe am Gepäckband. Aber ihr hättet doch nicht extra herkommen müssen. Ich hätte mir auch ein Taxi nehmen können. Wo wartet ihr denn?", fragte er und sah nicht gerade begeistert aus, dass er anscheinend abgeholt wurde. Das war es wohl mit Kaffeetrinken gehen. Höchstwahrscheinlich sah ich ihn nun nie wieder. „Ja ist gut. Ich komme dahin. Bis gleich", sagt er und legte auf. „Das war mein Bruder", wandte er sich wieder mir zu. Sein Bruder! Erleichterung durchströmte mich, dass es nicht sein Freund und auch nicht seine Freundin, wenn sie einen Männernamen hatte, am Handy gewesen war. Das hieß allerdings nicht, dass er Single war. Aber warum sollte er dann mit mir Kaffeetrinken gehen wollen, wenn er in einer festen Beziehung wäre?

„Er und seine Freundin sind extra zum Flughafen gekommen, um mich abzuholen. Eigentlich wollte ich mit dem Taxi nach Hause fahren. So wie es aussieht müssen wir das mit dem Kaffeetrinken verschieben", sagte er und wirkte darüber nicht glücklich.

„Das macht doch nichts. Aber es ist wirklich sehr schade. Ich wäre gerne mit Ihnen einen Kaffee trinken gegangen", tat ich es ab, war aber doch sehr enttäuscht darüber nicht noch etwas mehr Zeit mit diesem atemberaubenden Mann verbringen zu können.

„Wir holen das auf jeden Fall nach." Er holte einen Zettel und einen Stift aus der Tasche und schrieb etwas auf. „Hier ist meine Nummer. Rufen Sie mich an, wenn Sie Zeit haben, um mit mir einen Kaffee trinken oder etwas essen zu gehen. Ich würde mich sehr freuen Sie wiederzusehen", sagte er und reichte mir den Zettel.

„Danke, das werde ich. Ich würde mich auch sehr freuen Sie wiederzusehen", erwiderte ich und nahm den Zettel.

„Es tut mir wirklich sehr leid. Ich hätte gerne noch mehr Zeit mit Ihnen verbracht. Können wir Sie vielleicht mitnehmen?"

„Nein, das brauchen Sie nicht. Ich fahre mit dem Taxi heim", sagte ich, denn ich wollte nicht, dass sie meinetwegen einen Umweg fuhren. Vor allem wusste ich nicht, ob sein Bruder mich überhaupt mitnehmen würde.

„Sind Sie sicher?", fragte er.

„Ja. Sie brauchen sich meinetwegen keine Umstände zu machen und einen Umweg fahren. Ich nehme mir ein Taxi", versicherte ich ihm.

„Das wäre kein Umstand", erwiderte er. Sein Handy klingelte wieder und er schaute genervt aus, als er dranging.

„Ich komme doch schon", sagte er und verdrehte die Augen. Er legte auf und steckte sein Handy in die Tasche. „Ich muss leider los. Mein Bruder drängelt, weil er nachher das Footballspiel im Fernsehen schauen möchte", erklärte er mir.

„Das ist schon in Ordnung. Dann sollten Sie Ihren Bruder nicht warten lassen, wenn er noch etwas vorhat."

„Begleiten Sie mich noch bis zum Ausgang?", fragte er.

„Das würde ich sehr gerne. Allerdings muss ich noch schnell zur Toilette. Sie können ruhig schon gehen. Ihr Bruder wartet schließlich auf Sie." In diesem Moment verfluchte ich meine Blase, dass sie ausgerechnet jetzt drücken musste und mich dadurch von diesem Mann trennte.

„Ungern. Aber Sie haben recht. Ich muss jetzt mal los. Ich hoffe, Sie melden sich und wir sehen uns wieder", kam es von ihm und er sah mich erwartungsvoll an.

„Das werde ich", versicherte ich ihm.

„Das würde mich wirklich freuen. Da fällt mir ein, ich weiß gar nicht Ihren Namen." Das stimmte. Wir hatten uns noch gar nicht vorgestellt.

„Ich heiße Lexi", sagte ich.

„Lexi! Ein sehr schöner Name. Ich nehme an, dass es ein Spitzname ist", mutmaßte er und hatte recht damit.

„Ja. Eigentlich heiße ich Alexa, aber meine Familie und meine Freunde nennen mich Lexi", erklärte ich ihm.

„Alexa ist auch ein sehr schöner Name. Es ist mir eine Ehre Sie bei Ihrem Spitznamen nennen zu dürfen", grinste er.

„Und wie ist Ihr Name", wollte ich neugierig wissen. Mit ihm war es irgendwie so einfach sich zu unterhalten. Er hatte etwas Beruhigendes, sicher fühlendes an sich. Es war schwer zu beschreiben, aber ich fand es gut.

„Oh, ja natürlich. Ich bin Ian", stellt er sich vor.

„Es freut mich, Sie kennenzulernen, Ian", grinste ich und reichte ihm die Hand.

„Mich freut es auch Sie kennenzulernen", grinste er ebenfalls, nahm meine Hand und schüttelte sie kurz. Allerdings ließ er sie anschließend nicht wieder los. Stattdessen schaute er mir tief in die Augen. Ich versank schon wieder in seinen wundervollen Augen und vergaß glatt, dass wir mit unseren Koffern am Gepäckband standen. Ich hörte immer mal wieder Leute um uns herum, die sich beschwerten, dass wir ihnen im Weg standen, aber das war mir vollkommen egal. Erst ein Klingeln eines Handys und Ians leises Fluchen holte mich wieder in die Realität zurück. Er ließ widerwillig meine Hand los und holte sein Handy aus der Tasche.

„Ich bin schon unterwegs", sprach er ins Handy, nachdem er drangegangen war und legte kurz darauf wieder auf. „Ich muss jetzt wirklich los. Ich freue mich schon darauf Sie wiederzusehen", sagte er lächelnd zu mir.

„Ich mich auch."

„Kommen Sie gut heim. Bis bald." Ian nahm seinen Koffer und machte sich auf den Weg zum Ausgang. Dabei drehte er sich immer wieder zu mir um und lächelte mich an. Ich lächelte jedes Mal zurück. Als er durch den Ausgang gegangen war, nahm ich ebenfalls meinen Koffer und ging zu den Toiletten. Jetzt wurde es auch wirklich Zeit. Meine Blase drückte wie verrückt. Ich konnte es immer noch nicht glauben. Dieser atemberaubende Mann wollte mich wirklich wiedersehen.

„Alexa Edison, warum meldest du dich nicht, ob du gut angekommen bist?", polterte meine Mutter los, nachdem ich den Anruf am Handy entgegengenommen hatte. Ich war gerade erst in meine Wohnung hineingegangen, als sie anrief.

„Ich wollte dich gleich anrufen. Ich bin jetzt gerade erst nach Hause gekommen."

„Du solltest doch sofort anrufen, wenn du aus dem Flugzeug ausgestiegen bist. Warum hast du dich nicht gemeldet? Dein Vater und ich haben uns Sorgen gemacht", wollte sie wissen.

„Ich habe es vergessen. Es tut mir leid", entschuldigte ich mich bei ihr und meinte es auch ernst. Ich wusste, dass meine Eltern sich um mich Sorgen machten. Gerade weil ich in einer anderen Stadt, in einem anderen Bundesstaat lebte. Sie waren erst dagegen, dass ich so weit von Zuhause entfernt leben würde. Andererseits wollten sie für mich die beste Ausbildung und die wurde mir laut meinem Vater an der Privatuniversität Design and Arts geboten. Er hatte diese Universität von einem Geschäftspartner empfohlen bekommen, dessen Tochter dort studiert hatte. Als ich hörte, dass diese Uni sich in New York befand, stand für mich fest, dass ich dort studieren wollte. Ich wollte schon immer in New York leben. Diese Stadt hatte es mir einfach angetan, seitdem ich mit meinen Eltern einmal in den Schulferien dort gewesen war. Sie hatten einen Geschäftstermin gehabt, den sie mit einem Kurztrip in die Stadt verbunden hatten. Meine Mutter stimmte dem Umzug nur zu, wenn ich in eine sichere Wohngegend in der Stadt zog, die sie natürlich aussuchte. Meine Großeltern kamen meinen Eltern mit dem Wohnungskauf zuvor. Sie ließen es sich nicht nehmen, die erste Wohnung ihrer Enkelin zu bezahlen und so kauften Sie mir eine schöne Drei-Zimmer-Wohnung an der Westside am Hudson River, in der Gegend., die meine Mutter ausgesucht hatte. Mein Großvater kannte den Immobilienmakler, der die Wohnungen in diesem Haus verkaufte und handelte noch einen satten Rabatt auf den Kaufpreis heraus. Meine Mutter war mit dem Haus zufrieden. Das Grundstück, auf dem sich das Haus befand, war eingezäunt und hatte ein Eingangstor,

13

welches nur durch einen Zahlencode, den jeder Bewohner hatte, geöffnet werden konnte. Die Türklingeln der Bewohner befanden sich ebenfalls am Eingangstor, das zudem mit einer Kamera überwacht wurde. In die Tiefgarage, die sich im Untergeschoss des Hauses befand, kam man ebenfalls nur mit dem Zahlencode, den man am Zufahrtstor des Grundstückes eingeben musste. Dieses Haus war also vollkommen vor Eindringlingen und Einbrechern sicher und meine Mutter brauchte sich keine Sorgen darüber machen, dass mir etwas passieren könnte.

„Wie war der Flug?", wollte meine Mutter wissen.

„Gut soweit. Wir sind pünktlich abgeflogen und ohne Verspätung gelandet. Es gab auch keine Komplikationen", berichtete ich ihr, ließ allerdings aus, dass ich Ian im Flugzeug kennengelernt hatte und dass ich wegen unserer Unterhaltung am Gepäckband ganz vergessen hatte sie anzurufen. Sie hätte mich nur über ihn ausgefragt, wie Mütter halt sein konnten und das wollte ich nicht. Abgesehen davon hatten wir uns doch auch nur unterhalten. Mehr war doch gar nicht gewesen. Wir waren schließlich kein Paar, also brauchte sie von ihm auch nichts zu wissen.

„Da bin ich aber beruhigt. Ach mein Schatz, es tut mir so leid, dass dein Vater und ich nicht so viel Zeit für dich hatten, als du hier Zuhause warst. Schließlich hast du deine Semesterferien Zuhause verbracht, aber wir waren nicht oft da."

„Das war doch nicht so schlimm, Mum. Ich wusste doch, dass ihr arbeiten musstet. Abgesehen davon habe ich die Zeit mit euch genossen, auch wenn sie begrenzt war."

„Bei deinem nächsten Besuch werden wir uns nur für dich Zeit nehmen", versprach sie mir. Ich kannte diese Versprechen bereits. Meine Eltern versprachen mir immer, sie würden sich Zeit für mich nehmen und dann kam ihnen doch wieder die Arbeit dazwischen. Mir war es egal. Ich wusste schon, wie ich mir die Zeit Zuhause vertrieb. Sei es einfach nur auszuspannen oder etwas zu unternehmen.

„So mein Schatz, ich muss jetzt auflegen. Dein Vater und ich sind doch heute bei den Jeffersons zum Essen eingeladen und ich muss mich noch fertig machen."

„Stimmt, davon hattest du etwas erzählt", fiel mir ein. Die Jeffersons waren die Nachbarn meiner Eltern und eine nette Familie. Ihr Sohn Tim war zwei Jahre älter als ich und studierte Medizin. Er wollte in die Fußstapfen seines Vaters treten, der Professor der Chirurgie in Orlando im Krankenhaus war. Seine Mutter war Heilpraktikerin und besaß eine eigene Praxis.

„Wir telefonieren diese Woche noch einmal. Ich wünsche dir morgen einen schönen Semesterbeginn. Lerne fleißig", sagte meine Mutter in einem liebevollen aber doch mahnenden Tonfall. Ich wusste, sie meinte es nur gut und sie wollte, dass ich eine gute Ausbildung bekam. Sie war keine dieser Mütter, der es egal war, was aus ihrem Kind wurde. Sie wollte, dass ich einen guten Studienabschluss machte und einen erfolgversprechenden Job ausübte, so wie sie es tat. Rachel Edison hatte damals als Klassenbeste ihres Studienjahrgangs ihr Studium abgeschlossen. Nach dem Studium hatte sie in einer der bekanntesten Rechtsanwaltskanzleien in Orlando angefangen zu arbeiten und gleich bei Ihrem ersten Rechtsfall meinen Vater Carl kennengelernt. Mein Vater besaß damals schon seine Baufirma, die er von meinem Großvater übernommen hatte und hatte Ärger mit einem Kunden, der nicht bezahlen wollte. Während des Verfahrens, welches meine Eltern gegen den Kunden gewannen, verliebten sie sich ineinander. Vor ein paar Jahren entschied sich meine Mutter bei meinem Vater in der Rechtsabteilung der Firma zu arbeiten. Sie wollte eigentlich etwas kürzertreten. Sie war nun vierundfünfzig Jahre alt, aber von kürzer treten war bei ihr nichts zu merken, denn neben ihrer Arbeit in der Firma nahm sie noch Aufträge anderer Mandanten an. Ich hatte ihr schon oft gesagt, dass sie nicht so viel arbeiten sollte, denn ihr Arbeitstag hatte mindestens zwölf Stunden. Meistens waren es sogar mehr. Aber sie wollte nicht auf mich hören. Genauso wie mein Vater. Er war nun sechzig Jahre alt und hatte vor drei Jahren bereits einen Herzinfarkt. Bei ihm redete man

15

auch, wie mit einer Wand, nur mit einem Unterschied. Die Wand blieb wenigstens stehen, wenn man mit ihr redete. Mein Vater ließ mich oft bei den Diskussionen stehen und ging weg. Ich hatte Angst um meine Eltern und um ihre Gesundheit, denn ich wollte, dass sie noch lange lebten und nicht durch den ganzen Arbeitsstress so früh starben.

„Das werde ich. Euch beiden wünsche ich einen schönen Abend. Und Mum, achtet bitte auf eure Gesundheit und hört endlich auf so viel zu arbeiten", erwiderte ich und versuchte sie damit dazu zu bringen endlich etwas kürzer zu treten.

„Du weißt, dass wir viel zu tun haben. Aber wir werden es versuchen etwas weniger zu arbeiten. Mach es gut mein Schatz und pass auf dich auf. Tschüss Lexi."

„Ihr auch. Tschüss Mum", sagte ich und legte auf. Seufzend legte ich mein Handy auf die Kommode im Flur und begann meine Koffer auszupacken. Ich war sechs Wochen weg gewesen und da hatte sich, trotzdem ich bei meinen Eltern die Waschmaschine benutzt hatte, einiges an Wäsche angesammelt. Ich lud die Waschmaschine voll und machte mich daran die Wohnung sauber zu machen. Mir gefiel meine Wohnung richtig gut. Wenn man in sie hineinging, kam man in einen Flur, von dem alle Räume abgingen. Auf der linken Seite kam man in ein großes Wohnzimmer, welches in eine offene Küche überging. Gegenüber der Wohnungstür befand sich das Schlafzimmer. Auf der rechten Seite neben der Wohnungstür gab es ein Zimmer, welches ein Haushaltsraum war. In ihm hatte ich meine Waschmaschine und den Trockner stehen, sowie meine Putzutensilien, Getränkekisten und Werkzeug gelagert. Genau daneben befand sich mein Büro gefolgt vom Badezimmer mit einer Dusche und einer Eckbadewanne. Zu der Wohnung gab es noch einen großen Balkon, der vom Wohnzimmer aus über Eck zum Schlafzimmer ging. Das Beste allerdings war die Aussicht vom Balkon. Ich hatte das Glück gehabt, dass ich die Wohnung im obersten Stockwerk dieses Hauses bekommen hatte. Von hier oben aus hatte ich eine atemberaubende

Aussicht über den Hudson River und auf New Jersey. Oft saß ich auf dem Balkon und genoss einfach nur die Aussicht.

„Hallo Lexi. Na wie waren deine Ferien bei deinen Eltern?", fragte Carla, als ich am frühen Abend vom Einkaufen nach Hause kam. Zum Glück hatte das Haus einen Aufzug, denn ich hätte die Tüten keine acht Stockwerke nach oben getragen. Carla Mitchell war meine Nachbarin und wohnte mit ihrem Freund Linus in der Wohnung nebenan. Sie war siebenundzwanzig Jahre alt, ein Meter siebzig groß, hatte rötliche lange Haare und hatte eine sportliche Figur. Sie arbeitete hier in New York in einem großen Unternehmen in der Marketingabteilung. Die beiden wohnten erst seit einem halben Jahr in diesem Haus. So wie mir Carla erzählte, hatte sie von Ihrer Großmutter eine große Geldsumme geerbt gehabt, womit sie sich die Wohnung gekauft hatte.

„Es war gut. Ich habe ausgespannt, mit meinen Eltern etwas Zeit verbracht und so einiges mit meinen beiden Freundinnen unternommen", erzählte ich.

„Das hört sich doch nach richtig guten Ferien an."

„Ja naja. Ich hätte mir halt gewünscht, dass meine Eltern etwas mehr Zeit für mich gehabt hätten. Aber sie mussten arbeiten", sagte ich und wurde ein klein wenig traurig, als ich daran dachte, wie wenig Zeit ich in den sechs Wochen, wo ich bei ihnen war, mit ihnen verbracht hatte. Wirklich viel war es nicht gewesen. Ich wollte Carla nicht mit meinen Problemen belästigen und wechselte schnell das Thema. „Wie war es hier so? Was gibt es Neues hier in New York?"

„Ach eigentlich nicht viel. Ich habe übrigens deine Blumen gegossen, die du auf dem Balkon stehen hast."

„Oh danke. Das hättest du aber nicht tun müssen. Ich habe meine Zimmerpflanzen extra mit rausgestellt damit sie Wasser abbekommen, wenn es regnet." Unsere Balkons lagen direkt nebeneinander und waren nur durch eine ein Meter hohe Mauer getrennt.

„Ach das hat mir nichts ausgemacht. Ich musste sowieso meine Blumen auf dem Balkon gießen und dann habe ich deine gleich mitgegossen. So oft hat es in den letzten Wochen übrigens nicht geregnet."

„Trotzdem danke", bedankte ich mich bei ihr.

„Wie war denn eigentlich dein Flug?"

„Soweit gut. Wir hatten keine Verspätung."

„Du bist doch von Orlando aus geflogen, oder?", fragte sie nun.

„Ja, wieso?"

„Linus Bruder ist heute auch von Orlando aus hierher geflogen. Vielleicht hast du ihn ja gesehen."

„Das könnte sein. Allerdings war das Flugzeug voll besetzt und es fliegen ja öfter am Tag Flugzeuge diese Strecke." Ich hörte ein Handy klingeln.

„Oh das ist wahrscheinlich Linus. Da muss ich rangehen", sagte sie und schaute mich entschuldigend an.

„Das ist in Ordnung. Ich muss jetzt auch mal langsam die Einkäufe in die Wohnung bringen."

„Wir sehen uns. Ach und für morgen wünsche ich dir einen guten Start ins neue Semester."

„Danke schön. Bis dann", verabschiedete ich mich, holte meinen Wohnungstürschlüssel aus der Tasche und schloss die Wohnungstür auf. Hinter mir hörte ich eine Tür und als ich mich kurz umdrehte, sah ich, dass Carla bereits in ihre Wohnung gegangen war. Ich verstand mich mit ihr sehr gut und wir hatten schon oft, seitdem sie hier wohnte Kaffee zusammen getrunken oder Hausflurtalk geführt. Als sie mich fragte, ob ich Linus Bruder im Flugzeug gesehen hätte, musste ich an Ian denken. Es wäre schon ein Zufall, wenn ausgerechnet er der Bruder von Linus wäre. Ich fragte mich allerdings, ob ich ihn überhaupt wiedersehen würde. Klar, er hatte mir seine Handynummer gegeben, aber was, wenn er es sich anders überlegen und mich nicht wiedersehen wollen würde? Ich wusste auch nicht, ob ich mich überhaupt trauen würde ihn anzurufen. Was sollte ich auch am Telefon sagen? „Hallo, kennen Sie mich noch? Ich bin die Frau aus dem Flugzeug, die Sie so ange-schmachtet hat?" Oder „Sie wollen doch mit mir Kaffeetrinken gehen. Wie sieht es denn aus? Wann haben Sie Zeit?" Nein so etwas konnte ich nicht sagen. Was würde er dann auch von mir denken? Wahrscheinlich würde er es sich anders überlegen und mich nicht mehr wiedersehen wollen. Ich seufzte leise, nahm die Tüten und ging in meine Wohnung.

Am Abend saß ich auf meinem Bett im Schneidersitz vor meinem Laptop. Ich wartete auf meine beiden besten Freun-dinnen, um mit ihnen über Videotelefonie zu sprechen. Ich kannte die beiden schon seit dem Kindergarten und seitdem waren wir befreundet.

„Hallo Lexi", grüßte mich meine Freundin Yumi, die als erste in die Videotelefonie kam. Yumi Lee war wie ich zwei-undzwanzig Jahre alt. Sie war ein Meter achtundfünfzig groß, hatte schwarze hüftlange Haare und braune Augen. Ihre Eltern waren vor Yumis Geburt von Tokio nach Orlando gezogen, wo ihr Vater in der IT-Branche tätig war. Ihre Mutter arbeitete in einem Unternehmen als Dolmetscherin. Yumi studierte in Kalifornien an einer Universität Biologie.

„Hallo Yumi. Wie geht es dir?", fragte ich und freute mich sie zu sehen.

„Mir geht es gut. Und dir? Alles klar bei dir?"

„Ja, soweit schon", erwiderte ich.

„Hallo ihr beiden", rief meine zweite beste Freundin Tiana, als sie ebenfalls in die Videotelefonie kam. Tiana Hanson war ebenfalls zweiundzwanzig Jahre alt. Sie war mit ihren ein Meter siebenundsechzig nur zwei Zentimeter größer als ich und war afroamerikanischer Abstammung. Sie hatte schwarze schulter-lange gelockte Haare und braune Augen. Tiana studierte Archi-tektur in Texas.

„Hey Tiana, bist du auch endlich da?", fragte ich sie lachend, denn sie war die Unpünktlichkeit in Person.

„Musste das Flugzeug auf dich warten oder warst du pünkt-lich am Flughafen?", fragte Yumi und lachte.

„Ha ha, sehr witzig. Ich war sogar überpünktlich am Flughafen, dafür haben meine Eltern gesorgt. Ich habe gerade noch mit Jonathan telefoniert, deswegen bin ich spät dran", erklärte sie. Jonathan war Tianas Sommerliebe. Sie hatten sich in einem Club kennengelernt, in dem wir zusammen in Orlando an einem Abend gewesen waren und hatten sich während der Ferien des Öfteren getroffen.

„Und wie geht es jetzt mit euch beiden weiter", wollte ich wissen, denn Jonathan lebte und arbeitete in Orlando.

„Wir wollen jetzt erst einmal eine Fernbeziehung führen. Er will mich am Wochenende besuchen kommen. Ach er ist ja so süß", schwärmte Tiana.

„Da habe ich es leichter. Pedro studiert mit mir hier an derselben Uni. Ich habe mich so gefreut, als er mich letzte Woche bei meinen Eltern besucht hat", kam es von Yumi. Pedro war Yumis fester Freund und die beiden waren bereits seit einem halben Jahr zusammen. Sie hatten sich an der Uni kennengelernt und ineinander verliebt.

„Jetzt müssen wir nur noch jemanden für Lexi finden", sagte Tiana grinsend.

„Was ist denn mit diesem Florian aus dem Club, der dich angegraben hat? Wäre der nicht etwas für dich?", fragte mich Yumi.

„Nein auf keinen Fall. Der hat mir die ganze Zeit die Ohren voll gejammert, da seine Ex-Freundin ihn verlassen hat. Außerdem war er absolut nicht mein Typ", erwiderte ich und überlegte, ob ich ihnen von Ian erzählen sollte. Vielleicht könnten sie mir sagen, ob ich mich bei ihm melden sollte, denn ich wusste immer noch nicht, was ich tun sollte.

„Gibt es denn niemanden in New York, der dir gefällt? Dort laufen doch sicherlich auch gutaussehende Typen herum", fragte Yumi.

„Naja, also ich habe heute jemanden im Flugzeug kennengelernt", gestand ich ihnen.

„Was und das sagst du erst jetzt? Los erzähl schon. Wie sieht er aus? Wie heißt er? Wann seht ihr euch wieder?", schossen die Fragen nur so aus Tianas Mund heraus.

„Also er saß im Flugzeug eine Sitzreihe hinter mir und hat mir geholfen meinen Koffer aus dem Gepäckfach zu holen. Er heißt Ian, ist etwa einen Kopf größer als ich, hat dunkelbraune kurze Haare und grüne Augen. Er hat einen durchtrainierten Körper und trägt einen Drei-Tage-Bart. Ach und er hat eine unglaublich samtene Stimme, die ihn so anziehend macht", schwärmte ich.

„Also ein echter Traumtyp. Man Lexi, jetzt sag bitte, dass ihr euch wiedersehen werdet. So einen Typen darfst du nicht einfach ziehen lassen", sagte Tiana.

„Ich weiß es nicht. Wir haben uns am Gepäckband noch etwas unterhalten und er wollte mit mir einen Kaffee trinken gehen. Allerdings wurde er von seinem Bruder abgeholt. Er hat mir aber seine Handynummer gegeben. Ich bin mir nur nicht sicher, ob ich ihn wirklich anrufen soll. Vielleicht hat er es sich ja anders überlegt und will gar nicht mehr mit mir ausgehen", überlegte ich.

„Das glaube ich nicht. Er hätte dir sonst nicht seine Handynummer gegeben. Los ruf ihn an und verabrede dich mit ihm", forderte Yumi mich auf.

„Jetzt?", fragte ich ungläubig.

„Ja natürlich. Sonst wirst du es nie tun. Also los jetzt", kam es von Tiana. Sie hatte recht. Höchstwahrscheinlich würde ich mich aus Angst vor einer Abfuhr doch nicht trauen ihn anzurufen. Ich wusste, dass die beiden nicht eher Ruhe geben würden, bis ich ihn anrief. Ich streckte mich zu meinem Nachttisch und holte mein Handy und den Zettel mit Ians Handynummer.

„Seid ihr euch wirklich sicher, dass ich ihn anrufen soll", hakte ich noch einmal nach.

„Ja natürlich. Los nun mach schon", sagte Tiana und Yumi nickte zustimmend. Ich atmete einmal tief durch und wählte Ians Nummer. Es klingelte einmal, zweimal, dreimal, … . Ich ließ es zehnmal klingeln und legte dann auf.

„Er geht nicht dran", sagte ich und war irgendwie enttäuscht nicht mit ihm reden zu können.

„Dann schreib ihm eine SMS", forderte Tiana mich auf.

„Was soll ich denn schreiben?", fragte ich die beiden.

„Schreib ihm das, was du ihm auch am Telefon gesagt hättest, wenn er drangegangen wäre", antwortete Yumi. Das war ganz und gar nicht hilfreich, denn genau wusste ich gar nicht, was ich sagen wollte. Ich öffnete mein Nachrichtenprogramm auf dem Handy und begann die Nachricht zu schreiben.

-Hallo Ian, hier ist Lexi. Ich habe Sie telefonisch nicht erreicht, weswegen ich Ihnen schreibe. Ich würde Sie sehr gerne wiedersehen und würde mich freuen, wenn Sie sich bei mir zurückmelden.- Ich drückte auf Senden und nun lag es nicht mehr an mir, ob wir uns wiedersehen würden.

„So ich habe ihm nun eine SMS geschrieben. Und was ist, wenn er sich nicht meldet", wollte ich von den beiden wissen.

„Dann weißt du, dass er es nicht wert ist und du brauchst dann keinen Gedanken mehr an ihn zu verschwenden. Aber er wird sich schon melden, da bin ich mir sicher", sagte Tiana.

„Und wieso bist du dir da so sicher?", fragte ich skeptisch.

„Ich weiß, dass du eine verschrobene Selbsteinschätzung hast. Warum sollte er dich nicht wiedersehen wollen? Du siehst gut aus, bist intelligent, hast ein gutes Herz. Was will der Typ denn mehr?", zählte Tiana auf. Es stimmte, ich sah mich selbst ganz anders, als andere Leute. Ich fand mich jetzt zwar nicht hässlich, aber auch nicht so schön, wie Tiana mich darstellte. Ich fand mich normal, war mit meiner Größe und meinem Gewicht von achtundfünfzig Kilo vollkommen zufrieden.

„Ich weiß es nicht. Wir werden sehen, ob er sich wirklich melden wird", kam es von mir.

„Leute, seid mir nicht böse, aber ich muss ins Bett. Morgen heißt es für mich wieder früh aufstehen", sagte Yumi und gähnte. Ich schaute auf die Uhr und erschrak, als ich sah, dass wir schon zweiundzwanzig Uhr hatten. Wie schnell doch die Zeit verging. Auch ich musste am nächsten Tag früh aufstehen und ich wollte für den ersten Tag im neuen Semester ausgeschlafen sein.

„Ich müsste auch so langsam mal ins Bett gehen", stimmte ich ihr zu.

„Na gut, aber wir reden morgen Abend wieder, denn ich will wissen, was dein Flughafenflirt gesagt hat", sagte Tiana.

„Ich auch", rief Yumi und gähnte wieder.

„Wenn er sich meldet", wandte ich ein.

„Er wird sich schon melden", kam es zuversichtlich von Tiana.

„Morgen Abend dann um einundzwanzig Uhr?", fragte Yumi.

„Ja, das ist gut", antwortete Tiana und ich stimmte nickend zu.

„Okay, dann bis morgen", verabschiedeten sich die beiden.

„Bis morgen", erwiderte ich und beendete die Videotelefonie. Ich schaltete den Laptop aus und brachte ihn ins Büro. Anschließend machte ich mich für das Bett fertig und legte mich hin. Ich konnte noch nicht sofort einschlafen. Meine Gedanken schweiften ab zu Ian. Bis jetzt hatte er sich noch nicht gemeldet. Vielleicht hatte er keine Zeit oder hatte er etwa doch eine Freundin? Aber warum hatte er mir dann seine Handynummer gegeben? War es überhaupt seine richtige Handynummer? Wieso sollte er mir denn eine falsche Nummer geben? Er hätte mir doch gar keine geben brauchen. Aber warum meldete er sich denn nicht?

doch auch ein Recht. Ich konnte es halt nicht leiden, wenn sich mir Menschen aufdrängten und mich vor anderen Leuten als ihre Freundin betitelten, ohne dass ich es wirklich sein wollte. Katelynn tat mir allerdings schon leid. Sie schien keine Freunde zu haben, was höchstwahrscheinlich an ihrer Art lag. Sie war so ein Typ von Mensch, die alles besser wusste, einem immer ins Wort fiel und vor allem ständig im Mittelpunkt stehen wollte. Das machte sie halt nicht gerade beliebt. Katelynn war dreiundzwanzig Jahre alt, hatte blonde gelockte Haare, die ihr bis zu den Schultern gingen, eine kurvige Figur und war etwa ein Meter siebzig groß.

„Wie waren denn deine Ferien?", fragte sie und wir machten uns auf den Weg zum Universitätsgebäude.

„Sie waren … ."

„Also meine Ferien waren super", unterbrach sie mich und redete wie ein Wasserfall. Ich schaltete ab und hoffte, dass es nicht den ganzen Tag so weiter gehen würde.

„Hallo Lexi, hey Katelynn", grüßte uns Chloe, die mit uns zusammen studierte und kam zu uns. Mit Chloe war ich im Gegensatz zu Katelynn befreundet. Wir hatten uns gleich am ersten Tag unseres Studiums angefreundet und verstanden uns wirklich gut. Sie war ein Meter sechzig groß, hatte dunkelblonde Haare, trug einen frechen Kurzhaarschnitt und hatte eine zierliche Figur. Bei ihr hatte ich Angst sie zu zerbrechen, wenn ich sie umarmte.

„Oh hallo Chloe. Wie waren deine Ferien? Also meine waren super. Ich habe … ." Und schon begann Katelynn wieder von vorne zu erzählen, was sie alles erlebt hatte und gab Chloe gar keine Chance zu antworten. Chloe allerdings zeigte ihr deutlich, dass sie es gar nicht interessierte, was Katelynn in ihren Ferien getan hatte und wandte sich mir zu.

„Wie geht es dir?", fragte sie mich.

„Gut und dir? Hast du dich gut erholt?", wollte ich von ihr wissen und im Gegensatz zu Katelynn interessierte es mich wirklich.

„Ja das habe ich. Jetzt kann das neue Semester starten. Nur noch ein Jahr. Kannst du das glauben?"

„Stimmt nur noch ein Jahr und wir sind mit dem Studium fertig", erwiderte ich. Den Bachelor-Abschluss hatten wir bereits im Juni letzten Jahres gemacht und nächstes Jahr würden wir unseren Masterabschluss machen. Wie schnell die Zeit doch verging. Ich konnte mich noch genau an meinen ersten Tag an der Uni erinnern und nun waren schon vier Jahre seitdem vergangen.

„Hast du eigentlich schon auf dem Kursplan gesehen, dass wir im Animationskurs einen neuen Dozenten haben? Er heißt Davis mit Nachnamen", fragte Chloe.

„Nein, das habe ich noch gar nicht gesehen. Aber ich glaube Mr. Mortimer ist in Rente gegangen, wenn ich es vor den Ferien richtig verstanden habe", erwiderte ich, holte den Kursplan aus meiner Tasche und schaute ihn mir genauer an.

„Wir haben einen neuen Dozenten?", fragte Katelynn neugierig und hörte endlich auf über ihre Ferien zu reden. „Na hoffentlich ist er gutaussehend und jünger, als Mr. Mortimer. Wie gut, dass ich am Samstag noch beim Friseur gewesen bin. Meine Haare sahen aus. So hätte ich mich ihm gar nicht zeigen können."

„Schau mal Lexi, wir beide haben ihn auch als Dozent im Grafikdesign-Zusatzkurs", machte mich Chloe darauf aufmerksam und deutete auf den Kursplan.

„Du hast recht und ich habe ihn noch im Fotodesign-Zusatzkurs." Ich hatte mir noch neben den Hauptkursen zum Studium diese beiden Kurse dazu genommen, denn ich interessierte mich nicht nur für Mediendesign, sondern auch für Grafik- und Fotodesign. Vielleicht lag es daran, dass die Fotografie zu meinen Hobbies zählte. Ich hatte fast überall meine Kamera dabei, um Motive, die ich sah, zu fotografieren. Genauso gerne zeichnete ich oder entwarf Grafiken am Computer. Für meine Eltern sollte ich schon oft Einladungen für Ihre Feiern gestalten. Auch das neue Firmenlogo für die Baufirma meines Vaters hatte ich entworfen und es gefiel nicht nur ihm, sondern auch den Kunden, so wie er mir es gesagt hatte.

„Du bist ja auch eine Streberin", kam es von Katelynn.

„Ich lerne halt gerne dazu. Da kann es nicht schaden noch den einen oder anderen Kurs zum Studium hinzuzunehmen", konterte ich.

„Da hast du vollkommen recht. Außerdem macht sich so etwas in Bewerbungen sehr gut", pflichtete Chloe mir bei.

„Hallo zusammen. Na seid ihr auch gut erholt und bereit für unser letztes Jahr hier an der Uni?", fragte Serena lächelnd und umarmte erst Chloe und anschließend mich. Katelynn ließ sie aus, denn sie konnte sie absolut nicht leiden. Serena war ebenfalls eine Freundin von mir, die Mediendesign studierte. Auch sie hatte ich am ersten Tag an dieser Universität kennengelernt und wir hatten uns angefreundet. Serena war ein Meter achtundsechzig groß, hatte dunkelbraune lange Haare und eine normale Figur. Also nicht zu dick und nicht zu dünn.

„Ja soweit schon. Wir haben gerade festgestellt, dass wir einen neuen Dozenten haben", erwiderte ich.

„Das habe ich auch schon gesehen. Ich bin gespannt, wie er so ist."

„Ich auch. Wir werden ihn nachher doch im Animationskurs sehen", sagte ich.

„Kommt lasst uns langsam mal reingehen. Unser erster Kurs beginnt gleich", kam es von Chloe.

„Ja, das sollten wir, denn schließlich wollen wir doch nicht gleich am ersten Tag unseres neuen Semesters zu spät kommen. Dann mal los. Lasst uns etwas lernen gehen", rief Serena hochmotiviert und zusammen gingen wir zu unserem Kursraum.

Der erste Kurs, den wir an unserem ersten Unitag im neuen Semester hatten, war Mediengeschichte. Wir saßen eigentlich nur im Kursraum und hörten Mrs. Torres und ihrer Ausführung über das Verändern der Medien zu. Dieser Kurs gehörte nicht unbedingt zu meinen Lieblingskursen. Ich mochte die

Praxis lieber als die Theorie. Trotzdem hörte ich aufmerksam zu und machte mir Notizen, denn auch dieser Kurs gehörte zum Studium und würde Teil der Prüfung sein.

„Ich bin ja schon so aufgeregt, wie dieser neue Dozent aussieht", kam es von Katelynn, als wir den Kursraum wechselten.

„Mir ist es egal, wie er aussieht. Hauptsache ich lerne bei ihm noch etwas für mein Studium dazu", erwiderte ich. Mein Handy vibrierte in der Tasche. Ich hatte in der Uni immer den Ton ausgeschaltet, damit das Handy im Unterricht nicht störte. Ich holte es aus meiner Tasche und schaute drauf. Eine Nachricht von Tiana. *-Und? Hat sich dein Traumtyp schon gemeldet?-* wollte sie wissen.

-Nein, bis jetzt noch nicht.- schrieb ich zurück.

„Mit wem schreibst du?", wollte Katelynn neugierig wissen und versuchte auf mein Handy zu schauen. Doch ich steckte es schnell in die Tasche zurück, denn es ging sie nichts an, was ich mit Tiana schrieb.

„Mit einer meiner beiden besten Freundinnen", antwortete ich.

„Aha. Und was schreibt ihr?"

„Nichts Besonderes", erwiderte ich und meinte eigentlich „Das geht dich nichts an." Aber das sprach ich nicht aus.

„Wann lerne ich deine Freundinnen denn mal kennen?", fragte sie nun.

„Warum solltest du sie kennenlernen?", wollte ich verdutzt von ihr wissen.

„Warum denn nicht? Ich möchte halt auch mal andere Leute kennenlernen und so wie du von ihnen erzählst, scheinen sie richtig cool zu sein. Du hättest mich ja mit nach Florida nehmen können, dann hätten wir die Ferien zusammen verbringen können", sagte sie. Auf gar keinen Fall. Ich war froh gewesen sie ein paar Wochen nicht sehen zu müssen. Und warum war sie plötzlich so scharf darauf meine Freundinnen kennenzulernen? Ich wollte es gar nicht. Ich war nicht besitzergreifend. Yumi und Tiana durfte gerne andere Leute kennenlernen und mit ihnen befreundet sein. Da hatte ich nichts gegen und mir stand es auch nicht zu. Sie durften schließlich sich selbst die Leute aussuchen, mit denen sie befreundet sein wollten. Aber ich wollte nicht, dass Katelynn zu meinem Freundeskreis gehörte und ich wusste, dass Tiana und Yumi es ebenso nicht wollten. Sie mochten solche Leute wie Katelynn, die sich immer in den Mittelpunkt drängten oder alles besser wussten, genauso wenig wie ich.

„Erstens habe ich meine Eltern in Florida besucht und zweitens hast du doch groß getönt, wie toll deine Ferien waren."

„Das waren sie auch. Bestimmt besser als deine. Trotzdem kannst du mich ihnen doch mal vorstellen. Gib mir doch mal ihre Handynummern, dann kann ich ihnen schreiben." Nie im Leben. Die beiden würden mich lynchen, wenn ich deren Nummern einfach an andere Leute weitergeben würde. Ich wusste, dass sie so etwas nicht wollten und richtig sauer wurden, wenn es jemand ohne sie zu fragen tat. Bei mir war es nicht anders. Ich konnte es nicht leiden, wenn meine Handynummer einfach ohne zu fragen weitergegeben wurde. So etwas tat man nicht.

„Tut mir leid. Sie wollen nicht, dass ich Ihre Handynummern weitergebe", sagte ich.

„Das sagst du doch jetzt nur, weil du mir die Nummern nicht geben möchtest. Du hast doch nur Angst, dass sie mich mehr mögen, als dich und ich dann ihre beste Freundin werde und du abgeschrieben bist", kam es von ihr sauer.

„Wenn du meinst. Ich darf sie dir trotzdem nicht geben und das werde ich auch nicht."

„Ich glaube, dass es deine Freundinnen gar nicht gibt. Du hast sie bestimmt nur erfunden", sagte sie trotzig. Was sollte das denn jetzt? Diese Frau hatte doch nicht mehr alle Tassen im Schrank.

„Weißt du was? Lass mich einfach in Ruhe", erwiderte ich und ging in den Kursraum, den wir mittlerweile erreicht hatten. Da ich nicht wollte, dass sie sich neben mich setzte, suchte ich mir einen Platz in einen der Reihen, die schon gut besetzt waren. Neben Serena, vorne in der dritten Reihe war, noch ein

Platz frei. Zum Glück war es der Platz am Gang. So konnte Katelynn sich nicht neben mich setzen.

„Hey Lexi, was ist los?", fragte Serena mich, als ich mich setzte.

„Ich bin etwas von Katelynn genervt."

„Lass dich von ihr nicht ärgern. Tief durchatmen. Sie ist es nicht wert, dass du dich über sie aufregst", kam es von ihr.

„Da hast du recht."

„Guten Morgen, ich bin Ihr neuer Dozent Mr. Davis", hörte ich plötzlich eine mir bekannte Stimme sagen. Ich drehte mich ruckartig nach vorne und traute meinen Augen nicht. Das konnte doch nicht wahr sein. Das gab es doch nicht. Unser neuer Dozent war mein Flugzeugflirt Ian! Und nun stand er hier im Kursraum und wollte seinen Unterricht beginnen. Ich konnte es einfach nicht glauben. Ihm schien es genauso zu gehen, denn als er mich erblickte blieb sein Blick lange auf mir ruhen und ich konnte an seinem Gesicht sehen, dass er genauso überrascht war mich zu sehen, wie ich ihn.

„Mr. Davis, haben Sie eine Freundin?", hörte ich Katelynn irgendwo hinter mir fragen.

„Tut mir leid Miss … ", begann er seinen Satz.

„White", sagte sie zuckersüß.

„Miss White. Mein Privatleben bleibt privat und es geht niemanden etwas an. Ich bin hier um Sie zu unterrichten und nicht um private Fragen zu beantworten", setzte er seinen Satz im ernsten Tonfall fort und wandte sich dann dem Kurs wieder zu. Dabei blieb sein Blick einen kurzen Augenblick bei mir hängen. Normalerweise war ich nicht schadenfroh. Allerdings freute ich mich in diesem Moment sehr darüber, dass Katelynn eine Ansage gemacht wurde. Es konnte schließlich nicht sein, dass sie ihn, kurz nachdem er sich vorgestellt hatte, fragte, ob er eine Freundin hätte, denn es ging sie überhaupt nichts an.

„Ich würde vorschlagen, dass wir nun mit dem Unterricht beginnen. Als Erstes möchte ich jedoch, dass Sie für mich Namensschilder vor sich auf den Tisch stellen, damit ich Sie mit Ihrem Namen ansprechen kann", sagte Ian oder sollte ich ihn besser Mr. Davis nennen? Zumindest wusste ich nun seinen Nachnamen. Das würde mir jetzt auch nicht mehr viel bringen, da aus uns sowieso nichts werden würde. An unserer Universität war es Angestellten und Studenten verboten eine Beziehung miteinander zu führen. Da Ian nun mein Dozent und ich seine Studentin war, galt diese Regel auch für uns, auch wenn wir uns vor seinem Jobbeginn bereits kennengelernt hatten. Aber das war ja klar. Es wäre auch zu schön gewesen, wenn ich so einen gutaussehenden Mann kennengelernt hätte. Innerlich seufzend riss ich ein Blatt Papier aus meinen Collegeblock heraus, faltete es in der Mitte und schrieb meinen Namen darauf. Ich stellte mein Namensschild an die Vorderkante des Tisches und wartete, dass Ian nun den Unterricht beginnen würde. „Vielen Dank für die Namensschilder. Ich werde sicherlich bald Ihre Namen kennen, sodass wir die Schilder nicht mehr brauchen werden. Zu Beginn würde ich mir gerne erst einmal Ihre Arbeiten ansehen, um einen kleinen Einblick in Ihre Fähigkeiten zu bekommen." Ich holte meinen Laptop aus der Tasche, stellte ihn auf den Tisch und schaltete ihn ein. Ich öffnete den Dateiordner, in dem ich meine Arbeiten abgespeichert hatte und schaute mir einige in der Zeit an, in der Ian durch die Reihen ging und sich die Werke der anderen Studenten zeigen ließ.

„Das ist Ihnen sehr gut gelungen", hörte ich direkt neben mir Ian sagen, als ich mir eine von mir entworfene Animation anschaute. Ich hatte gar nicht mitbekommen, dass er neben mir stand.

„Danke", erwiderte ich und schaute ihn an. Er lächelte und brachte mich dazu wieder in seinen wunderschönen Augen zu versinken.

„Sie haben wirklich Talent Miss … ." Er schaute auf mein Namensschild. „Miss Edison. Zeigen Sie mir doch bitte noch weitere Arbeiten", bat er mich lächelnd. Ich schloss die Animationsdatei und zeigte ihm einige andere Arbeiten, die er sich interessiert anschaute. „Ihre Arbeiten sind sehr gut. Da muss ich wirklich überlegen, was ich Ihnen noch beibringen kann. Aber da wird mir sicherlich noch etwas einfallen", grinste er.

„Danke. Ich hoffe sehr, dass Sie mir noch etwas beibringen können. Ich lerne gerne noch etwas dazu", erwiderte ich und grinste ebenfalls.

„Nun sollten Sie sich aber mal meine Arbeiten ansehen. Die sind besser, als die von Alexa", hörte ich Katelynn hinter mir sagen und als ich mich kurz zu ihr umdrehte, bemerkte ich, dass sie in der Reihe hinter mir saß. Das war typisch Katelynn. Sie wollte sich mal wieder in den Mittelpunkt drängen.

„Gut Miss White, dann zeigen Sie mir mal Ihre Arbeiten", erwiderte Ian und ging zu ihr. Dabei sah er leicht genervt aus. Kein Wunder, denn schließlich war Katelynn die nervigste Person der Welt.

„Sehr gerne. Schauen Sie sich doch mal diese Animation an, die ist sehr gut geworden."

„Es tut mir leid, Miss White. Das sehe ich allerdings etwas anders. Schauen Sie mal hier. Die Bewegungen Ihrer Animationsfigur sind nicht flüssig", sagte Ian leise, sodass nicht alle Studenten es mitbekamen. Das fand ich gut, denn wer wollte schon vor einem kompletten Kurs bloßgestellt werden?

„Ich bin da vollkommen anderer Meinung", erwiderte sie empört. „Sie haben keine Ahnung."

„Wenn ich keine Ahnung hätte, wäre ich nicht hier und Ihr Dozent. Aber Sie können mich bei Ihrer nächsten Arbeit gerne von Ihrem Können überzeugen." Was nahm sich Katelynn eigentlich heraus ihm zu sagen, dass er keine Ahnung hätte. Diese Frau hatte einfach keinen Respekt vor anderen Leuten. Ihr Problem war, dass sie nicht mit Kritik umgehen konnte. Sie hatte sich schon einige Male mit Ians Vorgänger angelegt, wenn dieser Ihre Arbeit kritisiert hatte. Ian ging weiter, um sich die anderen Arbeiten von den Studenten anzusehen und ich drehte mich wieder nach vorne. Ich schaute mir weiter meine Arbeiten an, um mich von dem Gedanken abzulenken, dass der attraktivste Mann auf der Welt in diesem Moment mit mir in einem Raum war.

„Ich habe eine kleine Hausaufgabe für Sie", sagte Ian am Ende des Kurses, als er mit dem Sichten der Arbeiten fertig war und nun wieder vorne im Raum stand. „Überlegen Sie sich zu dem Thema Liebe eine kleine Geschichte. Es soll ein Kurzfilm werden, der nicht länger als zehn Minuten gehen soll. Dabei ist es egal, ob es sich um die Liebe zweier Menschen, zur Familie, Tierliebe oder die Liebe zu einer Sache ist. Lassen Sie sich etwas einfallen und Ihrer Fantasie freien Lauf. Sie werden dann in der nächsten Unterrichtsstunde mit der Arbeit beginnen."

„Dürfen wir auch einen Film über Liebe zu Autos machen?", fragte Michael, der total auf Autos abfuhr und seinen Wagen wirklich liebte.

„Ja natürlich. Wie gesagt, Sie können sich zu diesem Thema frei entfalten", antwortete Ian. „So hiermit beende ich den Unterricht. Vielen Dank für die Einsicht in Ihre Arbeiten. Es war sehr interessant für mich zu sehen, wie kreativ Sie sind. Ich wünsche Ihnen noch einen schönen Tag." Mit diesen Worten beendete er den Unterricht. Ich schaltete den Laptop aus und packte ihn in meine Tasche. Ich stand auf und ging den Gang nach vorne in Richtung der Tür. Dabei kam ich an Ian vorbei.

„Tschüss, Mr. Davis", verabschiedete ich mich höflich.

„Auf Wiedersehen Miss Edison", erwiderte er und es sah so aus, als ob er noch etwas sagen wollte, doch er tat es nicht. Er schien mit sich zu ringen, so als ob er genauso unsicher wäre, was er tun sollte, wie ich, denn ich wusste nun auch nicht, ob wir uns privat treffen sollten oder nicht. Aber es würde auch nichts bringen, denn eine Beziehung dürften wir nicht führen. Es war verboten. Ian würde es seinen Job kosten, wenn die Beziehung bekannt werden würde und ob ich den Abschluss machen durfte war fraglich. Zumindest ging das Gerücht an der Uni herum, dass die Studenten nicht mehr weiter studieren dürften. Ob es stimmte, wusste ich nicht.

„Kannst du mal weitergehen? Du hältst alles auf", blaffte mich Katelynn hinter mir an und schubste mich Richtung Tür.

„Ist ja schon gut. Ich gehe doch schon", motzte ich sie an und verließ den Raum.

„Der neue Dozent hat überhaupt keine Ahnung. Er behauptet doch glatt, meine Arbeiten wären nicht gut. Wie ist der bloß Dozent an dieser Uni geworden?", meckerte sie auf dem Weg zur Mensa.

„Du solltest dir langsam mal Gedanken machen, ob es nicht sogar so ist. Er ist nun schon der zweite Dozent, der sagt, dass deine Arbeiten nicht die Besten sind", kam es von Chloe, die neben mir aufgetaucht war.

„Ach die haben doch gar keine Ahnung. Aber gut sieht Mr. Davis aus", sagte Katelynn.

„Ja so gut, dass deine erste Frage an ihn war, ob er eine Freundin hat. Er muss sich auch gefragt haben, welche Studenten er da unterrichten soll. Er fand deine Frage auch gar nicht gut, wie du an seiner Antwort gemerkt hast. Er hat auch recht. Sein Privatleben geht niemanden etwas an", kam es von mir. Wenn sie wüsste, dass ich Ian gestern bereits kennengelernt und seine Handynummer hatte.

Am Nachmittag beschloss ich joggen zu gehen. Ich musste meinen Kopf irgendwie frei bekommen und bis jetzt hatte mir joggen immer gut dabei geholfen. Im Unterricht der letzten zwei Kurse in der Uni konnte ich mich nicht konzentrieren und auch nun musste ich immer zu an Ian denken. Er hatte sich nicht auf meine Nachricht vom Vortag hin gemeldet. Ich zog mir schnell meine Sportsachen an, band mir meine Gürteltasche um, in der ich meinen Schlüssel, das Handy und den MP3-Player packte und verließ meine Wohnung. Ich fuhr mit dem Fahrstuhl ins Erdgeschoss und ging aus dem Haus. Draußen setzte ich mir die Kopfhörer auf und schaltete den MP3-Player ein. Dann lief ich los in Richtung Central Park. Ich liebte den Park. Dieses Stückchen Natur mitten in so einer großen Stadt. Ich lief in den Park hinein und joggte meine übliche Runde. Es war ein sehr schöner Tag. Die Sonne schien und der Himmel war wolkenlos. Die fünfundzwanzig Grad waren sehr angenehm und die Leute verbrachten ihre Pause oder ihren freien Nachmittag hier im Park. Sie lagen auf der Wiese und sonnten sich. Die Kinder spielten auf den Spiel- und Sportplätzen, die es im Park gab. Weiter im Park hinein bog ich in einen schmalen Weg ab. Ich wollte zu meinem Lieblingsplatz an einem kleinen See. Ich joggte bis zu dem kleinen Weg, der versteckt an der rechten Seite lag. Ich bog in den Weg ein und ging bis zum Ufer. An der linken Seite befand sich eine Sitzgelegenheit. Es war eine Holzbank mit einer Überdachung und Wänden. Nur die Vorderseite war offen. Es war ein schönes Versteck, denn um diese Sitzgelegenheit herum waren Sträucher. Sie lag an einer Ecke des Sees und auf der anderen Seite war das Ufer zugewachsen von Sträuchern und Bäumen, sodass niemand dieses Versteck sehen konnte. Ich war gerne hier, denn hier hatte ich meine Ruhe und niemand störte mich. Ich setzte mich im Schneidersitz auf die Bank und schaute auf das kleine Stück des Sees, was vor mir lag. Ich holte mein Handy aus der Gürteltasche und schaute auf das Display. Immer noch keine Nachricht von ihm. Würde sich Ian überhaupt melden? Vielleicht sollte ich ihm noch einmal schreiben. Ich öffnete das Nachrichtenprogramm und hielt inne. Was sollte ich denn nur schreiben? -*Hallo Ian. Ich glaube, mit unserem Kaffeetrinken wird es nichts. Es wäre …*- Ich seufzte und löschte alles wieder. -*Hallo Ian. Das war doch mal eine Überraschung, dass wir uns in der Uni wiedersehen …*- Wieder löschte ich alles. Ich schloss das Nachrichtenprogramm und packte mein Handy wieder in die Tasche. Ich lehnte meinen Kopf an die Wand und schaute auf den See. Lange blieb ich so nicht sitzen. Ich musste nach Hause, denn schließlich hatte ich noch eine Hausaufgabe zu erledigen. Vielleicht lenkte sie mich etwas ab. Wobei ob mich das Thema Liebe wirklich von Ian ablenken würde? Seufzend stand ich auf und machte mich auf dem Heimweg.

„Und hat sich dein Traumtyp gemeldet?", war Tianas erste Frage, als wir abends über die Videotelefonie miteinander sprachen.

„Nein, dafür ist etwas anderes passiert", sagte ich seufzend.

„Was denn? Los erzähl schon", drängte mich Yumi neugierig.

„Wir haben einen neuen Dozenten und jetzt ratet mal, wer das ist."

„Jetzt sag bloß nicht, dass er es ist", kam es von Tiana ungläubig.

„Doch. Es ist Ian. Ich konnte es kaum glauben, als er heute im Kursraum stand und sich als mein neuer Dozent vorgestellt hat. Er wird mich in drei Kursen unterrichten", erzählte ich ihnen.

„Na und. Das ist doch nicht so schlimm. Schnapp ihn dir trotzdem", sagte Tiana.

„Das geht nicht. Studenten und Dozenten ist es bei uns an der Uni verboten eine Beziehung miteinander zu führen. Ihn könnte es seinen Job kosten, wenn das herauskäme und ich wüsste nicht, ob ich meinen Abschluss machen dürfte."

„Und wenn du die Kurse wechseln würdest, sodass du ihn nicht mehr als Dozent hättest?", fragte Yumi.

„Das würde nichts bringen, denn es ist generell verboten. Egal ob ich beim ihm Unterricht hätte oder nicht."

„Was ist denn das für ein dämliches Verbot? Es heißt doch immer, wo die Liebe hinfällt", wollte Tiana wissen.

„Das soll Studenten schützen, damit Dozenten Ihre Positionen nicht ausnutzen können und Studenten mit guten Noten erpressen können. Andersherum natürlich genauso", erklärte ich ihr. „Ich weiß jetzt nur nicht, was ich machen soll. Er war heute genauso überrascht mich zu sehen, wie ich ihn und es sah so aus, als ob er mir zum Schluss irgendetwas sagen wollte, doch er hatte es dann gelassen."

„Wahrscheinlich wusste er auch nicht, wie er mit dieser Situation umgehen soll. Er wird sich jetzt darüber ebenfalls Gedanken machen", sagte Yumi.

„Meinst du? Aber es hat eh alles keinen Sinn, denn wir dürften uns noch nicht einmal zum Kaffeetrinken treffen. Wenn uns jemand dabei sehen würde, könnte es Ärger geben."

„Jetzt warte erst mal ab. Vielleicht gibt es ja doch eine Lösung", versuchte Tiana mir Mut zu machen.

„Das wäre schön. Aber erst einmal müsste er sich dafür bei mir melden. Das hat er ja immer noch nicht getan. Naja Schluss mit dem Thema. Wie war denn euer erster Unitag?", wollte ich nun von den beiden wissen, um auf andere Gedanken zu kommen.

„Meiner war recht gut", sagte Yumi.

„Ja meiner soweit auch. Etwas Besonderes gab es nicht. Und bei dir, außer die Sache mit deinem Dozenten?", fragte mich Tiana.

„Naja Katelynn ging mir ziemlich auf die Nerven. Sie will euch unbedingt kennenlernen und wollte sogar eure Handynummern haben. Ich habe sie ihr aber nicht gegeben", erzählte ich.

„Auf gar keinen Fall. Ich möchte sie gar nicht kennenlernen. Das, was du über sie schon erzählt hast, reicht mir vollkommen", rief Tiana.

„Ich will sie auch nicht kennenlernen. Wie gut, dass du ihr die Nummern nicht gegeben hast. Wie aufdringlich sie ist", kam es von Yumi.

„Das war ja noch nicht alles. Sie hat behauptet, dass ich euch nur erfunden hätte, weil ich ihr die Nummern nicht gegeben habe und sie euch noch nie gesehen hat. Dann hat sie Ian gleich am Anfang des Kurses gefragt, ob er eine Freundin hat und zu ihm gesagt, dass er keine Ahnung hätte, nur weil er Ihre Arbeiten kritisiert hat."

„Die Frau hat echt einen Knall. Aber was hat er denn zu der Frage nach der Freundin gesagt?", fragte Tiana neugierig.

„Er hat gesagt, dass sein Privatleben niemanden etwas angeht und er zum Unterrichten da sei."

„Da hat er aber auch recht. Wie respektlos diese Katelynn doch ist", sagte Yumi.

„Ja, das ist sie wirklich. Das Schlimme ist, dass sie wie eine Klette an mir hängt und nicht versteht, dass sie mich in Ruhe lassen soll", seufzte ich.

„Bestell ihr mal schöne Grüße von uns. Uns gibt es wirklich, wir leben und wir wollen sie nicht kennenlernen", lachte Tiana.

„Das werde ich machen, wenn sie mir das nächste Mal auf die Nerven geht und wieder mal eure Handynummern haben will", erwiderte ich.

Kapitel 3

In den nächsten Tagen tauschten Ian und ich immer wieder in den Kursen, die ich bei ihm hatte, Blicke aus, aber weder er noch ich sagten etwas wegen der Situation. Was hätte ich auch sagen sollen? Fakt war doch schließlich, dass wir uns gar nicht treffen und keinen privaten Kontakt haben durften. Vielleicht hatte er sich deswegen auch noch nicht auf meine Nachricht vom Sonntag gemeldet.

Am Samstagabend war ich bei Carla und Linus zu einem Grillabend eingeladen. Da ich die beiden mochte, nahm ich die Einladung natürlich gerne an. Ich nahm die Weinflasche, die ich für die beiden als Mitbringsel gekauft hatte, schnappte mir meine Tasche, in der ich mein Handy tat und verließ meine Wohnung. Ich schloss die Tür ab, packte den Schlüssel ebenfalls in die Tasche und ging zu der Nachbarwohnung herüber, wo ich an der Tür klingelte.

„Ich komme", hörte ich Carla rufen und im nächsten Moment öffnete sie die Wohnungstür. „Hallo Lexi. Schön, dass du kommst. Das freut mich sehr", begrüßte mich Carla und umarmte mich kurz.

„Vielen Dank für die Einladung. Hier die ist für euch", sagte ich und reichte ihr die Weinflasche.

„Danke schön. Aber das wäre doch nicht nötig gewesen."

„Ich dachte ein Mitbringsel muss sein. Außerdem ist es zusätzlich ein kleines Dankeschön dafür, dass du meine Blumen gegossen hast", erwiderte ich.

„Danke. Komm rein. Linus hat den Grill bereits angeworfen." Sie trat zur Seite und ließ mich in die Wohnung eintreten. Ihre Wohnung war genauso geschnitten wie meine, nur dass sie spiegelverkehrt war. Sie schloss gerade die Tür hinter mir, als ich eine sehr bekannte Stimme hörte.

„Carla dein Freund sucht seine Grillzange", sagte Ian und tauchte gleich darauf im Flur auf. Was machte er denn hier?

„Ich hole sie ihm. Lexi, darf ich dir übrigens Linus Bruder vorstellen? Das ist Ian."

„Wir kennen uns schon", sagte Ian und lächelte mich an.

„Was? Wie ihr kennt euch schon? Woher denn?", fragte Carla überrascht.

„Letzten Sonntag haben wir uns im Flugzeug kennengelernt."

„Und er ist mein Dozent", warf ich mit ein.

„Ja, das stimmt", sagte er und irgendetwas an seinem Blick sagte mir, dass es ihm gar nicht gefiel. Mir gefiel es ebenso wenig, denn aus diesem Grund durften wir uns nicht treffen.

„Carla, kannst du mir mal bitte die Grillzange holen", rief Linus.

„Ja, ich bringe sie dir sofort", erwiderte sie leicht genervt. „Das dieser Mann nichts alleine kann und dann auch noch so ungeduldig ist. Entschuldigt mich bitte." Sie verschwand in der Küche. Nun stand ich mit Ian alleine im Flur.

„Möchten Sie etwas Trinken?", fragte er mich und lächelte wieder.

„Ja sehr gerne."

„Wie wäre es, mit einem Wein?"

„Das hört sich gut an", erwiderte ich.

„Dann werde ich Ihnen einen holen. Sie können gerne schon einmal auf dem Balkon gehen. Ich komme dann gleich nach.

„Okay, danke", sagte ich und ging durch das Wohnzimmer auf den Balkon. „Hallo Linus", grüßte ich ihn, als ich den Balkon betrat.

„Oh hallo Lexi. Schön, dass du gekommen bist. Setz dich. Möchtest du etwas Trinken?", fragte er. Linus war zweiunddreißig Jahre alt und hatte blonde kurze Haare. Er war genauso groß wie sein Bruder und hatte ebenfalls einen sportlichen Körper. Linus arbeitete in einer Werbefirma in New Jersey.

„Dein Bruder holt mir schon etwas", erwiderte ich und setzte mich auf einen der Gartenstühle, die an einem Tisch standen. Da der Balkon trotz seiner Größe nicht so viel Platz für Tische und Stühle bot, hatten sie zusätzlich mehrere Stehtische aufgestellt.

„Oh hast du ihn schon kennengelernt", sagte Linus.

„Ja, allerdings schon letzten Sonntag im Flugzeug und er ist nun mein Dozent in drei Kursen."

„Na da schau mal einer an", lachte Linus. „Was für ein Zufall." Ich hätte es eher Pech genannt, denn da lernte ich schon mal einen so gutaussehenden Mann kennen und wir durften uns nicht mehr treffen, da er mein Dozent war. Ian kam mit zwei Gläsern Wein auf den Balkon und reichte mir eines davon, bevor er gegenüber von mir Platz nahm.

„Danke sehr", bedankte ich mich bei ihm und nahm das Glas entgegen.

„Bruder, weißt du, wo Carla ist? Sie wollte mir das Fleisch herausbringen", fragte ihn Linus.

„Ja, sie ist im Wohnzimmer und telefoniert", erwiderte dieser.

„Dann muss ich selbst mal eben gehen. Passt mir auf den Grill auf", sagte Linus und verschwand in die Wohnung.

„Na das ist wirklich eine Überraschung Sie hier zu treffen. Und Sie sind die Nachbarin von den beiden?", fragte Ian interessiert.

„Ja, ich wohne gleich nebenan." Ich deutete auf die benachbarte Wohnung. „Und Linus ist also Ihr Bruder." Es war keine Frage, denn ich wusste es bereits.

„Ja genau. Wie wäre es, wenn wir uns im Privaten außerhalb der Uni duzen?"

„Das hört sich gut an", erwiderte ich.

„Na dann auf einen schönen Abend", sagte er lächelnd und hob sein Glas, um mit mir anzustoßen.

„Auf einen schönen Abend", erwiderte ich und lächelte ebenfalls. Wir stießen an und ich trank einen Schluck von dem Wein. „Der Wein ist gut. Er schmeckt leicht süßlich und nicht so bitter."

„Na dann habe ich ja den Richtigen ausgesucht", grinste Ian.

„Ach ihr habt ja noch etwas zu Trinken. Ich wollte gerade fragen, ob ihr noch etwas möchtet", sagte Linus, der wieder auf dem Balkon gekommen war.

„Nein, wir haben uns schon selbst versorgt", antwortete ihm Ian und deutete auf die Weinflasche, die er gleich mitgebracht und auf dem Tisch gestellt hatte. „Die Bedienung lässt hier sehr auf sich warten. Ihr solltet ihr kündigen, sonst verliert ihr noch eure Kundschaft", witzelte Ian.

„Nicht schon wieder. Das ist schon die dritte Servicekraft in diesem Monat, der wir kündigen müssen, weil sie nicht ihre Arbeit macht. Es ist so schwer gutes Personal zu finden", seufzte Linus theatralisch und begann zu lachen. „Hey hallo ihr beiden", wandte er sich an zwei Gäste, die gerade auf dem Balkon gekommen waren. „Schön das ihr da seid. Darf ich euch vorstellen? Das sind Eve und Chris", stellte er die beiden vor. „Das ist mein Bruder Ian, der neu in diese Stadt gezogen ist und das ist Lexi, die beste Nachbarin, die man haben kann."

„Man bist du am Schleimen", lachte Ian.

„Na man muss sich doch mit seinen Nachbarn gut stellen", grinste Linus.

„Ach du meinst, wenn du mal wieder Milch oder Zucker brauchst?", fragte ich grinsend.

„Ja genau."

„Hallo Linus", grüßte ihn ein weiterer Gast, der sich zu uns gesellte. Nach und nach trudelten immer mehr Leute ein. Wie gut, dass der Balkon so groß war, denn die beiden hatten, wenn ich richtig gezählt hatte, fünfzehn Gäste eingeladen. Unter ihnen war eine Frau Mitte zwanzig, die immer wieder versuchte sich an Ian heranzumachen. Das passte mir gar nicht. Desto mehr freute es mich, zu sehen, dass Ian nicht auf Ihre Anmachversuche einging und sich mir zuwandte.

Nach dem Essen setzten Ian und ich uns mit einem Glas Wein auf die kleine Mauer, die die beiden Balkons voneinander trennte, um uns in Ruhe unterhalten zu können. Ich hatte eher das Gefühl, dass er nur von dieser Frau wegwollte, die sich am

Tisch beim Essen neben ihn gesetzt hatte. Sie hatte ganz enttäuscht ausgehen, als Ian mich gefragt hatte, ob ich mitkommen würde, um etwas zu trinken zu holen. Anschließend hatten wir uns etwas abseits von den anderen auf die Mauer gesetzt.

„Wie kamst du dazu Mediendesign zu studieren?", fragte mich Ian.

„Naja das Studium beinhaltet alles, was ich gerne tu. Zeichnen, fotografieren und Gestalten. Dazu interessiert mich noch die Animation, welche ich gerne lernen wollte", erwiderte ich. „Wie war es bei dir?"

„Eigentlich genau gleich. Zeichnen ist zwar jetzt nicht unbedingt meine Stärke aber die Fotografie und die Animation interessieren mich sehr."

„Was hast du nach deinem Studium gemacht?"

„Nach meinen Masterabschluss habe ich in einer Werbefirma in Orlando gearbeitet, die nun Insolvenz anmelden mussten."

„Ach du meinst Kruger & Kruger?", fragte ich nach.

„Ja genau. Der Ruf der Firma wurde immer schlechter, da einige Mitarbeiter meinten, sie bräuchten keine guten Arbeiten mehr abliefern und die Aufträge wurden dadurch weniger. Ich will mich ja nicht selbst loben, aber ich hatte das Gefühl, dass nur meine Arbeiten die Firma überhaupt noch über Wasser gehalten hatten. Ich habe mich in diese Arbeiten auch hineingehängt und habe immer zugesehen, dass die Kunden mit den Werken zufrieden waren." Ich kannte die Firma. Sie hatte eigentlich immer einen guten Ruf gehabt und deswegen war ich auch so überrascht gewesen, als ich von der Insolvenz erfahren hatte. „Dann habe ich das Jobangebot der Uni gesehen und mich beworben. Ich hätte nie gedacht, dass ich eine Chance habe an einer Privatuniversität zu unterrichten. Umso überraschter war ich, als ich die Zusage bekommen habe. Wobei ich nicht für immer als Dozent arbeiten möchte. Dafür liebe ich meinen erlernten Beruf zu sehr. Irgendwann möchte ich mal meine eigene Firma haben. Wie sieht es bei dir aus? Was hast du nach der Uni vor?", fragte er mich.

„Ich möchte erst einmal ein bisschen Berufserfahrung in Unternehmen sammeln und mich dann auch irgendwann selbstständig machen."

„Na das klingt doch gut. Eine Frau mit klaren beruflichen Vorstellungen." Er lächelte mich an. „Ich weiß, das fragt man eine Frau eigentlich nicht. Aber ich tu es trotzdem, weil ich alles von dir wissen möchte. Wie alt bist du", wollte er nun von mir grinsend wissen.

„Ich bin zweiundzwanzig und du?"

„Dreißig. Was machst du sonst noch außer Zeichnen und Fotografieren gerne?"

„Ich lese gerne und treibe Sport."

„Oh welche Art von Sport denn?", hakte er interessiert nach.

„Ich gehe joggen", erwiderte ich.

„Das tu ich auch gerne. Ich muss mir hier aber erst einmal eine Joggingroute suchen. Kannst du mir eine empfehlen?"

„Also ich jogge gerne im Central Park. Dort gibt es schöne Wege zum Joggen und um die Natur zu genießen."

„Das hört sich doch gut an. Dann werde ich dort auch mal meine Runden drehen. Vielleicht sehen wir uns mal beim Joggen", grinste er.

„Das kann gut möglich sein", erwiderte ich und grinste ebenfalls.

„Was machen deine Eltern beruflich?", wollte er wissen.

„Mein Vater hat ein Bauunternehmen und meine Mutter ist Anwältin. Sie arbeitet bei meinem Vater in der Firma in der Rechtsabteilung", sagte ich.

„Du klingst nicht gerade glücklich darüber", bemerkte Ian.

„Bin ich auch nicht. Also nicht darüber, was meine Eltern beruflich machen, sondern weil sie viel zu viel arbeiten. Sie haben schon immer so viel gearbeitet und hatten kaum Zeit für mich und heute ist es nicht anders. Mein Vater hatte bereits einen Herzinfarkt, weil er sich mit der Arbeit übernommen hat. Ich habe einfach Angst, dass es noch mal passiert und die Ärzte ihm dann nicht mehr helfen können. Bei meiner Mutter habe ich ebenso Angst, da sie genauso viel arbeitet."

„Das kann ich verstehen. Hast du denn mal mit deinen Eltern darüber gesprochen?", fragte er.

„Schon mehrmals. Aber ich rede bei Ihnen wie gegen eine Wand", seufzte ich und trank einen Schluck Wein. „Entschuldige. Ich wollte dich nicht mit meinen Problemen belästigen."

„Das tust du gar nicht. Zum Kennenlernen gehören nicht nur die guten Dinge im Leben, sondern auch die Schlechten. Abgesehen davon möchte ich alles von dir wissen", lächelte er.

„Wirklich? Na gut, aber jetzt bin ich an der Reihe, denn schließlich möchte ich auch alles über dich wissen. Was machen denn deine Eltern beruflich?"

„Mein Vater ist Direktor an der University of New Orleans und meine Mutter ist Lektorin und arbeitet in einem Buchverlag."

„Dann bekommt deine Mutter, als Lektorin wahrscheinlich oft interessante Bücher zu lesen", mutmaßte ich.

„Ja, sie hat schon einige Bestseller gelesen, bevor sie auf dem Markt kamen."

„Das ist bestimmt ein toller Beruf. Wohnen deine Eltern auch in Orlando?"

„Nein, sie wohnen in New Orleans."

„In New Orleans? Wirklich? Da will ich auch gerne mal hin. Ich würde mir gerne einmal das French Quarter ansehen."

„Ja das ist wirklich schön. Wir können gerne mal zusammen dorthin fahren und dann zeige ich dir die Stadt", schlug er vor.

„Das wäre wirklich toll", erwiderte ich.

„Hey Bruder, ich komme gleich zu dir und dann stoßen wir mal an", rief Linus ihm zu.

„Ja, das können wir gerne machen", erwiderte Ian.

„Hast du noch mehr Geschwister", wollte ich von ihm wissen.

„Nein, Linus reicht vollkommen", lachte er. „Und wie sieht es bei dir aus?"

„Ich bin Einzelkind. Ich hätte gerne noch eine Schwester oder einen Bruder.“

„Glaub mir, Geschwister können ganz schön nerven“, sagte er und deutete auf seinen Bruder.

„Das habe ich am Flughafen gemerkt“, grinste ich.

„Genau. Da ging er mir ganz schön auf die Nerven. Es tut mir übrigens leid, dass ich dir nicht auf deine Nachricht geantwortet habe, aber Sonntagabend hatte ich gar nicht mehr auf mein Handy geschaut. Am Montagmorgen habe ich deine Nachricht gelesen und wollte dir mittags dann antworten, weil ich morgens spät dran war und nicht an meinem ersten Tag zu spät zur Uni kommen wollte. Als ich dich dann bei mir im Kurs gesehen habe, wusste ich nicht mehr, was ich tun sollte“, gestand er mir.

„Es ist schon gut. Mir ging es nicht anders, als ich dich plötzlich im Kursraum stehen sah. Es ist halt eine Regel der Universität, dass Dozenten und Studentinnen kein Verhältnis jeglicher Art haben dürfen. Streng genommen dürften wir jetzt hier auch nicht zusammen auf der Party sein.“

„Es braucht doch niemand zu erfahren“, grinste Ian.

„Da hast du recht“, erwiderte ich und grinste ebenfalls.

„Na ihr beiden, alles gut bei euch?“, fragte Carla, die zu uns gekommen war.

„Ja, wir unterhalten uns sehr gut“, antwortete Ian.

„Das sehe ich. Ich wollte eigentlich fragen, ob ihr beiden auch einen Schnaps wollt?“

„Da ich sowieso bei euch übernachte und nicht nach Hause fahren muss, nehme ich einen und wie sieht es mit dir aus?“, wandte sich Ian an mich.

„Na gut, aber nur einen. Ich vertrage nicht so viel Alkohol“, meinte ich.

„Alles klar. Ich bringe euch gleich einen“, sagte Carla und verschwand.

„Na, falls du nachher betrunken sein solltest, werde ich dich sicher nach Hause bringen. Ich weiß ja nun, wo du wohnst“, grinste Ian.

„Wenn die Balkontür offen wäre, bräuchtest du mich auch nur hier über die Mauer werfen. Ich würde dann schon in meine Wohnung kriechen", lachte ich.

„Das würde ich zu gerne sehen", stimmte er in mein Lachen mit ein.

„So hier kommt der Schnaps", rief Carla und kam mit einem Tablett, auf dem die gefüllten Schnapsgläser standen, zu uns. „Ian, der ist für dich", sagte sie und reichte ihm ein Schnapsglas. „Und der hier ist für dich, Lexi." Sie reichte mir das andere Glas und ich nahm es.

„Ist das ein bitterer Schnaps?", fragte ich sie, denn ich mochte eigentlich keinen Schnaps.

„Nein. Für uns Frauen habe ich Pfirsichlikör eingeschenkt. Ich mag nicht so gerne Schnaps und ich dachte mir, du wahrscheinlich auch nicht", erwiderte sie.

„Nein, da hast du recht. Likör trinke ich lieber."

„Na dann lasst uns mal anstoßen. Prost", kam es von Ian, der sein Glas erhob. Wir stießen an und tranken das Glas in einem Zug aus.

„Der Likör schmeckt sehr gut", sagte ich, nachdem ich ihn getrunken hatte.

„Möchtest du noch einen?", fragte Carla.

„Ich weiß nicht. Nachher muss mich Ian sonst doch noch nach Hause bringen, wie er es mir angeboten hat."

„Das mache ich gerne. Wollen wir noch einen trinken?", fragte er.

„Na gut, aber nur noch einen", sagte ich.

„Ich bin gleich wieder da", kam es von Carla und verschwand wieder.

„Jetzt lasst uns mal zusammen einen trinken", rief Linus und kam zu uns herüber.

„Deine Freundin holt schon etwas", erwiderte Ian.

„Oh das ist gut. Ich kann jetzt echt noch einen Schnaps vertragen, wenn ich mein Vorhaben gleich durchziehen will." Linus wirkte sehr nervös. Was hatte er denn vor?

„Keine Angst, sie wird schon „Ja" sagen", beruhigte ihn sein Bruder.

„Was hast du denn vor?", fragte ich neugierig.

„Ich möchte Carla einen Heiratsantrag machen. Aber psst, sag ihr bitte nichts", bat er mich.

„Nein, das werde ich nicht. Ich glaube aber auch, dass sie deinen Antrag annehmen wird", sagte ich zuversichtlich.

„Da bin ich wieder. Ich habe gleich mal die Flaschen mitgebracht, damit ich nicht ständig in die Küche laufen muss", kam es von Carla und zeigte die Flaschen, die sie in den Händen hielt.

„Das ist sehr gut. Dann schenk mal ein", sagte Linus und hielt ihr sein Glas hin. Sie stelle den Likör auf einen der Stehtische, der neben ihr stand und füllte erst die Gläser der Jungs mit dem Schnaps. Anschließend schenkte sie mir und sich den Likör ein.

„Prost", rief Linus und wir stießen an. Wieder leerte ich mein Glas in einem Zug. Wenn das so weiterging, würde ich wirklich betrunken und torkelnd in meine Wohnung zurückkehren.

„Carla kommst du bitte mal mit", bat Linus sie.

„Äh ja okay", erwiderte sie verwundert. Er nahm ihre Hand und führte sie zur Balkontür.

„Könntet ihr bitte mal alle ruhig sein", bat er nun die Gäste und schaltete die Musik an der Anlage aus, die neben der Balkontür auf einen kleinen Tisch stand. Sofort verstummten die Gespräche und alle drehten sich zu Linus und Carla um.

„Carla, ich weiß, wir sind nicht in Paris auf dem Eiffelturm, aber ich dachte mir, es ist bestimmt viel schöner, wenn all unsere Freunde bei diesem Ereignis dabei sind. Wir sind nun seit fünf Jahren zusammen. Ich liebe dich über alles auf der Welt und bin froh, dass du trotz all meiner kleinen Macken bei mir bist. Carla möchtest du mich heiraten?", fragte er sie und hielt ihr eine geöffnete Schatulle, in der sich ein Ring befand, entgegen.

„Oh mein Gott. Ja, ja natürlich will ich dich heiraten", rief sie, fiel ihm kurz darauf um den Hals und küsste ihn. Die Gäste einschließlich Ian und ich applaudierten. Das war ein sehr schöner Heiratsantrag gewesen. Vor allem war es sehr mutig von Linus gewesen, denn falls Carla „Nein" gesagt hätte, wäre es für ihn sehr peinlich vor den Gästen geworden. Aber ich fühlte mich geehrt anscheinend zu ihren Freunden zu zählen, obwohl wir uns noch nicht so lange kannten, denn sie hatten mich zu ihrer Feier eingeladen, auf der nur ihre Freunde geladen waren.

„Und wie sollte dein Heiratsantrag aussehen?", fragte Ian leise an meinem Ohr.

„Auf jeden Fall sollte er romantisch sein", erwiderte ich ebenfalls leise und drehte mich zu ihm um. Das war ein Fehler, denn er war mir so nah und schaute mir nun direkt in die Augen. Ich versank regelrecht in seinem intensiven Blick. In meinem Bauch begann es zu kribbeln, so als ob Schmetterlinge darin herumfliegen würden. Wir kamen uns immer näher. Mein Herz begann schneller zu schlagen. Unsere Lippen waren nur noch weniger Zentimeter voneinander entfernt.

„Hey Bruder, ich werde heiraten", rief Linus und kam zu uns.

„Herzlichen Glückwunsch. Ich freue mich für euch beiden", sagte Ian stand von der Mauer auf und umarmte seinen Bruder.

„Lexi schau mal", rief Carla, die aufgeregt zu mir kam und mir strahlend den Verlobungsring zeigte.

„Er ist sehr schön. Ich freue mich für euch beiden. Herzlichen Glückwunsch zur Verlobung", sagte ich, stand nun ebenfalls auf und umarmte erst Carla und anschließend Linus.

„Danke schön", kam es von beiden.

„Und jetzt lasst uns feiern", rief Linus und füllte unsere Gläser voll.

„Na dann auf euch beiden und eure Verlobung", sagte Ian, nachdem sein Bruder die Gläser an uns verteilt hatte. Wir hoben die Gläser und stießen an. So langsam merkte ich den Alkohol in mir. Ich war zwar noch nicht angetrunken, aber mir war schon sehr warm und etwas schummerig.

„Komm meine wunderschöne Verlobte. Lass uns tanzen", sagte Linus zu Carla, nahm ihren Arm und zog sie in Richtung der Balkontür. Kurz danach ertönte wieder Musik aus der Anlage.

„Möchtest du auch tanzen?", fragte mich Ian.

„Ja, sehr gerne", erwiderte ich.

„Na dann los", sagte er, nahm meine Hand und führte mich in Richtung Balkontür, wo Linus mit seiner Verlobten tanzte. Nicht nur wir waren auf die Idee gekommen ebenfalls zu tanzen. Nun begannen immer mehr Gäste sich zu dem Rhythmus der Musik zu bewegen.

„Hey schöner Mann, wie sieht es aus? Möchtest du mit mir tanzen?", fragte Linda, die Frau, die Ian schon beim Essen angemacht hatte und legte ihre Hand auf seinen muskulösen Oberarm.

„Es tut mir leid, aber ich habe bereits eine Tanzpartnerin", sagte er und schüttelte ihre Hand von seinem Arm. „Komm lass uns tanzen", wandte er sich mir zu. Mich durchfuhr ein Glücksgefühl, dass er nur mit mir tanzen wollte, denn ich musste zugeben, dass Linda hübsch war und die Männer bestimmt bei ihr Schlange standen. Ich stand mit dem Rücken zu Ian, der einen Arm um meinen Bauch schlang und mit seiner anderen Hand meine festhielt. Ich spürte seinen Körper und seine Muskeln an meinen Rücken und wir bewegten uns wiegend zur Musik. Ich hob meine Arme und legte sie um seinen Hals. Ian strich mit seinen Händen an meinen Seiten entlang bis zu meinen Hüften und ließ sie dort liegen, um mich locker festzuhalten. Ich lehnte meinen Kopf an seine Schulter und ließ mich von dem Rhythmus leiten. Ian fasste über seinen Kopf hinweg nach meiner Hand und wirbelte mich zu sich herum. Ich legte meine Arme wieder in seinen Nacken und er zog mich dicht an sich. Unsere Körper berührten und rieben sich bei jeder Bewegung aneinander. Mir wurde heiß und Schauer der Erregung durchfuhren mich. Ich schaute zu ihm auf und blickte in seine grünen Augen. Auch er schien erregt zu sein, denn ich bemerkte, dass er schwer atmete und mich mit einem verlangenden Blick ansah. Er beugte sich zu mir herunter. Unsere Lippen kamen sich immer näher. Ich wollte ihn so gerne küssen, aber ich durfte es nicht. Wir durften uns gar nicht so nahe sein. Die Regeln von der Universität verboten es uns. Ich sah, dass Ian auch mit sich rang und nicht wusste, was er tun sollte.

„Ich ähm, ich gehe mir noch etwas zu trinken holen. Möchtest du auch etwas?", fragte ich und löste mich langsam aus seinen Armen. Ich musste etwas Abstand zwischen uns bringen, sonst hätten wir noch etwas getan, was wir beide bereuen würden.

„Ich glaube, ich nehme ein Bier", antwortete er und atmete immer noch schwer. Ich ging in die Wohnung und traf Carla in der Küche.

„Hey, ich wollte etwas zu trinken holen", sagte ich.

„Ja natürlich. Die Getränke sind im Kühlschrank. Bediene dich ruhig", erwiderte sie.

„Danke. Es ist eine tolle Party und ich freue mich für euch, dass ihr heiraten werdet." Ich holte aus dem Kühlschrank eine Flasche Bier und die Weinflasche heraus und stellte beides auf der Arbeitsplatte der Küche ab.

„Es freut mich, dass dir die Party gefällt und noch mehr freue ich mich über den Antrag, den Linus mir gemacht hat. Damit habe ich gar nicht gerechnet. Wir hatten bis jetzt noch nie über eine Heirat gesprochen." Carla holte ein Weinglas aus dem Schrank und reichte es mir.

„Danke. Na da ist es doch umso schöner, dass Linus dich so sehr liebt, dass er dich heiraten möchte."

„Das finde ich auch. Ich liebe ihn ebenfalls sehr. Sag mal, was läuft denn da zwischen dir und Ian? Ihr scheint euch mehr als gut zu verstehen, wenn ich es gerade auf der Tanzfläche richtig gesehen habe", sagte sie und schaute mich neugierig an.

„Zwischen uns läuft nichts. Da darf aber auch nichts laufen", erwiderte ich.

„Wieso darf da zwischen euch nichts laufen?", hakte sie nach.

„Unsere Universität untersagt die Beziehungen zwischen Dozenten und Studenten. Es ist uns verboten eine Beziehung oder eine Affäre zu führen und kann zu Konsequenzen führen, wenn es herauskommt. Eigentlich hätten wir noch nicht einmal miteinander tanzen dürfen", erklärte ich ihr und seufzte.

„Was ist denn das für ein Mist? Aber du empfindest etwas für ihn?"

„Ja. Ich mag ihn sehr. Aber diese Regelung steht halt zwischen uns."

„Weißt du was? An deiner Stelle würde ich diese Regelung einfach vergessen und ihn dir schnappen. Ihr passt so gut zusammen."

„Carla, hast du noch etwas von dem Wodka-Orange", fragte eine Frau, die gerade in die Küche kam und somit unser Gespräch unterbrach. Ich dachte über Carlas Rat nach. Sollte ich wirklich das Verbot der Universität vergessen und etwas mit Ian anfangen? Aber was wäre denn, wenn wir erwischt werden würden? Ian würde seinen Job verlieren und ich dürfte meinen Abschluss nicht machen. Sollte ich unsere Zukunft wirklich aufs Spiel setzen? Was würde Ian denn darüber denken? Würde er überhaupt etwas mit mir anfangen wollen? Zu einer Beziehung oder Affäre gehörten doch immer zwei.

„Natürlich habe ich davon noch etwas. Lexi, möchtest du auch mal einen Wodka-Orange trinken?", fragte Carla mich und riss mich somit aus meinen Gedanken.

„Ähm ja, einen nehme ich auch mal", antwortete ich ihr.

„Gut, dann werde ich uns mal drei Drinks mixen", sagte sie, holte den Wodka und den Orangensaft aus dem Kühlschrank und begann, nachdem sie die Gläser aus dem Schrank geholt hatte, diese zu füllen. „Ich hoffe, die Mischungen sind gut." Sie reichte uns die Gläser, als sie fertig war und ich probierte einen Schluck.

„Also ich finde die Mischung gut", bestätigte ich ihr. „Ich werde mal langsam wieder nach draußen gehen. Ich sollte Ian noch ein Bier mitbringen. Er wartet sicherlich schon darauf."

„Er wird eher auf dich warten", grinste Carla. „Denk über meine Worte nach."

„Das werde ich", erwiderte ich, öffnete die Flasche Bier mit dem Flaschenöffner, der auf der Arbeitsplatte lag und ging wieder nach draußen auf dem Balkon. Ich blieb an der Tür stehen, als ich sah, dass Ian sich mit einer anderen Frau unterhielt. Ich wusste nicht, ob ich zu ihm gehen sollte, schließlich wollte ich die beiden nicht stören. Vielleicht hatte er sich auch eine andere Frau gesucht, die nicht seine Studentin war und mit der er, ohne Angst um seinen Job haben zu müssen, flirten konnte. Etwas unsicher stand ich da und schaute zu den beiden herüber. Ian schaute zu mir und winkte mich zu sich. Anscheinend würde ich die beiden nun doch nicht stören. Ich ging zu ihnen und reichte ihm die Bierflasche.

„Danke", sagte er und lächelte mich an.

„Entschuldige, dass es länger gedauert hat, aber wir hatten eine kleine Frauenrunde in der Küche", entschuldigte ich mich bei ihm.

„Das ist doch gar kein Problem. Ich war noch nicht am Verdursten", grinste er.

„Er hat ja auch mit seinem Bruder hier noch zwei Schnäpse getrunken", lachte die Frau.

„Hey dazu wurde ich von ihm genötigt", verteidigte sich Ian.

„Ja ist klar. Ich bin übrigens Tanja", stellte sie sich vor.

„Ich bin Alexa. Schön dich kennen zu lernen", erwiderte ich.

„Wie lange seid ihr schon zusammen", wollte sie von uns wissen.

„Wir ähm, wir sind nicht zusammen", erwiderte ich und schaute erst Ian und dann sie an.

„Wirklich nicht? Oh das hatte ich jetzt mal so angenommen, so wie ihr euch gegenüber verhaltet. Ihr passt auf jeden Fall gut zusammen", sagte sie. Das hörte ich heute schon zum zweiten Mal. Ich schaute noch einmal zu Ian herüber und bemerkte, dass er mich eindringlich ansah.

„Ah da bist du ja. Darf ich euch vorstellen? Das ist Benjamin, mein Mann", sagte Tanja und ich wandte mich ihr wieder zu. „Das sind Ian und Alexa."

„Hallo, schön euch kennenzulernen", kam es von Benjamin. „Woher kennt ihr Carla und Linus?"

„Ich bin Linus Bruder", sagte Ian und hatte seinen Blick von mir genommen.

„Und ich bin deren Nachbarin. Ich wohne gleich hier nebenan", erzählte ich ihnen.

„Wie sieht es bei euch aus? Woher kennt ihr die beiden?", wollte Ian wissen.

„Carla und ich haben uns in der Firma kennengelernt und haben uns angefreundet. Wir sind dann zu viert ausgegangen und so haben sich die Männer auch kennengelernt", erklärte uns Tanja.

„Benjamin! Haben wir eigentlich schon zusammen angestoßen?", fragte Linus, der schon leicht lallte und schwankte.

„Ja schon drei Mal", erwiderte Benjamin.

„Echt schon so viel. Ach dann kann ein viertes Mal nicht schaden. Und ihr trinkt auch alle mit", lallte Linus und holte die Schnapsflasche.

Um drei Uhr löste sich die Feier so langsam auf und die Gäste gingen nach Hause. Es wurde noch ordentlich getrunken und gefeiert. Ich war sehr angetrunken. Na gut, nach all dem Schnaps, den ich getrunken hatte, da Linus immer wieder mit mir auf seine Verlobung anstoßen wollte, war das auch kein Wunder.

„Soll ich euch noch beim Aufräumen helfen?"; fragte ich Carla.

„Nein, das brauchst du nicht. Das werden Linus und ich morgen tun", sagte sie.

„Okay, dann werde ich jetzt mal herüber in meine Wohnung gehen, falls ich den Weg noch finde", lachte ich.

„Ich werde dich hinüberbringen, damit du auch sicher in deine Wohnung kommst", kam es von Ian, der sich zu uns in den Flur gesellt hatte.

„Du schwankst aber auch schon ganz schön", stellte Carla lachend fest.

„Das ist die Schuld von deinem Verlobten. Ich weiß gar nicht wie viele Schnäpse ich seinetwegen getrunken habe", verteidigte sich Ian.

„Bruder, lass uns noch einen trinken", rief Linus und kam schwankend zu uns.

„Nein, jetzt ist gut. Ich bringe jetzt Lexi nach Hause", sagte Ian und legte einen Arm um meine Taille.

„Hier nimm den Wohnungsschlüssel mit, damit du wieder in die Wohnung kommst und nicht klingeln brauchst, falls es bei euch beiden mit der Verabschiedung länger dauern sollte", grinste Carla und gab Ian den Schlüssel. Er nahm ihn und steckte ihn sich in die Hosentasche.

„Komm, lass uns gehen", sagte er und führte mich aus der Wohnung. Wir gingen den Flur herüber zu meiner Wohnung und blieben stehen. Ich holte meinen Wohnungsschlüssel aus der Tasche und schloss die Tür auf, was sich etwas schwierig gestaltete, denn durch den ganzen Alkohol hatte ich Mühe den Schlüssel in das Schlüsselloch zu bekommen. Nachdem ich sie endlich aufgeschlossen hatte, steckte ich den Schlüssel wieder ein und drehte mich zu Ian um. Dabei schwankte ich leicht. Ian hielt mich fest, damit ich nicht umkippte.

„Danke", bedankte ich mich bei ihm und schaute zu ihm auf.

„Nicht dafür", erwiderte er und hielt mich weiterhin fest. Wir schauten uns tief in die Augen. In seinem Blick lag wieder das Verlangen, welches ich bei unserem Tanz schon gesehen hatte. In meinem Bauch begann es zu kribbeln und mir lief ein wolliger Schauer über den Rücken. Ian beugte sich zu mir herunter und schaute mir weiterhin tief in die Augen. Ich wollte gerade den Abstand zwischen uns überbrücken, als er mir zuvorkam und seine Lippen auf meine legte. Sofort erwiderte ich den Kuss und vertiefte ihn. Keuchend und nach Luft schnappend lösten wir uns voneinander und schauten uns wieder in die Augen. Sofort krachten unsere Lippen wieder verlangend aufeinander. Ich legte meine Arme um seinen Hals und Ian zog mich dichter an sich. Meine innere Stimme sagte mir, dass es falsch wäre, was wir hier taten. Wir würden es bereuen, aber das war mir egal. Ich wollte ihn jetzt. Ich zog ihn langsam mit in meine Wohnung und Ian schloss hinter uns mit dem Fuß die Wohnungstür. Ich ließ meine Tasche auf den Boden fallen und tastete nach dem Lichtschalter. Als ich ihn gefunden hatte, schaltete ich das Licht im Flur ein. Ian bat mit seiner Zunge an meinen Lippen um Einlass, den ich ihm sofort gewährte. Gleich darauf begannen unsere Zungen ein wildes Spiel. Ian strich mit seinen Händen an meinen Seiten entlang. Als Nächstes wanderten seine Hände unter mein Shirt und strichen über meine nackte Haut, was mich zum Stöhnen brachte. Ich griff nach dem Saum von seinem T-Shirt und zog es ihm aus. Der Anblick seines nackten muskulösen Oberkörpers faszinierte mich und ich streichelte mit meinen Händen über seine Muskeln.

„Wohin?", fragte er keuchend.

„Ins Schlafzimmer", erwiderte ich und deutete auf dem Raum hinter mir. Ian hob mich hoch und ich schlang meine Beine um seine Hüften. Er trug mich ins Schlafzimmer, wo er mich auf mein Bett legte. Ich streckte meinen Arm zum Nachttisch aus, griff mir den Lichtschalter der Nachttischlampe und schaltete sie ein, damit wir etwas Licht hatten. Schließlich wollte ich doch seinen Adoniskörper sehen. Ian kam über mich und zog mir mein Shirt aus. Als Nächstes folgte mein BH. Er ließ seinen Blick über meinen Körper gleiten und legte seine Lippen wieder auf meine. Wir verfielen in einen leidenschaftlichen Kuss und ich strich mit meinen Händen über seinen Rücken. Ian ließ von meinen Lippen ab und begann meinem Hals zu küssen. Er glitt mit seinen Lippen weiter zu meinem Schlüsselbein und hinunter zu den Brüsten, wo er eine Brustwarze in den Mund nahm, an der er leicht zog. Ich keuchte und mein Verlangen nach ihm wuchs immer mehr. Ian glitt mit seinen

Lippen zu der anderen Seite und bearbeitete meine andere Brustwarze mit seinen Zähnen und seiner Zunge. Ich zog ihn am Arm zu mir hoch und drehte ihn auf den Rücken. Ich setzte mich auf ihn, denn nun war ich an der Reihe ihn zu verwöhnen. Ich ließ meine Hände über seinen Oberkörper wandern und küsste erst seine Brust, bevor ich zu seinem Bauch hinunterwanderte. An seiner Hose stoppte ich. Ich stieg von ihm herunter und öffnete den Knopf seiner Jeans. Ungeduldig und zutiefst erregt zog ich ihm die Hose mitsamt seiner Boxershorts herunter. Ian half mir dabei und zog sich auch gleich seine Schuhe und die Socken aus. Anscheinend hatte er auch nicht so viel Lust auf ein Vorspiel und wollte es verkürzen. Er zog mich wieder zu sich und küsste mich. Ich vertiefte den Kuss und kurz darauf spielten unsere Zungen wieder miteinander. Ich ließ mich wieder zurück auf das Bett fallen und zog Ian mit mir. Er streichelte mit seiner Hand über meine Brüste zu meinem Bauch und zog mir meinen Rock zusammen mit meinem Slip aus. Schnell strampelte ich meine Schuhe ab, die auf den Boden fielen. Ian kam wieder zu mir nach oben und bedeckte meinen Körper mit Küssen. Er strich mit seiner Hand über meinen Bauch zu meiner heißen Mitte und begann meinen empfindlichen Punkt zu streicheln. Ich stöhnte auf und spreizte automatisch meine Beine, um ihm einen besseren Zugang zu gewähren. Ich griff mit meiner Hand nach seinem besten Stück und streichelte ihn, was Ian zum Aufstöhnen brachte.

„Hast du Kondome hier?", fragte Ian keuchend.

„Ja warte", erwiderte ich und drehte mich auf die Seite zu meinem Nachtschrank. Ich öffnete die Schublade und holte eine Packung Kondome heraus, aus der ich eines nahm. Ich schmiss die Packung zurück in die Schublade und setze mich auf.

„Ich mach das schon", sagte ich, riss die Kondomverpackung auf und streifte ihm das Kondom über sein steifes Glied. Ian hob mein Kinn mit einer Hand an und nahm meinen Mund wieder in Beschlag. Er drückte mich sanft zurück auf die Matratze und schaute mich fragend an. Ich nickte zur Zustimmung, dass ich es wollte. Ian legte sich zwischen meine Beine und drang in mich ein, was uns beide aufstöhnen ließ. Unsere Lippen trafen wieder aufeinander und unsere Zungen begannen gleich darauf wild miteinander zu spielen. Ich schlang meine Beine um seine Hüften, damit er tiefer in mich gleiten konnte. Ian bewegte sich in mir und ich passte mich seinen Rhythmus an. Ich merkte, dass ich bald soweit war. Ian schien es nicht anders zu gehen, denn seine Stöße wurden schneller. In mir zog sich alles zusammen und ich kam mit einem lauten Stöhnen zu meinem Höhepunkt. Ian folgte mir kurz darauf. Erschöpft und schwer atmend glitt er aus mir heraus und ließ sich neben mir auf das Bett fallen.

„Ich komme gleich wieder. Wo ist denn das Bad?", fragte Ian und stand vom Bett auf.

„Gleich hier die nächste Tür links", sagte ich noch immer schwer atmend und er ging ins Bad. Ich schloss die Augen. Mir drehte sich immer noch alles von dem Alkohol. Ich musste eingeschlafen sein, denn ich merkte, wie jemand mich zudeckte und mich in seine Arme zog. Kurz darauf schlief ich wieder ein.

Als ich am nächsten Morgen erwachte dröhnte mein Kopf. Ich hatte einen Kater. Ich drehte meinen Kopf zur Seite und erschrak innerlich, als ich jemanden neben mir liegen sah. Es dauerte einen Moment, bis die Erinnerungen an die letzte Nacht kamen. Oh mein Gott, ich hatte mit Ian geschlafen. Wir hätten das nie tun dürfen. Es war eigentlich gar nicht meine Art mit einem Mann zu schlafen, den ich kaum kannte oder eher gesagt nach einem Abend. Auch nicht, wenn ich mal Alkohol getrunken hatte, was eher selten vorkam. Aber mit Ian war es irgendwie anders. Er zog mich regelrecht an und ich konnte mich ihm nicht entziehen. Ich schaute zu ihm auf und bemerkte, dass er mich ansah.

„Guten Morgen", sagte ich.

„Guten Morgen oder eher gesagt guten Mittag, denn wir haben bereits zwölf Uhr", erwiderte er lächelnd.

„Oh schon?" Okay wir waren ja auch erst gegen Morgen eingeschlafen.

„Lexi, wir hätten das nicht tun dürfen", kam es von Ian. „Nicht das du denkst, es hätte mir nicht gefallen. Das hat es auf jeden Fall. Aber ich bin dein Dozent und du meine Studentin. Es ist uns leider verboten", erklärte er mir und seufzte.

„Ich weiß. Es hat mir allerdings auch sehr gefallen. Wie sollen wir uns denn nun einander gegenüber verhalten, schließlich unterrichtest du mich?", wollte ich von ihm wissen.

„Ich weiß es nicht. Am besten so normal wie möglich. Ach und natürlich sollten wir uns an der Uni wieder siezen. Im Privaten können wir es gerne beim Du belassen", schlug er vor.

„Ja, das können wir machen. Möchtest du etwas Frühstücken?", fragte ich, als ich merkte, dass mein Magen knurrte.

„Nein, ich werde jetzt mal lieber herübergehen. Die beiden fragen sich bestimmt schon, wo ich bleibe", sagte er und stand vom Bett auf. Er suchte seine Sachen zusammen und zog sich an. „Ich werde dann mal gehen. Wir sehen uns morgen in der Uni", sagte er, als er fertig angezogen war. Er kam wieder zum Kopfende, beugte sich zu mir herunter und gab mir einen Kuss auf die Stirn. „Bis morgen", hauchte er. Dann ging er aus dem Schlafzimmer und verließ die Wohnung. Ich dachte darüber nach, was er gesagt hatte. Wir hatten einen Fehler gemacht. Wir hätten nie die Nacht zusammen verbringen dürfen. Wie würde es denn nun werden, schließlich würden wir uns ständig im Unterricht sehen? Fakt war, ich hatte mich in ihn verliebt und es würde mir sehr schwer fallen ihn zu sehen. Seufzend stand ich auf und ging ins Bad. Ich brauchte erst einmal eine Dusche.

Am Abend saß ich im Schlafzimmer auf meinem Bett mit dem Laptop und wartete darauf, dass meine beiden Freundinnen in die Videotelefonie kamen. Ich musste unbedingt mit Ihnen sprechen. Den ganzen Tag hatte ich über Ian und mich nachgedacht. Nun brauchte ich mal die Meinung von den beiden.

„Hallo Lexi", grüßte Yumi, die gerade in die Videotelefonie gekommen war.

„Hi Yumi.

„Hallo ihr beiden", kam es von Tiana.

„Oh heute bist du aber pünktlich. Bist du wirklich unsere Tiana?", fragte ich sie lachend.

„Ja, das bin ich. Ich war bereits am Laptop und habe noch etwas für die Uni getan", antwortete sie. „Was gibt es denn bei euch so Neues?"

„Ach bei mir nicht viel", kam es von Yumi.

„Lexi, wie sieht es bei dir aus? Was gibt es denn Neues von deinem Traummann?", fragte Tiana neugierig.

„Ich … ich habe mit ihm geschlafen", gestand ich ihnen.

„Du hast was?", fragte Tiana und sah mich ungläubig an.

„Naja, wir waren gestern auf der Party von seinem Bruder und es wurde ausgiebig gefeiert. Er hat mich dann nach Hause gebracht und da ist es passiert."

„Wie ihr wart zusammen auf einer Party", wollte Yumi wissen.

„Ja. Carla und Linus, meine Nachbarn, haben mich zu ihrer Party eingeladen. Ian war auch da und wie ich dort erfahren habe, ist er Linus Bruder", erklärte ich ihnen.

„Und wie kam es, dass ihr beiden im Bett gelandet seid?", fragte Tiana neugierig.

„Naja, zuerst haben wir uns unterhalten. Anschließend haben wir zusammen getanzt. Dabei kamen wir uns schon näher und als er mich zu meiner Wohnung herübergebracht hat, ist es dann passiert."

„Und wie war es?", wollte sie nun wissen.

„Es war unglaublich. Ian ist so einfühlsam, liebevoll und sieht atemberaubend gut aus", schwärmte ich.

„Oh mein Gott. Süße, dich hat es ja voll erwischt", sagte Tiana. „Gib es zu, du bist verknallt in ihn."

„Ja, das bin ich, aber das ist egal, denn wir dürfen nicht zusammen sein. Ich weiß jetzt nur nicht, wie ich mich ihm gegenüber verhalten soll. Ich werde ihn jeden Tag in den Kursen sehen", seufzte ich.

„Was sagt er denn zu dem Ganzen?", fragte Yumi.

„Er meinte, wir hätten einen Fehler gemacht und dass wir nicht zusammen sein dürfen, womit er ja auch recht hat. Aber ich hatte das Gefühl, dass ihm das Verbot ebenfalls nicht gefällt. Er war so liebevoll, als er gegangen ist und hat mir noch einen Kuss auf die Stirn gegeben."

„Er wird das Gleiche für dich empfinden, wie du für ihn", mutmaßte Yumi.

„Meinst du wirklich?"

„Ja, da bin ich mir sicher. So wie du von ihm erzählst, glaube ich schon, dass er an dir Interesse hat und dich nicht nur ins Bett bekommen wollte", sagte sie.

„Der Meinung bin ich auch. Ich glaube, er sitzt jetzt wahrscheinlich Zuhause und denkt auch über euch beiden nach", kam es von Tiana.

„Warte einfach mal ab. Das wird schon", sagte Yumi zuversichtlich.

„Das wäre wirklich schön", erwiderte ich und gähnte. „Oh entschuldigt. Die Nacht war etwas kurz. Ich werde jetzt auch mal ins Bett gehen, sonst komme ich morgen früh nicht aus den Federn."

„Das kommt von deinen Nachtaktivitäten", lachte Tiana.

„Das nächste Mal sage ich ihm, dass ich nur noch nachmittags mit ihm ins Bett gehe, damit ich nicht so müde bin", sagte ich lachend.

„Genau das solltest du tun", grinste Tiana.

„Gute Nacht ihr beiden. Schlaft gut", verabschiedete ich mich.

„Gute Nacht", kam es von den beiden und ich beendete die Videotelefonie. Ich schaltete den Laptop aus, brachte ihn ins Büro und machte mich anschließend für das Bett fertig. Als ich im Bett lag, konnte ich noch nicht sofort einschlafen. Ian schlich sich in meinem Kopf und mit dem Gedanken an ihn schlief ich irgendwann ein.

Kapitel 4

Die nächste Woche war eine reine Qual. Nicht nur für mich. Für Ian anscheinend genauso. Immer wieder warfen wir uns Blicke zu und ich wurde eifersüchtig, wenn er mal mit einer anderen Studentin sprach. Dabei hatte ich gar kein Recht eifersüchtig zu sein. Ian und ich waren nicht zusammen. Selbst wenn, so würde ich ihn nie verbieten mit anderen Frauen zu reden. Katelynn regte mich die ganze Woche über auf. Ständig versuchte sie sich an Ian heranzumachen, indem sie ihn im Unterricht immer zu sich rief und irgendwelche Sachen erklärt haben wollte, die sie bereits können musste, denn sonst hätte sie ihren Bachelor gar nicht machen können. Zwischen Ian und mir knisterte es gewaltig und man konnte es sogar spüren. Wir versuchten uns so normal wie möglich zu benehmen, was gar nicht so einfach war, nachdem was zwischen uns passiert war.

Als ich am Freitagnachmittag nach Hause kam, ließ ich mich auf die Couch fallen. Dieser Tag war wieder voll von Gefühlen, denn ich hatte gleich zwei Kurse bei Ian gehabt und wieder hatten wir uns Blicke zugeworfen. Ich hatte in seinen Augen Verlangen gesehen und mir ging es nicht anders. Ich wollte ihn wieder spüren. Seine starken Hände auf meiner Haut. Bei der Erinnerung lief mir ein wolliger Schauer über den Rücken. Mein Handy klingelte. Leicht genervt, dass mich jemand störte, griff ich nach meinem Handy, dass auf dem Tisch lag und schaute auf das Display. Ich seufzte, als ich sah, wer es war. Katelynn! Was wollte sie denn jetzt?

„Ja", meldete ich mich und hatte gar keine Lust mit ihr zu sprechen. Aber wenn ich nicht drangegangen wäre, hätte sie entweder weitere Male angerufen oder wäre bei mir Zuhause aufgekreuzt. Da ich besonders auf die zweite Möglichkeit keine Lust hatte, ging ich lieber ans Handy.

„Hallo Alexa. Na was machst du so? Ich wollte dich fragen, ob wir heute Abend etwas zusammen unternehmen wollen. Wie wäre es mit Kino oder Disco? Ich könnte auch bei dir vorbeikommen und wir machen einen Frauenabend", redete sie drauflos.

„Ich habe heute Abend keine Zeit. Ich werde gleich erst joggen gehen und dann meinen Haushalt machen. Das wird bis abends dauern. Bis ich dann gegessen und geduscht habe, ist es spät und dann habe ich auch keine Lust mehr wegzugehen", log ich, denn den Haushalt hatte ich bereits den Tag zuvor schon gemacht. Meine Wohnung war sauber und aufgeräumt, aber ich hatte keine Lust mit ihr etwas zu unternehmen.

„Den Haushalt kannst du doch noch am Wochenende machen. Ach nun komm schon", drängelte sie.

„Nein, am Wochenende habe ich keine Zeit. Ich muss noch eine Hausaufgabe für den Fotografiekurs machen." Das war nicht gelogen. Die Hausaufgabe musste ich wirklich machen, nur würde ich mich erst am Sonntag daransetzen.

„Jetzt hab dich nicht so. Nie hast du Zeit für mich", klagte sie.

„Ich kann wirklich nicht. Das Studium ist halt sehr anspruchsvoll, dass solltest du eigentlich wissen. Aus dem Grund muss ich einige Dinge halt am Wochenende tun, da ich in der Woche keine Zeit dafür habe."

„Du bist voll die Langweilerin. Nie willst du etwas mit mir unternehmen. Ich komme einfach mal vorbei und dann schauen wir, was wir tun können", sagte sie nun.

„Nein Katelynn. Ich habe dir gerade gesagt, dass ich keine Zeit habe. Du brauchst nicht vorbeizukommen, denn ich werde heute Abend nichts mit dir unternehmen", sagte ich gereizt und legte auf. Ich hoffte, dass sie es verstanden hatte und nicht doch plötzlich vor meiner Tür stand. Genervt stand ich von der Couch auf und ging ins Schlafzimmer, um mir meine Joggingsachen anzuziehen. Ich schnallte meine Gürteltasche um, wo ich den Schlüssel, mein Handy und den MP3-Player hineintat und verließ die Wohnung. Nachdem ich mit dem

Fahrstuhl ins Erdgeschoss gefahren und aus dem Haus gegangen war, setzte ich mir die Kopfhörer auf, schaltete den MP3-Player ein und lief los.

Am Abend hatte ich es mir, nachdem ich gegessen und die Küche aufgeräumt hatte, auf der Couch gemütlich gemacht und schaute einen Film im Fernsehen. Das Joggen hatte mir gutgetan und ich konnte endlich mal meinen Kopf frei bekommen. Um zweiundzwanzig Uhr klingelte es an meiner Tür. Das würde doch jetzt nicht etwa Katelynn sein. Ich hatte ihr doch ausdrücklich gesagt, dass sie nicht vorbeikommen bräuchte. Ich stand von der Couch auf und ging zur Tür. Bevor ich auf den Knopf drückte, um das Tor vor dem Haus zu öffnen, schaute ich erst auf den kleinen Bildschirm, der mir durch die Kamera sagte, wer vor dem Haus stand. Ich war überrascht, als ich sah, dass es Ian war. Was wollte er denn hier? Wollte er wirklich zu mir oder hatte er sich vielleicht mit der Klingel vertan und wollte zu seinem Bruder? Ich drückte auf den Knopf und öffnete ihm das Tor. Ich sah auf dem Bildschirm, dass er durch das Tor hindurch ging und wartete, bis er nun noch einmal an der Haustür klingelte. Ich öffnete ihm die Haustür und wartete an der Wohnungstür. Als ich Schritte im Flur hörte, öffnete ich die Wohnungstür und da stand er in voller Pracht vor mir.

„Hi", grüßte er leise. „Bist du alleine?"

„Ja", erwiderte ich und kaum hatte ich das gesagt, hatte er mich auch schon gepackt, schob mich in meine Wohnung und küsste mich. Er schloss mit einer Hand die Tür und zog mich gleich darauf noch näher an sich heran. Ich schlang meine Arme um seinen Hals und presste mich eng an ihn. Ian bat an meinen Lippen mit seiner Zunge um Einlass, den ich ihm sofort gewährte. Unsere Zungen spielten miteinander und Ians Hände glitten über meinen Rücken. Er ließ von meinem Mund ab und küsste sich meinen Hals entlang zu meinem Schlüsselbein.

„Du hast mir gefehlt", raunte er an meinem Ohr und nahm gleich darauf meinen Mund wieder in Beschlag. Mein ganzer Körper begann zu kribbeln und mir wurde heiß. Ich hielt es nicht mehr aus. Ich wollte ihn spüren. Meine Hand fuhr über seine Brust, den Bauch entlang unter sein T-Shirt. Ich konnte seine Muskeln spüren, die unter meinen Berührungen bebten. Ein Stöhnen drang aus ihm, als ich mit der Hand hoch zu seiner Brust fuhr. Ians Hände glitten über meinen Rücken, fassten den Saum meines Tops und er zog es mir aus. Er warf es einfach achtlos auf den Boden und widmete seine Aufmerksamkeit wieder meinem Hals, den er mit Küssen bedeckte. Ich packte sein T-Shirt und zog es ihm aus. Der Anblick seiner Muskeln, seines nackten Oberkörpers war so atemberaubend. Sanft strich ich die Konturen seiner Muskeln nach. Ian stöhnte leise auf, als meine Lippen über seinen Hals zu seiner Brust wanderten. Er hob mich auf seine Arme und trug mich in mein Schlafzimmer zum Bett.

„Bleibst du noch?", fragte ich schwer atmend, nachdem wir beide zum Höhepunkt gekommen waren.

„Sehr gerne, wenn du es möchtest", erwiderte er.

„Ja natürlich."

„Okay, ich muss allerdings kurz ins Bad", sagte er und stand auf. Ich drehte mich zur Seite und schaltete die Nachttischlampe ein. Mir fiel ein, dass der Fernseher im Wohnzimmer noch eingeschaltet war. Ich stand auf, lief ins Wohnzimmer und schaltete dort den Fernseher und das Licht aus. Ich holte noch schnell zwei kleine Flaschen Eistee aus dem Kühlschrank und ging zurück ins Schlafzimmer, wo ich die Getränke auf den Nachttisch stellte. Ich wusste schließlich nicht, ob Ian vielleicht etwas trinken wollte. Ich legte mich gerade wieder ins Bett, als Ian ins Schlafzimmer kam. Er legte sich zu mir, zog mich in seine Arme und deckte uns mit der Bettdecke zu.

„Du weißt, dass wir das nicht hätten tun dürfen", sagte ich leise.

„Ich weiß. Aber ich konnte nicht anders. Ich kann mich nicht von dir fernhalten."

„Ich mich auch nicht von dir", gab ich zu. „Was machen wir denn nun?"

„Ich weiß es nicht, Honey", seufzte er. „Wie wäre es, wenn wir uns darüber heute keine Gedanken mehr machen und den Abend genießen?"

„Das hört sich gut an", erwiderte ich, zog ihn zu mir und küsste ihn.

Als ich am Samstagmorgen aufwachte, lag ich auf etwas Hartem. Das konnte nicht mein Kopfkissen sein. Mein Kissen war weich und es bewegte sich auch nicht. Ich öffnete die Augen und sah, dass ich auf einer Brust lag. Nicht eine Brust. Es war Ian seine. Ich schaute auf und blickte in zwei strahlende grüne Augen.

„Guten Morgen, Honey", sagte er. „Hast du gut geschlafen?" Wir hatten, nachdem wir uns noch einmal geliebt hatten, noch lange über alles Mögliche geredet und waren dann gegen zwei Uhr in der Nacht eingeschlafen.

„Guten Morgen. Ja, das habe ich. Und du?", erwiderte ich und reckte mich.

„Eigentlich auch gut, bis auf, dass mir jemand ständig die Bettdecke geklaut hat", grinste er.

„Wirklich? Und wer soll das gewesen sein? Wir lagen doch nur zu zweit hier im Bett oder war noch jemand da?", fragte ich und grinste ebenfalls.

„Hm, nein es war niemand anderes da. Ich glaube, es war diese süße Maus hier", sagte er und begann mich durchzukitzeln.

„Hör auf. Bitte", lachte ich.

„Nur wenn ich einen Kuss bekomme", erpresste er mich.

„Na gut. Du bekommst einen Kuss." Ian hörte auf mich zu kitzeln. Ich zog ihn zu mir und gab ihm seinen versprochenen Kuss. Sofort erwiderte er ihn und zog mich dichter an sich. Ich genoss diesen Augenblick mit ihm hier in meinem Bett zu liegen und ihn zu küssen. Ich wusste, dass ich es bereuen würde, wenn er weg wäre, aber das war mir in diesem Moment egal. In diesem Moment zählten nur wir beide. Mein Magen knurrte, doch ich ignorierte es einfach. Ich wollte jetzt nicht aufstehen.

„Na da hat wohl jemand Hunger", grinste Ian und löste sich von mir.

„Vielleicht ein bisschen. Aber ich will jetzt nicht aufstehen, denn das heißt, dass der Tag beginnt und du wahrscheinlich bald gehst. Das möchte ich nicht", gestand ich ihm.

„Naja, irgendwann werde ich heute schon noch aufstehen müssen, denn ich bin heute Abend mit meinem Bruder verabredet. Wir gehen zu einem Basketballspiel. Eigentlich würde ich lieber hier bei dir bleiben, aber ich habe es ihm versprochen."

„Schade", seufzte ich.

„Hey, na komm, lass uns etwas frühstücken, bevor du mir noch verhungerst", sagte er, stand auf und zog mich mit.

„Ich müsste aber erst einmal duschen gehen", erwiderte ich und stand vom Bett auf.

„Das hört sich gut an. Da komme ich doch mit", hauchte er an meinem Ohr.

„Ich habe nicht viel zum Frühstücken da, weil ich sonst alleine frühstücke, kaufe ich nur das, was ich auch wirklich esse. Also habe ich entweder Müsli oder Toast und als Belag Schokocreme", sagte ich, nachdem wir geduscht und uns angezogen hatten und nun in der Küche standen. Mir war meine kleine Auswahl etwas peinlich. Hätte ich gewusst, dass Ian gestern Abend zu mir kam und zum Frühstück bleiben würde, hätte ich gestern noch eingekauft.

„Schokocreme?", fragte Ian schmunzelnd.

„Ja, das esse ich am liebsten auf Toast."

„Dann werde ich auch ein Toast mit Schokocreme nehmen." Ich holte den Toaster aus dem Schrank und steckte zwei Toastscheiben hinein.

„Möchtest du Kaffee oder Orangensaft?", fragte ich ihn.

„Ich nehme einen Kaffee."

„Okay, ein Kaffee kommt sofort", sagte ich und bereitete ihm einen mit meinen Kaffeeautomaten zu. Ich deckte schnell den Tisch, denn die Toasts waren auch bereits fertig. Wir setzten uns an den Küchentresen, der die offene Küche vom Wohnzimmer trennte.

„Was hast du denn morgen vor?", fragte mich Ian.

„Ich muss noch eine Hausaufgabe fertig machen. Weißt du, mein Dozent im Fotografiekurs hat mir doch tatsächlich Hausaufgaben aufgegeben. Kannst du dir das vorstellen?", fragte ich ihn grinsend.

„Hm, das hat er mit Sicherheit nur gemacht, damit du mit ihm morgen einen Ausflug in die Natur machst", grinste er.

„Ach ist das so?"

„Ja natürlich."

„Heißt das, ich muss die Hausaufgabe nicht machen, wenn ich mit dir den Ausflug mache?", wollte ich nun wissen.

„Doch das schon, aber ich helfe dir dabei."

„Na gut und wo geht es morgen hin?"

„Lass dich überraschen. Ich würde sagen, ich hole dich morgen um zwei Uhr ab. Ach und vergiss deine Kamera nicht, denn die brauchst du natürlich."

Am nächsten Tag saßen Ian und ich in seinem Wagen und fuhren den Highway entlang. Ian fuhr einen Ford Mustang in grau-metallic und mit schwarzen Ledersitzen.

„Wo fahren wir eigentlich hin?", fragte ich, da er es mir noch nicht verraten hatte. Ian hatte mich einfach nur Zuhause abgeholt und war losgefahren.

„In die Natur", grinste er.

„Und wohin in die Natur?", wollte ich nun wissen.

„Wir fahren zu einem Wald etwa eine Stunde von New York entfernt. Dort soll es auch einen schönen Wasserfall geben, hat mir mein Bruder gesagt."

„Das hört sich gut an. Dort kann ich bestimmt schöne Fotos machen."

„Na davon gehe ich doch aus. Deswegen fahren wir dort hin. Na gut, ich gebe es zu. Ich will auch Zeit mit dir verbringen." Wir fuhren vom Highway hinunter, über eine Landstraße zu einem Waldgebiet. Ian parkte seinen Wagen auf dem kleinen Waldparkplatz und wir stiegen aus. Er kam zu mir, legte einen Arm um meine Taille und führte mich in den Wald. Ich genoss die frische Waldluft und atmete tief durch. In New York gab es nicht viel Natur, außer den Central Park. Aus diesem Grund war ich froh, der Großstadt einfach mal entfliehen zu können. Wir schlenderten den Waldweg entlang. Ab und zu nahm ich meine Kamera und schoss einige Fotos von der Umgebung.

„Hey, das gehört aber nicht zu deiner Hausaufgabe", grinste Ian, als er mich gerade dabei erwischte, wie ich ein Foto von ihm schoss.

„Nein? Ich dachte, die Aufgabe war ein Foto mit etwas Natur und einem gutaussehenden Mann zu machen", erwiderte ich grinsend.

„Das ist die private Hausaufgabe. Für die Uni ist die Aufgabe ein Foto nur mit der Natur", lächelte er.

„Na gut. Dann fotografiere ich eben nur noch die Natur." Wir gingen weiter und kamen nach einigen Minuten am Wasserfall an. Linus hatte recht. Er war sehr schön. Ich schoss einige Fotos. Ian tat es mir mit seiner Kamera gleich.

„Lexi stell dich mal da vorne hin", sagte Ian und deutete auf eine Stelle neben dem Wasserfall. Ich tat, was er sagte und ging zu dieser Stelle. Ian nahm seine Kamera und schoss nun Fotos von mir.

„Ich dachte, die Aufgabe ist Fotos von der Natur zu machen", sagte ich.

„Das ist deine Aufgabe. Ich darf mir die Motive aussuchen", grinste er und schoss gleich noch ein Foto von mir.

„Wenn du das darfst, dann darf ich das auch", sagte ich und machte wieder ein Foto von ihm. Ian kam zu mir, nahm sein Handy aus der Tasche und zog mich zu sich.

„Lass uns ein Selfie machen", schlug er vor und gleich darauf hob er seine Hand, in der sich das Handy befand. Ian zog mich noch dichter an sich und als wir beide in die Kamera schauten, machte er das Foto.

„Das ist sehr schön geworden", sagte er, nachdem er sich das Foto angesehen hatte und zeigte es mir.

„Da hast du recht. Kannst du es mir nachher bitte zusenden?", fragte ich, denn ich wollte dieses Foto von uns beiden gerne haben.

„Das mache ich", erwiderte er, zog mich zu sich und gab mir einen Kuss. Ich erwiderte den Kuss und vertiefte ihn.

„Komm, ich zeige dir jetzt mal einige Tricks, wie du deine Fotos noch weiter verbessern kannst", sagte Ian, nachdem wir uns voneinander wieder gelöst hatten.

„Oh Privatunterricht bei dem besten Lehrer der Welt", lachte ich.

„Ja genau. So etwas bekommt nicht jeder. Nur du", hauchte er an meinem Ohr.

„Was ist los, Honey?", fragte Ian, als wir auf der Rückfahrt waren.

„Nichts. Es ist alles gut", erwiderte ich.

„Wirklich? Du bist so ruhig. Na komm, raus mit der Sprache", forderte er mich auf.

„Naja, ich frage mich nur, was das zwischen uns ist?"

„Ich weiß es nicht, Honey. Fakt ist, wir tun etwas Verbotenes, aber ich kann mich auch nicht von dir fernhalten. Müssen wir da wirklich jetzt drüber reden?", fragte er seufzend.

„Naja irgendwann werden wir es müssen."

„Aber bitte nicht jetzt. Lass uns doch noch diesen Abend zusammen genießen."

„Na gut", gab ich nach und erschrak, als wir in die Straße einbogen, in der ich wohnte. „Oh scheiße."

„Was ist los?", fragte Ian und schaute mich verwirrt an.

„Da ist Katelynn. Fahr bitte weiter. Sie darf uns nicht zusammen sehen, sonst weiß morgen die ganze Uni, dass wir zusammen unterwegs waren", sagte ich. Was wollte sie denn schon wieder? Ich hatte ihr doch gesagt, dass ich keine Zeit hatte. Ich rutschte im Beifahrersitz weiter herunter und versteckte mich gerade noch rechtzeitig vor ihr, als wir an ihr vorbeifuhren.

„Du hast recht. Das wäre nicht gut, wenn wir zusammen gesehen werden. Soll ich eine Runde um den Block fahren? Vielleicht ist sie ja gleich wieder weg und ich kann dich nach Hause bringen."

„Nein, so schnell wird sie nicht gehen. Ich kenne sie. Lass mich einfach zwei Straßen weiter raus. Ich sage ihr dann, dass ich aus dem Central Park komme", erwiderte ich.

„In Ordnung. Schade, ich wäre gerne noch mit zu dir gekommen", sagte er und schaute mich an.

„Das wäre schön gewesen, allerdings wird das heute nichts, denn Katelynn ist sehr anhänglich und ich werde sie höchstwahrscheinlich nicht so schnell los. Noch dazu ist sie eine regelrechte Nervensäge", seufzte ich. Ian bog in die Straße ein, die ich ihm genannt hatte und hielt am Straßenrand an. Ich rutsche im Sitz wieder hoch und setzte mich ordentlich hin.

„Es war ein sehr schöner Nachmittag", sagte er und schaute mich lächelnd an.

„Das fand ich auch. Dann sehen wir uns morgen in der Uni."

„Ja und vergesse deine Hausaufgaben nicht", grinste er.

„Das werde ich schon nicht", grinste ich zurück.

„Bekomme ich noch einen Kuss?", fragte er und schaute mich mit seinem verführerischen Blick an.

„Natürlich bekommst du den." Ich zog ihn zu mir herüber und schon lagen unsere Lippen aufeinander. Ian zog mich dichter zu sich und wollte gerade den Kuss vertiefen, als es an der Scheibe an der Beifahrertür klopfte. Erschrocken fuhren wir auseinander und schauten beide, wer am Auto stand. Ein alter Mann mit grauen Haaren schaute uns wütend an und deutete auf die Scheibe. Ian ließ die Scheibe per Knopfdruck herunter und sah ihn fragend an.

„Sie stehen hier im Halteverbot", polterte er empört los.

„Oh Entschuldigung. Ich habe das Schild nicht gesehen. Ich fahre sofort weg. Ich wollte nur meine Freundin nach Hause bringen", sagte Ian freundlich.

72

„Ja ist schon gut. Schauen Sie, dass Sie hier wegkommen. Sie blockieren hier alles", kam es von dem Mann und ging weiter.

„Man muss dieser Mann verbittert sein", sagte ich, als Ian das Fenster wieder schloss.

„Ich sollte wirklich weiterfahren, bevor er gleich noch die Polizei ruft. Das traue ich ihm zu."

„Ich auch. Okay, dann werde ich mal gehen. Wir sehen uns dann morgen in der Uni." Ich wandte mich gerade zur Tür, als Ian mich zurückzog und mir einen kurzen Kuss gab.

„So jetzt darfst du", lächelte er. Ich öffnete die Wagentür und stieg aus dem Auto aus.

„Bis morgen", verabschiedete ich mich.

„Bis morgen, Honcy." Ich schloss die Tür und Ian fuhr los. Ich machte mich auf den Weg nach Hause und hoffte, dass Katelynn nicht mehr am Haus stand. Natürlich war das Glück nicht auf meiner Seite und ich sah sie am Eingangstor stehen, als ich in die Straße einbog. Wie gerne wäre ich bei Ian im Auto geblieben und wäre mit ihm weggefahren, aber es ging leider nicht. Ich musste noch die Hausaufgabe fertigstellen und dafür brauchte ich meinen Laptop, der in meiner Wohnung stand. Ich seufzte und ging weiter.

„Oh Alexa, da bist du ja", rief Katelynn, als ich mich dem Haus näherte. „Ich hatte schon bei dir geklingelt. Wo warst du denn?", fragte sie neugierig.

„Ich war im Central Park", log ich, denn ich wollte ihr nicht sagen, dass ich mit Ian unterwegs gewesen war.

„Was hast du denn dort gemacht?", wollte sie nun wissen.

„Fotografiert."

„Ach so, dann hast du doch jetzt bestimmt Zeit. Lass uns doch etwas trinken gehen oder wir können auch zu dir gehen und einen Frauenabend machen", schlug sie vor. Ich verdrehte innerlich die Augen, denn ich hatte gar keine Lust irgendetwas mit ihr zu machen und schon gar nicht wollte ich, dass sie mit zu mir in die Wohnung kam, denn dann würde ich sie heute Abend erst sehr spät wieder los werden. Katelynn hatte, wie man es so nannte, Sitzfleisch und ging erst, wenn sie das wollte.

Ich hatte es schon ein paar Mal erlebt, wo sie bei mir gewesen war und trotz Andeutungen, dass ich müde wäre und ins Bett gehen wollte, war sie nicht nach Hause gegangen. Es hatte sie gar nicht interessiert, hatte einfach weitergeredet und war erst spät in der Nacht nach Hause gefahren. Darauf hatte ich heute absolut keine Lust.

„Tut mir leid, Katelynn. Daraus wird heute nichts. Ich habe noch zu tun."

„Das kannst du doch auch noch später machen. Nun komm schon."

„Nein. Ich habe dir am Freitag bereits gesagt, dass ich das ganze Wochenende keine Zeit habe und so ist es auch."

„Du bist echt eine Langweilerin. Was hast du denn noch so Wichtiges zu tun, was nicht warten kann?", fragte sie nun eingeschnappt.

„Naja, wenn ich doch eine Langweilerin bin, wie du gerade gesagt hast, dann ist es doch gut, dass ich keine Zeit habe", sagte ich bissig, holte meinen Schlüssel aus der Tasche und schloss das Eingangstor auf.

„Warte doch mal. Das habe ich doch nicht so gemeint. Lass uns doch nur etwas trinken gehen. Nur eine Stunde", versuchte sie es wieder.

„Ich habe keine Zeit. Ich muss jetzt auch reingehen", erwiderte ich.

„Wenn du meinst. Dann gehe ich jetzt zu Chloe. Sie hat immer Zeit. Wir werden einen sehr schönen Abend haben", sagte sie, drehte sich um und ging eingeschnappt davon.

„Viel Spaß", rief ich ihr hinterher und ging zum Haus. Ich schloss die Haustür auf, ging zum Fahrstuhl und fuhr hinauf zu meiner Wohnung.

„Hallo Mum", sagte ich, als sie am Abend anrief.

„Hallo mein Schatz. Wie geht es dir?", wollte sie von mir wissen.

„Mir geht es gut und euch?"

„Uns auch. Wir haben einen neuen Auftrag bekommen. Es ist ein Großauftrag. Dein Vater soll auf Kuba in Havanna ein großes Einkaufszentrum mit einer großen Freizeitanlage bauen. Sie sind ganz begeistert von den Arbeiten, die dein Vater gemacht hat und den Referenzen, die die Firma hat. Sie wollen unbedingt, dass er das Bauprojekt übernimmt", erzählte meine Mutter freudig. Mich freute es gar nicht, denn das hieß wieder eine Menge Arbeit für meine Eltern und ich wusste, dass sie nicht kürzertreten würden. Es würden wieder lange und stressreiche Arbeitstage werden.

„Mum, hattest du mir nicht versprochen, dass ihr weniger arbeiten werdet? Mit einem Großauftrag wird das aber nichts", sagte ich ernst.

„Ach mein Schatz, mache dir doch darüber keine Sorgen. Wir werden schon aufpassen, dass wir uns arbeitsmäßig nicht übernehmen", versicherte mir meine Mutter. Ich glaubte ihr allerdings nicht, denn dafür kannte ich meine Eltern zu gut, um zu glauben, dass sie sich zurücknehmen würden. Die Arbeit war ihnen sehr wichtig.

„Wann soll es losgehen?", fragte ich.

„Mitte Oktober sollen die Bauarbeiten beginnen. Ich habe leider eine schlechte Nachricht für dich, denn das heißt, dass wir Thanksgiving nicht zusammen verbringen können."

„Na toll. Dann sehen wir uns ja erst Weihnachten", erwiderte ich sauer.

„Es tut mir leid Schatz. Wir würden sehr gerne mit dir Thanksgiving feiern, allerdings sind wir zu der Zeit in Havanna. Dein Vater muss die Bauarbeiten überwachen und ich werde mit ihm dort sein", versuchte sie mir zu erklären.

„Könnt ihr denn nicht zu Thanksgiving nach Hause kommen?"

„Wahrscheinlich wird es nicht gehen, aber wir werden mal schauen, ob wir uns ein paar Tage freinehmen können." Diesen Satz kannte ich schon und ich wusste ganz genau, dass sie sich nicht freinehmen würden. Ihnen war die Arbeit, wie immer wichtiger und das hieß für mich, dass ich Thanksgiving alleine verbringen würde. Ich seufzte innerlich.

„Okay Mum. Ich würde mich freuen, mit euch beiden zusammen Thanksgiving zu feiern", sagte ich und schluckte meine Wut herunter. Ich war sauer auf sie, dass sie lieber arbeiteten, anstatt einige Tage mit Ihrer Tochter zu verbringen. Aber ich wollte mich jetzt nicht mit meiner Mutter streiten.

„Wir uns doch auch. Was macht denn die Uni", lenkte meine Mutter vom Thema ab.

„Da läuft es gut. Ich habe einen neuen Dozenten in drei Kursen, da Mr. Mortimer in Rente gegangen ist", erzählte ich ihr, ließ allerdings aus, dass ich mit ihm ein Verhältnis hatte oder was wir beiden auch immer hatten, denn ich wusste nicht, was das zwischen uns war. Allerdings musste meine Mutter nichts von uns beiden wissen.

„Kommst du denn mit dem neuen Dozenten gut klar? Nicht das du noch in deinem letzten Jahr Schwierigkeiten in den drei Kursen hast. Denk daran, du machst im Mai deinen Masterabschluss", wollte meine Mutter wissen. Natürlich kam ich mit Ian gut klar. Mehr als das sogar.

„Ja, er ist sehr nett und ich lerne bei ihm noch einiges dazu. Ihm haben meine Arbeiten sehr gut gefallen."

„Na dann ist ja gut. Du hast ja auch wirklich Talent. Wir werden von unseren Kunden nicht nur für das Firmenlogo, sondern auch für das Design der Firmenwebseite gelobt. Das haben wir nur dir zu verdanken", lobte sie mich.

„Danke Mum. Ich freue mich, dass es bei den Kunden so gut ankommt. Sagt einfach nur Bescheid, wenn ich noch etwas für euch designen soll."

„Das werden wir. So mein Schatz, ich werde jetzt mal auflegen, das Essen ist fertig und dein Vater hat Hunger."

„Ist gut, Mum. Ich muss auch noch eine Hausaufgabe für den Fotografiekurs, den ich bei dem neuen Dozenten habe, fertig machen. Ich war heute im Central Park und habe einige Naturfotos gemacht, die ich noch bearbeiten muss."

„Dann tu das. Wir telefonieren die Tage wieder."

„Ja, das machen wir. Grüße Dad bitte ganz lieb von mir."

„Das werde ich. Tschüss mein Schatz."

„Tschüss Mum", erwiderte ich und legte auf. Ich stand von der Couch auf, ging ins Büro, wo mein Laptop auf dem Schreibtisch stand und begann mit der Hausaufgabe.

Ich lag schon im Bett, als mein Handy klingelte. Ich nahm es von meinem Nachttisch und schaute drauf. Es war eine Nachricht von Ian. Ich öffnete sie und sah das Foto, welches er von uns beiden gemacht hatte. Darunter stand -*Es war ein sehr schöner Nachmittag mit einer wunderschönen Frau. Ich kann es kaum erwarten dich wiederzusehen*- So ging es mir ebenfalls.

-*Danke für das Foto. Ich kann es auch kaum erwarten dich wiederzusehen*- schrieb ich zurück. Kurz nachdem ich die Nachricht abgeschickt hatte, klingelte mein Handy.

„Hi Ian", grüßte ich ihn freudig, als ich den Anruf entgegennahm.

„Na Honey, du schläfst ja noch gar nicht", erwiderte er.

„Nein, aber ich liege schon im Bett."

„Hm, ich würde gerne jetzt noch bei dir vorbeikommen, aber du musst morgen zur Uni und musst ausgeschlafen sein."

„Schade", kam es von mir, denn es wäre schön gewesen, wenn er noch vorbeigekommen wäre. „Naja, dann werde ich wohl ganz alleine in meinem Bett schlafen müssen. Es hat ja auch einen Vorteil. Ich habe mehr Platz", grinste ich.

„Und ich brauche nicht um die Bettdecke zu kämpfen, wenn ich alleine in meinem Bett schlafe", lachte er. „Hast du eigentlich brav deine Hausaufgaben gemacht?"

„Ja, natürlich. Ich habe alles erledigt."

„Na dann bin ich mal morgen gespannt. So ich werde dich jetzt aber mal schlafen lassen, sonst kommst du morgen früh nicht aus dem Bett. Gute Nacht Honey. Schlaf gut."

„Gute Nacht. Schlaf du auch gut", sagte ich und legte auf. Ich legte mich hin und es dauerte auch nicht lange, bis ich einschlief.

77

Kapitel 5

Am Montag kam ich gerade von der Uni nach Hause, als mein Handy klingelte. Ich schaute auf das Display und lächelte, als ich sah, dass Ian anrief.

„Hey, na was gibt es?", fragte ich, als ich den Anruf annahm.

„Hi Honey, ich wollte dich fragen, was du an diesem sonnigen Nachmittag machst", erwiderte er.

„Naja eigentlich wollte ich gleich im Central Park joggen gehen."

„Das hört sich gut an. Ich wollte sowieso wieder mit dem Joggen anfangen."

„Ich würde gerne mit dir zusammen joggen gehen, aber ich glaube nicht, dass es so gut ist, wenn man uns zusammen im Park sieht", überlegte ich.

„Da hast du recht, aber wir könnten uns doch auch zufällig im Park treffen", kam es von ihm und ich konnte sein Grinsen in seiner Stimme hören.

„Stimmt. Okay wie wäre es, wenn wir uns um drei Uhr am Westeingang treffen", schlug ich vor.

„Alles klar, dann sehen wir uns gleich im Park."

„Bis gleich", sagte ich und legte auf. Ich schaute auf die Uhr. Es war kurz nach zwei. Ich musste mich beeilen, damit ich nicht zu unserer Verabredung zu spät kam. Schnell zog ich mir meine Joggingsachen an, band mir meine Gürteltasche um und verließ das Haus. Ich joggte zum Central Park und wartete wie vereinbart am Westeingang auf Ian. Ich musste nicht lange auf Ian warten. Als ich ihn sah, machte mein Herz Luftsprünge vor Freude. Er sah atemberaubend gut aus in seinem enganliegendem T-Shirt durch das man seine ausgeprägten Muskeln sehen konnte und seiner bis zu den Knien reichenden Shorts. Dazu trug er ein Basecap und eine Sonnenbrille, damit er wahrscheinlich nicht sofort erkannt wurde.

„Hi, wartest du schon lange?", fragte er.

„Nein, ich bin auch erst vor ein paar Minuten gekommen."

„Dann ist gut. So dann zeig mir doch mal eine gute Strecke zum Joggen", grinste er.

„Okay, ich hoffe, du kannst mit mir mithalten", sagte ich und joggte los.

„Das werde ich. Mal sehen, wer zuerst aus der Puste ist", rief er und holte mich ein. Wir joggten eine Runde, wobei ich schon ein mulmiges Gefühl hatte, dass jemand uns zusammen sehen würde. Ian beruhigte mich und meinte, wir würden einfach sagen, dass wir uns zufällig getroffen hätten und ein Stück zusammen gelaufen wären, da wir den gleichen Weg hätten. Daran wäre auch gar nichts Verwerfliches, denn schließlich durfte uns die Uni nicht verbieten im Park zu joggen. Als wir in der Nähe meines Lieblingsplatzes waren blieben wir stehen.

„Komm ich zeige dir einen Platz, wo ich gerne bin, wenn ich mal etwas Ruhe brauche", sagte ich und führte ihn den verborgenen Weg entlang zu der Bank. Ich setzte mich im Schneidersitz auf die Bank und sah zu Ian, der sich umschaute.

„Und hier bist du immer zu finden, wenn du Ruhe brauchst?", fragte er und setzte sich zu mir.

„Ja, oder auch, wenn ich einfach nur mal abschalten möchte. Hier ist es so ruhig und schön. Niemand kann mich hier sehen, da die Bank so durch die Büsche versteckt ist", erklärte ich ihm.

„Da hast du recht. Und niemand wird dieses hier sehen", sagte er, zog mich zu sich und küsste mich. Ich schlang meine Arme um seinen Hals und erwiderte den Kuss. Keuchend und nach Luft schnappend lösten wir uns wieder voneinander.

„Ich glaube, wir sollten das hier lieber verschieben, sonst gibt es Sex im Freien und wenn uns jemand erwischt, bekommen wir beide noch eine Anzeige wegen Erregung öffentlichen Ärgernisses", kam es von ihm.

„Naja aber Sex im Freien hätte seinen Reiz", erwiderte ich grinsend.

„Das auf jeden Fall", grinste er zurück. Ich lehnte mich mit dem Rücken an seine Brust und er schlang seine Arme um meinen Bauch. Ich genoss unser Zusammensein, obwohl ich immer noch nicht wusste, was das zwischen uns nun war. Ich hatte aber auch keine Lust ihn jetzt darauf anzusprechen. Ich wollte jetzt einfach nur den Nachmittag mit ihm zusammen genießen.

„Erzähl mir etwas von dir", forderte er mich auf.

„Was möchtest du denn wissen? Du weißt doch schon alles von mir."

„Ich weiß einiges von dir, aber noch lange nicht alles", grinste er. „Wie viele Freunde hattest du schon?"

„Zwei", antwortete ich wahrheitsgemäß. „Na gut den einen kann man nicht wirklich mitzählen. Wir waren vierzehn und mehr als unschuldige Küsse und Händchenhalten lief nicht in den zwei Wochen, in denen wir zusammen waren."

„Wie alt warst du bei deinem anderen Freund?", fragte er neugierig.

„Da war ich siebzehn. Die Beziehung hielt allerdings nur ein halbes Jahr. Wir waren einfach zu verschieden."

„Und danach hattest du keinen Freund mehr? Die Männer müssen doch bei so einer wunderschönen Frau, wie du es bist, Schlange stehen", fragte er verwundert.

„Ich bin halt wählerisch", sagte ich grinsend, löste mich aus seinen Armen und drehte mich zu ihm um.

„Dann kann ich mich glücklich schätzen mit dir die Zeit verbringen zu dürfen", grinst er zurück.

„Ja, das kannst du auch. Ich teile meine kostbare Zeit nicht mit jedem", lachte ich.

„Hauptsache mit mir", sagte er, beugte sich vor und gab mir einen kurzen Kuss auf die Lippen.

„Und jetzt zu dir. Raus mit der Sprache. Wie viele Freundinnen hattest du schon?", wollte ich nun von ihm wissen und war auf seine Antwort gespannt. So gut, wie er aussah, mussten ihm doch die Frauen zu Füßen liegen. War er vielleicht ein Aufreißer, der sich jede Frau nahm und sie fallen ließ, wenn er keine Lust mehr auf sie hatte? Wollte er deswegen keine Beziehung mit mir, sondern nur eine Affäre oder weshalb wich er mir immer wieder aus, wenn ich das Thema ansprechen wollte?

„Ich hatte drei Freundinnen, wobei die letzte Beziehung die Längste gewesen ist und sechs Jahre hielt“, erzählte er und ich war erleichtert, dass er kein Aufreißer war. Aber wieso wollte er dann nicht über uns reden? Auch wenn ich ihn wahnsinnig gern darauf angesprochen hätte, so interessierte es mich im Moment eher, warum die lange Beziehung nicht gehalten hatte.

„Warum habt ihr euch getrennt, wenn ihr doch schon so lange zusammen gewesen seid?“

„Wir haben uns mit der Zeit auseinandergelebt und haben uns letztes Jahr getrennt. Sie ist Modedesignerin und hat ihr eigenes Modelabel gegründet. Sie wollte immer, dass ich sie unterstütze, was ich auch getan habe. Aber das war ihr nie genug. Wir haben uns die letzten Monate nur noch gestritten und dann beschlossen uns zu trennen.“

„Das kann ich verstehen. Wenn man sich auseinanderlebt, dann hat es auch keinen Sinn mehr weiterhin zusammen zu bleiben“, sagte ich.

„Das stimmt. Ich hatte auch keine Lust mehr auf diese ewigen Streitereien. Kaum war ich nach der Arbeit Zuhause, ging es gleich los. Vom nicht gemachten Haushalt über Einkaufen und keine Unterstützung bei ihrem Label. Sie war immer nur am Motzen. Aber wann sollte ich es denn auch alles tun? Mein Tag hatte auch nur 24 Stunden und ich ging dazu auch noch arbeiten. Ich tat schon, was ich konnte. Sie hatte sich nur noch um ihr Label gekümmert und alles andere sollte ich alleine tun, da sie keine Zeit hätte. Die hatte ich auch nicht wirklich. Ich bin froh, dass wir die Beziehung beendet haben. Es war zum Schluss nur noch ein Krampf, aber keine Beziehung mehr. Ich meine, ich hatte nichts dagegen, dass sie sich selbstverwirklicht. Ich stand auch voll und ganz hinter ihr, aber irgendwann wurde es mir einfach zu viel“, erklärte er mir.

„Das glaube ich. Man ist doch wirklich nur ein Mensch und wenn man nur noch am Rotieren ist, dann ist es doch auch kein Leben mehr. Man macht sich nur selbst kaputt. Ich finde es von deiner Ex-Freundin aber schon ein starkes Stück, dass sie sich nur noch um ihre Karriere gekümmert, dir die ganze Arbeit aufgehalst hat und dann auch noch wollte, dass du sie zusätzlich noch unterstützt. Sie wusste doch von Anfang an, was auf sie zukommt, wenn sie sich selbstständig macht. Dann hätte sie es anders planen müssen oder es ganz sein lassen sollen, wenn sie es nicht schafft Arbeit und Haushalt unter einem Hut zu bekommen. Andere Menschen schaffen das auch, also soll sie aufhören herumzujammern."

„Genau das habe ich ihr nach unserer Trennung auch gesagt, als sie mal wieder gejammert hat, dass sie keine Zeit hätte. Im Übrigen habe ich mitbekommen, dass sie keinen Erfolg mit ihrem Label hatte und nun für eine andere Modekette arbeitet."

„So ist das Leben. Und seit der Trennung bist du nun Single? Das verstehe ich nicht, so wie die Frauen dir nachschauen", wollte ich nun wissen.

„Es hat mich keine weitere Frau interessiert, bis ich dich getroffen habe", grinste er.

„Darf ich mich jetzt auch geehrt fühlen?", fragte ich ebenfalls grinsend.

„Ja, das darfst du."

Um halb sieben machten wir uns auf den Rückweg zum Westeingang, wo Ian seinen Wagen geparkt hatte.

„Sehen wir uns heute Abend noch?", fragte er und blieb vor dem Eingang stehen.

„Gerne, aber ich muss für morgen noch eine Hausaufgabe für Grafikdesign machen", erwiderte ich, hätte allerdings lieber die Zeit mit ihm verbracht, anstatt die Hausaufgabe zu erledigen.

„Soll ich dir helfen?"

„Ich muss etwas Zeichnen. Ich glaube, dabei wirst du mir nicht helfen können."

„Da hast du recht. Zu was für ein Thema musst du denn etwas zeichnen?"

„Wir sollen eine Traumwelt zeichnen."

„Lass mich raten, du wirst ein Märchenschloss mit einer Prinzessin und einem Prinzen zeichnen", schmunzelte er.

„Woher weißt du das?", fragte ich überrascht.

„Ich habe deine Arbeiten gesehen, die wirklich gut sind und einen Touch von Fantasie in sich haben."

„Stimmt. Die reale Welt ist mir einerseits zu grausam, aber auch wiederum etwas zu langweilig."

„Ich bin auch real. Bin ich etwa auch langweilig?", fragte er herausfordernd und wollte gerade einen Schritt auf mich zukommen, als wir eine Stimme neben uns hörten.

„Hallo Lexi, hallo Mr. Davis", rief Chloe und kam zu uns. „Oh gibt es hier ein Unitreffen?"

„Ja so in etwa kann man es sehen. Wir haben uns gerade beim Joggen getroffen", lachte Ian.

„Ach so. Habe ich Sie jetzt bei einem wichtigen Gespräch gestört?", fragte sie und schaute uns beide an.

„Nein, das hast du nicht. Wir haben uns gerade über die letzte Kursstunde unterhalten", sagte ich schnell.

„Dann ist ja gut."

„So die Damen, ich werde nun mal den Heimweg antreten und Sie beide sehe ich dann morgen früh ausgeschlafen in meinem Kurs", sagte Ian.

„Das sind wir doch immer", lachte Chloe. „Ich werde jetzt auch mal etwas Sport treiben gehen. Lexi, wollen wir zusammen joggen oder bist du schon fertig", wandte sie sich mir zu.

„Ich bin fertig und muss jetzt auch nach Hause, sonst bekomme ich die Hausarbeit für Grafikdesign nicht rechtzeitig bis morgen fertig."

„Die habe ich vorhin schon gemacht. Dann bis morgen", verabschiedete sich Chloe und joggte los.

„Soll ich dich nach Hause bringen?", fragte Ian leise, als wir den Park verließen.

„Nein, das brauchst du nicht. Ich habe es ja nicht weit. Abgesehen davon könnte uns dabei jemand sehen, wie ich in dein Auto einsteige. Wer weiß, wer hier im Park noch so von der Uni unterwegs ist", erwiderte ich.

„Na gut. Dann sehen wir uns morgen in der Uni. Ich würde dir jetzt gerne noch einen Abschiedskuss geben, aber hier in der Öffentlichkeit wäre es wohl nicht so ratsam."

„Da hast du recht. Schade, dann werde ich wohl bis morgen auf einen Kuss von dir warten müssen."

„Du bekommst morgen von mir einen ganz langen", hauchte Ian und schloss die Tür von seinem Wagen auf, an dem wir angekommen waren.

„Darauf freue ich mich schon. Bis morgen", sagte ich und machte mich auf den Heimweg.

„Mr. Davis, könnten Sie bitte mal kurz kommen", rief ich ihn am nächsten Tag, im Animationskurs. Ich hatte natürlich kein Problem bei einer Animation, wobei er mir helfen sollte. Ich wollte nur seine Nähe genießen und dafür hatte ich extra einen Fehler eingebaut.

„Ja, natürlich Miss Edison", erwiderte er und kam gleich zu mir. „Wie kann ich Ihnen helfen?"

„Der Hund bewegt sich nicht so flüssig, wie er soll", erklärte ich ihm lächelnd.

„Na dann wollen wir doch mal sehen, warum er es nicht tut", grinste Ian, hockte sich neben meinen Tisch und zog den Laptop näher zu sich heran. Er klickte etwas im Programm und wandte sich dann wieder zu mir. „Sie haben vergessen einen Haken bei der Programmierung zu setzen."

„Oh wo hätte ich das denn tun müssen?", fragte ich grinsend.

„Ich zeige es Ihnen", erwiderte er, aber anstatt mir den Fehler zu zeigen, öffnete er das Schreibprogramm und minimierte es, damit es die anderen Studenten nicht sahen.

-Ich glaube dir nicht, dass du nicht wusstest, wie du den Hund richtig bewegst.- schrieb er.

-Naja, das kann schon sein. Ich wollte nur, dass du zu mir kommst.- schrieb ich zurück.

-Ach so ist das. Was hast du denn heute Abend vor?-

-Ich habe noch nichts geplant.-

-*Wie wäre es, wenn ich zu dir komme?*-
-*Das hört sich gut an.*-
-*Gut, dann bin ich um sechs Uhr bei dir.*- Ian schloss das Schreibprogramm und wandte sich wieder der Animation zu. „Sie hätten hier einen Haken setzen müssen", sagte er und zeigte mir, wo ich den Fehler gemacht hatte.

„Ach deswegen hat es nicht funktioniert. Das werde ich gleich bei der nächsten Figur üben, damit ich es mir behalte, wie es geht", erwiderte ich.

„Mr. Davis, ich brauche auch mal Ihre Hilfe", rief Katelynn, die drei Reihen hinter mir saß.

„Ich bin sofort bei Ihnen", erwiderte Ian immer noch mir zugewandt und verdrehte die Augen. Das war klar, dass sie uns jetzt stören musste. Sie konnte es anscheinend nicht sehen, wenn er mal jemanden anderes half, als ihr selbst. Das war typisch Katelynn. Ian stand auf, um zu Katelynn zu gehen. Dabei streifte er mit Absicht meinen Arm und sah mich lächelnd an, bevor er zu ihr ging.

„Katelynn nervt mal wieder. Ich wette, sie hat gar kein Problem. Sie will ihn nur wieder schöne Augen machen", flüsterte Chloe mir zu, die neben mir saß.

„Das glaube ich auch. Sie kann es nicht sehen, wenn jemand anderes als ihr geholfen wird", sagte ich leise.

„Gleich in der Pause wird sie entweder wieder von ihm schwärmen oder ihm wieder unterstellen, dass er keine Ahnung hat, da er ihre Arbeit nicht gut findet", kam es leise von Serena. Ich drehte mich zu Katelynn um und sah, dass sie ihn Gott sei Dank nicht anschmachtete. Im Gegenteil. Die beiden schienen leise zu diskutieren.

„Ich glaube, sie wird das zweite tun, so wie es aussieht", grinste ich und drehte mich wieder zu den beiden.

Am Donnerstag bekam ich von Ian eine Nachricht auf mein Handy in der stand, dass ich in sein Büro in der Uni kommen sollte. Gespannt darauf, was mich erwarten würde, ging ich in der Mittagspause zu ihm und klopfte an die Tür.

„Herein", hörte ich Ian rufen und ich öffnete die Tür.

„Guten Tag Miss Edison. Kommen Sie doch bitte herein", sagte er förmlich. Ich betrat das Büro und kaum hatte ich die Tür hinter mir geschlossen, war Ian auch schon bei mir. Er drehte mich zu sich um und küsste mich. Ich schlang meine Arme um seinen Hals und erwiderte den Kuss.

„Was war das?", fragte ich schwer atmend, als wir uns wieder voneinander lösten.

„Ich hatte Sehnsucht nach dir und wollte dich unbedingt küssen", grinst er.

„Aber das hättest du doch auch heute Abend, wenn wir uns sehen, tun können und hättest mich doch nicht extra in dein Büro kommen lassen müssen."

„Das geht leider nicht. Wir werden uns heute Abend leider nicht sehen können. Wir haben heute ein Lehrkräftetreffen, wie ich vorhin erfahren habe. Ich muss dahin, da über verschiedene Dinge hier an der Uni gesprochen werden soll", erklärte er und schaute mich entschuldigend an.

„Schade, eigentlich wollte ich dich fragen, ob du bei mir vorbeikommst. Wir hätten dann zusammen kochen und uns einen schönen Abend machen können", erwiderte ich und war schon etwas enttäuscht darüber, dass er keine Zeit hatte.

„Das ist wirklich schade, denn dein Angebot hört sich sehr gut an. Hm, wie wäre es, wenn du morgen Abend zu mir kommst, ich für uns etwas koche und du bei mir übernachtest", schlug er vor.

„Das hört sich gut an", stimmte ich zu.

„Das freut mich. Wir werden uns ein schönes Wochenende machen", lächelte er und gab mir einen Kuss. Ich wollte diesen Kuss gerade erwidern, als es an der Tür klopfte. Erschrocken fuhren wir auseinander. Ian lief schnell zu seinem Schreibtisch und nahm dahinter platz. Er deutete mir an mich auf den Stuhl davor zu setzen, was ich auch tat.

„Herein", rief er. Im nächsten Moment trat Mr. Thomas, mein Dozent im Marketingkurs, herein.

„Guten Tag Mr. Davis, oh guten Tag Miss Edison. Ich wusste gar nicht, dass Sie in einem Gespräch sind. Entschuldigen Sie bitte. Ich werde später noch einmal wiederkommen", sagte Mr. Thomas.

„Nein, es ist schon gut. Wir sind sowieso hier fertig. Oder haben Sie noch eine Frage, Miss Edison", wandte sich Ian mir zu.

„Nein, wir haben alles geklärt. Vielen Dank für die Tipps, die Sie mir gegeben haben", bedankte ich mich bei ihm und stand vom Stuhl auf. „Auf Wiedersehen Mr. Davis, auf Wiedersehen Mr. Thomas."

„Auf Wiedersehen Miss Edison", erwiderte Ian, als ich zur Tür ging.

„Bis nachher im Kurs", sagte Mr. Thomas freundlich und ich verließ das Büro. „Miss Edison ist eine sehr gute Studentin. Sie hat viel Talent", hörte ich ihn sagen, als ich die Tür hinter mir schloss.

„Ja, das hat sie. Ich habe ihre Arbeiten gesehen. Sie sind sehr gut", kam es von Ian. „Was kann ich für Sie tun?" Ich wollte nicht weiter lauschen und machte mich auf den Weg zu meinem nächsten Kurs. Ich betrat den Raum und sah, dass leider nur noch neben Katelynn ein Platz frei war. So ein Mist. Jetzt musste ich mich neben sie setzen. Ich hatte darauf keine Lust, denn ich wusste, sie würde wissen wollen, warum ich so spät kam. Und richtig! Kaum hatte ich mich hingesetzt, legte sie auch schon los.

„Wo warst du?", wollte sie neugierig wissen.

„Mr. Davis wollte mit mir sprechen."

„Und warum?"

„Wegen meiner letzten Arbeit im Kurs."

„Und was habt ihr deswegen genau besprochen?"

„Er hat mir Tipps gegeben, was ich verbessern kann."

„Aha. Und warum gibt er mir keine Tipps?"

„Keine Ahnung", erwiderte ich genervt.

„Ich muss auch mal zu ihm gehen. Es kann ja nicht sein, dass du bevorzugst wirst und er mir nicht hilft", sagte sie hochnäsig.

„Er bevorzugt mich überhaupt nicht. Hör auf so einen Mist zu erzählen. Dann gehe doch zu ihm und frage ihn, ob er dir hilft", zischte ich wütend. Ich drehte mich zur Seite und sah Tim einen Mitstudenten auf der anderen Seite des Ganges sitzen. „Tim, tauschst du bitte mit mir den Platz", bat ich ihn.

„Na gut, wenn es unbedingt sein muss", erwiderte er und war darüber nicht gerade erfreut, als er sah, dass Katelynn neben mir saß. Er konnte sie anscheinend genauso wenig leiden, wie ich.

„Ja bitte. Das wäre wirklich nett von dir." Tim stand auf und kam zu mir herüber. Ich stand ebenfalls auf und war ihm mehr als dankbar, dass er mit mir den Platz tauschte und ich so Katelynn nicht mehr ertragen musste. Ich ging zu seinem Platz herüber und setze mich hin. Der Unterricht begann und ich konnte ihm in Ruhe folgen.

Kapitel 6

Am nächsten Tag fuhr ich um sechs Uhr abends zu Ian. Ich nahm den Tunnel, der New York mit New Jersey verband und folgte den Anweisungen von meinem Navigationsgerät in meinen Wagen nach Hoboken, wo Ian wohnte. Ich war noch nie bei ihm Zuhause gewesen, denn bis jetzt war er immer nur zu mir gekommen, wenn wir uns getroffen hatten und ich war sehr gespannt darauf, wie er wohnte. Das Navigationsgerät führte mich genau zu seinem Haus und ich parkte meinen Wagen davor an der Straße. Ich hoffte, dass niemand von meiner Uni hier wohnte und meinen Wagen hier stehen sah. Falls doch, würde ich einfach sagen, dass ich eine Freundin besuchte. Sollte mir erst einmal jemand beweisen, dass es nicht so war. Ich stieg aus meinen Wagen aus, holte die kleine Reisetasche aus dem Kofferraum und ging, nachdem ich mein Auto abgeschlossen hatte, zum Haus. Ian wohnte in einem großen Mehrfamilienhaus mit acht Stockwerken. An der Haustür angekommen fand ich gleich seinen Namen auf dem Klingelschild und betätigte die Türklingel. Kurz darauf wurde mir auch schon die Haustür geöffnet und ich ging ins Haus. Ian hatte mir gesagt, dass er in der fünften Etage wohnte. Aus diesem Grund stieg ich in den Fahrstuhl, denn ich wollte keine fünf Etagen die Treppen hochsteigen und fuhr nach oben. Als ich aus dem Fahrstuhl ausstieg, wartete Ian bereits an der Wohnungstür.

„Hi Honey", lächelte er, nachdem ich aus dem Fahrstuhl gestiegen und zu ihm gegangen war.

„Hey." Ich zog ihn zu mir herunter und gab ihm einen Kuss.

„Komm rein", sagt er, trat einen Schritt zur Seite und ließ mich in die Wohnung. „Das Essen dauert noch etwas. Wie wäre es, wenn ich dir in der Zeit die Wohnung zeige?", schlug er vor, nachdem er die Wohnungstür geschlossen und mir die Reisetasche abgenommen hatte, die er im Flur abstellte.

„Das hört sich gut an. Was gibt es denn eigentlich zu Essen?", fragte ich neugierig.

„Das verrate ich dir nicht. Da wirst du dich schon noch etwas gedulden müssen", grinste er. „Also hier stehen wir im Flur, wie du wahrscheinlich schon bemerkt hast."

„Wirklich? Ich dachte, es wäre die Eingangshalle deines Palastes", witzelte ich.

„Nein, da muss ich dich leider enttäuschen. Das hier ist wirklich nur der Flur von meiner Wohnung. Meinen Palast zeige ich dir erst morgen. Eine Filmproduktionsfirma hat ihn heute für Filmaufnahmen gemietet und da dürfen wir nicht stören."

„Na sicher und was für ein Film soll das werden? Ein Krimi, eine Komödie oder doch eher ein Pornofilm?"

„Das soll ein Actionfilm werden. Einen Pornofilm hätte ich der Firma nicht erlaubt in meinem Palast zu drehen. Den darf ich dort nämlich nur mit dir zusammen drehen", sagte er.

„Sicher", hakte ich nach. Er trat dichter zu mir und sah mich mit einem lustvollen Blick an.

„Ja ganz sicher", hauchte er nah an meinem Ohr und legte seine Lippen auf meine. Ian verwickelte mich in einen langen leidenschaftlichen Kuss. Die Erregung wuchs in mir und wurde noch größer, als Ians Hand unter mein Shirt glitt und meine nackte Haut streichelte. Ich stöhnte leise auf und wollte mich gerade an sein T-Shirt zu schaffen machen, als ein Piepton mehrmals ertönte.

„Mist, das Essen", fluchte Ian und löste sich von mir. „Wir verschieben das hier auf nachher. Wenn du möchtest, kannst du dich in der Zeit, wo ich mich um unser Essen kümmere, umschauen", bot er mir an.

„Ich kann dir auch helfen."

„Nein, das brauchst du nicht, schließlich bist du mein Gast", erwiderte er lächelnd und verschwand in der Küche. Ich begann mir die Wohnung anzusehen. Auf der linken Seite der Wohnungstür befand sich ein Raum, welcher anscheinend sein

Büro zu sein schien, denn dort standen ein Schreibtisch mit einem Computer und Schränke mit Aktenordnern. Der nächste Raum gegenüber der Wohnungstür war das Schlafzimmer. Die Möbel dort drin waren in schwarz-weiß gehalten. Gegenüber der Tür gab es neben einem großen Fenster eine Balkontür. Auf der rechten Seite der Wohnungstür befand sich das Badezimmer mit einer ebenerdigen Dusche und einer Eckbadewanne. Das Wohnzimmer befand sich am Ende des Flures gegenüber dem Büro. Es war mit einer sehr gemütlich aussehenden Eckcouch, einen Wohnzimmertisch und einem Sideboard eingerichtet. An der Wand hing ein großer Flachbildschirm. Auf der rechten Seite ging der Wohnbereich in den Essbereich über, der aus einem Esstisch mit sechs Stühlen bestand und bereits für das Abendessen gedeckt war. Dahinter folgte eine offene Küche, in der Ian gerade am Vorbereiten unseres Abendessens war. Gegenüber der Wohnzimmertür befand sich eine große Fensterfront mit einer Balkontür, die zu einem Eckbalkon führte. Mir gefiel die Wohnung. Sie war etwas kleiner als meine, aber sie wirkte dadurch sehr gemütlich, auch wenn sie modern eingerichtet war.

„Ach da bist du ja. Das Essen ist fertig. Setz dich", sagte Ian und deutete zum Esstisch. Ich setzte mich an den Tisch und gleich darauf brachte Ian das Essen. „Bitte sehr die Dame. Lasagne a la Ian", grinste er und stellte den Teller vor mir auf den Tisch.

„Danke. Es sieht sehr gut aus."

„Ich hoffe, es schmeckt dir auch. Wie wäre es mit einem Glas Wein?"

„Sehr gerne." Ian holte aus der Küche die Weinflasche und schenkte mir und sich ein Glas davon ein, bevor er sich selbst an den Tisch setzte.

„Na dann auf einen schönen Abend", sagte er und wir stießen mit dem Wein an.

„Du hast eine sehr schöne Wohnung", sagte ich, nachdem ich einen Schluck Wein getrunken hatte.

„Danke. Sie ist nur nicht so groß, wie deine, aber für mich reicht sie."

„Sie hat etwas Gemütliches."

„Das finde ich auch."

„Das Essen war wirklich sehr lecker. Ein großes Lob an den Koch", lobte ich ihn, nachdem wir gegessen hatten.

„Das freut mich. Es gibt noch Nachtisch. Wie wäre es, wenn wir es uns auf der Couch gemütlich machen und den Nachtisch dort essen?"

„Das hört sich gut an", sagte ich und stand auf. Ich wollte gerade die Teller abräumen, als Ian mich aufhielt.

„Was glaubst du, was du da tust?", fragte er.

„Ich … äh … ich räume den Tisch ab", erwiderte ich überrascht darüber, warum er mich stoppte.

„Das brauchst du nicht. Du bist mein Gast und wirst dich jetzt auf die Couch setzen. Ich räume schnell ab und bin gleich bei dir."

„Aber ich kann dir doch helfen", bot ich ihm an, weil ich nicht wollte, dass er alleine aufräumte, denn schließlich hatte ich ebenfalls etwas gegessen. Abgesehen davon war es für mich selbstverständlich zu helfen, denn so war ich erzogen worden.

„Nein, du setzt dich jetzt hin. Ich mache das schon", erwiderte er und schob mich sanft in Richtung der Couch. Ich setzte mich, nachdem ich meine Ballerinas ausgezogen und sie an der Garderobe auf dem Boden gestellt hatte, denn Ian hätte mich sowieso nicht helfen lassen. Nach noch nicht einmal fünf Minuten war Ian fertig und kam mit den Weingläsern zur Couch.

„Möchtest du noch etwas Wein?", fragte er und stellte die Gläser auf den Wohnzimmertisch.

„Sehr gerne." Ian holte die Weinflasche und goss jedem noch etwas ein. Anschließend ging er zur Küchenzeile und kam mit zwei Schälchen wieder. Er reichte mir eines und setzte sich neben mich auf die Couch.

„Das sieht lecker aus. Was ist es denn?", wollte ich wissen und schaute mir den Nachtisch an.

„Das ist Vanillemouse mit Waldfrüchten."

„Mhm, das schmeckt sehr gut", sagte ich, nachdem ich einen Löffel von der Nachspeise probiert hatte. „Probiere mal." Ich hielt ihm meinen gefüllten Löffel hin und er probierte.

„Stimmt. Ich will mich ja nicht selbst loben, aber es schmeckt wirklich gut." Wir fütterten uns gegenseitig, bis beide Schälchen leer waren. Pappsatt ließ ich mich in die Couch sinken.

„Das Essen war sehr gut. Ich bin so satt, dass ich gar nicht weiß, ob ich mich überhaupt noch bewegen kann", stöhnte ich und rieb mir den Bauch.

„Dann müssen wir etwas dagegen tun und einige Kalorien verbrennen", grinste Ian und zog mich zu sich, sodass ich auf seinen Schoß saß. Im nächsten Moment lagen seine Lippen schon auf meinen. Sofort erwiderte ich den Kuss und schlang meine Arme um seinen Hals. Ian bat mit seiner Zunge an meiner Unterlippe um Einlass, den ich ihm sofort gewährte. Unsere Zungen begannen wild miteinander zu spielen. Seine starken Hände gingen auf Wanderschaft und strichen meinen Rücken entlang. Mir wurde heiß und die Erregung wuchs in mir. Ian unterbrach den Kuss, glitt allerdings dann mit seinen Lippen meine Wange entlang zu meinem Hals den er liebkoste. Ich stöhnte leise auf. Seine Hände glitten zum Saum meines Shirts und zogen es mir aus. Ian küsste sich seinen Weg über mein Schlüsselbein hinunter zu meinen Brüsten und verweilte dort. Er öffnete mit seinen Händen meinen BH und streifte ihn ab. Seine Hände glitten über meine Seiten zu den Brüsten und massierten sie. Ich warf meinen Kopf in den Nacken und stöhnte. Er ließ seine Lippen zu meinen Brustwarzen gleiten, die er nacheinander liebkoste. Ich griff nach dem Saum von seinem T-Shirt und zog es ihm aus. Meine Hände strichen nun über seine perfekten Muskeln seiner Brust und Ian stöhnte genüsslich auf.

„Lass uns ins Schlafzimmer gehen", raunte er und ehe ich mich versah, war er auch schon mit mir auf dem Arm aufgestanden und ging schnellen Schrittes ins Schlafzimmer, wo er mich sanft auf sein großes Kingsize Bett legte.

„Ich komme gleich wieder. Ich muss nur etwas entsorgen", sagte Ian leise, nachdem wir beide zum Höhepunkt gekommen waren und deutete auf das Kondom.
„Naja eigentlich bräuchten wir diese Dinger gar nicht."
„Wieso nicht?"
„Ich nehme die Pille, bin gesund und schlafe nur mit dir. Ich weiß nicht, wie es bei dir aussieht", erklärte ich ihm und war gespannt darauf, was er dazu sagen würde. War ich die Einzige, mit der er, naja ich wusste ja immer noch nicht, was es zwischen uns war, oder hatte er vielleicht doch noch eine andere Frau neben mir?
„Naja ich nehme zwar nicht die Antibabypille, aber ich bin ebenfalls gesund und du bist die einzige Frau, mit der ich schlafe. Ich möchte auch niemanden anderes. Ich will nur dich", antwortete er und sah mich dabei mit einem sanften Blick an. In seinen Augen konnte ich nur die reine Wahrheit sehen.
„Da bin ich aber froh, denn ich will auch nur dich."
„Das wollte ich hören", lächelte er und gab mir einen Kuss auf die Stirn. „Ich muss jetzt aber wirklich mal eben weg." Er stand vom Bett auf und ging ins Badezimmer.

Am nächsten Morgen wurde ich mit sanften Küssen geweckt. Ich öffnete meine Augen und sah direkt in Ians lächelndes Gesicht.
„Guten Morgen, Honey. Frühstück ist fertig", sagte er liebevoll und strich mir eine Haarsträhne aus dem Gesicht.
„Guten Morgen", erwiderte ich und reckte mich. Ich warf die Bettdecke zur Seite und stand vom Bett auf.
„Wenn du weiter nackt hier herumläufst, dann wird es gleich ein ganz anderes Frühstück geben", raunte er nah an meinem

Ohr und als ich mich zu ihm umdrehte, lag sein lustvoller Blick auf meinem Körper.

„Ich hätte nichts dagegen", grinste ich und wollte gerade seinen Kopf zu mir herunterziehen, als mein Magen laut knurrte.

„Du nicht, aber dein Magen schon", lachte Ian. „Na komm, lass uns frühstücken gehen. Du brauchst schließlich Energie, für das, was ich mit dir noch vorhabe", sagte er und sah mich mit einem schelmischen Blick an.

„Und was hast du noch mit mir vor?", fragte ich neugierig.

„Das wirst du schon sehen", erwiderte er und verließ das Schlafzimmer. Ich nahm mir frische Anziehsachen und meinen Kulturbeutel aus der Reisetasche und machte mich auf den Weg ins Badezimmer.

Nachdem wir ausgiebig gefrühstückt hatten, saßen wir in I-ans Auto und fuhren Richtung Süden. Ich hatte ihn mehrmals gefragt, wohin wir fuhren, aber er wollte es mir nicht verraten. So saß ich auf dem Beifahrersitz und schaute mir die Gegend an. Das Wetter war sehr schön. Die Sonne schien, der Himmel war wolkenlos und es war angenehm warm. Wir fuhren auf einen Parkplatz und Ian parkte den Wagen.

„Wir sind da, Honey", grinste er.

„Und wo sind wir?", fragte ich und schaute mich um, doch ich konnte nur einige Felsen und Bäume sehen.

„Okay, also wir sind noch in New Jersey, eher gesagt in der Stadt Long Branch."

„Und was wollen wir hier?", wollte ich nun wissen.

„Das wirst du gleich sehen. Los komm." Er stieg aus dem Wagen aus. Ich tat es ihm gleich und er schloss, nachdem ich ausgestiegen war, den Wagen ab. Er legte mir einen Arm um die Taille und zusammen gingen wir einen Weg entlang, der an einem wunderschönen Sandstrand endete.

„Wir sind am Meer?", fragte ich ihn ungläubig und schaute mich um.

„Ja, ich dachte mir, einen Ausflug ans Meer würde dir gefallen", lächelte er.

„Auf jeden Fall. Ich liebe das Meer", erwiderte ich strahlend.

„Na dann hatte ich doch eine gute Idee." Wir gingen ein Stück den Strand entlang, wobei ich meine Ballerinas auszog und durch das angenehme noch leicht warme Wasser ging.

„Bleib so stehen", befahl Ian mir, als wir schon ein ganzes Stück gegangen waren und nahm mir meine Schuhe ab. Ich tat, was er sagte und blieb stehen. Ian holte seine Kamera aus seinem Rucksack, den er mitgenommen hatte, ging ein paar Schritte zurück und schoss ein paar Fotos von mir.

„Bist du bald fertig? Meine Füße werden langsam kalt vom Wasser", fragte ich.

„Ja, ich bin fertig. Tut mir leid, ich musste halt die schönste Frau auf der Welt fotografieren."

„Dann darf ich aber auch den atemberaubendsten Mann auf der Welt fotografieren", sagte ich und ging zu ihm.

„Ich werde mich nicht ins Wasser stellen."

„Warum nicht? Bist du etwa Wasserscheu?", grinste ich. „Oder ist dir das Wasser zu kalt?"

„Wer hat denn gerade genörgelt, dass er kalte Füße bekommt? Das war nicht ich", konterte er.

„Ich stand ja auch gefühlt eine Stunde im Wasser", verteidigte ich mich.

„Das waren gerade mal zwei Minuten. Wir können aber gerne einmal austesten, wer es länger im Wasser aushält", grinste er, legte seinen Rucksack und die Kamera in den Sand und packte mich. Das passierte so schnell, dass ich nicht reagieren konnte. Ian hob mich auf seine Arme und ging Richtung Meer.

„Nein nicht. Lass mich runter", schrie ich und strampelte mit den Beinen. Ich versuchte Ian zurückzudrängen, indem ich meine Hände gegen seine Schultern drückte, obwohl ich wusste, dass es nichts nützen würde, denn er war stärker als ich und ich hatte keinen festen Boden unter meinen Füßen. Ian allerdings kam ins Wanken und fiel mit mir rücklings in den Sand.

„Hast du dir wehgetan?", fragte er sofort und schaute mich besorgt an.

„Nein, mir geht es gut und dir? Ist dir etwas passiert, denn schließlich bin ich auf dir gelandet?", wollte ich wissen und glitt von ihm seitlich herunter in den Sand.

„Nein, alles bestens", bestätigte er mir.

„Bist du dir sicher? Du bist nicht mehr der Jüngste. In deinem Alter sind die Knochen nicht mehr so stabil", grinste ich.

„Willst du etwa sagen, dass ich alt bin?", fragte er gespielt empört und setze sich auf.

„Ähm also naja", stotterte ich, denn Ian beugte sich zu mir herüber und kam immer näher.

„Ich glaube, ich habe dir schon mehrmals bewiesen, dass ich nicht alt bin. Wenn ich mich recht erinnere erst letzte Nacht", raunte er nah an meinem Ohr.

„Das schon, aber vielleicht sollten wir diese Aktivitäten sein lassen, nicht dass du dich noch übernimmst. In deinem Alter solltest du wirklich auf deine Gesundheit achten", ärgerte ich ihn weiter.

„Du kleines Biest. Ich bin erst dreißig und nicht achtzig", erwiderte er und begann mich zu kitzeln.

„Bitte hör auf", lachte ich und versuchte von ihm wegzukommen, doch er hielt mich mit einer Hand fest und kitzelte mich weiter.

„Gib zu, dass ich nicht alt bin, dann höre ich auf", erpresste er mich.

„Na gut, ich gebe es zu", lachte ich.

„Sag es", befahl er.

„Du bist nicht alt, sondern ein junger gutaussehender Mann."

„Na also, es geht doch", sagte Ian zufrieden und hörte auf mich zu kitzeln. Er hielt mich weiterhin fest und schaute mir tief in die Augen. „Ich liebe dich, Honey." Wie bitte? Hatte ich gerade richtig gehört? Er liebte mich? Meinte er das wirklich ernst? Mein Herz machte Luftsprünge, denn mir ging es nicht anders. Ich war nicht nur total in ihn verliebt, sondern ich liebte ihn auch, was mir in den letzten Tagen immer mehr klar geworden war.

„Ich liebe dich auch", erwiderte ich lächelnd.

„Wirklich", hakte er nach.

„Ja", bestätigte ich ihm. Ian beugte sich zu mir herunter und legte seine Lippen auf meine. Ich schlang meine Arme um seinen Hals und vertiefte den Kuss.

Wir verbrachten einen wunderschönen Nachmittag am Strand. Wir saßen im Sand, unterhielten uns und genossen unsere Zweisamkeit. Am Abend führte mich Ian noch zum Essen in ein italienisches Restaurant aus. Es war alles so, wie in einer Beziehung. Aber führten wir nun eine? Diese Frage stellte ich mir, als wir auf dem Heimweg waren. Wir hatten uns gegenseitig unserer Liebe gestanden, aber waren wir jetzt deswegen zusammen? Ian hatte nichts deswegen gesagt und ich wollte das Thema auch nicht im Auto ansprechen, da ich auf der Rückfahrt keinen Streit wollte. Allerdings hatte ich mir vorgenommen ihn heute Abend bei ihm Zuhause danach zu fragen.

„Möchtest du ein Glas Wein?", fragte Ian, als wir wieder bei ihm Zuhause waren und wir uns im Wohnzimmer auf die Couch gesetzt hatten.

„Ja, sehr gerne." Ian ging in die Küche und kam kurze Zeit später mit zwei Gläsern Wein wieder zurück. Er reichte mir eines und setzte sich zu mir.

„Danke", sagte ich und trank einen Schluck. Ich stellte das Glas auf den Wohnzimmertisch ab und wandte mich dann Ian zu.

„Wir müssen mal reden", sagte ich und schaute ihn an.

„Gerne, worüber denn?", fragte er neugierig.

„Ich weiß, ich habe es schon einige Male gefragt, aber wir müssen das jetzt klären. Was ist das zwischen uns? Wir haben uns gegenseitig unsere Liebe gestanden, wir sehen uns fast täglich, verbringen die Zeit zusammen und schlafen miteinander."

„Honey, müssen wir das jetzt klären?", fragte er seufzend.

„Ja, das müssen wir. Ich möchte endlich wissen, was das zwischen uns ist", erwiderte ich.

„Ich weiß es nicht. Es ist alles nicht so einfach. Du weißt, dass wir gar nicht zusammen sein dürfen. Es ist verboten."

„Das weiß ich, aber eine Affäre dürfen wir genauso wenig haben. Dann müssen wir es ganz lassen und dürfen uns nicht mehr treffen", sagte ich und wurde langsam wütend, dass er mir nicht endlich sagte, was er wollte.

„Ich will es aber nicht lassen. Ich kann mich einfach nicht von dir fernhalten."

„Dann musst du dich entscheiden. Entweder möchtest du eine Affäre oder eine feste Beziehung mit mir haben. Ich kann dir aber schon eines sagen, dass ich nicht der Typ für Affären bin. Ich kann so etwas nicht. Ich möchte nicht mit dem Ungewissen leben, ob ich dir irgendwann nicht mehr genüge und du mich einfach fallen lässt. Ich bin ein Beziehungstyp. Ich brauche etwas Festes, Sicherheit und einen Partner, der zu mir steht", machte ich ihm klar.

„Ich kann es jetzt nicht entscheiden. Es steht für uns beide zu viel auf dem Spiel", entgegnete er und wirkte genervt.

„Gut", sagte ich und stand auf. „Dann würde ich sagen, wir lassen es. Du kannst dich ja melden, wenn du dich entschieden hast." Ich verließ das Wohnzimmer, nahm meine Sachen und wollte gerade die Wohnung verlassen, als Ian in den Flur kam.

„Was soll das denn jetzt? Bitte bleib", sagte er und sah mich flehend an.

„Nein. Ich kann das so nicht mehr. Denk darüber nach, was du möchtest", erwiderte ich, öffnete die Wohnungstür und verließ die Wohnung. Ich lief die Treppen hinunter, verließ das Haus und ging zu meinem Wagen. Ich schaute noch einmal zu seiner Wohnung hinauf und sah, dass er am Fenster stand und zu mir herunterschaute. Ein Stich zog durch mein Herz. Warum konnte er mir denn nicht sagen, was er wirklich wollte? Ich stieg in meinen Wagen ein, startete den Motor und fuhr los.

Kapitel 7

Am Sonntagabend saß ich auf meinem Bett mit meinem Laptop und sprach über die Videotelefonie mit Tiana und Yumi. Ian hatte sich, seitdem ich seine Wohnung verlassen hatte, nicht mehr gemeldet. Den ganzen Tag über spielte ich immer wieder mit dem Gedanken ihn anzurufen oder zu schreiben. Aber ich hatte es nicht getan. Ich wollte, dass er sich endlich entschied.

„Was ist los, Lexi? Du wirkst so bedrückt?", fragte Yumi.

„Ich glaube, es ist zwischen Ian und mir vorbei. Wir hatten gestern einen schönen Tag zusammen und haben uns sogar gegenseitig unsere Liebe gestanden", begann ich zu erzählen.

„Aber das ist doch schön. Warum soll es denn jetzt zwischen euch vorbei sein?", fragte Tiana.

„Ich habe ihn gestern Abend noch zur Rede gestellt, denn ich wollte endlich wissen, was das zwischen uns ist. Er hat gesagt, dass er es nicht weiß. Ich habe ihm dann gesagt, dass er sich entscheiden soll, was er will und bin gegangen. Ich habe keine Lust mehr auf dieses Ungewisse. Ich meine, ich weiß doch, dass für uns beide unsere Karrieren auf dem Spiel stehen, wenn wir zusammen erwischt werden. Aber ich kann das so einfach nicht mehr", seufzte ich.

„Das ist verständlich. Ich könnte so auch nicht leben", stimmte Yumi mir zu. „Hat er sich denn noch einmal bei dir gemeldet?"

„Bis jetzt noch nicht. Ich weiß auch nicht, ob er es überhaupt noch tun wird."

„Das wird er bestimmt. Wenn er dir schon gesagt hat, dass er dich liebt, dann wird er auch mit dir zusammen sein wollen. Lass ihn etwas Zeit, damit er in Ruhe über alles nachdenken kann. Du wirst sehen, er wird sich melden und dann wird alles gut", kam es von Tiana zuversichtlich.

„Meinst du wirklich?", fragte ich skeptisch, denn ich war mir da nicht so sicher.

„Ja, auf jeden Fall."

Die nächsten zwei Tage waren für mich in der Uni eine absolute Qual. An beiden Tagen hatte ich jeweils einen Kurs bei Ian. Auch wenn ich versuchte mich auf meine Arbeiten zu konzentrieren, huschte mein Blick immer wieder zu ihm. Aber auch er schaute öfter zu mir herüber und ich merkte, dass es ihm genauso schlecht ging, wie mir. Ich hätte gerne etwas an diesem Zustand geändert, aber ich konnte es nicht. Ian musste eine Entscheidung treffen, ob er eine Zukunft mit mir oder ohne mich wollte und dabei konnte ich ihm nicht helfen.

Am Mittwochnachmittag, als ich von der Uni nach Hause kam, traf ich Carla im Hausflur.

„Hallo Lexi, wie geht es dir?", fragte sie und schaute mich wissend an. Ich nahm an, dass Ian mit seinem Bruder geredet und ihm erzählt hatte, was vorgefallen war.

„Es geht soweit", antwortete ich knapp.

„Na das hört sich nicht gut an. Möchtest du darüber reden?"

„Ich glaube, du weißt schon alles, was vorgefallen ist", mutmaßte ich.

„Ja, Ian hat es uns erzählt. Ich finde es gut, dass du ihm gesagt hast, dass er sich entscheiden soll und ich kann dich voll und ganz verstehen, dass du Klarheit möchtest."

„Hat er euch denn schon gesagt, wie er sich entschieden hat? Bei mir hat er sich nämlich noch gar nicht gemeldet. Oder wird er es vielleicht auch gar nicht mehr, da er sich gegen mich entschieden hat?"

„Nein, das hat er nicht. Aber ich bin mir sicher, dass er sich für dich entscheiden wird. Er liebt dich, das hat er uns gesagt. Er steckt nur gerade n einer Zwickmühle. Er will mit dir zusammen sein. Allerdings hat er Angst dir deine Karriere zu ruinieren, falls ihr erwischt werden würdet. Ihm geht es noch nicht einmal um seinen Job. Ihm geht es um deine Zukunft."

„Aber das ist doch egal. Ich kann auch an einer anderen Universität meinen Abschluss machen. Darüber braucht er sich doch gar keine Gedanken machen."

„Er ist halt sehr fürsorglich, was dich angeht."

„Und was soll ich jetzt tun?", fragte ich sie.

„Gar nichts. Du hast ihm deinen Standpunkt klargemacht und jetzt muss er sich entscheiden."

„Ich hoffe, er tut es auch."

„Das wird er, und zwar für dich. Da bin ich mir sicher", erwiderte sie zuversichtlich. „So ich muss jetzt mal reingehen und die Einkäufe auspacken, sonst kann Linus nachher sein Eis trinken, da es dann aufgetaut ist." Sie schloss ihre Wohnungstür auf und drehte sich noch einmal zu mir um. „Kopf hoch. Das wird schon", sagt sie zuversichtlich und ging in ihre Wohnung.

Am Freitagvormittag saß ich im Animationskurs, den ich bei Ian hatte. Meine Freundinnen sowie auch Carla hatten mir versichert, dass er sich bei mir melden würde. Die Frage war nur wann, denn bis jetzt hatte er es immer noch nicht getan. Mittlerweile glaubte ich auch nicht mehr daran, dass er sich überhaupt noch melden würde. Vielleicht hatte ich auch einen Fehler gemacht, als ich ihm regelrecht die Pistole auf die Brust gesetzt und von ihm eine Entscheidung verlangt hatte. Aber andererseits war mir doch gar nichts anderes übriggeblieben. Ich konnte mit dieser Ungewissheit einfach nicht mehr weiterleben und wollte Klarheit. Ich versuchte mich auf meine Arbeit zu konzentrieren. Allerdings huschte mein Blick immer wieder zu Ian.

„Mr. Davis, können Sie mir bitte helfen?", rief Amber, eine Mitstudentin, die zwei Reihen vor mir im Raum saß.

„Ja natürlich", sagte Ian freundlich und ging zu ihr. Ich verspürte einen Hauch von Eifersucht. Ich wollte nicht, dass er zu ihr ging. Ich wollte, dass er zu mir kam. Wie sehr vermisste ich doch seine Berührungen, die Zärtlichkeiten, einfach die gemeinsame Zeit. Ich seufzte innerlich und schaute wieder auf den Bildschirm von meinen Laptop. Ich klickte einige Aktionen an, um meine Figuren zu animieren, doch mein Blick ging wieder zu Ian. Er hatte sich an ihren Tisch angelehnt und zeigte ihr etwas am Laptop. Ich konnte nicht verstehen, was die beiden sagten, denn sie sprachen leise, um die anderen Studenten nicht zu stören. Allerdings lachten sie immer wieder zusammen, was meine Eifersucht steigen ließ. Ich beobachtete die beiden heimlich, was ganz automatisch kam, denn auch wenn ich es versuchte meinen Blick auf den Bildschirm gerichtet zu lassen, so ging er immer wieder zu Ian und Amber. So wie sie zusammen lachten und redeten, machte es den Anschein, als ob sie flirteten. Ich sah wie Amber ihre weiblichen Reize spielen ließ, ihre langen roten Haare mit einer Hand über die Schulter warf, ihm schöne Augen machte und ihn anschmachtete, wenn er etwas sagte. Wut staute sich in mir auf. Konnte es wirklich sein, dass Ian vor meinen Augen mit ihr flirtete? Wollte er mich damit etwa eifersüchtig machen? Wenn ja, dann hatte er es auf jeden Fall geschafft. Oder hatte er sich jemand anderes für sein Bett gesucht, da ich eine Beziehung wollte und er anscheinend nicht? Ian wandte sich von Amber ab und machte sich auf den Weg zu seinem Lehrpult. Dabei drehte er sich noch einmal um und sah mich direkt an. Schnell wandte ich meinen Blick ab und richtete ihn wieder auf den Bildschirm. Ich wollte seinen triumphierenden Blick nicht sehen, dass er es geschafft hatte mich eifersüchtig zu machen und mir wehgetan hatte. Ich war so wütend auf ihn, dass er vor meinen Augen mit einer anderen Frau geflirtet und mich wahrscheinlich schon ersetzt hatte. Vor lauter Wut stiegen mir die Tränen in die Augen. Ich hasste es. Das passierte mir immer, wenn ich mich aufregte und richtig wütend wurde. Zum Glück beendete Ian gerade den Kurs. Das wurde auch Zeit, denn ich hielt es keine Minute länger in diesem Raum aus. Ich schaltete meinen Laptop aus, verstaute ihn in meiner Tasche und verließ leider als Letzte mit schnellen Schritten den Raum. Eigentlich wollte ich Ian nicht ansehen, aber mein Körper gehorchte mir nicht und ich sah doch kurz zu ihm, als ich an ihm vorbeiging. Genau in diesem Moment löste sich eine Träne aus meinem Auge und lief meine Wange entlang. Schnell wischte ich sie weg, doch Ian hatte es bereits gesehen und sah mich erschrocken an. Ich wandte mich von ihm ab und verließ den Raum.

„Miss Edison, warten Sie bitte", rief er, aber ich reagierte nicht darauf. Ich wollte jetzt nicht mit ihm sprechen. Ich lief den Gang entlang Richtung Ausgang, denn ich wollte einfach nur weg.

„Hey Alexa, kommst du mit in die Mensa?", fragte Chloe, die mir entgegenkam.

„Äh nein. Mir geht es nicht gut und ich will jetzt nach Hause. Kannst du mich bitte nach der Pause bei Mr. Davis entschuldigen?", fragte ich sie, denn bei ihm hatten wir nach der Mittagspause noch den Fotografiekurs und auf noch einen Kurs mit ihm zusammen hatte ich im Moment keine Lust.

„Ja natürlich. Das mache ich. Was hast du denn?", fragte sie besorgt.

„Irgendetwas scheint mit meinen Magen nicht zu stimmen. Mir ist übel und ich habe Magendrücken. Vielleicht habe ich auch nur etwas Falsches gegessen. Ich möchte jetzt einfach nur nach Hause und mich hinlegen", log ich, denn die Wahrheit, dass ich keine Lust hatte Ian zu sehen, konnte ich ihr nicht sagen. Sie hätte mit Sicherheit den Grund dafür erfahren wollen und den konnte ich ihr nicht sagen.

„Oh das ist nicht schön. Dann mach das mal und ruhe dich aus. Gute Besserung", kam es von Chloe mitfühlend.

„Danke, das werde ich. Bis Montag", verabschiedete ich mich von ihr. Ich verließ das Unigebäude und ging zu meinen Wagen. Ich stieg ein und wollte gerade losfahren, als ich Ian sah, der aus dem Gebäude kam, sich kurz umschaute und als er meinen Wagen erblickte zu mir sah. Ich schaute weg, startete den Motor und fuhr los.

Mein Handy klingelte. Mal wieder. Auf der Fahrt nach Hause hatte Ian fünfmal angerufen. Ich war aber nicht drangegangen, denn ich hatte keine Lust mit ihm zu sprechen. Ich war immer noch so wütend auf ihn. Wie konnte er mich einfach so ersetzen? Hatte ich ihm nichts bedeutet? War sein Liebesgeständnis nur gelogen gewesen? Vor meinen Augen hatte er mit Amber geflirtet. Was wollte er denn jetzt? Warum rief er ständig an? Wollte er mir etwa erklären, dass er nichts mehr von mir wollte und nun eine andere hatte? Das konnte er sich auch sparen. Ich hatte es schließlich mit eigenen Augen gesehen, dass er sich eine andere gesucht hatte. Er konnte mich mal. Es tat nur so verdammt weh zu wissen, dass es zwischen uns aus war. Ich musste meiner Wut Luft machen, bevor ich noch ausrasten würde. Ich nahm mein Handy und begann eine Nachricht zu schreiben. -*So sieht also deine Entscheidung aus. Wenn es ernst wird und du vor die Wahl gestellt wirst, nimmst du dir einfach eine andere. Jetzt weiß ich wenigstens, dass dein Liebesgeständnis gelogen war und du mich nur für dein Bett wolltest. Viel Spaß mit deiner neuen Bettgefährtin. Ach und nicht zu auffällig flirten. Es könnte deiner Karriere schaden-* Ich drückte auf senden und schickte die Nachricht an Ian. Viel besser fühlte ich mich allerdings immer noch nicht und ich begann die Wohnung sauber zu machen, um mich abzulenken. Ich putzte zuerst das Badezimmer, saugte den Teppich unter dem Wohnzimmertisch, putzte Staub und wischte anschließend noch den Boden. Aber selbst die Hausarbeit schaffte es nicht, dass ich mich besser fühlte. Ich beschloss joggen zu gehen. Ich zog mich um, nahm meine Gürteltasche und meine Sachen und verließ die Wohnung. Ich ging die Treppen hinunter ins Erdgeschoss und trat aus dem Haus. Es hatte angefangen zu regnen, aber das machte mir nichts. Ich setzte die Kopfhörer auf, schaltete den MP3-Player ein und lief los. Ich joggte zum Central Park und lief dort eine Runde, aber es brachte nichts. Ich fühlte mich einfach nicht besser. Meine Gedanken kreisten immer nur um Ian und ich war nass vom Regen. Ich ging zu meinem Lieblingsplatz und setzte mich auf die Bank. Zum Glück war sie überdacht, so wurde ich wenigstens nicht noch mehr nass. Ich zog meine Beine an, schlang meine Arme um sie und legte mein Kinn auf meine Knie. Ich schaute auf den See und sah dabei zu, wie die Regentropfen darin versanken, wenn sie auf das Wasser trafen. Das Wetter passte zu meiner Stimmung. Wie sollte es nur weitergehen? Ich konnte doch nicht jeden Kurs, den ich bei Ian hatte, schwänzen, nur damit ich ihn nicht sah und er mir nicht weiter wehtun konnte, wenn er mit anderen Frauen flirtete. Die Erinnerung schoss mir in meine Gedanken, wie er mit Amber vor meinen Augen geflirtet hatte und Tränen rannen mir über die Wangen. Ich ließ den Tränen freien Lauf und gab mich dem Schmerz hin. Carla, Tiana und Yumi hatten falsch gelegen, dass er sich für mich entscheiden würde. Er hatte sich gegen mich entschieden und damit musste ich nun klarkommen. Ich wischte mir die Tränen aus dem Gesicht und legte meinen Kopf auf meine Arme, um wieder auf den See blicken zu können. Ich hörte Schritte, die den Weg entlangkamen. Ich konnte mir schon denken, wer es war, denn sonst kam nie irgendjemand hierher und es wusste nur eine Person von dieser Stelle. Ich bereute es, ihm diese Stelle gezeigt zu haben. Ich wollte ihn nicht sehen. Er sollte einfach wieder verschwinden. Ich vergrub meinen Kopf zwischen meine Arme und hoffte, dass er einfach wieder gehen würde.

„Hier bist du. Ich habe dich schon überall gesucht", sagte Ian und setzte sich neben mich auf die Bank.

„Was willst du?", fragte ich ohne meinen Kopf zu heben.

„Lexi, bitte lass uns reden", bat er. Ich hob meinen Kopf und sah ihn wütend an.

„Worüber? Es ist doch alles geklärt. Du hast deine Entscheidung getroffen. Du willst mich nicht. Das ist in Ordnung. Aber anstatt es mir zu sagen, zeigst du es mir lieber und flirtest mit einer anderen", erwiderte ich wütend.

„Nein, so ist es nicht. Ich habe nicht mit ihr geflirtet. Ich musste ihr helfen. Das ist meine Pflicht als Dozent. Ich habe nur aus Höflichkeit über ihre Witze gelacht, obwohl sie noch nicht einmal lustig waren. Sie hat versucht mich anzumachen, aber ich bin nicht darauf eingegangen. Ich will nur eine Frau und diese bist du. Lexi bitte, es tut mir leid, dass ich mich so schwergetan und dich so lange mit der Entscheidung hingehalten habe. Aber ich hatte Bedenken wegen unserer Karrieren und was passiert, wenn wir erwischt werden. Wobei mir egal ist, wenn die Uni mich rauswirft, aber um dich mache ich mir Sorgen. Du stehst kurz vor deinem Abschluss. Das möchte ich dir nicht versauen. Allerdings bin ich auch etwas egoistisch, was dich angeht. Ich liebe dich und ich will mich nicht von dir fernhalten", sagte er und schaute mir dabei fest in die Augen.

„Und was heißt das jetzt?", fragte ich ihn.

„Honey, ich möchte mit dir fest zusammen sein. Ich möchte eine Beziehung mit dir und dich als meine feste Freundin haben. Das heißt, wenn du es auch noch möchtest nach meinem dämlichen Benehmen", erwiderte er und sah mich etwas traurig aber auch nervös an.

„Meinst du das ernst?", wollte ich von ihm wissen und mein Herz machte Freudensprünge. Er wollte mich also doch und liebte mich.

„Natürlich meine ich das ernst. Noch nie habe ich etwas so ernst gemeint, wie dass ich dich liebe und mit dir zusammen sein möchte", versicherte er mir und ich konnte nur die reine Wahrheit in seinen Augen sehen.

„Und mit Amber ist wirklich nichts?" Ich musste es einfach wissen.

„Nein, es ist weder etwas mit ihr noch mit irgendeiner anderen Frau. Ich will nur dich", sagte Ian. „Und wie sieht es aus? Möchtest du mit mir eine Beziehung führen?", fragte er und sah mich nun hoffnungsvoll an.

„Ja, ja natürlich möchte ich es", erwiderte ich strahlend und fiel ihm überglücklich um den Hals. Sofort schlang er seine Arme um mich und zog mich dichter an sich.

„Du machst mich gerade zum glücklichsten Mann auf der ganzen Welt", hauchte er an meinem Ohr, schob mich ein Stück von sich weg, aber nur um seine Lippen auf meine zu legen. Ich erwiderte den Kuss und war überglücklich, dass Ian und ich nun fest zusammen waren. Alles hatte sich zum Guten gewendet und meine Wut auf ihn war komplett verflogen. Nun meldete sich mein schlechtes Gewissen und ich schämte mich ein wenig dafür, was ich ihm in der Nachricht geschrieben und wie ich mich benommen hatte.

„Was ist los, Honey?", fragte Ian besorgt, nachdem wir uns voneinander gelöst hatten und ich verschämt auf meine Hände in meinem Schoß schaute.

„Ich muss mich bei dir für mein Benehmen und für die Nachricht entschuldigen."

„Das brauchst du nicht, Honey. Ich muss mich bei dir für das ganze Theater entschuldigen", sagte er und hob mit einer Hand mein Kinn an, so dass ich ihn ansehen musste. „Es tut mir wirklich sehr leid. Auch das ich eine Woche für meine Entscheidung gebraucht habe. Ich wusste einfach nicht, was ich tun soll. Einige Male saß ich bei mir im Auto und wollte zu dir fahren, aber dann kamen mir wieder Zweifel, ob es richtig ist und ich bin wieder ausgestiegen. Wie oft hatte ich mein Handy in der Hand und wollte dich anrufen. Als ich heute im Kursraum gesehen habe, dass du meinetwegen Tränen in den Augen hattest, wegen dem Missverständnis mit Amber, wurde mir klar, wie feige ich gewesen bin und dich mit der Entscheidung so lange hingehalten hatte. Es hat mir das Herz gebrochen zu sehen, dass ich dir anscheinend weh getan habe. Dich in den Ungewissen gelassen habe. Ich wollte nur noch zu dir, um nicht nur das Missverständnis zu klären, sondern um auch das mit uns zu klären."

„Es ist schon gut. Ich kann verstehen, dass du dir Sorgen wegen unserer Karrieren gemacht hast. Bedenken hatte ich auch, aber es ist mir nun egal, denn ich liebe dich und ich bin so froh, dass wir nun zusammen sind."

„Ich auch, Honey." Ian beugte sich zu mir herüber und gab mir einen sanften Kuss auf meine Lippen. „Wie wäre es, wenn wir zu mir fahren und unser Zusammensein genießen? Hier wird es mir langsam zu nass", schlug Ian vor.

„Das hört sich gut an. Wir müssten aber kurz bei mir vorbei und ein paar Sachen holen, falls ich bei dir über Nacht bleiben darf."

„Natürlich darfst du über Nacht bleiben. Du glaubst doch wohl nicht, dass ich dich heute Abend nach Hause fahren lasse. Du bleibst bei mir", raunte er. „Na los komm, lass uns von hier verschwinden."

„Hast du Lust auf eine gemeinsame Dusche? Wir sind beide noch durchnässt und wir könnten uns aufwärmen", fragte Ian, als wir bei ihm Zuhause waren und sah mich mit seinem verführerischen Blick an. Wir hatten auf der Fahrt zu ihm kurz bei mir gehalten, damit ich meine Sachen holen konnte. Zum Umziehen hatte ich keine Zeit gehabt, denn Ian hatte mich regelrecht getrieben und so hatte ich nur schnell meine Sachen gepackt und wir waren weitergefahren.

„Das Angebot nehme ich gerne an", erwiderte ich, stellte meine Reisetasche in den Flur und zog schnell meine Schuhe aus.

„Genau das wollte ich hören." Ian zog mich zu sich und legte gleich seine Lippen auf meine. Ich schlang meine Arme um seinen Hals. Ian bat mit seiner Zunge an meiner Unterlippe um Einlass, den ich ihm sofort gewährte. Unsere Zungen spielten miteinander und unsere Hände gingen auf Wanderschaft. Ians Hände strichen an meinen Seiten entlang, fassten den Saum von meinem Shirt und zogen es mir aus. Er löste sich von mir und glitt mit seinen Lippen meinen Hals entlang zu meinem Schlüsselbein. Ein Stöhnen entrang sich mir. Ich griff nach seinem Pullover und zog ihn aus. Meine Hände glitten über seine nackte Brust, was Ian zum Aufstöhnen brachte. Unsere Lippen krachten aufeinander und wir verfielen in einen langen Kuss. Ian hob mich hoch und trug mich ins Badezimmer, wo er mich wieder langsam auf dem Boden abstellte. Seine Hände glitten zu meinem Rücken und zogen mir den BH aus. Er küsste sich meinen Hals entlang zu meinen Brüsten, die er nacheinander liebkoste. Ich stöhnte auf. Seine Hände machten sich an meiner Hose zu schaffen. Ian küsste sich nun meinen Bauch hinunter und verweilte dort kurz um mir meine Hose mitsamt dem Slip sowie den Socken auszuziehen. Er küsste sich weiter meinen Bauch hinunter zu meinem Unterleib.

„Stell dein Bein hier drauf", raunte er und zog einen Badhocker zu uns heran. Ich tat, was er sagte und stellte mein rechtes Bein auf den Hocker. Ian glitt mit seinen Lippen zu meiner mittlerweile heißen Mitte und liebkoste sie mit seiner Zunge. Ich stöhnte auf und griff mit einer Hand in sein Haar. Die Erregung in mir nahm zu. Ich wollte ihn. Jetzt sofort. Ich ließ sein Haar los, fasste seinen Arm und zog ihn zu mir hoch. Ian ließ es zu, stand auf und sofort krachten unsere Lippen wieder aufeinander. Ich machte mich an seiner Hose zu schaffen und er half mir sie ihn mitsamt der Boxershorts auszuziehen. Zusätzlich zog er sich seine Schuhe und Socken aus. Ian dirigierte mich in die Dusche und stellte das Wasser an. Das warme Wasser prasselte auf uns herab. Meine Hand wanderte zu seinem Glied und ich begann ihn zu streicheln. Ian stöhnte auf. Ich sank auf die Knie und liebkoste ihn nun mit dem Mund.

„Oh Honey, du machst mich wahnsinnig", keuchte er und griff in meine Haare. Ich schaute zu ihm auf und sah, dass er den Kopf vor Erregung in den Nacken gelegt hatte. „Wenn du so weitermachst, dann komme ich gleich", knurrte er, schaute zu mir herunter und zog mich zu sich hoch. Er packte mich an den Hüften und hob mich hoch. Ich schlang meine Beine um seine Taille. Ian drückte mich sanft gegen die Fliesen und drang in mich ein. Wir stöhnten beide laut auf und kurz darauf krachten unsere Lippen wieder aufeinander. Sofort begannen unsere Zungen wild miteinander zu spielen. Ians Stöße waren drängend und wir stöhnten in den Mund des anderen. Es dauerte nicht lange und der Orgasmus baute sich in mir auf. Ian ging es nicht anders und er stieß nun schneller in mich. Mit lautem Stöhnen sprangen wir beide über die Klippe. Schwer atmend schauten wir uns tief in die Augen.

„Ich liebe dich, Honey", sagte er.

„Ich liebe dich auch." Vorsichtig glitt er aus mir heraus und hob mich von sich herunter, um mich auf dem Boden der

Dusche zu stellen. Er schnappte sich das Shampoo, nahm eine kleine Menge und begann meine Haare einzuschäumen.

„Daran kann ich mich gewöhnen", sagte ich, als er nun meine Kopfhaut massierte und lehnte mich mit dem Rücken an ihn an.

„Das kannst du immer haben", hauchte er an meinem Ohr, griff sich nun das Duschgel und seifte meine Schultern ein. Ich stöhnte wollig auf, als seine Hände meinen Rücken hinabwanderten. „Wenn du weiter stöhnst und deinen Po an meinen Unterleib reibst, dann werde ich dich gleich noch einmal nehmen", sagte Ian bedrohlich leise.

„Dann tu es doch", provozierte ich ihn und bewegte meinen Po noch etwas mehr.

„Du hast es nicht anders gewollt", knurrte er, drückte mich gegen die Fliesen und drang von hinten in mich ein.

Nachdem wir uns noch einmal geliebt und zu Ende geduscht hatten, bestellte Ian Pizza, da er keine Lust hatte für uns beide etwas zu kochen. Nach dem Essen hatte Ian Kerzen angezündet und für uns zwei Gläser Wein eingeschüttet. Nun lagen wir zusammen auf der Couch. Ich lag bei ihm im Arm und genoss seine Zärtlichkeiten. Sanft strich er mir mit seiner Hand über meinen Arm und immer wieder küssten wir uns.

„Du hast mir die ganze Woche so gefehlt", sagte Ian leise.

„Du mir auch. Meinst du, wir bekommen das mit der Beziehung hin? Schließlich dürfen wir uns nicht zusammen in der Öffentlichkeit zeigen, wie andere Paare", wollte ich von ihm wissen.

„Natürlich bekommen wir das hin. Wir müssen halt unsere Beziehung geheim halten. Es dürfen nur die Leute davon wissen, denen wir vertrauen. Also nur unsere Familien und unsere engsten Freunde. Außerdem brauchen wir es doch nur bis zu deinem Abschluss im Mai geheimzuhalten. Danach bist du keine Studentin mehr und somit ist unsere Beziehung dann auch nicht mehr verboten. Bis dahin müssen wir nur vorsichtig sein, vor allem in der Uni. Dort müssen wir uns ganz normal verhalten, wie bisher, beziehungsweise sollten wir es vermeiden, dass ich im Unterricht zu dir komme."

„Und wenn ich wirklich Hilfe brauche?", fragte ich.

„Das ist dann etwas anderes. Aber das wird doch nicht so oft vorkommen. Nur deine vorgetäuschten Fehler solltest du lassen." Er hatte recht. Ich hatte ihn des Öfteren gerufen, auch wenn ich kein Problem gehabt hatte. Um nicht aufzufallen, sollte ich es wirklich unterlassen und ihn nur noch zu mir rufen, wenn ich wirklich Hilfe brauchte.

„Na gut, dann werde ich dich nur noch zu mir rufen, wenn ich wirklich ein Problem habe, bevor wirklich noch jemand Verdacht schöpft."

„Ach und am besten sollten wir auf unseren Handys und den Laptops keine Hintergrundbilder von uns haben. Das würde höchstwahrscheinlich zu Fragen führen", grinste er.

„Ach man, dann muss ich die Bilder doch wieder löschen und das große Poster, was ich im Wohnzimmer von uns beiden hängen habe, muss ich dann auch wieder abnehmen", scherzte ich.

„Ja, das solltest du tun, falls du mal Besuch bekommen solltest. Zum Beispiel von deiner guten Freundin Katelynn", lachte er.

„Oh nein. Bitte nicht diese schreckliche Person. Auf ihren Besuch kann ich wirklich verzichten."

„Das ist schade. Ich habe sie für dich am Sonntag bei dir Zuhause zum Kaffeetrinken eingeladen", grinste er.

„Dann bleibe ich bis abends bei dir."

„Na das hört sich doch gut an. Ich sage das Kaffeetrinken für dich ab", entgegnete er, beugte sich zu mir herüber und gab mir einen kurzen Kuss. Sein Handy klingelte. Genervt stand er auf und schaute mich entschuldigend an, als er sein Handy vom Wohnzimmertisch nahm und dranging. Ich setzte mich auf und nahm einen Schluck von meinen Wein. Ein Gedanke schoss mir durch den Kopf. Wie sollte ich meinen Eltern sagen, dass ich mit meinen Dozenten zusammen war? Sie würden wahrscheinlich nicht erfreut sein. Nicht wegen Ian persönlich.

Ihn würden sie bestimmt mögen. Aber die Tatsache, dass er mein Dozent war, würde sie stören, denn auch sie wussten von dem Verbot der Uni, dass Lehrkräfte und Studenten keine Beziehung führen durften. Sie fanden das Verbot gut, da somit Studenten nicht von den Lehrkräften ausgenutzt werden konnten. Dazu kam, dass meine Eltern sehr darauf bedacht waren, dass ich einen guten Abschluss machte.

„Entschuldige Honey. Das war mein Bruder. Er will morgen Abend mal kurz vorbeikommen, da ich ihm bei einem Projekt helfen soll. Carla kommt auch mit, dann könnt ihr beiden euch in der Zeit unterhalten, wenn du möchtest", schlug er vor.

„Ja, sehr gerne", stimmte ich zu und schaute auf meine Hände, die in meinen Schoß lagen.

„Was ist los?", fragte er und setzte sich neben mich auf die Couch.

„Ich weiß nicht, wie ich es meinen Eltern sagen soll, dass wir zusammen sind. Sie werden dich sicherlich mögen, aber sie werden bestimmt nicht erfreut darüber sein, dass ich mit meinen Dozenten zusammen bin. Sie kennen das Verbot der Uni und befürworten es. Ich habe einfach Angst, dass sie mir die Beziehung zu dir verbieten wollen, was sie natürlich nicht können, denn schließlich bin ich volljährig und darf selbst entscheiden mit wem ich zusammen sein möchte. Ich weiß, dass sie uns nicht bei der Direktorin verpetzen würden, denn sie müssten befürchten, dass ich dadurch meinen Abschluss nicht machen darf und genau das möchten sie nicht. Sie sind halt sehr darauf bedacht, dass ich einen guten Abschluss mache", erklärte ich ihm.

„Das kann ich verstehen. Ich möchte schließlich auch, dass du einen guten Abschluss machst", sagte er und hob mit seiner Hand mein Kinn an, sodass ich ihn ansehen musste. „Es ist mir egal, was du deinen Eltern sagst, was ich beruflich mache. Sag ihnen doch einfach, dass ich Mediendesigner bin. Das ist schließlich nicht gelogen. Nach deinem Abschluss kannst du ihnen doch immer noch die Wahrheit sagen."

„Da hast du recht. Du hast auch wirklich nichts dagegen, wenn ich es vor meinen Eltern erst einmal geheimhalte, dass du mein Dozent bist", hakte ich nach.

„Nein, das habe ich nicht. Vielleicht ist es so auch erst einmal besser. Eltern müssen nicht immer alles wissen", grinste er.

„Das stimmt. Ich bin so froh, dass du nichts dagegen hast, dass ich meinen Eltern erst einmal nicht die Wahrheit über deinen Beruf sage."

„Das ist doch selbstverständlich. Ich helfe dir gerne und wenn wir dafür deine Eltern anschwindeln müssen, dann ist das eben so."

„Danke", sagte ich und mir fiel ein riesen Stein vom Herzen, dass Ian so selbstverständlich für mich seinen Job verheimlichte. Das würde nicht jeder tun.

„Dafür brauchst du dich nicht bei mir zu bedanken. Das mache ich doch gerne", erwiderte er, zog mich zu sich und küsste mich.

Kapitel 8

Als ich am nächsten Morgen aufwachte, lag ich auf Ians Brust. Ich schaute auf und sah, dass er ebenfalls schon wach war und mich lächelnd anschaute.

„Guten Morgen meine Prinzessin. Hast du gut geschlafen?", fragte er sanft.

„Ja, bei dir schlafe ich immer gut", erwiderte ich.

„Das freut mich." Er zog mich zu sich hoch und küsste mich.

„Was machen wir denn heute?", fragte ich.

„Naja es regnet draußen, also können wir es uns hier Zuhause gemütlich machen. Allerdings müsste ich kurz einkaufen gehen, denn der Kühlschrank ist fast leer."

„Ich würde ja vorschlagen, dass ich mitkomme, aber es wäre wahrscheinlich keine gute Idee, da wir zusammen gesehen werden könnten."

„Da hast du recht. In der Zeit, wo ich weg bin, kannst du dich hier entspannen. Oder möchtest du nach Hause?"

„Nein, ich werde hierbleiben, wenn ich darf. Ich werde in der Zeit die Hausaufgaben in Grafikdesign machen."

„Natürlich darfst du hierbleiben. Fühle dich hier, wie Zuhause. Du darfst hier alles tun, was du möchtest", sagte er und gab mir einen Kuss. „Wie wäre es mit Frühstück?"

„Sehr gerne."

„Na dann komm." Ian stand auf und zog mich mit aus dem Bett.

„Ach man", rief ich genervt und ließ mich in den Stuhl am Esstisch fallen.

„Was ist denn los, Honey?", fragte Ian, der gerade die Einkäufe in der Küche verstaute und schaute zu mir.

„Ich bekomme diese Grafik nicht richtig hin."

„Warte kurz. Ich bin sofort bei dir", sagte er und räumte die Nudeln in den Schrank. Anschließend kam er zu mir herüber und setzte sich neben mich an den Tisch. „So wie kann ich dir helfen?" Ich erklärte ihm kurz, wo das Problem lag und Ian schaute sich meine Arbeit an. „Ich habe den Fehler gefunden, warum es nicht funktioniert. Schau mal, du hättest es so machen müssen." Er zeigte mir Schritt für Schritt, wie ich meine Grafik so hinbekam, wie ich sie haben wollte. Er war wirklich ein sehr guter Lehrer. Mit viel Geduld zeigte er mir weitere Funktionen, wie ich Grafiken aufwertete.

„So Schluss für heute. Jetzt ist Wochenende und das werden wir genießen", sagte er und zog mich zu sich herüber, sodass ich auf seinem Schoss saß.

„Und jetzt?", fragte ich und schaute ihn an.

„Jetzt habe ich mir einen Kuss verdient."

„Na gut", erwiderte ich und gab ihm einen kurzen Kuss.

„Das nennst du einen Kuss?", fragte Ian und schaute mich herausfordernd an. „Das ist ein richtiger Kuss", sagte er, zog mich zu sich und legte seine Lippen auf meine. Ian bat mit seiner Zunge an meiner Unterlippe um Einlass, den ich ihm gewährte und verwickelte meine Zunge sogleich in ein leidenschaftliches Spiel.

Am Abend kamen Linus und Carla vorbei.

„Und nun erzählt schon", kam es von Carla, als wir zusammen im Wohnzimmer auf der Couch saßen und sah uns neugierig an.

„Was sollen wir erzählen?", fragte Ian und legte einen Arm um meine Schulter.

„Na seid ihr nun zusammen, oder nicht?" Ian und ich sahen uns beide lächelnd an.

„Du bist ganz schön neugierig", neckte Ian sie.

„Na und. Los jetzt sagt schon."

„Na gut. Ja, wir sind zusammen", erlöste Ian sie von ihrer Neugierde und zog mich dichter an sich.

„Wirklich? Das ist ja super", rief sie freudestrahlend.

„Das wurde aber auch Zeit", kam es von Linus.

„Ihr dürft es aber niemanden sagen. Unsere Beziehung muss erst einmal geheim bleiben, bis ich meinen Abschluss habe. Wenn die Uni davon etwas erfährt, kann Ian seinen Job verlieren", sagte ich.

„Und Lexi kann wahrscheinlich dann ihren Abschluss nicht machen", warf Ian mit ein.

„Ihr könnt euch auf uns verlassen. Euer Geheimnis ist bei uns sicher und wir werden niemanden etwas sagen. Versprochen", entgegnete Carla und Linus nickte zustimmend.

„Danke", sagte ich.

„Nicht dafür. Das ist doch selbstverständlich", lächelte Carla mich an.

„So Bruder, du musst mir mal helfen und die Mädels können so lange über Frauenkram reden", sagte Linus und stand auf.

„Ich bin gleich wieder da." Ian gab mir einen Kuss auf die Stirn, bevor er mit Linus zum Esstisch ging, woran sie sich setzten.

„Ihr seid so süß zusammen", quietschte Carla. „Ich freue mich so für dich, für euch. Siehst du, ich habe dir doch gesagt, dass alles gut wird."

„Ja, du hast recht gehabt und darüber bin ich sehr froh."

„Das glaube ich."

„Was macht die Hochzeitsvorbereitung? Habt ihr schon einen Termin?", fragte ich neugierig.

„Bis jetzt noch nicht. Aber ich möchte gerne im Sommer heiraten. Juli oder August wäre gut, denn ich möchte am liebsten draußen bei strahlendem Sonnenschein heiraten", erwiderte sie mit einem verträumten Blick.

„Das stelle ich mir richtig schön vor. Bei schönem Wetter, strahlend blauen Himmel, auf einer Wiese worauf ein Pavillon und Stühle stehen", überlegte ich.

„Ja und alles ist mit rosafarbigen Rosen geschmückt und natürlich eine weiße Kutsche mit zwei weißen Pferden."

„Oh nein, die Frauen reden über die Hochzeit. Ian höre dir schon einmal an, wie Lexi sich ihre Hochzeit vorstellt", grinste

Linus. Was hatte er da gerade gesagt? Hochzeit? Moment mal, Ian und ich waren gerade mal seit einem Tag zusammen, da dachte ich doch noch nicht ans heiraten. Ich wusste doch auch gar nicht, ob Ian überhaupt heiraten wollte. Darüber hatten wir nie geredet. Ich sah zu Ian herüber, der mich mit einem Blick voller Liebe anschaute, bevor er sich seinem Bruder zuwandte.

„Du solltest dir vielleicht mal anhören, was deine Verlobte plant. Fang schon mal an zu sparen", lachte er.

„Ach so teuer wird das gar nicht. Die Trauung findet in der Kirche statt und anschließend gehen wir im Diner essen. Für jeden einen Burger und ein Getränk sollten reichen. Ach und ein Hochzeitskleid sowie einen Anzug brauchen wir auch nicht. Jogginganzüge reichen vollkommen", grinste Linus.

„Ja natürlich und die Hochzeitsnacht verbringen wir im Auto, da ein Hotel zu teuer ist oder was?", fragte Carla und war ganz und gar nicht über Linus Plan erfreut.

„Nein, wir haben doch eine Wohnung und ein Bett", entgegnete er.

„Vergiss es. Ich will eine anständige Hochzeit mit einer richtigen Feier."

„Überlass Carla lieber die Hochzeitsplanung, sonst habt ihr noch den ersten Ehestreit gleich nach der Trauung", lachte Ian.

„Ach das würde ich in der Hochzeitsnacht wieder gut machen", grinste Linus.

„Bitte keine Details", kam es von Ian. „Lass uns hier weitermachen." Er wandte sich wieder dem Laptop zu und tippte etwas auf der Tastatur. Während die Männer am Laptop beschäftigt waren, unterhielten Carla und ich uns weiter über die Hochzeit und was sie sich vorgestellt hatte.

Am Sonntagabend fuhr mich Ian nach Hause. Das Wochenende war so schön gewesen. Ich hatte gar keine Lust nach Hause zu fahren und den nächsten Tag wieder in die Uni zu müssen. Nach dem Frühstück hatten wir es uns auf der Couch gemütlich gemacht. Es hatte draußen wieder geregnet und so hatten wir uns einige Filme angeschaut und dabei gekuschelt.

„Ich würde gerne noch mit dir nach oben kommen, aber du musst morgen für die Uni ausgeschlafen sein und ich würde dich wahrscheinlich die halbe Nacht wachhalten", sagte Ian, als wir vor meinem Haus standen.

„Ich hätte nichts dagegen", grinste ich.

„Das weiß ich, aber dann schläfst du mir morgen in meinem Kurs ein. Das möchte ich nicht, denn schließlich sollst du im Kurs aufpassen und etwas lernen", erwiderte er lächelnd.

„Schade."

„Hey, wir sehen uns doch morgen nach der Uni."

„Na gut, dann werde ich jetzt mal langsam gehen, sonst verbringen wir die Nacht noch im Auto", sagte ich.

„Aber erst bekomme ich noch einen Abschiedskuss. Vorher darfst du nicht gehen", forderte er. Ich beugte mich zu ihm herüber und gab ihm einen langen Kuss.

„Zufrieden?", fragte ich, als ich mich vom ihm löste.

„Nein noch nicht ganz." Er zog mich wieder an sich und verwickelte mich in einen langen leidenschaftlichen Kuss. „Jetzt darfst du gehen."

„Möchtest du nicht doch mit nach oben kommen?"

„Liebend gern, aber ich muss noch etwas für den Kurs, den ich bei den Erstsemestern gebe, vorbereiten und die Unterlagen dafür sind bei mir Zuhause", sagte er und schaute mich entschuldigend an. „Dafür machen wir uns beide morgen einen schönen Nachmittag, okay?"

„Einverstanden", stimmte ich zu und schnallte mich ab.

„Soll ich dir bei der Reisetasche helfen?"

„Nein, das brauchst du nicht. So schwer ist die Tasche nicht. Das schaffe ich schon."

„Okay, bis morgen, Honey." Ian beugte sich noch einmal zu mir herüber und gab mir einen sanften Kuss. Ich nahm meine Handtasche und stieg aus dem Wagen aus. Von der Rückbank holte ich meine Reisetasche und schloss die Tür. Ian startete den Motor und fuhr los. Ich winkte ihm hinterher und machte mich auf den Weg zum Haus. Ich schloss die Haustür auf, trat hinein und fuhr mit dem Aufzug hoch zu meiner Wohnung.

Ich verließ den Fahrstuhl und ging zu meiner Wohnung. Dabei holte ich den Schlüssel aus meiner Tasche. Ich schloss die Wohnungstür auf und betrat gerade meine Wohnung, als mein Telefon klingelte. Schnell schloss ich die Tür, stellte die Taschen ab und nahm das Telefon, welches auf dem Sideboard im Flur stand. Ich schaute auf das Display und sah, dass es meine Mutter war.

„Hallo Mum", grüßte ich sie, nachdem ich drangegangen war.

„Hallo mein Schatz. Wie geht es dir?"

„Mir geht es gut und euch?"

„Uns geht es auch gut. Ich habe übrigens den Lautsprecher am Telefon an und dein Vater hört mit", sagte sie.

„Oh hallo Dad", grüßte ich ihn.

„Hallo Lexi, was macht die Uni", wollte er wissen.

„Alles gut. Am Freitag schreibe ich eine Klausur in Mediengeschichte."

„Oh dann lerne dafür fleißig."

„Das werde ich. Was gibt es bei euch Neues?", fragte ich sie und setzt mich im Wohnzimmer auf die Couch.

„Wir haben noch einen Bauingenieur eingestellt, da wir weitere Aufträge bekommen haben. Ein sehr netter junger Mann. Er würde dir sicherlich gefallen", antwortete meine Mutter. Wollte sie mich etwa mit ihm verkuppeln? Oh nein, das kam gar nicht infrage. Erstens suchte ich mir den Mann immer noch selbst aus und zweitens war ich bereits an Ian vergeben und ich liebte ihn.

„Oh … ähm … das wollte ich euch gleich eigentlich erzählen. Ich habe jemanden kennengelernt. Er ist sehr nett und wir verstehen uns sehr gut", sagte ich.

„Das ist jetzt mal eine Überraschung. Wie alt ist er denn und was macht er beruflich?", fragte meine Mutter interessiert.

„Er ist dreißig und ist Mediendesigner. Er arbeitet bei einer Firma hier in New York", erzählte ich ihnen.

„Ist er nicht etwas zu alt für dich?", fragte mein Vater skeptisch.

„Nein finde ich nicht. Mum und du seid auch einige Jahre auseinander", erwiderte ich.

„Da hat deine Tochter recht", sagte meine Mutter zu ihm und wandte sich dann wieder mir zu. „Schatz ich freue mich, dass ihr euch gut versteht, aber lass dich bitte nicht von ihm vom Lernen abhalten. Denk daran, dass du im Mai deinen Abschluss machst und der hat erst einmal Vorrang."

„Ja, ich weiß und er wird mich auch nicht vom Lernen abhalten. Im Gegenteil. Er ist sehr darauf bedacht, dass ich lerne und einen guten Abschluss mache. Er hat mir auch angeboten beim Lernen zu helfen, falls ich etwas nicht verstehe", beruhigte ich sie.

„Na das klingt schon einmal nach einem vernünftigen, verantwortungsbewussten jungen Mann", kam es von meinem Vater.

„Lexi, ich hoffe doch, dass ihr an Verhütung denkt. Du bist so jung und sollst erst an deine Karriere denken, bevor du ein Kind bekommst", sagte meine Mutter streng. Was dachte sie von mir? Natürlich dachten wir an die Verhütung, denn schließlich wollte ich jetzt noch gar kein Kind. In ein paar Jahren schon, aber doch noch nicht jetzt. Ich wollte erst einmal meinen Abschluss machen, in meinem Beruf Fuß fassen und Geld verdienen, damit ich mein Kind später auch ernähren konnte.

„Ach Mum, natürlich denken wir daran. Macht euch darüber keine Gedanken. Ich habe jetzt und in der nächsten Zeit nicht vor schwanger zu werden", erwiderte ich.

„Dann bin ich ja beruhigt. So mein Schatz, dann lerne fleißig und gehe früh ins Bett, damit du für die Uni ausgeschlafen bist", sagte meine Mutter.

„Das werde ich und ihr arbeitet nicht so viel."

„Das tun wir nicht. Tschüss Schatz", verabschiedete sie sich.

„Tschüss Mum, tschüss Dad", erwiderte ich und legte auf. Ich ging in den Flur und packte meine Tasche aus. Anschließend machte ich mir etwas zu essen und aß, bevor ich meinen Laptop nahm und die Videotelefonie öffnete.

„Hallo Lexi", begrüßte mich Yumi, die als erste in die Videotelefonie kam.

„Hey Yumi, geht es dir gut?", fragte ich und freute mich sie zu sehen. Ich vermisste meine beiden besten Freundinnen sehr. Dadurch, dass wir an verschiedenen Universitäten in verschiedenen Bundesstaaten studierten, sahen wir uns sehr selten. Ich hoffte, dass sich das ändern würde, wenn wir alle mit dem Studium fertig wären. Wobei ich nach meinem Studium eigentlich nicht zurück nach Orlando wollte. Nicht nur wegen Ian, sondern auch weil ich diese Stadt liebte, wollte ich in New York bleiben.

„Ja mir geht es gut und dir?", wollte Yumi wissen.

„Mir auch."

„Hallo ihr beiden", rief Tiana, die nun zur Videotelefonie dazugekommen war.

„Hi Tiana, na was gibt es Neues?"; fragte ich sie.

„Bei mir gibt es eigentlich nichts Neues. Mich interessiert eher, was es bei dir und deinem Traummann so Neues gibt."

„Ja, das interessiert mich auch", stimmte Yumi ihr zu.

„Naja, also was gibt es da Neues?", druckste ich herum, um die beiden etwas zu ärgern und auf die Folter zu spannen.

„Nun sag schon", forderte Tiana mich auf.

„Also gut. Wir sind zusammen", sagte ich.

„Was? Wirklich?", hakte Yumi nach.

„Ja", bestätigte ich ihr.

„Los erzähl schon. Wie kam es dazu? Und lass ja nichts aus", kam es von ihr. Ich begann von Freitag zu erzählen, was passiert war und wie wir zusammengekommen waren.

„Du musst ihn uns unbedingt mal vorstellen. Bei der nächsten Videotelefonie muss er dabei sein", sagte Tiana, nachdem ich meine Erzählung geendet hatte.

„Ich werde es ihm ausrichten, dass ihr ihn kennenlernen wollt."

„Natürlich wollen wir den Mann kennenlernen, der dir den Kopf so verdreht hat. Ich bin schon ganz gespannt darauf ihn zu sehen", grinste Yumi und Tiana stimmte ihr nickend zu.

Die nächste Woche war sehr schön gewesen. Zwar mussten Ian und ich uns in der Uni normal, wie Dozent und Studentin verhalten, was uns nicht gerade leichtgefallen war, dafür hatten wir uns jeden Tag gesehen. Es war Freitag und ich war gerade von der Uni nach Hause gekommen, als mein Handy klingelte. Mein Herz machte Freudensprünge, als ich Ians Nummer auf meinem Handy sah.

„Hi", sagte ich, als ich das Gespräch angenommen hatte.

„Hey Honey, was machst du gerade?", fragte er.

„Ich bin gerade nach Hause gekommen und bin nun am überlegen, ob ich gleich joggen gehe. Sehen wir uns heute?"

„Nun ja, Jake Silver, der Dozent von der Uni, hat mich gefragt, ob ich Lust hätte mit ihm heute Abend etwas Trinken zu gehen. Ich habe zugesagt, denn ich kenne hier in New York doch noch nicht so viele Leute. Ich meine, nur wenn das okay für dich ist, sonst sage ich ab und wir beide verbringen den Abend zusammen."

„Nein, das ist schon in Ordnung. Ich weiß doch selbst, wie es ist in eine andere Stadt zu ziehen und Freunde zu finden." Er kannte, soweit ich wusste, nur mich, Linus und Carla hier in der Stadt und ich wollte ihn nicht daran hindern Freunde zu finden. Ich wollte nicht eine dieser Frauen sein, die klammerte und vom Mann forderte nur bei ihr zu sein und keine Freunde zu haben, beziehungsweise ihm verbieten sich mit ihnen zu treffen. Natürlich wäre es schön, wenn wir den Abend zusammen verbringen würden, aber so hatte ich mal etwas Zeit für mich und so etwas fand ich in einer Beziehung auch wichtig.

„Bist du dir da sicher?", fragte er nach.

„Ja, Mach dir einen schönen Männerabend", versicherte ich ihm.

„Und was machst du? Ich möchte nicht, dass du alleine Zuhause bist und dich langweilst", sagte er fürsorglich.

„Das werde ich schon nicht. Ich schau mal, was ich mache. Vielleicht einen entspannten Abend mit einem Schaumbad und anschließend auf der Couch relaxen", überlegte ich.

„Ein Schaumbad ohne mich?", fragte Ian gespielt empört.

„Ja, du bist doch nicht da", grinste ich.

„Da hast du recht. Okay dann genieße deinen Abend und ab morgen machen wir uns ein schönes Wochenende zu zweit. Was hältst du davon?", fragte er mich.

„Das klingt sehr gut. Ich bin einverstanden", stimmte ich zu.

„Das freut mich. So Honey, ich muss jetzt leider auflegen. Linus kommt jetzt gleich noch vorbei. Ich soll ihm noch einmal bei einem Projekt helfen. Ich wünsche dir einen schönen Abend. Ich liebe dich."

„Danke, den wünsche ich dir auch. Grüße Linus von mir. Ich liebe dich auch."

„Das mache ich. Bis morgen, Honey", sagte er und legte auf. Ich wollte gerade mein Handy auf den Wohnzimmertisch legen, als Chloe anrief.

„Hallo Lexi", grüßte sie, als ich ans Handy gegangen war und mich gemeldet hatte.

„Hallo Chloe. Was gibt es denn?", fragte ich.

„Serena und ich machen heute ein Mädchenabend und wir wollten fragen, ob du Lust hast mit in den neuen Club heute Abend zu kommen?"

„Sehr gerne. Aber Katelynn wird nicht mitkommen, oder?"

„Nein auf keinen Fall. Sie wollen wir nicht dabeihaben. Nur wir drei", versicherte sie mir.

„Dann bin ich auf jeden Fall dabei."

„Oh das ist toll. Ich würde sagen, wir holen dich dann um neun Uhr ab. Serena fährt mit ihrem Wagen. Sie möchte keinen Alkohol trinken und so brauchen wir uns kein Taxi nehmen."

„Ja ist gut. Also bis nachher", verabschiedete ich mich.

„Bis nachher", erwiderte Chloe und ich legte auf.

-Hey aus meinem Schaumbad wird nichts. Ich gehe heute Abend mit Chloe und Serena in den neuen Club hier in New York-, schrieb ich Ian per Handy.

-Ich wünsche dir viel Spaß und denk daran, lass die Männer in Ruhe, du gehörst nur mir-, antwortete er mit einem grinsenden Smiley.

-Das werde ich, aber nur, wenn du die Frauen in Ruhe lässt.-

-Natürlich. Ich liebe schließlich nur dich-
-Und ich nur dich-, schrieb ich zurück.

Kapitel 9

Am Abend machte ich mich für den Club fertig. Ich zog mir eine schwarze Jeans und eine rote langärmlige Bluse an. Ich ging ins Bad, kämmte mir meine kinnlangen Haare durch und frisierte sie, indem ich mir etwas Schaumfestiger in die Haare knetete. Meine Augen schminkte ich mit grauen Lidschatten und schwarzen Kajal. Ich nahm noch einen Spritzer von meinem Lieblingsparfüm und betrachtete mich im Spiegel. Ja so konnte ich in den Club gehen. Ich schaute auf die Uhr. Es war bereits kurz vor neun. Ich nahm die kleine Handtasche von der Garderobe im Flur und packte dort mein Portemonnaie, mein Handy und den Schlüssel ein. Ich schaltete das Licht im Flur aus, ging aus der Wohnung und fuhr mit dem Fahrstuhl ins Erdgeschoss, wo ich ausstieg und das Haus verließ. Lange musste ich nicht warten bis Serena und Chloe kamen. Ich stieg in den Wagen ein und zusammen fuhren wir in Serenas Ford Cabrio zum Club.

„Na dann lasst uns mal feiern gehen", rief Chloe, als wir am Club aus dem Auto gestiegen waren. Zum Glück mussten wir nicht lange vor dem Club warten und wurden vom Türsteher hineingelassen. Wir gingen als Erstes zur Bar und bestellten uns jeder etwas zu trinken. Da Serena keinen Alkohol trinken wollte und auch nicht durfte, da sie mit ihrem Auto da war, hatten Chloe und ich uns entschlossen ebenfalls nur alkoholfreie Getränke zu trinken. Aber andererseits brauchte ich auch keinen Alkohol um Spaß zu haben und im Club gab es auch leckere alkoholfreie Cocktails, wie ich feststellte.

„So und jetzt mal raus mit der Sprache. Warum möchtest du heute keinen Alkohol trinken", fragte Chloe Serena, als wir uns mit unseren Cocktails in eine Sitzecke gesetzt hatten.

„Naja, ich darf jetzt erst mal für eine längere Zeit keinen Alkohol trinken", sagte sie.

„Und warum nicht?", fragte Chloe neugierig. Ich hatte einen Verdacht, wollte aber Serena nicht zuvorkommen. Vielleicht lag ich auch falsch, aber so wie Serena lächelte, konnte es nur diesen einen Grund geben.

„Ich bin schwanger", sprach sie meine Vermutung aus und strahlte über das ganze Gesicht.

„Wirklich? Das ist ja toll", rief Chloe und umarmte sie.

„Ich freue mich so für euch", sagte ich und umarmte sie, nachdem Chloe sie losgelassen hatte. „Im wievielten Monat bist du denn?"

„In der sechsten Woche. Ich habe es letzte Woche erst erfahren."

„Weiß David es schon? Er ist doch der Vater, oder?", fragte Chloe sie. David war Serenas Freund. Die beiden hatten sich an der Uni kennengelernt. David hatte Kunst studiert und war bereits fertig mit seinem Studium.

„Natürlich ist er der Vater und ich habe es ihm gleich, nachdem ich es erfahren habe, erzählt. Erst hatte ich Angst vor seiner Reaktion. Wir sind doch beide noch jung und hatten eigentlich noch nicht vor schon bald ein Kind zu bekommen, aber er hat sich riesig über die Nachricht gefreut", erzählte sie.

„Na das ist doch schön. Machst du denn dein Studium noch zu Ende?", wollte ich von ihr wissen.

„Ja, auf jeden Fall."

„Dann auf die werdende Mutter und auf das Baby", sagte Chloe, hob ihr Glas und wir stießen an. Wir tranken unsere Gläser aus und gingen anschließend auf die Tanzfläche. Die Musikauswahl des DJs im Club war gut und es war für jeden Geschmack etwas dabei.

„Ich hole mir mal etwas zu trinken. Möchtet ihr auch etwas?", fragte ich die beiden, nachdem wir einige Lieder durchgetanzt hatten.

„Etwas zu trinken wäre wirklich gut. Tanzen macht ganz schön durstig. Warte ich komme mit", sagte Chloe.

„Ich auch", kam es von Serena und zusammen gingen wir zur Bar. Wir bestellten uns etwas zu trinken. Der nett aussehende Barkeeper bereitete uns drei köstliche alkoholfreie Cocktails zu und stellte sie uns lächelnd auf den Tresen.

„Bitte sehr Ladys", lächelte er.

„Vielen Dank", erwiderte Chloe ebenfalls lächelnd, nahm ihren Cocktail und trank einen Schluck.

„Schaut mal, wer noch hier im Club ist", grinste Serena und deutete mit dem Kopf auf zwei Männer, die gerade zur Bar kamen.

„Hey das sind doch Mr. Davis und Mr. Silver, unsere Dozenten von der Uni", rief Chloe.

„Guten Abend die Damen. Na nicht für die Uni am Lernen?", fragte Mr. Silver grinsend.

„Nein, wir machen gerade eine Lernpause", erwiderte Serena.

„So sehen also Lernpausen aus, in einem Club feiern gehen. Zu meiner Studienzeit saß ich bei Lernpausen Zuhause und habe ein gutes Buch gelesen", grinste Ian.

„Natürlich. Sie waren doch bestimmt jedes Wochenende auf Partys und in Clubs", lachte ich. Ian grinste mich an, denn er wusste, dass ich recht hatte, schließlich hatte er mir selbst von seiner Unizeit erzählt. Er war fast jedes Wochenende mit seinen Freunden feiern gewesen.

„Okay, Sie haben mich erwischt", lachte er und bestellte zwei Flaschen Bier für sich und Mr. Silver. Wir unterhielten uns gerade, als Chloe aufschrie und mich und Serena auf die Tanzfläche zerrte.

„Das ist mein Lieblingslied", rief sie und begann zu tanzen. Wir gaben unseren Dozenten Zeichen, dass sie ebenfalls auf die Tanzfläche kommen sollten, doch sie winkten ab und blieben an der Bar stehen. Wie gerne hätte ich mit Ian zusammen getanzt, aber es wäre zu auffällig gewesen. Wahrscheinlich hätten wir beim Tanzen nicht die Finger voneinander lassen können. Es war bereits an der Bar schwer genug gewesen ihn nicht zu berühren. Wir tanzten einige Lieder durch. Immer wieder schaute ich zu Ian, der mit Mr. Silver immer noch an der Bar stand. Die beiden sahen zu uns herüber und unterhielten sich dabei. Ians Blick war die ganze Zeit auf mich gerichtet. Ich genoss es, dass er nur mich ansah. Ich hatte den Abend über einige Frauen beobachtet, die Ian regelrecht angeschmachtet hatten, aber er hatte sie nie beachtet.

„Hallo Schönheit. Wie wäre es, wenn du jetzt mit mir tanzt?", sprach eine männliche Stimme von hinten in mein Ohr. Seine Alkoholfahne wehte mir dabei ins Gesicht und er schlang seine Arme um meinen Bauch.

„Nein danke. Kein Interesse", sagte ich angewidert durch seine Anmache und seiner Alkoholfahne und wandte mich aus seinen Armen.

„Ach komm schon. Stell dich doch nicht so an", versuchte der Typ es noch einmal und fasste mich am Arm.

„Ich habe nein gesagt", zischte ich, entriss ihm meinen Arm und drehte mich wütend zu ihm um. Er war einen halben Kopf größer als ich, hatte schwarze längere Haare und eine stämmige Figur. Er musste schon einiges an Alkohol getrunken haben, denn er konnte nicht mehr gerade stehen.

„Jetzt sei doch nicht so. Nur einen Tanz", lallte er.

„Nein. Ich will nicht mit dir tanzen", sagte ich energisch und ging einen Schritt zurück. Der Typ gab allerdings nicht auf und machte einen Schritt auf mich zu.

„Komm, wir gehen von der Tanzfläche", schlug Chloe vor.

„Gute Idee, vielleicht merkt er dann, dass ich nicht mit ihm tanzen will."

„Jetzt komm schon. Ich weiß doch, dass bei euch Frauen ein Nein in Wirklichkeit ein Ja ist", versuchte er es wieder.

„Nein heißt nein und jetzt lass mich in Ruhe", schrie ich ihn an und wollte gerade von der Tanzfläche gehen, als er mich wieder am Arm packte.

„Du bleibst hier und wir werden jetzt zusammen tanzen", sagte der Typ.

„Lass mich los", schrie ich und entriss ihm wieder meinen Arm. Dadurch, dass er angetrunken war, konnte er nicht mehr so gut sein Gleichgewicht halten und kam ins Wanken. „Jetzt lass mich endlich in Ruhe und verpiss dich."

„Hast du nicht gehört? Du sollst sie in Ruhe lassen", knurrte eine vertraute Stimme neben mir und ich war froh, dass Ian da war.

„Wer bist du denn? Bist du ihr Beschützer oder was?", lallte der Typ.

„Ja genau und du lässt sie jetzt in Ruhe und verschwindest", erwiderte Ian und legte mir einen Arm um die Schulter.

„Und wenn nicht?", fragte der Typ provozierend.

„Dann bekommst du es mit mir zu tun", antwortete Ian.

„Gibt es hier ein Problem?", fragte ein Securitymitarbeiter, der zu uns gekommen war.

„Diese Dame wird von dem Herrn hier belästigt. Ich bin ihr gerade zur Hilfe gekommen, da er sie nicht in Ruhe ließ", erklärte Ian ihm.

„Stimmt das?", wollte der Securitymitarbeiter von mir wissen.

„Ja. Er will nicht verstehen, dass ich nicht mit ihm tanzen oder sonst irgendetwas tun will. Er soll mich einfach in Ruhe lassen", bestätigte ich ihm. „Im Übrigen ist er betrunken."

„Das stimmt doch gar nicht. Die Kleine hat mich angemacht und wollte mit mir tanzen. Dann kam dieser Typ und nun lügt sie", verteidigte sich dieser Typ.

„Wer hier lügt, ist doch wohl klar. Ich bin es nicht und jetzt lass mich in Ruhe", zischte ich.

„Na komm, es wird Zeit zu gehen", sagte der Securitymitarbeiter, fasste den Typen am Arm und zog ihn in Richtung Ausgang.

„Hey, lass mich los. Die kleine Schlampe will es doch", schrie der Typ und versuchte sich aus dem Griff zu befreien, doch er schaffte es nicht.

„In diesem Club werden weder Gäste belästigt noch beleidigt. Aus diesem Grund wirst du jetzt auch gehen und hast in diesem Club Hausverbot", erwiderte der Securitymitarbeiter und zog ihn hinter sich her.

„Alles in Ordnung?", fragte Ian und sah mich besorgt an.

„Ja, es ist alles gut. Danke, dass Sie mir geholfen haben", bedankte ich mich bei ihm und ging mit ihm zur Bar. Chloe und Serena folgten uns.

„Dafür brauchen Sie sich nicht zu bedanken. Das war selbstverständlich, dass ich Ihnen geholfen habe. Ich habe gesehen, dass dieser Typ Sie nicht in Ruhe gelassen hat und bin Ihnen dann zur Hilfe gekommen."

„Möchten die Damen etwas trinken?", fragte Mr. Silver uns.

„Oh ja, sehr gerne", sagte Chloe. Serena und ich nickten zustimmend.

Gegen halb eins verließen wir den Club. Ian und Mr. Silver brachten uns noch zu Serenas Wagen. Die beiden wollten sicher gehen, dass wir nach der Sache mit diesem Typen auch sicher am Auto ankamen.

„Wir sehen uns am Montag in der Uni. Kommen Sie gut heim", sagte Ian, als wir in Serenas Wagen stiegen.

„Tschüss Mr. Davis, tschüss Mr. Silver", verabschiedeten wir uns von ihnen und fuhren los. Ich schaute aus dem Fenster zu Ian, der mich anlächelte.

„Es war ein sehr schöner Abend. Wir drei sollten öfter solche Mädchenabende machen", sagte Serena.

„Auf jeden Fall", stimmte ich ihr zu.

„Hey, na was machst du? Ich hoffe, ich habe dich nicht geweckt?", fragte Ian, der mich auf dem Handy angerufen hatte.

„Nein, das hast du nicht. Ich sitze gerade auf der Couch und schalte durch die Kanäle im Fernsehen. Aber es kommt nichts Interessantes."

„Ich würde gerne noch bei dir vorbeikommen, allerdings habe ich vorhin im Club Alkohol getrunken und es wäre unvernünftig jetzt noch mit dem Auto zu dir zu fahren."

„Hm, ich kann zu dir kommen. Ich habe nichts getrunken", überlegte ich.

„Ich kann dich doch nicht nachts alleine durch die Gegend fahren lassen."

„Warum nicht? Abgesehen davon fahre ich gar nicht alleine. Ich habe eine Freisprecheinrichtung im Auto. Wir können solange telefonieren, bis ich bei dir bin, wenn du möchtest", grinste ich.

„Okay, so machen wir es. Wann fährst du los?"

„Gib mir zehn Minuten. Ich muss nur eben meine Sachen packen."

„Na gut. Ruf mich an, sobald du im Auto sitzt."

„Das mache ich. Bis gleich."

„Bis gleich, Honey", sagte Ian und wir beendeten das Gespräch. Ich schaltete den Fernseher aus, stand von der Couch auf und ging ins Schlafzimmer. Schnell packte ich meine Sachen in die Reisetasche, verließ die Wohnung und fuhr mit dem Aufzug in die Tiefgarage.

„Hey, wo willst du denn noch um diese Zeit hin?", fragte Linus, der mir mit Carla gerade in der Tiefgarage entgegenkam, als ich aus dem Fahrstuhl gestiegen und auf dem Weg zu meinem Wagen war.

„Ich fahre zu deinem Bruder", erwiderte ich grinsend.

„Wohin auch sonst", grinste er.

„Viel Spaß euch beiden", sagte Carla lächelnd.

„Danke und euch noch einen schönen Abend", erwiderte ich und ging zu meinen Wagen. Ich verstaute meine Reisetasche im Kofferraum und stieg ins Auto ein. Ich steckte mein Handy in die Halterung und aktivierte die Freisprecheinrichtung. Anschließend wählte ich Ians Nummer und fuhr los.

„Ich bin jetzt auf dem Weg zu dir", sagte ich, als Ian ans Handy ging.

„Bist du auch angeschnallt und hast du die Türen von innen verriegelt?", wollte er wissen. Er war so fürsorglich und um meine Sicherheit besorgt.

„Ja, das bin ich und mein Auto verriegelt die Türen von selbst, sobald ich losfahre."

„Dann ist gut."

„Was machst du gerade?", fragte ich, als ich etwas Rumpeln hörte.

„Ich räume auf."

„Oh extra für mich? Das brauchst du doch nicht."

„Doch natürlich. Ich möchte doch, dass du dich bei mir wohlfühlst."

„Das tu ich auch, wenn es nicht aufgeräumt ist. Die Hauptsache ist, dass du bei mir bist", erwiderte ich.

„Das freut mich, Honey. Möchtest du gleich noch ein Glas Wein?", fragte er.

„Ja, sehr gerne."

„Okay. Wo bist du gerade?", wollte er wissen.

„Ich bin beim Tunnel, der nach New Jersey führt. Dauert nicht mehr lange, bis ich bei dir bin."

„Das ist gut. Ich kann es kaum erwarten dich zu sehen, zu berühren und zu küssen."

„Ich auch nicht. Ich bin jetzt im Tunnel. Es kann sein, dass der Handyempfang schlechter wird", warnte ich ihn vor.

„Alles klar." Ich fuhr durch den Tunnel. Der Empfang vom Handy wurde wirklich schlechter und ich konnte Ian nicht mehr richtig verstehen. Aus diesem Grund war ich froh, als ich endlich aus dem Tunnel heraus und in New Jersey war.

„So jetzt können wir endlich wieder ohne Störung telefonieren", sagte ich, nachdem der Empfang wieder besser war und ich nicht mehr nur abgehakte Wörter hörte.

„Ich werde jetzt schon langsam rausgehen. Du wirst ja gleich da sein."

„Du brauchst nicht extra rauskommen."

„Doch das werde ich, denn ich möchte nicht, dass du um diese Zeit alleine draußen bist."

„Mir wird schon nichts passieren."

„Ich werde trotzdem draußen auf dich warten."

„Na gut. Ich bin gleich da", sagte ich und bog in die Straße ein. Ich sah Ian vor dem Haus stehen und parkte meinen Wagen am Straßenrand. Ich stellte den Motor ab und stieg aus.

„Hi meine Prinzessin", begrüßte er mich, kam zu mir und gab mir einen Kuss. Er holte meine Tasche aus dem Kofferraum und nachdem ich den Wagen abgeschlossen hatte, gingen wir ins Haus. Als wir in seiner Wohnung waren, stellte Ian die Reisetasche im Flur ab und führte mich ins Wohnzimmer. Das Licht war gedämmt und auf dem Wohnzimmertisch standen neben Kerzen, die angezündet waren, zwei Gläser mit Wein. Ian hatte die Musikanlage eingeschaltet aus dessen Boxen nun ein ruhiges Lied erklang.

„Hast du Lust zu tanzen?", fragte er.

„Ja, sehr gerne. Im Club durften wir es ja nicht." Ich schlang meine Arme um seinen Hals und er legte seine um meine Taille. Anschließend bewegten wir uns im Rhythmus der Musik.

„Danke noch mal, dass du mich heute vor diesem Typen gerettet hast", bedankte ich mich bei ihm.

„Das war selbstverständlich. Als ich gesehen habe, dass dieser Typ dich belästigt, bin ich sofort zu dir gekommen, um dir zu helfen. Geht es dir gut? Hat er dir wirklich nichts getan?", fragte er und schaute mich besorgt an.

„Nein, das hat er nicht. Mir geht es gut und jetzt, wo ich bei dir bin, geht es mir noch besser", versicherte ich ihm. „Lass uns daran nicht mehr denken und diesen Abend noch genießen."

„Das Angebot nehme ich gerne an", sagte Ian und wirbelte mich so herum, dass ich mit dem Rücken zu ihm stand.

„Weißt du eigentlich, wie es mich angemacht hat dir beim Tanzen zuzusehen? Ich musste mich sehr zusammenreißen, um nicht im Club über dich herzufallen", raunte er an meinem Ohr.

„Hm, meinst du etwa so?", fragte ich grinsend und rieb meinen Hintern an seinem Unterleib.

„Du bist so ein kleines Biest", knurrte er, zog mich näher an sich und begann meinen Hals zu küssen. Ich keuchte auf, drehte meinen Kopf zur Seite und schon lagen seine Lippen auf meine. Er bat mit seiner Zunge an meiner Unterlippe um Einlass, den ich ihm sofort gewährte. Unsere Zungen begannen miteinander zu spielen. Ich drehte mich in seinen Armen und schlang meine um seinen Hals. Seine Hände strichen an meinen Seiten entlang, was einen wolligen Schauer in mir auslöste und wanderte unter meine Bluse. Mir entlockte es ein Stöhnen, als er über meine nackte Haut strich. Ich löste meine Arme von seinem Hals, strich mit den Händen über seinen Oberkörper hinunter zu dem Saum seines Pullovers und zog ihm diesen aus. Sein nackter muskulöser Oberkörper war so atemberaubend und ich strich mit meinen Händen darüber. Ian keuchte auf und begann nun meine Bluse zu öffnen. Er streifte mir diese ab und gleich darauf folgte mein BH. Er küsste sich von meinem Hals zu meinem Schlüsselbein hinunter zu den Brüsten und liebkoste sie ausgiebig nacheinander. Ich keuchte und die Erregung in mir nahm zu. Ich zog ihn am Arm zu mir hoch und gleich darauf krachten unsere Lippen aufeinander. Meine Hände wanderten über seine Brust. Ich löste mich von ihm und küsste mich über seine Brust hinunter zu seinem Bauch. Ich öffnete seine Hose, die ich ihm zusammen mit der Boxershorts, den Schuhen und den Socken auszog. Ich strich mit meinen Händen seine Beine entlang, bis ich bei seinem besten Stück ankam. Ich umfasste sein Glied mit der Hand und bewegte sie auf und ab. Ian stöhnte laut auf und lehnte sich an die Couchlehne hinter ihm an. Ich hörte auf, nahm sein Glied in den Mund und liebkoste ihn. Ian griff mit einer Hand in mein Haar. Ich liebkoste ihn weiter und sah dabei zu ihm hinauf. Er hatte den Kopf in den Nacken gelegt und stöhnte. Freude überkam mich, dass ich ihn so in Erregung versetzen konnte. Er schaute keuchend zu mir herunter und unsere Blicke trafen sich. Er löste seine Hand aus meinem Haar und zog mich sanft am Arm wieder zu sich hoch.

„Jetzt bin ich dran dich zu verwöhnen", hauchte er und legte seine Lippen auf meine. Er hob mich hoch und trug mich zum Esstisch, auf dem er mich absetzte. Er öffnete meine Hose und zog sie mitsamt meinem Slip herunter. Schnell streifte ich mir die Schuhe ab und er zog mir meine Sachen inklusive der Socken aus. Sanft spreizte er meine Beine. Ich ließ mich auf den

135

Tisch gleiten und genoss seine Küsse auf meinen Oberschenkeln. Ich stöhnte auf, als er nun meine heiße Mitte mit seiner Zunge liebkoste. Die Erregung stieg immer weiter an. Ian verwöhnte mich weiter mit seiner Zunge und schob zusätzlich zwei Finger in mich. Ich keuchte und spreizte automatisch meine Beine noch weiter. Ich merkte, dass ich bald soweit war.

„Wenn du so weitermachst, dann komme ich gleich", stöhnte ich.

„Dann tu es. Lass dich fallen, Honey", sagte Ian und verwöhnte mich weiter mit seiner Zunge und den Fingern. Ich spürte meinen Höhepunkt immer näherkommen und stöhnte laut auf, als mich der Orgasmus überkam. Noch bevor der Orgasmus abgeklungen war, hatte Ian sich bereits zwischen meine Beine positioniert und war in mich eingedrungen. Ian beugte sich über mich und nahm gleich darauf meinen Mund mit seinen in Beschlag. Unsere Zungen begannen ein wildes Spiel und Ian stieß immer wieder tief in mich, was uns beide zum Stöhnen brachte. Seine Stöße wurden schneller und ich bemerkte, dass ich bald wieder soweit war. In mir zog sich alles zusammen und ich kam zum zweiten Mal zu meinem Höhepunkt. Ian folgte mir kurz darauf. Schwer atmend schauten wir uns tief in die Augen.

„Das war Wahnsinn", keuchte ich.

„Das fand ich auch, Honey", erwiderte Ian, hauchte mir einen sanften Kuss auf die Stirn und half mir vom Esstisch.

Sonntagabend saßen Ian und ich bei ihm auf der Couch und warteten bis Tiana und Yumi in die Videotelefonie kamen. Ich wollte die Nacht bei Ian verbringen und am Montagmorgen von ihm aus zur Uni fahren. Ich hatte den Laptop auf den Wohnzimmertisch gestellt, damit sie uns beide gut sehen konnten, denn schließlich wollten die beiden Ian mal kennenlernen. Yumi und Tiana kamen heute zur gleichen Zeit in die Videotelefonie.

„Hey ihr beiden", grüßte ich sie.

„Hallo Lexi", kam es von beiden zurück.

„Darf ich euch vorstellen? Das ist Ian", sagte ich und wandte mich dann an ihn. „Ian, das sind Yumi und Tiana."

„Es freut mich euch kennenzulernen", erwiderte er an die beiden gerichtet.

„Uns auch", sagten beide wie aus einem Mund.

„Wie geht es euch? Was gibt es so Neues?", wollte ich von den beiden wissen.

„Nicht so viel. Bei uns wollen sie jetzt auch an der Uni ein Beziehungsverbot zwischen Studenten und Dozenten einführen, so wie bei euch", berichtete Yumi. „Da werden sich einige an unserer Uni aber umgucken. Bei uns sind solche Beziehungen ganz normal."

„Wie wollen sie das denn dann durchsetzen? Dann müssten sie die betroffenen Personen rauswerfen", entgegnete Tiana.

„Dann hätten wir fast keine Dozenten mehr", lachte Yumi.

„Wie geht es euch beiden denn?", wollte Tiana neugierig wissen.

„Uns geht es gut", grinste ich.

„Das sieht man", erwiderte Yumi lächelnd. Ians Handy klingelte. Er schaute auf das Display.

„Die Damen entschuldigen mich. Da muss ich mal eben rangehen", sagte er stand von der Couch auf und schaute mich kurz entschuldigend an, bevor er ans Handy ging.

„Er ist ja ein richtiger Gentleman", quietschte Yumi.

„Und gut aussehen tut er auch noch", kam es von Tiana.

„Ihr seid so ein süßes Paar und seht so glücklich zusammen aus. Ihr seid doch glücklich, oder?", fragte Yumi.

„Ja, das sind wir", erwiderte ich und schaute kurz zu Ian, der im Flur stand und telefonierte. Er sah zu mir und lächelte. „Es ist halt schwer die Beziehung geheim zu halten. Wir dürfen schließlich nicht zusammen gesehen werden. Das heißt auch, dass wir nicht zusammen in New York ausgehen dürfen oder was Paare sonst so machen. Wir müssen immer aufpassen."

„Das glaube ich. Aber es ist ja nicht für ewig. In einem halben Jahr könnt ihr all das tun, was andere Paare auch in New York tun", kam es von Yumi.

„Das stimmt und wir werden es auch schaffen, da bin ich mir sicher."

„So Leute, seid mir nicht böse, aber ich muss ins Bett. Ich schreibe morgen eine wichtige Klausur und muss ausgeschlafen sein", sagte Tiana.

„Ja, ich werde auch mal ins Bett gehen. Ich wünsche euch noch einen schönen Abend. Bis dann", sagte Yumi.

„Tschüss ihr beiden", verabschiedete ich mich und schloss die Videotelefonie. Ich schaltete den Laptop aus und verstaute ihn in meiner Tasche, da ich ihn am nächsten Tag in der Uni wieder brauchte.

„Oh seid ihr schon fertig? Tut mir leid, Honey. Mein bester Freund Alec hat gerade angerufen. Wir telefonieren regelmäßig miteinander, so wie ihr es mit der Videotelefonie macht", entschuldigte sich Ian, als er wieder ins Wohnzimmer kam.

„Es ist schon gut. Dafür brauchst du dich nicht zu entschuldigen. Es ist verständlich, dass du mit deinem besten Freund telefonierst. Ich mache es doch mit Tiana und Yumi auch nicht anders. Im Übrigen bist du von meinen Freundinnen als mein fester Freund akzeptiert", sagte ich grinsend.

„Wirklich? Was haben sie denn gesagt?", fragte er neugierig.

„Naja, du wärst ein Gentleman und würdest gut aussehen", erwiderte ich.

„Das höre ich gerne", grinste er. „Komm, lass uns langsam ins Bett gehen, sonst kommst du mir morgen früh nicht aus den Federn." Ich schaute auf die Uhr und sah, dass es bereits dreiundzwanzig Uhr war. Ian hatte recht, langsam sollte ich wirklich schlafen gehen. Wir machten uns bettfertig und legten uns hin.

„Gute Nacht, Honey. Schlaf gut", sagte Ian.

„Gute Nacht. Schlaf du auch gut", erwiderte ich und gab ihm einen Kuss.

Kapitel 10

Am Mittwochabend stand ich in meiner Küche und wollte gerade damit beginnen das Abendessen zuzubereiten, als es an der Tür klingelte. Ich schaute auf die Uhr. Es war erst sechs. Ian war früh dran. Umso besser. So konnten wir zusammen kochen. Diesen Abend wollten wir zusammen essen und anschließend es uns auf der Couch gemütlich machen. Ich ging zur Wohnungstür und wollte gerade das Tor vor unserem Haus öffnen, als ich über den Monitor sah, dass niemand davorstand. Verdutzt öffnete ich die Wohnungstür.

„Hallo Alexa. Ich wollte dich mal besuchen kommen", sagte Katelynn. Ich konnte gar nicht so schnell reagieren, wie sie an mir vorbei in die Wohnung rauschte.

„Hallo Katelynn", kam es von mir genervt und ich schloss die Tür. „Ich habe gerade gar keine Zeit."

„Das sagst du ständig. Du wirst doch wohl mal etwas Zeit zum Reden haben", erwiderte sie, ging ins Wohnzimmer und setzte sich auf die Couch. Wie dreist diese Frau doch war. Kam einfach, ohne zu fragen in die Wohnung und setzte sich hin.

„Nein, die habe ich leider nicht. Ich bin halt viel beschäftigt."

„Was hast du denn schon zu tun?", fragte sie. Oh Mist jetzt musste ich mir schnell etwas einfallen lassen.

„Ich muss für meine Eltern noch ein Konzept für eine neue Webseite entwerfen", sagte ich schnell.

„Dabei kann ich dir doch helfen", rief sie euphorisch.

„Meine Eltern möchten nicht, dass andere Leute etwas an ihrer Webseite machen. Das darf nur ich", erwiderte ich und nahm mein Handy vom Wohnzimmertisch. Ich musste Ian warnen, dass Katelynn hier war, damit er nicht vorbeikam und sie ihn hier sah.

„Ach die sollen sich nicht so anstellen. Ich habe immer gute Ideen. Die werden ihnen bestimmt gut gefallen."

139

„Nein, du wirst nicht mithelfen. Meine Eltern möchten es nicht und das hast du zu respektieren", entgegnete ich und wurde langsam wütend. Was nahm sie sich eigentlich heraus? Sie sollte endlich gehen und mich in Ruhe lassen. Ian, fiel mir wieder ein. Ich wollte ihn doch warnen. Schnell tippte ich eine Nachricht auf meinem Handy und wollte sie gerade absenden, als es an der Tür klingelte. Oh nein, dass durfte jetzt nicht Ian sein. Ich rannte regelrecht zur Tür und öffnete sie nur einen kleinen Spalt, damit Katelynn nicht sehen konnte, wer davorstand, falls sie in den Flur kam.

„Hi Honey", grüßte Ian mich. Ich nahm an, dass die Haustür immer noch offenstand, denn sonst hätte Ian nicht direkt vor meiner Tür gestanden.

„Psst. Katelynn ist hier. Sie kam gerade überraschend vorbei. Ich versuche sie schon loszuwerden, aber sie will nicht gehen", flüsterte ich, damit sie es nicht mitbekam. Ich schaute mich kurz um, aber sie war zum Glück nicht im Flur.

„Ich helfe dir sie loszuwerden", sagte Ian leise.

„Wie denn? Ich habe es auch schon versucht und ihr gesagt, dass ich für meine Eltern die Webseite ändern muss, aber sie geht einfach nicht", seufzte ich.

„Lass mich das mal machen. Sie wird gleich freiwillig gehen. Behalte mal dein Handy in der Hand und wunder dich nicht, wenn du Besuch bekommst", grinste er. „Ich bin solange bei meinem Bruder, bis sie weg ist."

„Okay. Ich hoffe, dass dein Plan funktioniert." Ich schloss die Tür und ging wieder ins Wohnzimmer.

„Wer war denn an der Tür?", fragte Katelynn neugierig.

„Das war eine Nachbarin", erwiderte ich.

„Und was wollte sie?" Warum musste diese Person nur so neugierig sein?

„Sie wollte mir nur Bescheid geben, dass es nächste Woche wieder ein Hausbewohnertreffen geben wird", log ich. Apropos Hausbewohnertreffen. Diese gab es bei uns wirklich zweimal im Jahr. Beim nächsten Treffen müsste ich unbedingt mal ansprechen, dass das Eingangstor sowie die Haustür immer geschlossen bleiben müssten, damit keine ungebetenen Gäste, wie Katelynn einfach ins Haus kamen. Genau dafür war doch das Tor gedacht.

„Ach so", sagte sie enttäuscht darüber, dass es für sie nichts Interessantes gewesen war. „Ich muss dir unbedingt erzählen, was mir vorhin passiert ist. Das war so toll. Also ich war … ." Mein Handy klingelte und ich war froh, dass ich mir Katelynns Erzählung im Moment nicht anhören musste.

„Entschuldige bitte. Da muss ich ran", unterbrach ich sie und ging ans Handy. „Ja", meldete ich mich.

„Hi Honey", sagte Ian.

„Oh hallo Mum. Nein du störst nicht. Du rufst bestimmt wegen der Webseite an."

„Ja natürlich mein Schatz", spielte Ian mit und verstellte seine Stimme. Ich musste mir das Lachen verkneifen, wie er versuchte meine Mutter zu imitieren.

„Warte, ich hole mir eben etwas zu schreiben", sagte ich, ging zum Esstisch, wo ein Block und ein Stift lagen. „So jetzt kannst du loslegen. Also was soll ich ändern?"

„Ach du gehst einkaufen? Dann bringe doch bitte Butter und Milch mit. Eine Tüte Chips wäre auch nicht schlecht", scherzte Ian.

„Ja ist gut. Also das Logo und die Startseite." Ich schrieb es kurz auf, falls Katelynn auf den Block schauen würde.

„Bis gleich, Honey. Das war erst der Anfang. Sie wird bald so genervt sein, dass sie freiwillig geht", grinst er.

„Tschüss Mum", verabschiedete ich mich und wandte mich dann wieder Katelynn zu. „Ich muss mich jetzt an die Webseite machen." Zur Untermalung schaltete ich meinen Laptop ein, der auf dem Esstisch stand.

„Ach das kann doch warten. Also vorhin da …", setzte sie wieder an, wurde aber wieder von meinem Handy unterbrochen.

„Hallo mein Kind, hier ist deine Mutter", grinste Ian, als ich dranging.

„Hallo Mum, hast du noch etwas vergessen?", fragte ich und wandte mich von Katelynn ab, damit sie mein Grinsen nicht sah.

„Ja, Linus möchte, dass du ihm Weingummis mitbringst, wenn du einkaufen gehst."

„Kein Problem, dann schaue ich mal, was ich daran noch ändern kann."

„Ist sie schon genervt?", fragte Ian.

„So langsam schon, glaube ich."

„Alles klar, dann wirst du gleich noch Besuch bekommen. Ich hoffe, du hast Zucker, Milch und Eier im Haus?", warnte Ian mich vor.

„Ja, das habe ich."

„Dann ist gut."

„Okay Mum, wenn noch etwas sein sollte, dann melde dich", sagte ich und legte auf.

„Kann ich dir jetzt endlich von dem erzählen, was passiert ist, oder wirst du gleich wieder gestört?", fragte Katelynn genervt.

„Das weiß ich nicht. Ich habe dir gesagt, dass ich keine Zeit habe." In dem Moment klingelte es an der Tür. „Heute ist hier was los." Grinsend ging ich zur Tür und öffnete sie.

„Hallo Kleine. Hast du Zucker für uns?", fragte Linus schelmisch lächelnd.

„Ja natürlich. Komm mit in die Küche", erwiderte ich und zusammen gingen wir in die Küche.

„Oh du hast Besuch", sagte Linus gespielt überrascht und wandte sich dann an Katelynn, die immer noch auf der Couch saß. „Hallo", grüßte er sie kurz.

„Hallo", erwiderte sie höflich aber doch genervt von der Störung.

„Hier ist der Zucker", sagte ich und gab Linus das Päckchen.

„Danke. So dann werde ich euch auch nicht weiter stören", entgegnete Linus und nahm den Zucker.

„Ich bringe dich noch eben zur Tür." Ich begleitete Linus zur Wohnungstür.

„Wenn nötig kommt Carla gleich noch herüber, aber ich glaube, sie gibt bald auf und wird gehen."

„Das hoffe ich." Ich schloss die Tür und ging wieder ins Wohnzimmer. Demonstrativ setzte ich mich aber nicht auf die Couch zu Katelynn, sondern an den Esstisch und tippte etwas auf dem Laptop herum.

„Hey, was machst du da?", fragte sie verwundert.

„Ich habe noch etwas zu tun. Meine Mutter möchte die Änderung der Webseite bis morgen haben."

„Du bist keine gute Gastgeberin. Du hast Besuch und setzt dich an deinen Laptop", beschwerte sie sich.

„Ich habe dir gesagt, dass ich keine Zeit habe. Du bist doch einfach vorbeigekommen. Du hättest vorher anrufen und fragen können, ob ich Zeit habe."

„Du hättest doch nur wieder gesagt, dass du keine Zeit hast."

„So ist es auch. Ich habe keine Zeit mich mit dir zu unterhalten." Mein Handy klingelte wieder.

„Jetzt lass doch mal das Handy klingeln und unterhalte dich mit mir", forderte Katelynn.

„Nein, das werde ich nicht. Das Gespräch ist wichtig und deshalb werde ich da auch jetzt rangehen."

„Gut, dann werde ich jetzt gehen. Mir ist meine Zeit zu kostbar, als dir ständig beim Telefonieren zuzusehen", sagte sie hochnäsig und stolzierte aus dem Wohnzimmer.

„Warte mal eben, Mum", sagte ich zu Ian, als ich ans Handy gegangen war und folgte Katelynn in den Flur.

„Wir sehen uns morgen in der Uni, wenn du nicht zu beschäftigt bist, um zu den Vorlesungen zu erscheinen", kam es schnippisch von ihr, als sie die Wohnung verließ.

„Tschüss Katelynn", erwiderte ich nur, denn ich hatte keine Lust auf ihre dumme Bemerkung zu reagieren. Ich schloss die Tür hinter ihr und ging dann ans Handy. „Sie ist weg."

„Das ist gut. Ich komme dann jetzt zu dir herüber", entgegnete Ian.

„Warte bitte noch kurz. Ich will nur eben schauen, ob sie auch wirklich wegfährt. Nicht, dass sie hier noch im Haus ist,

wenn du zu mir herüberkommst. Sie könnte dich sonst sehen."
Ich ging ins Büro und schaute aus dem Fenster. Es dauerte
nicht lange und ich sah sie zu ihrem Wagen gehen. Es war
schon gemein gewesen, was wir getan hatten. Allerdings war sie
ohne zu fragen vorbeigekommen und war so dreist gewesen
ohne Einladung einfach in meine Wohnung zu gehen und sich
auf die Couch zu setzen. Ihr war es vollkommen egal gewesen,
ob ich für sie Zeit hatte oder nicht. Sie hatte es einfach voraus-
gesetzt, dass ich mir Zeit für sie nehme. So etwas konnte ich
absolut nicht leiden. Ich ließ mir nicht vorschreiben mit wem
ich meine Zeit verbringen sollte. Katelynn stieg in ihrem Wagen ein und fuhr los.

„Sie ist weg. Du kannst jetzt herüberkommen."

„Okay. Ich stehe bereits vor deiner Tür", grinste Ian und im
nächsten Moment klopfte es. Ich ging zur Tür und öffnete sie.
Ian stand grinsend mit der Packung Zucker davor. „Die soll ich
dir von Linus wiedergeben." Er reichte mir den Zucker und
kam in die Wohnung. „So und nun gehört der Abend nur uns."
Ian zog mich in seine Arme und küsste mich.

Einen Monat später rief Ian mich am Freitag in der Mittagspause in sein Büro. Es war der letzte Unitag vor den zweiwö-
chigen Herbstferien. An der Privatuniversität, an der ich studierte, gab es im April und im Oktober jeweils zwei Wochen
Extraferien. In der Zeit sollten die Studenten sich auf die Klau-
suren vorbereiten, die nach den Ferien vermehrt geschrieben
wurden. Ich klopfte an die Tür und war gespannt darauf, warum ich zu ihm kommen sollte.

„Herein", rief Ian. Ich öffnete die Tür und trat ein. Kaum
hatte ich die Tür hinter mir geschlossen, war er auch schon bei
mir und gab mir einen langen Kuss auf die Lippen.

„Sie wollten mich sprechen, Mr. Davis?", fragte ich ihn grinsend, als wir uns voneinander gelöst hatten.

„Ja, das ist richtig, Miss Edison. Was hast du in den Ferien
vor?", fragte er.

„Hm naja, etwas lernen und die Zeit mit dir verbringen."

„Das hört sich gut an. Wie wäre es mit einem Kurzurlaub?", schlug er vor.

„Sehr gerne. Wo soll es denn hingehen?"

„Ich dachte da an die Niagara Fälle", lächelte er.

„Wirklich? Das wäre toll. Da war ich noch nie. Nur wir beide?"

„Ja, nur wir beide", sagte er und strich mir sanft mit der Hand über die Wange.

„Das ist schön. Wie lange werden wir denn bleiben?"

„Na ich dachte so vielleicht von Sonntag bis Freitag? Oder möchtest du lieber lernen, dann verschieben wir den Urlaub?", fragte er.

„Nein, einen kleinen Urlaub zur Entspannung wäre schon gut. Lernen kann ich danach immer noch. Abgesehen davon habe ich den besten Lehrer der Welt, der mir beim Lernen helfen kann", grinste ich.

„Ach so ist das. Ich soll dir also beim Lernen helfen. Und was bekomme ich dafür?"

„Wie wäre es damit?" Ich zog ihn zu mir und gab ihm einen Kuss.

„Hm, mit einem wirst du da nicht weit kommen. Aber als Anzahlung lasse ich es jetzt mal gelten", grinste er.

„Werden wir zu den Niagara Fällen mit dem Flugzeug fliegen oder mit dem Auto dorthin fahren?"

„Naja, wenn wir fliegen wären wir von der Zeit her schneller dort. Allerdings müssten wir dann getrennt zum Flughafen fahren und könnten im Flugzeug auch nicht nebeneinandersitzen, falls uns jemand dort sieht. Mit dem Auto könnten wir zwischendurch Rast machen, etwas Essen gehen und uns vielleicht noch Sehenswürdigkeiten ansehen."

„Das klingt gut. Wir können uns doch mit dem Fahren abwechseln", schlug ich vor.

„Oder aber ich fahre und du lernst in der Zeit", erwiderte er.

„Oh da spricht der Lehrer", lachte ich.

„Ja genau. Und wie sieht es aus?", fragte er grinsend.

„Ich bin einverstanden."

„Okay, dann werde ich nachher das Hotel buchen."

„Gut, sag mir dann Bescheid wie viel es kostet. Du bekommst dann das Geld von mir."

„Du brauchst mir kein Geld zu geben. Ich bezahle den Urlaub."

„Nein, ich möchte nicht, dass du den Urlaub alleine bezahlst. Du hast schon so viel Geld für mich ausgegeben. Jetzt bin ich mal dran und möchte die Kosten für das Hotel übernehmen", sagte ich, denn ich war keine dieser Frauen, die sich von einem Mann aushalten ließ. Mir war es schon unangenehm, wenn Ian alles für mich bezahlte. Ich war eigenständig, hatte mein eigenes Geld und wollte auch gerne mal etwas bezahlen.

„Ich gebe gerne für dich Geld aus. Du bekommst alles von mir, was du möchtest", sagte er sanft.

„Ich möchte nur dich. Mehr brauche ich nicht", erwiderte ich.

„Mich hast du schon und wirst mich auch nicht mehr los", hauchte er nah an meinem Ohr und legte seine Lippen auf meine. Er wollte mich in einen langen Kuss verwickeln und mich somit vom Thema ablenken, aber das ließ ich nicht zu. Ich schob ihn ein Stück von mir weg und sah ihn an.

„Du lenkst vom Thema ab", sagte ich. „Lass mich wenigstens die Hälfte unseres Urlaubes bezahlen."

„Das brauchst du nicht. Ich lade dich ein."

„Das möchte ich aber nicht. Entweder ich gebe etwas zu unserem Urlaub dazu oder ich fahre nicht mit." Es war schon gemein von mir ihn zu erpressen, aber anders konnte ich meinen Willen nicht durchsetzen und er würde wieder alles alleine bezahlen.

„Du bist so ein Dickkopf, weißt du das?", seufzte Ian. „Na gut, wir teilen uns die Kosten", gab er schließlich nach.

„Na also, es geht doch", grinste ich ihn zufrieden an und gab ihm einen kurzen Kuss auf seine Lippen. Ian zog mich zu sich.

„Du glaubst doch nicht, dass dieser kurze Kuss für deine Erpressung ausreicht", raunte er und verwickelte mich gleich

146

darauf in einen langen leidenschaftlichen Kuss, den ich mich nur allzu gerne hingab.

„Ich muss jetzt gehen. Meine Pause ist gleich vorbei", sagte ich schwer atmend, nachdem wir uns voneinander gelöst hatten.

„Na gut. Ich komme dann heute Nachmittag zu dir", lächelte er mich an. Ich wandte mich zur Tür. Als ich sie öffnete, erschrak ich, als ich Mr. Thomas davorstehen sah. Hatte er etwas mitbekommen oder uns gar belauscht? Überrascht aber auch etwas misstrauisch beäugte er mich, bevor er zu Ian sah, der hinter mir stand.

„Oh Entschuldigung, Miss Edison. Ich wollte Sie nicht erschrecken", sagte er und schaute mich an. „Sie sind öfter hier bei Mr. Davis im Büro."

„Sie doch auch", erwiderte ich leichthin.

„Da haben Sie recht", gab er zu und lächelte leicht. In seinen Augen sah ich trotzdem noch so etwas wie Misstrauen. Hatte er etwa wirklich etwas von unserem Gespräch mitbekommen? „Wo ich Sie hier aber gerade treffe, haben Sie sich denn schon darüber Gedanken gemacht, in welchen Kursen Sie für Ihren Abschluss geprüft werden möchten? Es ist nur noch ein halbes Jahr, bis Sie Ihren Abschluss machen", wollte er nun von mir wissen.

„Ich bin noch am Überlegen. Aus diesem Grund war ich auch bei Mr. Davis, um zu fragen, ob es aus seiner Sicht sinnvoll wäre den Animationskurs oder den Fotografiekurs für die Prüfung zu wählen", log ich und war froh darüber, dass Mr. Thomas mir eine Vorlage für meine Lüge gegeben hatte. Ich hätte mir sonst ganz schnell eine Ausrede einfallen lassen müssen, warum ich bei Ian im Büro gewesen war.

„Und was haben Sie ihr empfohlen?", wandte sich Mr. Thomas neugierig an Ian.

„Ich habe Miss Edison den Animationskurs empfohlen. Sie ist zwar in beiden Kursen sehr gut, aber ich glaube, es wird sie im späteren Berufsleben weiterbringen, wenn in ihrem Abschlusszeugnis die Prüfung im Animationskurs erwähnt ist. In der Werbung oder auch in der Filmbranche wird heute viel mit Animationen gemacht", erklärte ihm Ian.

„Da haben Sie recht", kam es von Mr. Thomas.

„Ach warten Sie Miss Edison, ich habe hier noch etwas für Sie, bevor Sie gehen", sagte Ian, ging zu seinem Schreibtisch, wo er etwas auf einen Notizzettel schrieb und kam anschließend wieder zur Tür. Er reichte mir den Zettel. „In diesem Buch stehen viele nützliche Tipps für die Animation. Es wird Ihnen sicherlich beim Lernen helfen."

„Vielen Dank. Ich werde mir das Buch gleich heute Nachmittag im Buchladen kaufen. Ich werde dann jetzt mal gehen. Tschüss Mr. Davis, tschüss Mr. Thomas", verabschiedete ich mich und ging zum Kursraum, wo ich meinen nächsten Kurs hatte.

Kapitel 11

Am Montagmorgen erwachte ich in einem großen gemütlichen Hotelbett. Ich drehte meinen Kopf zur Seite und lächelte, als ich Ian neben mir liegen sah. Wir waren den Tag zuvor morgens früh nach Niagara Falls gefahren. Ich freute mich sehr auf diesen Urlaub. Endlich konnten Ian und ich uns in der Öffentlichkeit frei bewegen und mussten nicht aufpassen, dass uns jemand zusammen sehen und uns an der Uni verpetzen könnte.

Nachdem wir ausgiebig im Hotelrestaurant gefrühstückt hatten, fuhren wir mit Ians Wagen zu der Anlegestelle des Bootes, mit dem wir zu den Niagara Fällen fahren würden. Ian parkte das Auto auf dem Parkplatz vor der Anlegestelle und wir stiegen aus.

„Na bereit nass zu werden?", fragte Ian grinsend.

„Auf jeden Fall", erwiderte ich. Arm in Arm gingen wir zu dem Ticketschalter am Steg und kauften neben zwei Fahrkarten noch zwei Regencapes, die wir uns überzogen. Wir hatten Glück und mussten gar nicht lange auf das Boot warten. Wir betraten das Boot und stellten uns an das Geländer. Ian holte seine Kamera heraus, die er zuvor im Hotel in eine wasserdichte Hülle gesteckt hatte, damit sie nicht nass wurde und machte ein paar Fotos von der Umgebung. Natürlich schoss er auch welche von mir und ich musste mich in verschiedenen Posen ans Geländer stellen. Das Boot legte von der Anlegestelle ab und fuhr nun in Richtung der Wasserfälle. Ich nahm Ians Kamera, der sich hinter mich stellte und seine Arme um meinen Bauch schlang. Ich machte immer mal wieder Fotos von der Landschaft, an der wir vorbeifuhren. Da Ian mich nicht loslassen und sich ans Geländer stellen wollte, hob ich die Kamera um von uns ein Selfie zu machen, welches mir trotz schwankenden Bootes sehr gut gelungen war. Wir kamen an den Wasserfällen an und wurden erst einmal ordentlich nass.

Wie gut, dass wir die Regencapes trugen, denn so blieben unsere Klamotten trocken. Ian und ich machten erst Fotos von den atemberaubenden Wasserfällen, dann von uns gegenseitig, wie wir davorstanden und im Anschluss per Selfie eines von uns beiden.

„Soll ich von Ihnen ein Foto machen?", fragte uns ein Mann, der zu der Bootscrew gehörte.

„Ja, das wäre nett", erwiderte Ian und zeigte dem Mann, wie die Kamera zu bedienen war. Anschließend kam er zu mir und nahm mich in den Arm. Der Mann machte ein Foto von uns und wies uns dann an uns verliebt anzusehen. Wir taten, was er sagte und stellten uns dicht gegenüber, wobei ich meine Arme um Ians Hals legte und er seine um mich schlang. Wir schauten uns tief in die Augen und ich versank in seinem Blick.

„So das war es", rief mich der Mann in die Realität zurück und gab Ian die Kamera.

„Vielen Dank", bedankte sich dieser und steckte sie in die Tasche. Ian wandte sich wieder mir zu und schaute mir wieder tief in die Augen.

„Ich liebe dich", sagte er lächelnd.

„Ich liebe dich auch", erwiderte ich, zog seinen Kopf zu mir herunter und küsste ihn.

„Morgen werde ich unsere Aktivitäten und das Essen bezahlen", sagte ich, als wir am Abend im Hotelbett lagen. Die letzten zwei Tage hatte Ian mich nichts bezahlen lassen, obwohl wir vereinbart hatten, dass wir uns die Kosten teilen würden.

„Okay, dann bleiben wir morgen den ganzen Tag hier im Bett", grinste er.

„Hey, das ist unfair. Ich meine, so ein Tag mit dir im Bett zu verbringen wäre schön, aber so bezahle ich ja nichts von dem Urlaub", beschwerte ich mich.

„Das brauchst du auch nicht. Ich habe dir doch gesagt, dass ich die Kosten übernehmen werde."

„Ich möchte aber nicht, dass du alles bezahlst."

„Und was willst du dagegen tun?", fragte er grinsend.

„Hm, wir werden solange keinen Sex haben, bis ich ebenfalls etwas bezahlen darf", sagte ich. Es würde mir selbst zwar sehr schwer fallen die Finger von diesem atemberaubenden Körper zu lassen, aber wenn ich nicht anders zu meinem Ziel kommen würde, musste ich halt da durch.

„Du drohst mir mit Sexentzug?", fragte Ian belustigt und beugte sich über mich.

„Ja genau", erwiderte ich.

„Das hältst du nicht durch", sagte er und kam näher.

„Wollen wir wetten?", kam es von mir herausfordernd.

„Die Wette wirst du verlieren", raunte er und begann gleich darauf mich zu küssen. Mir fiel es sehr schwer standhaft zu bleiben und seinen Kuss nicht zu erwidern. Ian ließ von meinem Mund ab und glitt nun mit seinen Lippen zu meinem Hals, den er liebkoste. Dabei glitt seine Hand unter mein Top und streichelte erst meinen Bauch bevor er zu meinen Brüsten hochwanderte, die er sanft massierte. Obwohl ich es nicht wollte und versuchte die Erregung zu unterdrücken, stöhnte ich auf. Ian veränderte seine Position. Er fasste meinen Oberschenkel, drehte uns seitlich und drückte seinen Unterleib an meinen. Ich keuchte, als ich seine Erregung an meiner Mitte spürte.

„Na, was ist mit deiner Standhaftigkeit?", fragte Ian grinsend.

„Du spielst mit unfairen Mitteln", erwiderte ich, zog ihn zu mir und küsste ihn.

„Ich habe die Wette gewonnen", kam es von Ian, nachdem wir uns ausgiebig geliebt hatten.

„Es war trotzdem unfair. Du weißt ganz genau, dass ich dir nicht widerstehen kann."

„Ich weiß, aber bevor du mir wirklich mit Sexentzug drohst und es auch noch schaffst ihn durchzuziehen, darfst du morgen die Ausgaben bezahlen, auch wenn ich gerne die Kosten übernehme", sagte er.

„Danke. Mehr wollte ich doch gar nicht. Jetzt weiß ich, wie ich meinen Willen bei dir durchsetzen kann", grinste ich.

„Das ist nur eine Ausnahme. Du weißt, dass ich dich immer wieder vor Erregung zum Stöhnen bringen kann", raunte er und küsste mich.

In den nächsten Tagen machten wir all das, was normale Paare auch taten. Wir gingen spazieren, schauten uns die Stadt an, gingen ins Kino und in einen Club. Ich genoss die Zeit mit Ian sehr. Wir brauchten uns nicht zu verstecken und konnten unbeschwert unseren Urlaub genießen. Ich war schon traurig darüber, als der Urlaub vorbei war und wir wieder nach Hause fuhren. Am liebsten wäre ich dortgeblieben, aber es ging nicht, denn schließlich musste ich in die Uni. Nur noch ein halbes Jahr dann hatte ich meinen Abschluss und wir konnten unsere Beziehung öffentlich machen. Dann konnte uns niemand mehr etwas anhaben.

Die zweite Ferienwoche verbrachte ich mit Lernen. Ian achtete sehr darauf, dass ich es auch tat und half mir dabei, indem er mich zu verschiedenen Themen abfragte. Es machte Spaß mit ihm zusammen zu lernen. Er war ein sehr guter Lehrer und konnte mir gut den Lernstoff erklären.

„Hi Honey", begrüßte mich Ian, als ich Freitagnachmittag zu ihm gefahren war und gab mir einen Kuss. „Komm rein." Er nahm mir die Reisetasche ab und brachte sie ins Schlafzimmer. Zusammen gingen wir ins Wohnzimmer und mein Blick fiel auf den Esstisch, auf dem sein Laptop stand und mehrere Papiere lagen.

„Oh störe ich dich gerade?", fragte ich und deutete auf den Tisch.

„Nein, das tust du nicht. Ich habe nur gerade an etwas gearbeitet."

„Und an was?", fragte ich neugierig.

„Komm, ich zeige es dir", sagte er und führte mich zum Esstisch. Er setzte sich auf einen der Stühle und zog mich auf seinen Schoß. „Du weißt doch, dass ich gerne eine eigene Firma hätte und mich selbstständig machen möchte. Linus und ich haben uns überlegt zusammen eine Firma zu gründen und ich hatte gerade schon mal etwas recherchiert, was wir dafür alles brauchen."

„Das ist toll. Wann habt ihr euch das denn überlegt?"

„Gestern Abend, wo du mit Chloe und Serena im Kino gewesen bist. Er war bei mir und ich sollte ihm wieder mal bei einem Projekt helfen. Dabei kamen wir auf die Idee eine eigene Firma zu gründen."

„Wirst du dann deinen Job an der Uni kündigen?", fragte ich nun.

„So schnell noch nicht. Ich habe einen Jahresvertrag, der im Sommer ausläuft und solange möchte ich schon gerne noch dort arbeiten und nebenbei in Ruhe die Firma aufbauen. Linus ist der gleichen Meinung. Wir wollen halt gut vorbereitet mit dem Unternehmen starten."

„Das ist auch vernünftig. Es gibt so einige Menschen, die ihren Job aufgeben und sich blindlings in die Selbstständigkeit stürzen. Meistens scheitern sie, weil sie sich eben nicht vorbereitet haben."

„Und genau das wollen wir nicht."

„Habt ihr denn schon einen Namen für die Firma?", wollte ich nun wissen.

„Nein, soweit sind wir noch nicht. Aber du darfst gerne beim Suchen eines Firmennamens helfen, wenn du möchtest", lächelte er.

„Sehr gerne. Oh dann weiß ich ja, an welche Firma ich nächstes Jahr meine Bewerbung schicke", grinste ich.

„Genau, aber bitte ordentlich mit Bild, Lebenslauf und alles was dazu gehört", lachte er. „Und damit du auch gute Noten bekommst, hol deine Bücher und dann wird weiter gelernt."

„Jawohl Herr Lehrer", lachte ich, ging ins Schlafzimmer und holte aus meiner Reisetasche meine Lehrbücher.

Am Mittwochnachmittag nach den Ferien war Ian bei mir Zuhause, als es an der Tür klingelte. Ich schaute über die

Kamera, wer es war und hoffte, dass nicht schon wieder Katelynn vor der Tür stand. Sie war es zum Glück nicht, allerdings war ich sehr überrascht die zwei Personen zu sehen, die vor dem Eingangstor standen und drückte sofort den Türöffner.

„Na wer stört uns denn?", fragte Ian und kam in den Flur.

„Meine Eltern", erwiderte ich und konnte es immer noch nicht glauben, dass sie gerade auf dem Weg zu meiner Wohnung waren. Mit ihnen hatte ich gar nicht gerechnet. Meine Mutter hatte am Sonntag, als ich mit ihr telefoniert hatte, gar nicht erwähnt, dass sie nach New York und mich besuchen kommen würden. „Sie haben gar nicht Bescheid gesagt, dass sie kommen."

„Vielleicht wollten sie dich überraschen. Soll ich gehen?", fragte Ian.

„Nein, das brauchst du nicht. Sie wissen doch, dass wir zusammen sind und so kannst du meine Eltern mal kennenlernen. Aber denke bitte daran, dass sie glauben, dass du Mediendesigner bist und in einer Firma hier in New York arbeitest", erinnerte ich ihn.

„Keine Sorge, Honey. Ich werde daran denken, wobei ich doch wirklich Mediendesigner bin. Also brauche ich nicht direkt lügen", erwiderte er lächelnd und strich mir sanft mit dem Handrücken über die Wange. Es klingelte und ich öffnete die Wohnungstür.

„Hallo Mum, hi Dad, was macht ihr denn hier?", fragte ich und umarmte die beiden nacheinander. „Kommt rein." Ich ging einen Schritt zur Seite und ließ sie eintreten bevor ich die Tür wieder schloss.

„Wir hatten hier in New York etwas Geschäftliches zu erledigen und dachten uns wir kommen dich besuchen, bevor heute Abend unser Rückflug geht", sagte meine Mutter. Von ihr hatte ich meine hellbraunen Haare geerbt, nur dass sie diese schulterlang trug. Sie war wie ich ebenfalls ein Meter fünfundsechzig groß und hatte eine normale Figur. „Oder stören wir?", fragte sie und schaute erst mich und dann Ian an.

„Nein, ihr stört nicht. Ich freue mich so euch zu sehen. Übrigens darf ich euch vorstellen? Das ist mein Freund Ian." Als ich das sagte wurde ich ein klein wenig traurig, denn am liebsten hätte ich der ganzen Welt Ian als mein Freund vorgestellt, nur durfte ich es durch unsere Lage nicht, denn schließlich musste unserer Beziehung so gut es ging geheim bleiben. Ich ließ mir davon allerdings nichts anmerken und wandte mich Ian zu. „Ian, das sind meine Eltern."

„Hallo, es freut mich Sie kennenzulernen", kam es vom ihm freundlich. Er gab erst meiner Mutter und anschließend meinen Vater die Hand.

„Es freut uns sehr Sie kennenzulernen", erwiderte meine Mutter freundlich. Mein Vater hingegen sagte nichts. Er sah ihn nur argwöhnisch an. Mein Vater war ein Meter fünfundachtzig groß, hatte braungraue kurze Haare und eine stämmige Figur mit einem Bauchansatz.

„Wollen wir uns ins Wohnzimmer setzen? Möchtet ihr etwas trinken? Einen Kaffee vielleicht?", fragte ich, während wir ins Wohnzimmer gingen.

„Ja, eine Tasse Kaffee wäre gut", entgegnete meine Mutter und mein Vater nickte zustimmend.

„Soll ich dir helfen?", fragte Ian.

„Nein, das brauchst du nicht. Setz dich ruhig zu meinen Eltern. Ich komme gleich zu euch", sagte ich und ging in die Küche um den Kaffee zuzubereiten.

„Hatten Sie einen guten Flug?", fragte Ian meine Eltern, nachdem sie sich auf die Couch gesetzt hatten.

„Ja, er war sehr angenehm", erwiderte mein Vater. „Und Sie sind der Freund unserer Tochter oder was genau ist das zwischen Ihnen?" Oh nein, jetzt gingen die Fragen los. Jetzt musste ich mich mit dem Kaffee beeilen, um Ian beizustehen und die schlimmsten Fragen abzuwenden.

„Lexi und ich sind fest zusammen und führen eine Beziehung", antwortete Ian. Ich schüttete Wasser in den Tank der Kaffeemaschine und gab das Kaffeepulver in den Filter.

„Lieben Sie meine Tochter?", hörte ich meinen Vater fragen und verschüttete vor Schreck fast das Kaffeepulver. Das war jetzt nicht sein Ernst. Was sollte diese Frage? Ich schaltete die Kaffeemaschine ein und eilte zurück ins Wohnzimmer.

„Natürlich liebe ich Ihre Tochter", erwiderte Ian.

„Und ich liebe Ian", sagte ich, setzte mich neben ihn und nahm seine Hand in meine. „Dad was sollen diese Fragen?"

„Ich muss doch wissen, wie ernst er es mit dir meint", entgegnete mein Vater.

„Das musst du gar nicht, denn es ist mein Leben", sagte ich und war sauer. Was mischt er sich in mein Leben ein?

„Es ist schon gut, Lexi. Dein Vater möchte dich doch nur beschützen. Das kann ich verstehen. Ich wäre, wenn ich eine Tochter hätte, wahrscheinlich nicht anders", versuchte Ian mich zu beruhigen.

„Möchten Sie denn mal Kinder haben?", kam gleich die nächste Frage von meinem Vater.

„Dad", ermahnte ich ihn.

„Was denn? Es war doch nur eine ganz normale Frage", erwiderte dieser.

„Ich möchte irgendwann schon gerne Kinder mit Lexi zusammen haben, aber nicht in der nächsten Zeit. Ich möchte, dass sie ihren Abschluss macht und danach im Berufsleben Fuß fasst. Ich denke, das ist auch in Lexis Interesse und wir sind uns da einig", kam es von Ian und sah mich an.

„Ja genau. Aber das hatte ich euch schon einmal am Telefon gesagt. Erst möchte ich nach dem Abschluss in dem Beruf arbeiten, bevor ich ein Kind bekomme."

„Genau deswegen habe ich nach den Absichten gefragt. Wir bezahlen für dich die Privatuniversität damit du etwas aus deinem Leben machst und nicht nach dem Studium eine Hausfrau wirst. Wir wünschen uns für dich, dass du Karriere machst und Erfolg hast", sagte mein Vater ernst und wandte sich dann an Ian. „Sie wissen, dass Lexi in einem halben Jahr ihre Abschlussprüfungen hat und dafür viel lernen muss? Sie soll sich auf ihren Abschluss konzentrieren und sich nicht ablenken lassen."

„Ja natürlich weiß ich das. Aus diesem Grund helfe ich ihr beim Lernen, indem ich sie zu den einzelnen Themen abfrage. Ihre Tochter ist sehr talentiert und ihre Arbeiten, die sie in der Uni macht, sind sehr gut. Deshalb glaube ich auch, dass sie bei den Abschlussprüfungen keine Probleme haben und einen sehr guten Abschluss machen wird. Da ich selbst Mediendesigner bin, kann ich es sehr gut beurteilen", erwiderte Ian. Oh da sprach der Lehrer in ihm. Mich wunderte es, dass er noch so freundlich blieb. Ich hätte wahrscheinlich schon im gleichen Ton, wie mein Gegenüber geantwortet.

„Ist der Kaffee schon fertig?", fragte mein Vater murrend.

„Ich gehe mal nachschauen." Ich stand auf und ging in die Küche. Der Kaffee war bereits fertig und so nahm ich vier Tassen aus dem Schrank und goss den Kaffee ein.

„Leben Ihre Eltern auch hier in New York?", hörte ich meine Mutter freundlich fragen. Wenigstens war sie freundlich zu Ian, wenn es mein Vater schon nicht war.

„Nein, sie leben in New Orleans. Dort komme ich auch gebürtig her."

„Oh New Orleans. Das ist eine schöne Stadt. Was machen Ihre Eltern denn beruflich?"

„Mein Vater ist Direktor der University of New Orleans und meine Mutter ist Lektorin bei einem Buchverlag."

„Oh ich beneide Ihre Mutter, dass sie bereits Bücher vor der Veröffentlichung lesen darf. Ich lese sehr gerne, wenn ich mal dazu komme", sagte meine Mutter.

„Das hat Lexi auch gesagt", kam es von Ian.

„Haben Sie denn noch Geschwister?", fragte sie nun.

„Ja, ich habe noch einen Bruder. Er arbeitet hier in New York ebenfalls als Mediendesigner."

„Haben Sie mal darüber nachgedacht sich selbstständig zu machen?", fragte meine Mutter. Ich stellte die Tassen auf ein Tablett, stellte Milch und Zucker dazu und nahm noch eine Packung Plätzchen aus dem Schrank. Bepackt mit dem Tablett und den Plätzchen ging ich zurück ins Wohnzimmer, stellte das

Tablett auf den Tisch und verteilte die Tassen, bevor ich mich wieder neben Ian auf die Couch setzte.

„Ja, ich habe schon daran gedacht. Eher gesagt planen mein Bruder und ich gerade zusammen eine Firma zu gründen", erzählte Ian.

„Und dann soll Lexi wohl nach ihrem Abschluss bei Ihnen in der Firma arbeiten", brummte mein Vater.

„Das ist Lexis Entscheidung. Natürlich kann sie in der Firma arbeiten, aber das muss sie selbst entscheiden. Ich werde ihr auch dabei nicht reinreden und es akzeptieren, wenn sie in einer anderen Firma arbeiten möchte."

„Dad, es reicht. Es ist mein Leben und ich entscheide, wo ich nach meinem Abschluss arbeite", mischte ich mich wütend ein. „Und höre auf Ian die ganze Zeit anzugehen. Was soll das denn? Egal was er sagt, er kann dir nichts recht machen und du stichelst immer weiter."

„Es ist schon gut, Lexi", versuchte Ian es abzutun.

„Nein, es ist nicht gut. Er darf dich nicht so respektlos behandeln", wandte ich mich Ian zu.

„Du sollst dich auf dein Studium und deine Karriere konzentrieren. Die Liebelei hat keinen Platz in deinem Leben", herrschte mein Vater mich an.

„Das ist keine Liebelei. Ich liebe Ian", verteidigte ich mich.

„Liebe! Das ist ja lächerlich. Du bist noch viel zu jung um zu wissen, was Liebe ist", spottete mein Vater.

„Ich bin zweiundzwanzig Jahre alt und weiß sehr wohl was Liebe ist. Euch geht es doch nur um die Karriere und ihr wollt das ich auch so ein Leben führe, aber das möchte ich nicht. Ich habe nur dieses eine Leben und möchte es genießen, indem ich auch andere Dinge tu, als nur zu arbeiten."

„Das hat dir doch alles dieser Typ eingeredet", schrie mein Vater und deutete auf Ian.

„Carl beruhige dich", kam es von meiner Mutter.

„Ich gehe jetzt besser", sagte Ian und stand auf. „Es hat mich gefreut Sie kennenzulernen."

„Warte", versuchte ich ihn aufzuhalten und stand ebenfalls auf.

„Nein Honey, es ist besser, wenn ich jetzt gehe, bevor du dich mit deinen Eltern meinetwegen noch streitest und etwas sagst, was dir hinterher leidtut." Er ging in den Flur und ich folgte ihm. An der Wohnungstür blieb er stehen.

„Es tut mir alles so leid. Ich weiß nicht, was in meinen Vater gefahren ist. So ist er eigentlich nicht."

„Es ist alles gut, Honey. Genieße die Zeit mit deinen Eltern noch. Wir sehen uns morgen. Ich liebe dich."

„Ich liebe dich auch." Ian beugte sich zu mir herunter und gab mir einen süßen Kuss auf die Lippen.

„Bis morgen", sagte er leise, öffnete die Tür und ging. Ich sah ihm nach, wie er die Treppen hinunterging. Ich wollte ihn aufhalten und ihm sagen, dass er nicht gehen brauchte, nicht gehen sollte. Aber ich wusste, dass es nichts bringen würde. Ian würde trotzdem gehen. Ich konnte es ihm nicht verübeln. So wie mein Vater sich ihm gegenüber benommen hatte, war es nicht verwunderlich, dass Ian gegangen war. So musste er sich nicht von meinem Vater behandeln lassen. Ich wäre auch gegangen, wenn mich jemand die ganze Zeit angegangen wäre. Ich wurde wieder wütend. Wie konnte mein Vater Ian nur so behandeln? Was war denn nur in ihm gefahren? Ich schloss die Wohnungstür und ging zurück ins Wohnzimmer.

„Was sollte das? Deinetwegen ist Ian gegangen", zischte ich meinen Vater an.

„Das ist auch gut so", erwiderte er

„Wie bitte?", fragte ich fassungslos.

„Er ist nicht der richtige Mann für dich. Er stört dich dabei Karriere zu machen."

„Ian ist sehr wohl der richtige Mann für mich und er stört mich nicht dabei meine Ziele zu verfolgen. Im Gegenteil, er hilft mir sogar dabei", gab ich wütend zurück. „Wenn ich mit eurem Angestellten zusammen wäre, würde Dad bestimmt nicht so ein Theater machen."

„Er ist auch ein sehr anständiger Mann", entgegnete mein Vater.

„Das ist Ian auch", verteidigte ich ihn. „Mum, jetzt sag doch auch mal etwas", wandte ich mich ihr zu.

„Naja, ich bin schon der Meinung, dass Ian ein sehr netter junger Mann mit guten Manieren und beruflichen Zielen ist. Ich glaube ihm, wenn er sagt, dass er Lexi bei ihrer Karriere nicht im Weg stehen wird und habe nichts dagegen, wenn die beiden zusammen sind", sagte meine Mutter und ich war froh, dass wenigstens sie auf meiner Seite stand.

„Danke Mum." Ich lächelte ihr leicht zu.

„Jetzt fall du mir doch nicht in den Rücken", schrie mein Vater sie an. „Und du", wandte er sich wieder mir zu und sah mich mit wutentbranntem Gesicht an. „Du wirst dich von ihm trennen."

„Nein, das werde ich nicht tun. Ich bin erwachsen und darf selbst entscheiden mit wem ich zusammen bin."

„Und ob du das wirst. Schade, dass ich deine Studiengebühren bis zu deinem Abschluss bereits bezahlt habe, sonst hättest du jetzt zusehen können, wie du die Uni finanzierst. Dann hätte dieser Typ dir das Studium bezahlen können", knurrte mein Vater.

„Carl, jetzt reicht es aber. Komm lass uns jetzt gehen. Wir müssen sowieso los, da unser Flug nach Hause bald geht", sagte meine Mutter und stand auf. „Lexi, es tut mir so leid. So sollte unser Besuch bei dir nicht ablaufen."

„Sag das mal Dad. Er hat mit dem Streit angefangen, indem er die ganze Zeit auf Ian herumgehackt hat ohne ihn zu kennen."

„Weil er nicht gut für dich ist", kam es von meinem Vater, der ebenfalls von der Couch aufstand.

„Das kannst du gar nicht beurteilen, weil du ihn gar nicht kennst", erwiderte ich bissig.

„Ich sage es dir noch einmal, trenne dich von ihm."

„Nein, das werde ich nicht."

„Gut, du willst es ja nicht anders. Ich werde dich von der Uni abmelden und du kommst mit zurück nach Orlando. Dort kannst du deinen Abschluss machen."

„Nein, auf keinen Fall. Ich werde hierbleiben."

„Das werden wir noch sehen", knurrte mein Vater.

„Ja, das werden wir auch noch sehen. Du kannst mir nicht vorschreiben mit wem ich zusammen bin und wo ich wohne."

„Oh doch das kann ich. Komm Rachel, wir gehen jetzt", wandte er sich meiner Mutter zu. Er ging schnellen Schrittes in den Flur und öffnete die Wohnungstür.

„Pack schon mal deine Sachen", rief er mir noch zu, bevor er meine Wohnung verließ.

„Niemals", schrie ich ihm hinterher und war fassungslos, dass er mich von der Uni abmelden und mich zwingen wollte nach Orlando zurückzugehen.

„Mach dir keine Sorgen, mein Schatz. Dein Vater wird sich schon wieder beruhigen und du kannst hier an der Uni deinen Abschluss machen", versuchte meine Mutter mich zu beruhigen.

„Und was ist, wenn nicht? Ich will mich nicht von Ian trennen", fragte ich verzweifelt.

„Das brauchst du auch gar nicht. Dein Vater vergisst, dass er dich gar nicht abmelden kann, denn schließlich bist du volljährig und entscheidest selbst auf welche Universität du gehst. Sollte er versuchen die Studiengebühren wiederzubekommen, werde ich sie von meinem Geld bezahlen. Also hab keine Angst. Du bleibst hier und wirst hier auch weiterhin studieren."

„Danke Mum", sagte ich erleichtert und umarmte sie.

„Richte Ian bitte aus, wie leid mir das Benehmen von deinem Vater tut. Das Geschäftsmeeting, weswegen wir eigentlich hier nach New York gekommen sind, ist leider nicht sehr erfolgreich für uns verlaufen, was deinen Vater schon auf den Weg hierher aufgeregt hat und weswegen er so schlecht gelaunt ist. Aber es kann nicht sein, dass er seine schlechte Laune an Ian und dir auslässt. Ian ist ein sehr netter Mann und ich habe keine Einwände, dass ihr beiden zusammen seid. Ich würde mich freuen, wenn er die Entschuldigung annimmt und er uns noch eine Chance gibt ihn kennenzulernen."

„Ich richte es ihm aus", entgegnete ich.

„Rachel, komm jetzt. Ich warte", brüllte mein Vater im Hausflur.

„Ich komme doch schon", erwiderte sie genervt und wandte sich wieder mir zu. „Tschüss mein Schatz. Ich melde mich, wenn wir Zuhause sind." Sie umarmte mich und gab mir einen Kuss auf die Wange.

„Tschüss Mum, guten Flug." Sie löste sich von mir und ging zu meinem Vater in den Hausflur, der genervt die Fahrstuhltür aufhielt. Sie stiegen ein und ich schloss die Wohnungstür. Meine Mutter konnte mich zwar beruhigen, dass ich hierbleiben konnte, trotzdem war ich wütend auf meinen Vater. Wie konnte er glauben über mein Leben bestimmen zu können? Wie konnte er von mir verlangen mich von Ian zu trennen? Ich liebte Ian und würde mich niemals von ihm trennen. Aber was wäre, wenn er es tun würde? Er wurde von meinem Vater so respektlos behandelt. Bei allem, was er gesagt hatte, wurde er von meinem Vater angegangen. So würde er nie wieder behandelt werden wollen und ich konnte es verstehen. Jeder Mensch verdiente es respektvoll behandelt zu werden. Was wäre, wenn Ian keine Lust darauf hatte wieder so respektlos behandelt zu werden und sich von mir trennen würde, denn schließlich würde er irgendwann wieder auf meinen Vater treffen, wenn er mit mir zusammenblieb. Das wäre unausweichlich. Tränen bildeten sich in meinen Augen und ich schluchzte auf. Ian durfte sich nicht von mir trennen. Ich liebte ihn doch und konnte gar nichts für das Verhalten meines Vaters. Ich musste ihn anrufen. Ich musste mit ihm sprechen und fragen, ob alles in Ordnung zwischen uns war. Ich lief ins Wohnzimmer, um mein Handy zu holen. Schnell wählte ich seine Nummer. Es klingelte einmal, zweimal, dreimal, aber er ging nicht dran. Ich wurde nervös. Warum ging er nicht an sein Handy? Viermal, fünfmal, sechsmal. Sonst ging er immer gleich ran, wenn ich anrief. Wollte er etwa nicht mit mir sprechen? Tränen liefen nun meinen Wangen entlang. Siebenmal, achtmal, neunmal. Ich legte auf und Panik machte sich in mir breit. Wieder wählte ich seine Nummer, aber er ging wieder nicht an sein Handy. Ich schluchzte und überlegte verzweifelt, was ich tun konnte. Ich musste mit ihm reden. Ich musste klären, ob wir noch ein Paar waren oder nicht. Ich rief ihn noch einmal an. Irgendwann musste er doch mal ans Handy gehen. Wieder klingelte es, aber er ging nicht dran. Meine innere Stimme meldete sich und sagte mir, dass Ian nach dem Vorfall mit meinem Vater nichts mehr mit mir zu tun haben wollte. Nein, nein das durfte nicht sein. Schluchzend und mit tränenüberströmtem Gesicht schnappte ich mir meine Tasche und meinen Schlüssel und verließ die Wohnung.

„Hey Lexi, alles in Ordnung mit dir?", fragte mich Carla, die gerade aus ihrer Wohnung kam und schaute mich besorgt an.

„Ich … ich muss zu Ian", brachte ich schluchzend heraus.

„Was ist los? Habt ihr euch gestritten?", wollte sie wissen und kam zu mir.

„Nein er … er ist wegen meines Vaters gegangen. Ich muss jetzt zu ihm", sagte ich.

„Ich werde dich in deinem Zustand nicht zu ihm fahren lassen. Du bist ganz durch den Wind. So wirst du niemals heile bei ihm ankommen", entgegnete Carla.

„Aber ich muss zu ihm."

„Wir gehen jetzt in deine Wohnung und du beruhigst dich erst einmal", sagte sie und wandte sich an Linus, der aus deren Wohnung gekommen war. „Ruf bitte deinen Bruder an. Er soll sofort herkommen."

„Er geht nicht an sein Handy. Ich habe es gerade schon probiert", teilte ich den beiden mit.

„Falls er nicht drangeht, fahre ich zu ihm und hole ihn hierher", kam es von Linus, der bereits sein Handy in der Hand hatte.

„Und wir gehen jetzt in deine Wohnung", sagte Carla und führte mich durch den Flur in mein Wohnzimmer, wo ich mich auf die Couch setzte. Carla verschwand kurz in die Küche und kam mit einem Glas Wasser zurück, welches sie mir reichte.

„So und nun erzähl mal, was los ist", forderte sie mich auf. Ich erzählte ihr so gut es ging, was vorgefallen war, wurde dabei immer wieder von Schluchzern und Tränenschwalle unterbrochen.

„Er wird sich bestimmt von mir trennen", schluchzte ich, als ich mit der Erzählung fertig war.

„Nein, das glaube ich nicht. Er liebt dich und er wird dich bestimmt nicht verlassen."

„Doch das wird er. Da bin ich mir sicher", schniefte ich.

„Weißt du, wie oft ich mich schon mit meinem baldigen Schwiegervater gestritten habe? Aber ich würde mich deswegen nicht von Carla trennen. Und ich weiß, dass Ian sich auch nicht von dir trennen wird", sagte Linus, der am Türrahmen lehnte.

„Hast du ihn erreicht?", fragte ihn Carla.

„Ja, das habe ich und er ist auf dem Weg hierher."

„Siehst du, wenn Ian sich wirklich von dir trennen wollen würde, dann würde er doch nicht hierhinkommen", versuchte Carla mich zu überzeugen.

„Oder er kommt vorbei, weil er mit mir Schluss machen will", erwiderte ich und ein neuer Tränenschwall floss meine Wange entlang. Es klingelte an der Tür. Ob es etwa Ian war? Einerseits hoffte ich es, aber andererseits hatte ich Angst, dass er wirklich vorbeikam, um mit mir Schluss zu machen.

„Ich gehe schon", kam es von Linus und verschwand.

„Er wird nicht mit dir Schluss machen. Sollte er es doch tun, dann werde ich ihm ordentlich in den Arsch treten. Das verspreche ich dir", sagte Carla.

„Wo ist sie?", hörte ich Ian kurze Zeit später fragen.

„Im Wohnzimmer", antwortete Linus. Im nächsten Moment kam Ian gefolgt von seinem Bruder ins Wohnzimmer.

„Oh mein Gott, Honey. Was ist denn los?", fragte er besorgt, setzte sich neben mir auf die Couch und zog mich sogleich in seine Arme.

164

„Bitte verlass mich nicht", schluchzte ich und die Tränen strömten wieder an meinen Wangen entlang.

„Ich werde dich nicht verlassen. Warum sollte ich auch? Was ist denn nur los", wollte er wissen und war etwas verwirrt. Ich konnte ihm nicht antworten und drückte mich erleichtert darüber, dass er nicht mit mir Schluss machen wollte, fester an ihn.

„Ich glaube, wir werden hier nicht mehr gebraucht. Wir werden dann mal gehen", hörte ich Carla sagen. „Bis dann ihr beiden."

„Ja bis dann und danke, dass ihr euch um Lexi gekümmert habt und mich gerufen habt", bedankte sich Ian bei ihnen. Ich wollte mich eigentlich ebenfalls bei ihnen bedanken, aber ich konnte nicht sprechen, da ich immer wieder aufschluchzte. Ian hielt mich fest und strich mir immer wieder mit der Hand über den Rücken, was mich langsam beruhigte. Ich löste mich von ihm und wischte mir die Tränen von den Wangen.

„Möchtest du mir jetzt erzählen, warum du so aufgelöst bist?", fragte er und sah mich besorgt an.

„Ich … ich hatte solch eine Angst", gestand ich ihm.

„Wovor hattest du Angst?"

„Davor, dass du mich verlässt. Dass du mit mir Schluss machst."

„Das werde ich nicht. Wieso sollte ich denn mit dir Schluss machen?"

„Weil mein Vater dich so respektlos behandelt hat. Ich dachte, er hätte dich verschreckt und du möchtest nicht mit einer Frau zusammen sein, die so einen Vater hat. Als meine Eltern gegangen sind, wollte ich dich anrufen und mich noch einmal für meinen Vater entschuldigen. Aber du bist nicht an dein Handy gegangen und dann habe ich Panik bekommen, dass du nichts mehr mit mir zu tun haben möchtest", sagte ich und erneute Tränen sammelten sich bei der Erinnerung in meinen Augen.

„Ach Honey, komm her", seufzte Ian und zog mich in seine Arme. „Alles ist gut. Ich war gerade noch eben im Supermarkt und hatte das Handy im Auto gelassen. Deshalb habe ich deine

Anrufe nicht mitbekommen. Ich werde mich nicht von dir trennen, nur weil dein Vater nicht freundlich zu mir gewesen ist."

„Nicht freundlich ist mehr als untertrieben. Er war unverschämt und respektlos zu dir", sagte ich empört darüber, dass Ian das Verhalten meines Vaters verharmloste und entwand mich seinen Armen.

„Okay, du hast recht. Dein Vater hat sich mir gegenüber wirklich nicht gut verhalten, was auch der Grund gewesen ist, warum ich gegangen bin, denn irgendwann wäre meine Geduld zu Ende gewesen und ich hätte wahrscheinlich etwas gesagt, was nicht mehr nett gewesen wäre. Das wollte ich halt nicht. Trotzdem bin ich der Meinung, dass dein Vater sich nur so verhalten hat, weil er dich beschützen wollte."

„Er braucht mich aber nicht zu beschützen. Vor allem nicht vor dir. Ich bin nicht mehr sein kleines Mädchen, welches er beschützen muss. Ich bin erwachsen."

„Das sieht er anders."

„Das ist mir egal. Ich lasse mir nicht vorschreiben, wie ich mein Leben zu leben habe", sagte ich und wieder stiegen mir die Tränen in die Augen, als ich daran dachte, was mein Vater von mir gefordert hatte. „Er will, dass ich mich von dir trenne. Ansonsten will er mich von der Uni abmelden und mich zurück nach Orlando holen, damit ich dort meinen Abschluss mache. Ich werde mich aber nicht von dir trennen und ich werde auch nicht wieder nach Orlando zurückgehen", schluchzte ich.

„Das brauchst du auch nicht und ich werde mich nicht von dir trennen", sagte Ian und zog mich wieder in seine Arme. „Ich werde es nicht zulassen, dass dein Vater dich zwingt nach Orlando zurückzugehen und wenn er seine Drohung wahr macht und dich von der Uni abmeldet, werde ich die Studiengebühren bezahlen, damit du hier deinen Abschluss machen kannst."

„Danke, das ist so lieb von dir. Ich hoffe allerdings, dass es nicht soweit kommt und mein Vater sich wieder einkriegt. Meine Mutter meinte, dass das Geschäftsmeeting heute wohl nicht gut gelaufen wäre und er deswegen schlechte Laune hatte, die er an uns ausgelassen hat."

„Oh na dann haben wir doch schon eine Erklärung für sein Verhalten."

„Ich soll dir von meiner Mutter ausrichten, dass ihr das Verhalten von meinem Vater sehr leidtut. Sie findet, dass du ein sehr netter junger Mann bist und sie hat nichts gegen unsere Beziehung. Ach und sie hofft, dass du ihnen noch eine Chance geben wirst, damit sie dich besser kennenlernen können."

„Du kannst deiner Mutter sagen, dass ich ihre Entschuldigung annehme und ich ihnen die zweite Chance geben werde. Vielleicht ist ja dann dein Vater besser gelaunt", erwiderte Ian.

„Das hoffe ich doch. Ich liebe dich."

„Ich liebe dich auch, Honey." Ich zog seinen Kopf zu mir herunter und küsste ihn. Gleich darauf erwiderte er den Kuss. Ich war so froh, dass Ian sich nicht von mir trennen wollte. Was hatte ich nur für ein Glück diesen Mann an meiner Seite zu haben? Er wollte sogar die Studiengebühren für mich bezahlen. Natürlich würde ich es nicht zulassen. Ich hatte meine Ersparnisse und von dem Geld, welches ich von meinen Eltern monatlich für meinen Lebensunterhalt bekam, blieb immer einiges übrig, was ich zur Seite legte, da ich im Monat nicht so viel Geld für mich benötigte. Mich rührte es sehr, dass Ian die Studiengebühren für mich bezahlen wollte, damit ich in New York meinen Abschluss machen und bei ihm bleiben konnte. Mit dieser Geste zeigte er mir, dass er mich wirklich liebte.

Kapitel 12

„Was möchtest du denn heute gerne tun?", fragte Ian Samstagmittag, nachdem wir etwas gegessen hatten. Wir hatten den Vormittag in meinem Bett verbracht und hatten unsere Zweisamkeit genossen. Seit dem Vorfall am Mittwoch hatte ich das Gefühl, als ob unsere Liebe dadurch nur stärker geworden war. Meine Mutter hatte mich am nächsten Tag angerufen und war sichtlich erleichtert gewesen, dass Ian ihre Entschuldigung angenommen hatte. Sie versicherte mir, dass ich in New York bleiben und hier meinen Abschluss machen konnte. Das hätte sie am Mittwochabend noch meinen Vater klar gemacht.

„Ich würde gerne etwas rausfahren. Vielleicht noch mal an den Strand oder zu den Wasserfällen. Das Wetter ist doch heute so schön", erwiderte ich.

„Das können wir gerne tun. Wie wäre es, wenn wir eine Decke mitnehmen und wir uns einen schönen Tag am Strand machen?", schlug er vor.

„Das hört sich gut an." Es klingelte an der Tür. Ich stand von der Couch auf und ging zur Wohnungstür, die ich gleich darauf öffnete.

„Hallo Lexi", grüßte mich Carla.

„Hey Carla."

„Ich nehme an, Ian ist bei dir?"

„Ja, das bin ich", sagte er hinter mir und kam zur Tür.

„Habt ihr beiden Lust heute Abend zu uns zum Grillen zu kommen?", fragte sie uns.

„Ja, wir kommen sehr gerne", erwiderte Ian und ich nickte zustimmend.

„Sollen wir irgendetwas mitbringen?", fragte ich.

„Nur gute Laune. Mehr braucht ihr nicht mitbringen", grinste Carla.

„Die haben wir", erwiderte Ian und grinste ebenfalls.

„Gut, dann werde ich jetzt mal Einkaufen fahren. Also dann bis heute Abend", verabschiedete sie sich und ging zum Fahrstuhl. Ich schloss gerade die Tür, als ich dabei jemanden aus dem Fahrstuhl steigen sah.

„Hallo, zu wem möchten Sie denn", hörte ich Carla fragen.

„Zu Alexa Edison. Ich bin eine gute Freundin von ihr", erkannte ich Katelynns Stimme. Oh nein, was wollte sie denn hier? Im nächsten Moment klingelte sie auch schon bei mir.

„Hat Carla noch etwas vergessen?", fragte Ian grinsend.

„Nein, es ist Katelynn. Versteck dich. Sie darf dich hier nicht sehen. Ich versuche sie loszuwerden. Geh ins Schlafzimmer und versteck dich im Schrank."

„Im Schrank? Auf keinen Fall", erwiderte Ian ungläubig allerdings auch in einem belustigten Tonfall. Wieder klingelte es.

„Alexa, ich weiß, dass du da bist. Ich habe gerade gesehen, dass du die Tür zugemacht hast", sagte sie. So ein Mist. Sie hatte mich gesehen und ich konnte jetzt nicht mal so tun, als wäre ich gar nicht Zuhause.

„Jetzt mach schon. Versteck dich", drängte ich Ian.

„Ich gehe ja schon", lachte er und ging ins Wohnzimmer. Was wollte er denn jetzt dort? Katelynn würde ihn dort sofort sehen, falls sie wieder einfach ungefragt in meine Wohnung käme. Im nächsten Moment hörte ich die Balkontür und atmete erleichtert auf. Schnell rannte ich zum Schlafzimmer und schloss die Tür, denn Katelynn durfte Ians Sachen nicht sehen. Nun klopfte sie wie wild an die Tür.

„Ist ja schon gut. Ich komme doch schon", rief ich genervt und ging zur Tür.

„Hallo Alexa. Das wurde aber auch mal Zeit. Warum hast du nicht aufgemacht?", fragte sie, nachdem ich die Wohnungstür geöffnet hatte und drängte sich gleich an mir vorbei in die Wohnung. Carla, die immer noch im Flur stand, schaute mich geschockt an. Ich formte mit den Lippen das Wort Balkon und sie nickte wissend. Schnell verschwand sie in ihre Wohnung um Ian wahrscheinlich hereinzulassen. Ich machte mir gar nicht erst die Mühe meine Wohnungstür zu schließen, denn ich wollte, dass Katelynn gleich wieder ging.

„Ich war auf der Toilette."

„Ach so. Ich habe eine Männerstimme gehört. Hast du Besuch?", fragte sie neugierig und schaute sich um.

„Nein, das habe ich nicht. Du musst dich verhört haben. Was willst du hier?", fragte ich schnell, um sie vom Thema abzulenken.

„Ich habe eine Frage beziehungsweise eine Idee. Ich will aus der WG ausziehen und du hast doch noch ein Zimmer frei. Also was hältst du davon, wenn ich bei dir einziehe? Wir könnten eine Frauen-WG machen. Das würde sicherlich lustig werden", sagte sie. Das konnte nicht ihr Ernst sein. Sie wollte bei mir einziehen? Auf gar keinen Fall. Ich würde diese Person nicht bei mir wohnen lassen.

„Was ich davon halte? Gar nichts. Ich möchte keine Frauen-WG. Ich bin mit meiner Wohnsituation, so wie sie ist, zufrieden. Abgesehen davon habe ich gar kein Zimmer frei."

„Doch hast du. Das hier ist doch frei", sagte sie und deutete auf mein Büro.

„Nein habe ich nicht. Das ist mein Büro und das soll auch so bleiben."

„Ach komm schon. Du kannst doch deine Sachen in dein Schlafzimmer räumen. Lass es uns doch probieren", versuchte sie mich zu überreden. „Schau mal, hier würde ich mein Bett hinstellen und dort hätte ich Platz für meinen Schrank", sagte sie, während sie in meinem Büro hin und her lief.

„Ich habe nein gesagt und dabei bleibe ich auch. Ich möchte nicht, dass du hier einziehst", sagte ich und hoffte, dass sie es nun verstand.

„Warum denn nicht? Wir könnten so viel Spaß haben. Deine Sachen passen doch auch in dein Schlafzimmer. Warte mal. Ich zeige es dir." Sie verließ mein Büro und lief zu meinem Schlafzimmer. Oh nein, dort würde sie jetzt nicht hineingehen Sie würde Ians Sachen sehen und ich müsste ihr erklären, von wem sie wären. Schnell lief ich an ihr vorbei und stellte mich vor die Schlafzimmertür.

„Hey, was soll denn das?", fragte sie.

„Du wirst nicht in mein Schlafzimmer gehen."

„Warum nicht? Hast du etwas zu verheimlichen?"

„Mein Schlafzimmer ist privat und dort wirst du nicht hineingehen."

„Du stellst dich an. Ich wollte dir doch nur mal zeigen, wie du deine Möbel stellen könntest, damit die Sachen aus deinem Büro dort hineinpassen. Aber wenn du nicht willst, dann eben nicht." Sie drehte sich um und ging nun schnurstracks ins Badezimmer. „Oh du hast ja doch Besuch. Bestimmt versteckt er sich im Schlafzimmer und ich darf deswegen dort nicht hinein oder wem gehört sonst die Kulturtasche, die hier steht?" Oh scheiße. Ians Kulturtasche hatte ich ganz vergessen. Ich musste mir schnell eine Ausrede überlegen.

„Nein, ich habe keinen Besuch und ich verstecke auch niemanden in meinem Schlafzimmer. Die Tasche gehört meinen Vater. Meine Eltern waren am Mittwoch hier und er hat sie vergessen", log ich schnell, wobei nur der Teil mit der Tasche gelogen war, denn meine Eltern waren schließlich wirklich hier gewesen.

„Ja natürlich. Und das soll ich dir glauben?"

„Glaub es oder nicht. Es ist mir egal. Ich bin dir keine Rechenschaft schuldig. Und wie ich bereits sagte, will ich nicht, dass du hier einziehst. Also brauchst du auch nicht in meiner Wohnung herumrennen und planen, wo du deine Sachen unterbringen wirst, denn du wirst hier nicht wohnen."

„Du bist so gemein. Eine richtige Freundin würde mich hier wohnen lassen."

„Wir sind gar nicht befreundet", machte ich ihr klar.

„Na gut, wenn du meinst. Du wirst schon sehen, was du davon hast. So eine gemeine Freundin, wie du es wärst, brauche ich auch nicht", ätzte sie und verließ arrogant stolzierend meine Wohnung. Schnell schloss ich die Tür hinter ihr, damit sie nicht wieder in meine Wohnung kam. Ich ging ins Büro und schaute aus dem Fenster, ob sie auch wirklich gehen würde. Ich brauchte gar nicht lange zu warten, als sie aus dem Haus stolziert kam und zu ihrem Wagen ging. Sie stieg ein und fuhr gleich darauf los. Ich atmete erleichtert aus, ging ins Wohnzimmer und nahm mein Handy vom Tisch.

-*Sie ist weg*- schrieb ich Ian, damit er wieder zu mir herüberkam. Kurz darauf klopfte es an der Balkontür. Ich öffnete die Tür und ließ ihn herein.

„Na ist deine Freundin endlich weg?", fragte er schmunzelnd und schloss die Balkontür hinter sich.

„Ja endlich. Du glaubst gar nicht, was sie hier wollte. Sie wollte hier einziehen. Ich sollte mein Büro für sie räumen und sie wollte eine Frauen-WG aus meiner Wohnung machen", erzählte ich ihm.

„Du hast doch wohl nicht zugestimmt?", fragte Ian.

„Nein, auf keinen Fall. Ich will nicht, dass sie hier einzieht. Erst einmal ist sie so eine schreckliche, nervige Person, die ich nicht als Mitbewohnerin haben möchte und außerdem könntest du dann nicht mehr zu mir kommen, denn dann würde unsere Beziehung auffliegen. Ich schätze Katelynn so ein, dass sie sofort zu Mrs. Hill rennen und uns bei ihr verpetzen würde."

„Das glaube ich auch."

„Es war ganz schön knapp gewesen, denn sie wollte nicht nur in mein Schlafzimmer, wo deine Sachen liegen, sondern sie hat auch deine Kulturtasche im Bad entdeckt, die ich vergessen habe zu verstecken."

„Oh und was hast du ihr gesagt, wem sie gehört?", fragte er.

„Meinen Vater, der am Mittwoch hier gewesen ist. Etwas anderes fiel mir auf die Schnelle nicht ein. Ich hoffe, dass sie es glaubt. Wenn nicht, ist es mir egal. Ich glaube nämlich nicht, dass sie weiß, dass diese Tasche dir gehört, oder kennt sie etwa deine Kulturtasche", grinste ich.

„Nein, die kennt sie nicht. Lass uns jetzt lieber zum Strand fahren, bevor sie noch einmal wiederkommt", schlug er vor.

„Gerne. Ich packe schnell die Sachen und dann können wir los."

„Hallo mein Schatz", meldete sich am Sonntag meine Mutter am Handy.

„Hi Mum, was gibt es?", fragte ich sie.

„Ist Ian auch da?"

„Ja ist er. Warum?", fragte ich verwundert darüber, dass sie nach ihm fragte.

„Dein Vater möchte euch beiden gerne etwas sagen. Kannst du bitte mal den Lautsprecher einschalten, damit ihr beide mithören könnt?"

„Ja natürlich", sagte ich, setzte mich zu Ian auf die Couch, schaltete den Lautsprecher ein und legte das Handy auf den Wohnzimmertisch. Ian schaute mich verwundert an. „Mein Vater möchte mit uns beiden sprechen", erklärte ich ihm kurz. „Der Lautsprecher ist eingeschaltet und Ian sitzt neben mir", wandte ich mich wieder an meine Mutter.

„Alles klar. Hallo Ian", grüßte meine Mutter ihn.

„Hallo Mrs. Edison."

„Ach lassen wir doch das Sie weg. Ich bin Rachel", sagte sie freundlich.

„Okay und ich bin Ian", grinste er.

„Und ich bin Carl", meldete sich mein Vater freundlich zu Wort. „Hallo Lexi, hallo Ian. Es tut mir leid, dass ich erst jetzt dazu komme, aber ich hatte in den letzten Tagen so viel zu tun."

„Es ist schon gut, Dad", sagte ich.

„Also ich möchte mich bei euch beiden vielmals für mein Benehmen am Mittwoch entschuldigen. Ich habe mich wirklich danebenbenommen. Ich habe die Wut, die ich wegen des geplatzten Auftrages hatte, an euch ausgelassen und das tut mir wirklich sehr leid", entschuldigte er sich bei uns beiden. „Ian, ich würde mich sehr freuen, wenn du mir verzeihst und wir einfach noch mal von vorne anfangen könnten."

„Sehr gerne", erwiderte Ian.

„Das freut mich sehr", sagte mein Vater und man hörte die Erleichterung aus seiner Stimme. Ich weiß nicht, ob dieser Anruf so ganz freiwillig von meinem Vater war, oder ob meine Mutter etwas damit zu tun hatte. Vielleicht hatte er auch Angst mich zu verlieren, wenn ich mich auf Grund des Streites, welchen wir gehabt hatten, von ihm abwenden würde. „Lexi, es tut mir leid, was ich alles gesagt habe. Natürlich werde ich dich nicht von der Uni abmelden und du kannst deinen Abschluss in New York machen. Ich hoffe, dass auch du mir verzeihst."

„Ach Dad. Natürlich verzeih ich dir. Lass uns den Streit einfach vergessen", erwiderte ich

„Danke. Ich bin so froh, dass ihr beiden mir verzeiht. Ian, ich würde dich gerne besser kennenlernen. Leider haben wir durch den Auftrag in Havanna keine Zeit, um noch einmal nach New York zu kommen."

„Das ist doch gar kein Problem. Wir sitzen doch gerade gemütlich zusammen und Lexi und ich haben Zeit", grinste Ian.

„Hm, naja etwas Zeit haben wir auch noch", sagte mein Vater.

„Ich mache Kaffee", rief ich lachend und ging in die Küche. Ich war so froh darüber, dass mein Vater sich für sein Benehmen entschuldigt hatte und Ian anscheinend als meinen Freund akzeptierte. Während ich den Kaffee zubereitete hörte ich, wie sich die beiden angeregt über das Handy unterhielten. Ich lächelte und stellte die Kaffeemaschine an. Ich ging zur Couch zurück und setzte mich hin.

„Mum, wir sind anscheinend im Moment abgeschrieben", lachte ich.

„Ja, das scheint mir auch so."

Am Montagmorgen wunderte ich mich, warum ich von einigen Mitstudenten so komisch angeschaut wurde, als ich den Kursraum betrat. Es waren unverständliche anklagende Blicke. Aber warum schauten sie mich so an? War etwas nicht in Ordnung? Hatte ich vielleicht mein Shirt falsch herum an oder war meine Hose offen? Hatte ich vielleicht zwei verschiedene

Schuhe an? Ich schaute an mir herunter, aber mit meiner Kleidung und meinen Schuhen war alles in Ordnung. Mir kam ein Verdacht und Panik kam in mir auf. Wussten sie etwa von Ian und mir? Hatten sie es herausgefunden und uns zusammen gesehen?

„Da ist die gemeine Person, die mich nicht bei sich wohnen lassen will, obwohl sie ein Zimmer frei hat", rief Katelynn und zeigte mit dem Finger auf mich. Ah deswegen schauten sie mich an. Katelynn versuchte die Mitstudenten gegen mich aufzuhetzen, weil ich sie nicht bei mir wohnen ließ. Aber dachte sie wirklich, dass ich sie aufnehmen würde, nur weil sie gegen mich hetzte? Auf keinen Fall.

„Unglaublich, wie egoistisch von ihr", sagte Andrew.

„Das hätte ich nie von ihr gedacht", kam es von Sarah.

„Ich auch nicht. Sie hätte dich doch wirklich bei sich wohnen lassen können", entgegnete Xenia. Wut kam in mir auf. Wie konnten sie es wagen, mich als egoistisch zu bezeichnen? Ich war nicht egoistisch. Ich tat alles für andere. Tat was ich konnte und half jedem gerne. Ich dachte erst an andere bevor ich an mich dachte.

„Oh jetzt reicht es. Ich habe kein Zimmer frei. Das Zimmer, welches Katelynn meint, ist mein Büro und ich brauche dieses. Außerdem ist es meine Wohnung und ich darf immer noch selbst entscheiden, ob und wen ich bei mir wohnen lassen möchte. Wenn ihr es allerdings so schlimm und egoistisch findet, dann könnt ihr doch Katelynn aufnehmen", sagte ich wütend und ging zu ihnen.

„Ähm ich habe keinen Platz", kam es von Andrew.

„Du hast doch ein Haus, zumindest prallst du immer damit, dass deine Eltern dir eines hier in New York gekauft haben. Da ist doch sicherlich ein Zimmer frei. Und was ist mit dir Xenia", wandte ich mich ihr zu. „Du hast doch auch eine große Wohnung. Dann kannst du doch auch Katelynn aufnehmen."

„Ich habe eine dreieinhalb Zimmer Wohnung und das Büro brauche ich auch", erwiderte sie kleinlaut.

„Ach schau mal einer an. Ihr seid so heuchlerisch. Mich als egoistisch bezeichnen, weil ich Katelynn nicht bei mir wohnen lasse, aber selbst wollt ihr sie nicht aufnehmen." Nun wandte ich mich Katelynn zu. „Jetzt zu dir. Meinst du wirklich, ich lasse dich bei mir wohnen, wenn du andere Leute gegen mich aufhetzt? Auf gar keinen Fall. Ich habe dir am Samstag bereits gesagt, dass ich nicht möchte, dass du bei mir einziehst und dabei bleibt es auch. Du könntest die gesamte Menschheit gegen mich aufhetzen, aber ich würde trotzdem nicht meine Meinung ändern. Nein heißt nein. Und nun kannst du gerne weiter über mich herziehen, wie gemein ich doch bin. Es ist mir vollkommen egal", sagte ich, drehte mich um und ging zu Chloe und Serena.

„Das war großartig, wie du denen deine Meinung gesagt hast. Vor allem Katelynn. Was sie sich rausnimmt nur damit sie ihren Willen bekommt, ist unglaublich. Sie ist so eine verwöhnte arrogante Göre, die wahrscheinlich immer nur mit dem Finger schnippen musste, um alles zu bekommen, was sie wollte. Nur jetzt muss sie lernen, dass es in der Welt nicht nur um sie geht und dass will sie nicht akzeptieren", sagte Serena, als ich mich neben sie setzte.

„Da hast du recht. Sie will mein Nein nicht akzeptieren und meinte anscheinend, ich würde meine Meinung ändern, wenn sie schlecht über mich redet. Aber das kann sie vergessen."

„Ich würde sie auch nicht bei mir wohnen lassen", kam es von Chloe etwas lauter, damit Katelynn es mitbekam und grinste sie an, als sie sich zu uns umdrehte.

„Ich ebenfalls nicht", sagte Serena.

„Hey hört auf, gleich lästert sie auch über euch beiden, wie gemein ihr doch seid, dass ihr sie nicht bei euch wohnen lassen wollt", grinste ich.

„Soll sie doch. Es ist uns egal", erwiderte Chloe und grinste ebenfalls.

„Guten Morgen", sagte Mrs. Torres, die den Kursraum betreten hatte. „Miss White, setzen sie sich bitte, ich möchte mit dem Unterricht beginnen."

„Ist ja schon gut", murrte Katelynn und setzte sich auf den erstbesten Platz, der zum Glück einige Reihen vor mir und somit nicht in meiner Nähe war.

„Also wo waren wir in der letzten Stunde stehen geblieben?", fragte Mrs. Torres und begann mit dem Unterricht.

Kapitel 13

„Meinst du, es ist wirklich so eine gute Idee?", fragte ich Ian am Abend und betrachtete mich im Schlafzimmer im Spiegel.

„Ja natürlich warum denn nicht? Honey, es ist Halloween, wir sind verkleidet und gehen auf eine Party in New Jersey. Die meisten Studenten werden auf Halloweenpartys in New York sein. Sollte doch jemand von der Uni dort sein, so glaube ich nicht, dass du sofort erkannt wirst." Da hatte er recht. Ich hatte mir ein Red Riding Hood Kostüm gekauft, welches an verschiedenen Stellen mit Absicht zerrissen war. Ich ging als Zombie Rotkäppchen zu dieser Party und hatte mir dementsprechend mein Gesicht mit weißlich-grauer Schminke geschminkt. Meine Augen hatte ich schwarz umrandet und natürlich durften Blutflecken im Gesicht und am Mund nicht fehlen. Dazu trug ich eine schwarze langhaarige Perücke. Auch das Kleid und die Kniestrümpfe waren mit Kunstblut befleckt. Wenn ich mich so im Spiegel betrachtete konnte ich wirklich Angst vor mir selbst bekommen. Ich setzte die Kapuze von dem roten Cape auf und sah nun noch einmal im Spiegel.

„Du hast recht. So schnell wird mich niemand erkennen. Du weißt aber schon, dass wir kostümmäßig nicht zusammenpassen? Im Märchen von Rotkäppchen gab es keinen Vampir", grinste ich.

„Oh doch. In der Version, die ich kenne, schon. Du hast wahrscheinlich das falsche Buch gelesen", grinste Ian zurück. Er sah in seinem Vampirkostüm einfach atemberaubend gut aus. Sein Gesicht hatte er sich weiß geschminkt und an seinen Mundwinkel klebte Kunstblut. Es sah so aus, als ob er gerade einen Menschen gebissen und Blut getrunken hatte, so wie es ein Vampir tat.

„Solange du mich nicht beißt, ist alles gut", lachte ich.

„Nein, das werde ich nicht. Mit dir stelle ich nur andere Dinge an", raunte er an meinem Ohr. Es klingelte an der Tür.

„Oh das müssen Linus und Carla sein", sagte ich.

„Ich mach schon auf. Bist du denn soweit fertig? Dann können wir los."

„Ja das bin ich. Ich brauche nur noch meine Jacke und meine Tasche", sagte ich und folgte Ian in den Flur.

„Süßes oder Saures", rief Linus, als Ian die Wohnungstür öffnete. Er war als Frankenstein verkleidet und stand grinsend mit einer Tüte vor der Tür. Hinter ihm stand Carla, die sich als Mrs. Munster verkleidet hatte.

„Da kommst du leider zu spät. Die Kinder sind dir heute Abend zuvorgekommen und haben alle Süßigkeiten mitgenommen", lachte Ian.

„Ach schade. Dann müssen wir jetzt eben ein Trinken gehen. Los kommt. Das Taxi wartet schon vor dem Haus auf uns", sagte Linus und ging zum Fahrstuhl. Wir verließen meine Wohnung und fuhren mit dem Fahrstuhl ins Erdgeschoss. Wir gingen aus dem Haus und stiegen in das Taxi ein, welches uns zu der Halloweenparty, die in einem Club in New Jersey stattfand, fuhr.

Als wir beim Club ankamen, war bereits einiges los. Ich zog mir die Kapuze weiter ins Gesicht und mied es andere Menschen anzusehen, damit mich niemand erkannte. Ich musste es ja nicht gerade herausfordern, dass ich erkannt wurde und Ian und ich somit aufflogen.

„Los geht es. Lasst uns Party machen", rief Linus und wir gingen in den Club. Wir hatten Glück und ergatterten den letzten freien Tisch in einer Ecke. Carla und ich setzten uns schon einmal währenddessen die Männer etwas zu trinken holten. Ich ließ meinen Blick durch den Club schweifen. Alle Clubbesucher waren verkleidet. Ich sah Hexen, Geister, Vampire aber auch einen Kürbis und sogar den Tod, der gerade lustigerweise an der Bar stand und ein Bier trank. Ja auch der Tod hatte mal

Durst. Ian und Linus kamen mit den Getränken zurück und setzten sich zu uns.

„Bitte sehr die Dame. Einmal einen Beutel Blut", sagte Ian grinsend und reichte mir tatsächlich einen Blutbeutel. Skeptisch sah ich mir die Flüssigkeit darin an. „Keine Angst, es ist kein Blut, sondern Kirschsaftcocktail", erklärte er mir.

„Ich habe mir so etwas in der Art schon gedacht. Hast du auch einen Kirschsaftcocktail oder ist es bei dir ein echter Blutbeutel, schließlich bist du doch ein Vampir", wollte ich grinsend von ihm wissen.

„Nein, ich habe auch einen Kirschsaftcocktail."

„Dann lasst uns mal anstoßen", sagte Linus und hob seinen Blutbeutel. „Auf einen gruseligen und lustigen Abend." Es sah schon komisch aus, wie wir mit den Blutbeuteln anstießen, aber es hatte auch etwas Lustiges an sich. Ich öffnete den Beutel und trank einen Schluck. Der Cocktail schmeckte sehr lecker. Ian und ich machten mit dem Handy ein Selfie von uns, wie wir beide gerade aus dem Beutel tranken. Als wir es uns ansahen, mussten wir lachen. Es sah so komisch aus, wie wir die Blutbeutel im Mund hatten. Wir blödelten noch etwas herum und machten mit dem Handy weitere Fotos von uns. Ich genoss die Zeit mit Ian in diesem Club und vergaß sogar die Sorge, dass uns jemand zusammen sehen könnte.

„Carla, komm lass uns tanzen gehen", sagte Linus und zog sie mit sich auf die Tanzfläche.

„Darf ich Sie ebenfalls zum Tanz auffordern?", fragte Ian mich lächelnd.

„Sehr gerne", erwiderte ich und ergriff seine Hand, die er mir hinhielt. Zusammen standen wir auf und gingen zur Tanzfläche hinüber. Der DJ hatte gerade ein ruhiges Lied aufgelegt und Ian zog mich dicht zu sich. Ich schlang meine Arme um seinen Hals und wir begannen zu tanzen.

„Und wie gefällt dir die Party?", fragte er.

„Sie gefällt mir richtig gut. Aber besonders gut gefällt es mir mit dir zu tanzen", erwiderte ich lächelnd.

„Das freut mich", grinste er, senkte seinen Kopf und küsste mich. Ich legte meinen Kopf an seine Schulter und genoss einfach mit ihm zusammen zu tanzen. Das konnten wir sonst nicht. Durch unsere Verkleidungen und das gedämmte Licht hier im Club würde uns so schnell niemand erkennen.

„Mr. Davis, sind Sie es", hörte ich plötzlich eine allzu bekannte Stimme neben uns fragen, nachdem wir einige Lieder durchgetanzt hatten? Oh nein, das konnte doch jetzt nicht wahr sein. Musste denn ausgerechnet sie hier heute in diesem Club sein? Sie hatte mir doch heute noch erzählt, dass sie in den neuen Club in New York gehen wollte. Also was machte sie dann hier?

„Guten Abend Miss White", grüßte Ian sie knapp. Schnell zog ich meine Kapuze tiefer ins Gesicht, damit sie mich nicht auch noch erkannte.

„Ist das Ihre Freundin?", wollte sie nun neugierig wissen.

„Ja, das ist meine Freundin", antwortete er knapp.

„Hallo ich bin Katelynn White eine Studentin von Mr. Davis. Es freut mich Sie kennenzulernen", stellte sie sich vor.

„Hallo", sagte ich knapp und schaute sie nicht an, damit sie mich nicht erkannte. Ich stellte mich auf Zehenspitzen. „Lass uns hier schnell verschwinden, bevor sie mich erkennt. Sag einfach mir geht es nicht gut oder so etwas", flüsterte ich Ian ins Ohr.

„Es tut mir leid. Meiner Freundin geht es nicht gut. Wir müssen mal an die frische Luft", sagte Ian zu Katelynn und führte mich gleich darauf von der Tanzfläche in Richtung Ausgang.

„So ein Mist. Ich hoffe, sie hat mich nicht erkannt. Sie rennt doch morgen gleich zu Mrs. Hill", kam es von mir, als wir draußen vor dem Club standen und Panik kam in mir auf.

„Sie hat dich nicht erkannt, sonst hätte sie schon längst etwas gesagt", beruhigte mich Ian.

„Bist du dir da sicher?"

„Ja, glaub mir. Sie hat zwar etwas komisch geguckt, als du sie nur gegrüßt und dich nicht vorgestellt hast, beziehungsweise sie gar nicht erst angeschaut hast, aber sie denkt wahrscheinlich, dass es daran gelegen hat, weil es dir nicht gut geht."

„Können wir trotzdem nach Hause fahren? Mir ist es zu unsicher weiterzufeiern, wenn sie auch da ist."

„Was ist los? Wir haben euch rausgehen sehen. Geht es dir nicht gut, Lexi?", fragte Carla besorgt.

„Nein, mir geht es gut. Katelynn ist nur hier und hat Ian erkannt. Bevor sie mich ebenfalls erkennt, haben wir ihr gesagt, dass es mir nicht gut geht und sind rausgegangen", erklärte ich ihr und Linus.

„Wir werden jetzt nach Hause fahren. Uns ist es zu unsicher, dass sie Lexi nicht doch noch erkennt. Gerade Katelynn würde uns sofort verpetzen", sagte Ian.

„Da habt ihr recht. Das Risiko dürft ihr nicht eingehen. Wir fahren mit euch nach Hause. Es ist schließlich bereits zwölf Uhr und wir müssen beide morgen wieder arbeiten", entgegnete Carla.

„Ich rufe uns ein Taxi", kam es von Linus, der sogleich sein Handy aus der Tasche holte und ein Taxiunternehmen anrief.

„Ich hole eben die Jacken", sagte Ian und ging noch einmal in den Club.

„Das war gerade ganz schön knapp. Ich habe gar nicht damit gerechnet, dass sie in diesem Club auftaucht und plötzlich stand sie neben uns."

„Das glaube ich. Oh da vorne ist sie. Lass uns mal ein Stück weitergehen, damit sie uns nicht sieht", sagte Carla und wir gingen einige Schritte die Straße herunter.

„Wahrscheinlich sucht sie uns. Warum muss sie ausgerechnet in diesem Club feiern gehen? Der Abend war doch so schön und ich habe es so genossen mit Ian auszugehen, ohne kilometerweit dafür fahren zu müssen", seufzte ich.

„Das Taxi kommt gleich", sagte Linus, der mit Ian zu uns kam.

„Hier sind eure Jacken. Ich musste dafür allerdings erst einmal Katelynn loswerden. Sie wollte mich gerade noch in ein Gespräch verwickeln", erzählte uns Ian und verteilte die

Jacken. Ich zog sie mir an, da es doch recht kalt war. Wir mussten nicht lange auf das Taxi warten und wir fuhren nach Hause.

Am nächsten Tag hatte Ian, der bei mir übernachtet hatte, Mühe mich aus dem Bett zu bekommen. Wir waren erst gegen halb zwei ins Bett gekommen, da ich etwas länger gebraucht hatte die Schminke wieder aus meinem Gesicht zu bekommen. Ich war erst aufgestanden, als Ian zu radikalen Mitteln gegriffen, mir die Bettdecke entrissen und mich aus dem Bett gezogen hatte. Dafür hatte ich allerdings ein von ihm gemachtes Frühstück mit einer Tasse Kaffee bekommen. Nun saß ich in meinem Wagen und fuhr zur Uni. Ich war ziemlich nervös, denn ich wusste nicht, ob Katelynn mich vielleicht doch erkannt hatte. Ich fuhr auf den Parkplatz und stellte meinen Wagen ab. Ich nahm meine Tasche, stieg aus dem Wagen aus und schloss ab. Am Eingang des Unigebäudes sah ich Chloe und Serena stehen und ging zu ihnen.
„Guten Morgen ihr beiden. Na Halloween soweit gut überstanden?“, fragte ich sie.
„Ja, soweit schon“, sagte Chloe und Serena nickte zustimmend.
„Leute, ich muss euch etwas erzählen“, rief Katelynn und kam zu uns. Oh nein, bitte lass sie mich gestern nicht erkannt haben. „Ich war gestern in New Jersey im Club und dort habe ich Mr. Davis mit seiner Freundin gesehen.“
„Wolltest du nicht eigentlich in den neuen Club hier in New York?“, fragte ich.
„Eigentlich schon, aber ich bin dort nicht reingekommen und so bin ich nach New Jersey gefahren. Seine Freundin ist irgendwie seltsam. Sie hat mich gar nicht richtig gegrüßt und nur auf den Boden geschaut. Angeblich wäre es ihr nicht gut gegangen sagte Mr. Davis zumindest. Sie sind dann auch recht schnell abgehauen.“
„Es kann doch sein, dass es ihr nicht gut ging. Und dass sie dann auch keine Lust auf Smalltalk hat, ist doch auch

verständlich", erwiderte ich und war froh, dass sie mich wirklich nicht erkannt hatte.

„Eben. Wenn es mir nicht gut geht, dann habe ich auch keine große Lust mit jemanden zu reden", stimmte Chloe mir zu.

„Aber sie hätte mir doch zumindest mal ihren Namen sagen können. Das hat sie auch nicht getan", kam es von Katelynn empört.

„Wieso sollte sie? Es geht dich doch gar nichts an, wie sie heißt", sagte Serena.

„Guten Morgen die Damen", kam es von Ian, der an uns vorbeiging.

„Guten Morgen Mr. Davis", erwiderten Serena, Chloe und ich wie aus einem Mund.

„Mr. Davis, geht es Ihrer Freundin wieder besser?", fragte Katelynn neugierig.

„Ja soweit schon", entgegnete er knapp.

„Sagen Sie mal, wie heißt Ihre Freundin denn eigentlich? Sie hat es mir gestern gar nicht gesagt", wollte sie nun wissen.

„Miss White, ich habe Ihnen schon einmal gesagt, dass mein Privatleben auch privat bleibt. Und nun ab zum Unterricht, bevor sie noch zu spät kommen", erwiderte er streng und ging in das Gebäude. Schadensfreude kam in mir auf, dass er ihr eine Abfuhr erteilt und ihr nicht gesagt hatte, wie seine Freundin hieß. Es ging sie auch wirklich nichts an.

„Mr. Davis hat recht. Lasst uns gehen, bevor wir noch zu spät zum Unterricht kommen", sagte Chloe.

„Mr. Davis kann mich mal", murrte Katelynn.

„Warum? Nur weil er dir nicht den Namen sagen wollte?", fragte ich spöttisch. „Es geht dich auch nichts an. Du musst halt mal lernen, dass du nicht alles bekommst, was du willst."

„Ach lass mich doch in Ruhe", erwiderte sie hochnäsig und stolzierte an uns vorbei ins Gebäude.

„Jetzt hast du sie verärgert", lachte Chloe.

„Ja jetzt wird sie nicht mehr deine Freundin sein", grinste Serena.

„Gott sei Dank. Dann wird sie mich hoffentlich endlich in Ruhe lassen. Los kommt. Lasst uns reingehen."

Ich saß nervös bei Ian im Wohnzimmer auf der Couch und sah immer wieder zur Uhr. Es war Thanksgiving, was ich mit Ian und seiner Familie zusammen feiern würde. Seine Eltern waren einen Tag zuvor aus New Orleans angereist. Am Abend war Ian mit seinen Eltern in einem Restaurant essen gewesen. Eigentlich sollte ich mitgehen, aber ich wollte ihm Zeit mit seiner Familie alleine geben, denn er hatte sie schon einige Monate nicht gesehen. Abgesehen davon konnte ich auch gar nicht mit, da es zu gefährlich war, dass uns jemand zusammen sah. Wie hätte ich einem Studenten, einem Dozenten oder sogar unserer Direktorin erklären sollen, warum ich mit Ians Familie in einem Restaurant essen war? Das konnte ich gar nicht erklären. Ich war sehr aufgeregt, denn ich würde heute seine Eltern kennenlernen. Wie würden sie auf mich reagieren? Wussten sie, dass ich Ians Studentin war? Würden sie es akzeptieren oder würden sie mich ablehnen, da ich eine Gefahr für die Karriere ihres Sohnes war, denn schließlich konnte es seinen Job kosten, wenn unsere Beziehung aufflog.

„Was ist los, Honey?", fragte Ian und schaute mich besorgt an.

„Ich bin etwas nervös, da ich gleich deine Eltern kennenlerne", gestand ich ihm.

„Das brauchst du nicht. Meine Eltern sind sehr nette Menschen und sie werden dich sicherlich mögen."

„Das wäre schön. Wissen sie von unserer Beziehung, also dass ich deine Studentin bin", wollte ich wissen.

„Ja, ich habe es ihnen gestern Abend gesagt."

„Wie haben sie reagiert?"

„Sie haben es sehr gut aufgenommen und haben nichts dagegen gesagt."

„Wirklich nicht?", fragte ich verwundert.

„Nein, haben sie wirklich nicht. Ich glaube, es liegt allerdings daran, dass sie damals in der gleichen Situation waren, als ihre Beziehung begann."

„Wie meinst du das?"

„Als mein Vater damals die Stelle an der Universität angenommen hat, studierte meine Mutter noch an dieser. Sie stand, wie du, einige Monate vor ihrem Abschluss, als sie sich kennengelernt und ineinander verliebt hatten", erklärte er mir und ich war überrascht, dass seine Eltern damals in der gleichen Situation gewesen waren, wie wir nun.

„War dein Vater auch ihr Dozent?"

„Nein, das nicht. Allerdings haben sie ihre Beziehung ebenfalls geheim gehalten. Damals waren diese Beziehungen zwar noch nicht an Universitäten verboten, aber sie waren verpönt und da meine Eltern kein Gerede wollten, haben sie ihre Beziehung geheim gehalten. Vielleicht war es auch gar nicht so schlecht, denn sonst hätte mein Vater später nicht die Stelle als Direktor angeboten bekommen. Wie die Menschen so sind, hätten sie vielleicht diese Beziehung als Vorwand genommen ihm die Stelle nicht anzubieten, schließlich war er Dozent und meine Mutter eine Studentin an dieser Uni gewesen. Es wäre wahrscheinlich egal gewesen, ob daraus eine feste Beziehung mit Hochzeit und Kindern entstanden ist. Die verpönte Beziehung zwischen Studentin und Dozent wäre im Vordergrund gewesen." Es klingelte an der Tür und ich zuckte kurz zusammen. „Keine Angst, Honey. Sie werden dich wirklich mögen", beruhigte er mich, stand von der Couch auf und ging in den Flur. Nach kurzer Zeit klingelte es noch einmal und Ian öffnete die Wohnungstür.

„Hallo Mum, hallo Dad", begrüßte er seine Eltern. Ich stand von der Couch auf und atmete tief durch. Nun gab es kein Zurück mehr. Wo hätte ich denn auch schon hingekonnt. Seine Eltern standen im Flur und blockierten somit den einzigen Fluchtweg aus dieser Wohnung. Hinter der Couch konnte ich mich nicht verstecken, denn sie hätten mich wahrscheinlich gleich gefunden. Es wäre nur der Balkon übriggeblieben, aber es war draußen sehr kalt und meine Jacke hing an der Garderobe im Flur. Also schied dieses Versteckt auch aus. Es blieb mir nichts anderes übrig, als mich dieser Situation zu stellen.

„Mum, Dad, darf ich euch vorstellen? Das ist Alexa", stellte er mich seinen Eltern vor, als sie ins Wohnzimmer gekommen waren und wandte sich dann mir zu. „Honey, das sind meine Eltern."

„Es freut mich sehr Sie kennenzulernen", sagte ich lächelnd und reichte erst seiner Mutter und anschließend seinem Vater die Hand.

„Ach du kannst uns ruhig duzen. Ich bin Dana und das ist mein Mann Theodor", entgegnete Ians Mutter freundlich. Er sah seiner Mutter sehr ähnlich und hatte die gleichen dunkelbraunen Haare, wie sie. Seine Mutter war ein Meter siebzig groß und hatte eine schlanke Figur. Die Haare trug sie zu einer modischen Bobfrisur. Linus hatte eher eine Ähnlichkeit mit seinem Vater. Von den Gesichtszügen her und den blonden Haaren. Sein Vater war so groß wie Ian. Er hatte kurze Haare, einen Vollbart und eine normale Figur.

„Na gut, dann könnt ihr mich aber auch Lexi nennen. So nennen mich meine Familie und Freunde", erwiderte ich. Wieder klingelte es an der Tür. Das mussten Linus und Carla sein.

„Setzt euch doch schon einmal an den Esstisch", schlug Ian vor und ging in den Flur.

„Kann ich euch schon einmal etwas zu trinken bringen?", fragte ich die beiden, die gerade am Tisch platz nahmen.

„Ich würde ein Glas Wasser nehmen", sagte Dana.

„Ich ebenfalls", kam es von Theodor. Ich ging in die Küche und goss zwei Gläser Wasser ein. Bevor ich in den Essbereich zurückging, schaute ich noch nach dem Truthahn, der sich im Backofen befand.

„Hi Mum, hi Dad", hörte ich die Stimme von Linus im Wohnzimmer.

„Hallo mein Sohn. Hallo Carla", wurden sie von Dana begrüßt.

„Hallo ihr beiden. Erst einmal persönlich herzlichen Glückwunsch zur Verlobung", sagte Theodor.

„Von mir natürlich auch. Alles Gute zur Verlobung", kam es von Dana. „Erzählt mal, habt ihr schon einen Hochzeitstermin? Wisst ihr schon, wo ihr heiraten wollt?"

„Na was machst du denn hier", hörte ich eine Stimme hinter mir. Ich drehte mich um und sah in das lächelnde Gesicht von Ian.

„Ich schaue nach dem Essen. Ach kannst du deinen Eltern bitte die Gläser bringen? Sie möchten schon einmal etwas trinken", bat ich ihn.

„Ja natürlich." Er nahm die Gläser und brachte sie seinen Eltern. Ich schaute nach den Kartoffeln und den Möhren, die es zu dem Truthahn geben würde.

„Und wie sieht es aus? Linus ist schon am Verhungern", fragte Ian, der wieder in die Küche gekommen war.

„Es ist alles fertig. Wir können das Essen servieren."

„Das klingt gut." Ian holte den Truthahn aus dem Ofen und brachte ihn zum Tisch. Währenddessen befüllte ich die Servierschüsseln mit den Beilagen und der Cranberrysoße. Als Nachttisch gab es Apfelkuchen, den ich schon einmal aus dem Kühlschrank holte und auf die Arbeitsplatte stellte, damit dieser beim Verzehr nicht so kalt war. Ich brachte die Schüsseln zum Esstisch und Ian kümmerte sich um die Getränke. Als alles fertig war, begannen wir mit dem Essen.

„Das Essen war sehr lecker. Ein großes Lob an die beiden Köche", sagte Dana, nachdem wir gegessen hatten und nun pappsatt am Tisch saßen.

„Danke Mum, aber eigentlich gebührt das größte Lob Lexi, da sie den Truthahn gemacht hat", erwiderte Ian und sah mich liebevoll an.

„Wirklich? Der Truthahn war sehr köstlich", lobte sie mich.

„Danke. Das freut mich sehr", erwiderte ich.

„Hast du den Truthahn schon öfter zubereitet?", fragte sie nun.

„Nein, es war das erste Mal."

„Oh dafür ist er dir fabelhaft gelungen. Das Rezept für die Cranberrysoße musst du mir mal geben", sagte sie.

„Das mache ich."

„Wo sind denn deine Eltern zur Zeit, dass sie nicht mit dir Thanksgiving feiern können?", fragte mich Theodor.

„Sie sind beruflich in Havanna."

„Was machen deine Eltern denn beruflich?", wollte er nun wissen.

„Mein Vater ist Bauunternehmer und besitzt eine Baufirma. Meine Mutter ist Rechtsanwältin und arbeitet mit in der Firma meines Vaters. Sie haben zur Zeit einen Bauauftrag in Havanna und müssen im Moment dort vor Ort sein."

„Hast du noch Geschwister?", fragte Dana.

„Nein, ich bin ein Einzelkind."

„Hast du es gut. Geschwister können ganz schön nerven", grinste Linus.

„Ja besonders die Älteren", konterte Ian ebenfalls grinsend.

„Stimmt, ich kann mich noch ganz genau daran erinnern, als er dich am Flughafen die ganze Zeit angerufen hat und wir uns nicht in Ruhe unterhalten konnten, da er so gedrängelt hat. Ach übrigens, du schuldest mir noch einen Kaffee", sagte ich an Ian gewandt.

„Oh stimmt. Ich wollte dich ja auf einen Kaffee einladen. Möchtest du jetzt einen haben?", fragte Ian grinsend.

„Gerne", erwiderte ich.

„Ich habe damals gar nicht gedrängelt", verteidigte sich Linus.

„Doch das hast du, denn du wolltest abends unbedingt das Footballspiel im Fernsehen schauen", entgegnete Ian.

„Stimmt. Ich wusste allerdings nicht, dass du dich am Gepäckband mit Lexi unterhältst und dort alles blockierst, so dass die Leute um euch herumlaufen mussten", konterte Linus. „Aber einen Kaffee nehme ich auch."

„Ich gehe ja schon. Möchte noch jemand einen Kaffee?", fragte er in die Runde. Carla und seine Eltern wollten ebenfalls einen Kaffee haben und Ian verschwand in die Küche.

Es war noch ein sehr schöner Abend. Dana und Theodor wollten zwar noch einige Dinge über mich wissen, aber die große Fragerunde, wie Eltern sie gerne beim Kennenlernen führten, blieb zum Glück aus. Ich war erleichtert, als ich von Ians Eltern selbst erfuhr, dass sie nichts gegen unsere Beziehung hätten und zu uns standen. Das hätte ich von meinen Eltern auch gerne gehört. Meine Eltern schienen Ian zwar zu mögen, aber sie wären nicht gerade begeistert, wenn sie wüssten, dass mein Freund auch mein Dozent war. Ich mochte Ians Eltern. Sie waren ganz anders, als meine. Sie interessierten sich für die Leben ihrer Kinder und nicht nur für die Karrieren. Ich verspürte eine Traurigkeit in mir, als ich meine und Ians Familie miteinander verglich. Auch wenn sie sich nicht so oft sahen, so telefonierten sie doch mehrmals die Woche miteinander. Ich sprach mit meinen Eltern höchstens einmal in der Woche und dann auch nicht lange, da sie meistens keine Zeit hatten. Ian hatte mit seiner Familie sogar eine Nachrichtengruppe, in der sie per Handy miteinander schrieben. Ich hatte es mit meinen Eltern auch mal versucht, allerdings schrieben sie nur selten. Wir lachten viel an diesem Abend. Ich erfuhr einiges aus Ians Kindheit und was er und sein Bruder so alles angestellt hatten.

„Es war ein sehr schöner Abend", sagte ich, als Ian und ich um ein Uhr im Bett lagen.

„Das fand ich auch und deine Angst war völlig unbegründet. Meine Eltern mögen dich, das haben sie mir auch noch einmal gesagt, bevor sie gegangen sind."

„Wirklich? Das freut mich sehr. Ich mag deine Eltern auch. Der Abend war zudem sehr informativ. Ich habe viel über dich erfahren. Auch das du ein böser Junge gewesen bist", grinste ich.

„Ich war nicht nur einer, ich bin es immer noch", raunte er und drehte sich zu mir um. „Ich verführe gerne ein ganz bestimmtes braves, liebevolles, wunderschönes Mädchen." Er beugte sich zu mir herunter und begann meinen Hals zu küssen.

„Von dir lasse ich mich gerne verführen", keuchte ich.

„Das höre ich gerne." Er ließ von meinem Hals ab und legte seine Lippen auf meine.

Kapitel 14

„Sie hatten nach mir gerufen, Mr. Davis?", betrat ich grinsend Ians Büro in der Uni und schloss die Tür hinter mir.

„Genau Miss Edison. Ich hatte Sehnsucht nach dir", sagte er, kam zu mir und zog mich in seine Arme.

„Und ich nach dir", erwiderte ich, zog seinen Kopf zu mir herunter und küsste ihn. Ian erwiderte den Kuss und vertiefte ihn. Seine Zunge bat an meinen Lippen um Einlass, den ich ihm sofort gewährte. Gleich darauf begannen unsere Zungen ein wildes Spiel. Ian drückte mich gegen die Wand neben der Tür und presste seinen Unterleib an meinen. Ich spürte seine Erregung und stöhnte auf.

„Weißt du, was ich jetzt gerne mit dir tun würde", raunte er an meinem Ohr.

„Ich kann es mir denken, aber das dürfen wir nicht. Wir könnten erwischt werden."

„Der Reiz des Verbotenen", hauchte Ian und küsste nun meinen Hals. Ich keuchte auf und fuhr ihm mit meiner Hand durch sein Haar. Er küsste sich meinen Hals entlang nach oben und nahm wieder meinen Mund in Beschlag. Ich gab mich Ian ganz und gar hin und vergaß, dass wir in seinem Büro in der Uni waren und jeden Moment jemand hätte hereinkommen können. Es war mir aber auch egal. Ich wollte einfach nur unsere Pause genießen.

„Oh Entschuldigung. Ich wusste ja nicht ...", hörte ich plötzlich eine Stimme neben uns sagen. Erschrocken fuhren Ian und ich auseinander und schauten zur Tür. Mr. Silver betrat grinsend das Büro und schloss hinter sich die Tür.

„Ich habe es gewusst", sagte er und sah erst Ian und dann mich an.

„Woher?", fragte Ian verdutzt.

„Als wir im Club gewesen sind, habt ihr beiden euch immer wieder angesehen und als sie tanzen war, hast du sie nicht einmal aus den Augen gelassen. Ich habe vermutet, dass zwischen euch irgendetwas ist und ich habe anscheinend recht gehabt", erklärte Mr. Silver ihm.

„Bitte verraten Sie uns nicht", bat ich ihn und Panik machte sich in mir breit. Was wäre, wenn er uns nun bei der Direktorin verraten würde? Ian würde seinen Job verlieren. Na gut und ich mein Studium, aber das war erst einmal Nebensache. Mir war wichtiger, dass er seinen Job behielt, denn ich wäre mit daran schuld, wenn er gekündigt werden würde, schließlich hatte ich ihn dazu gebracht eine Entscheidung zu treffen. Und er hatte sich für uns entschieden. Ian bemerkte meine Panik und zog mich an seine Seite. Er legte mir einen Arm um meine Schulter und schaute Mr. Silver fragend an.

„Nein, natürlich werde ich euch nicht verraten. Das verspreche ich euch. Ich war selbst mal in dieser Situation und weiß, wie es ist, wenn man sich nur im Geheimen treffen kann", sagte er und die Panik fiel von mir ab. Er würde uns nicht verraten. Jetzt wurde ich allerdings neugierig. Was meinte er damit, dass er in der gleichen Situation gewesen war?

„Wie meinen Sie das?", wollte ich nun von ihm wissen.

„Naja, jetzt dürft ihr mich nicht verraten. Aber meine Freundin Lorena und ich haben uns auch hier an der Uni kennengelernt und uns ineinander verliebt. Wir mussten bis zu ihrem Abschluss vor einem Jahr auch eine geheime Beziehung führen, wie ihr beide. Ihr seid doch zusammen, oder?" Fragend schaute er uns an.

„Ja, das sind wir", bestätigte ihm Ian.

„Wie wäre es, wenn ihr heute Abend zu uns kommt und wir erzählen euch, wie es bei uns damals gewesen ist? Vielleicht können wir euch auch ein paar Tipps geben, wie ihr die Beziehung geheim halten könnt", schlug Mr. Silver vor.

„Das hört sich gut an. Wir kommen gerne", erwiderte Ian und ich nickte zustimmend. Ich war so froh, dass er uns nicht verraten würde. Es wäre wahrscheinlich gar nicht mal so schlecht ein paar Tipps zu bekommen, wie wir unbemerkt zusammen sein konnten.

„Das freut mich. Einen Tipp gebe ich euch aber jetzt schon mal. Passt auf Mr. Thomas auf. Er ist unglaublich neugierig und würde euch sofort bei der Direktorin verraten, denn er ist ein sehr akkurater Mensch, der die Regeln hier an der Uni sehr ernst nimmt und sie befolgt. Zudem schleimt er sich gerne bei der Direktorin ein", warnte uns Mr. Silver.

„Ich habe schon festgestellt, dass man bei ihm aufpassen muss, was man tut, oder was man sagt. Er hat so eine hinterhältige Art an sich", entgegnete Ian.

„Das stimmt. Ich kann ihn nicht leiden."

„Ich auch nicht."

„Ich will euch ja nicht bei eurer Unterhaltung stören, aber die Pause ist gleich um und ich muss zu meinem nächsten Kurs", sagte ich.

„Oh ja natürlich. Ich hole dich dann heute Abend ab", sagte Ian und gab mir einen kurzen süßen Kuss auf die Lippen.

„Bis heute Abend. Tschüss", erwiderte ich und verließ das Büro.

Am Abend holte mich Ian um neunzehn Uhr ab und wir fuhren zu Mr. Silver, der ebenfalls in New Jersey wohnte. Er parkte das Auto vor einem Einfamilienhaus und wir stiegen aus. Ian legte mir einen Arm um die Taille und zusammen gingen wir zur Haustür. Ich war etwas nervös, denn auch wenn Mr. Silver versprochen hatte uns nicht zu verraten, so wusste ich nicht, ob wir ihm wirklich vertrauen konnten. Meine Fantasie spielte in meinen Kopf verrückt, dass wenn wir gleich das Haus betreten würden bereits die Direktorin auf uns wartete, die Mr. Silver eingeladen hatte, um uns zu verraten. Ich versuchte die Gedanken aus meinem Kopf zu verbannen. Das war doch Blödsinn. Warum sollte er so etwas tun? Wenn er uns wirklich verraten wollte, dann hätte er doch heute Mittag gleich zur Direktorin gehen können und würde nicht so einen

Aufstand veranstalten. Kurz nachdem wir geklingelt hatte, öffnete Mr. Silver uns die Haustür.

„Hallo ihr beiden, kommt doch rein", sagte er und ließ uns eintreten.

„Hallo Mr. Silver", grüßte ich ihn und ging ins Haus.

„Wie wäre es, wenn wir uns außerhalb der Uni duzen?", bot er mir an und schloss die Haustür, nachdem auch Ian eingetreten war.

„Sehr gerne. Okay, also ich bin Alexa oder auch einfach nur Lexi", stellte ich mich ihm vor, denn er kannte bis jetzt nur meinen Nachnamen und reichte ihm die Hand.

„Und ich bin Jake", erwiderte er grinsend, nahm meine Hand und schüttelte sie kurz. „Darf ich euch beiden meine Freundin vorstellen? Das ist Lorena", sagte er und deutete auf die junge Frau, die gerade in den Flur gekommen war. „Lorena, das sind Ian und Lexi."

„Hallo, schön euch kennenzulernen", kam es von ihr und reichte erst mir und dann Ian die Hand. Lorena war ein Meter siebzig groß, schlank, hatte braune Augen und dunkelbraune lange gelockte Haare.

„Hallo, uns freut es auch", erwiderte Ian und ich nickte zustimmend.

„Lasst uns ins Esszimmer gehen. Das Essen ist gleich fertig", schlug Jake vor und führte uns ins Esszimmer.

Nach dem Essen setzten wir uns ins Wohnzimmer auf die Couch und unterhielten uns.

„Wie habt ihr euch kennengelernt?", wollte Lorena wissen. Von ihr hatte ich beim Essen bereits erfahren, dass sie aus Mexiko stammte und vierundzwanzig Jahre alt war. Sie hatte an der Universität Modedesign studiert und arbeitete nun an ihrer ersten eigenen Kollektion.

„Im Flugzeug. Wir sind beide von Orlando nach New York geflogen und nachdem wir gelandet waren, haben wir uns kennengelernt", erzählte Ian.

„Ja, er war ein Gentleman und hat mir geholfen meinen Trolli aus dem Gepäckfach zu holen", warf ich mit ein. „Naja und dann haben wir uns nächsten Tag in der Uni wiedergesehen. Ich war ganz überrascht, als er plötzlich als mein neuer Dozent im Kursraum stand."

„Ich auch, als ich dich dort sitzen sah", entgegnete Ian und sah mich an.

„Und dann fragte Katelynn dich auch noch, ob du eine Freundin hättest. Im Übrigen steht sie total auf dich", bemerkte ich.

„Oh nein, auf sie kann ich wirklich verzichten. Diese Frau ist so schrecklich", sagte Ian.

„Da hast du recht. Mir hat das eine Semester gereicht, wo ich aushilfsweise Webdesign unterrichtet habe", sagte Jake.

„Auf diese Katelynn müsst ihr beiden aufpassen. Vor allem, wenn sie auf dich steht", kam es von Lorena und schaute Ian an. „Sie könnte eine Gefahr für euch werden sollte sie herausbekommen, dass ihr beiden zusammen seid. Sie wird mit Sicherheit sofort zur Direktorin rennen und euch verpetzen."

„Genauso wie Mr. Thomas", warf Jake mit ein.

„Stimmt, dieser Typ ging mir immer gewaltig auf die Nerven, wo ich noch studiert habe. Auf ihn müsst ihr ebenfalls aufpassen. Wenn er nur den Verdacht hat, wird er euch solange nachspionieren, bis er euch erwischt und anschließend wird er euch verpetzen, denn er nimmt die Regeln sehr ernst und möchte immer bei der Direktorin gut dastehen."

„Ihr solltet euch nicht mehr bei Ian im Büro treffen. Ihr habt ja heute gemerkt, was passieren kann, wenn ihr nicht aufpasst. Wenn nicht ich derjenige gewesen wäre, der ins Büro gekommen wäre, sondern jemand anderes, hätte es für euch zwei nicht gut ausgesehen", sagte Jake.

„Wie habt ihr beiden es denn geschafft nicht aufzufliegen?", wollte ich von den beiden wissen.

„Wir haben uns in der Uni normal verhalten. Also keinen auffälligen langen Blickkontakt oder Berührungen. Ansonsten sind wir nirgendwo zusammen hingegangen. Zumindest nicht in New York oder New Jersey. Also keine gemeinsamen Unternehmungen", erzählte uns Lorena.

„Ihr müsst auch aufpassen, wenn ihr euch bei euch Zuhause trefft. Schaut immer, ob niemand euch sieht, wenn ihr ins Haus geht und lasst euch nicht zusammen vor dem Haus erwischen", riet uns Jake.

„Ach und keine Fotos entweder als Hintergrundbild von euch auf dem Handy oder bei euch Zuhause. Lasst am besten auch euer Handy nicht unbeaufsichtigt irgendwo liegen, wenn jemand von der Uni bei euch ist oder ihr in der Uni seid", kam es von Lorena.

„Okay, danke für die Tipps. Einige davon beachten wir bereits, aber den Kontakt in der Uni werden wir ab jetzt unterlassen", entgegnete Ian.

„Das wäre wirklich besser, bevor Mr. Thomas doch noch einen Verdacht hegt und anfängt euch hinterher zu spionieren. Das ist uns passiert und es war gar nicht lustig. Eine Zeit lang mussten wir den Kontakt nur noch auf das Telefon beschränken, weil er sogar ständig an unseren Häusern vorbeigefahren ist. Irgendwann hat er dann aufgegeben und hat uns in Ruhe gelassen. Wahrscheinlich hat er gemerkt, dass wir gar keinen Kontakt haben und sich gedacht, dass er sich geirrt hat, was seine Vermutung anging. Zum Glück waren es die letzten zwei Wochen, bevor Lorena ihren Abschluss gemacht hat. Sonst hätte ich es ohne sie auch nicht ausgehalten."

„Ich auch nicht ohne dich", erwiderte sie und kuschelte sich an Jakes Schulter. Wir unterhielten uns noch lange und es tat gut mal mit Menschen zu reden, die in der gleichen Situation gewesen waren, wie wir im Moment. Sie hatten uns wirklich hilfreiche Tipps gegeben, die Ian und ich auch umsetzen wollten. Das Schwierigste würde die Uni werden, dass wir nun wirklich so tun mussten, als ob wir nur Studentin und Dozent waren und uns nicht mehr in seinem Büro treffen durften. Aber zum Glück konnten wir uns immer noch nach der Uni sehen, auch wenn nun das gemeinsame Joggen ausfallen würde.

„Honey, welchen Film möchtest du gerne sehen?", fragte mich Ian und ging zu seinem DVD-Player.

„Oh ich weiß nicht. Such du dir einen Film aus", erwiderte ich, als mein Handy klingelte. Ich nahm es vom Wohnzimmertisch und schaute auf das Display. Meine Mutter rief mich an und ich fragte mich warum, denn wir hatten einen Tag zuvor erst miteinander telefoniert und es war ungewöhnlich für sie, dass sie mich gleich zwei Tage hintereinander anrief. War etwas passiert? War etwas mit meinem Vater?

„Hallo Mum", meldete ich mich, nachdem ich ans Handy gegangen war.

„Hallo mein Schatz. Wie geht es dir?", fragte sie.

„Mir geht es gut und euch? Ist alles in Ordnung?", wollte ich wissen?

„Ja, es ist alles in Ordnung und uns geht es gut. Ich muss dir allerdings etwas sagen. Dein Vater und ich müssen in zwei Tagen nach Deutschland fliegen. Wie du weißt, waren wir vor zwei Wochen schon einmal dort gewesen, wegen eines neuen Auftrages. Nun ist alles geklärt und wir können mit dem Bau beginnen. Zudem müssen wir noch deinen Cousin Tobias anlernen, der die Zweigstelle in München leiten wird." Meine Eltern hatten mir bereits erzählt, dass sie eine Zweigstelle in Deutschland eröffnen würden, da sie einige Anfragen aus Europa bekommen hatten, die sie somit annehmen konnten. Mein Cousin, der mit seiner Familie in München wohnte, würde die Zweigstelle leiten, damit meine Eltern nicht ständig nach Deutschland fliegen mussten.

„Wie lange bleibt ihr weg?", fragte ich und hatte schon eine Vorahnung, was meine Mutter mir nun sagen wollte.

„Das ist es, warum ich anrufe. Dein Vater und ich werden dort bis Mitte Januar bleiben. Das heißt, wir können leider nächste Woche nicht mit dir Weihnachten zusammen feiern." Ich war nicht überrascht, dass zu hören. Genau das hatte ich schon geahnt gehabt. Trotzdem überkam mich die Enttäuschung und ich war sauer auf meine Eltern, dass sie noch nicht einmal Weihnachten mit mir feiern wollten und ihnen die

Arbeit mal wieder wichtiger war, als Zeit mit ihrer Tochter zu verbringen.

„Wir werden Weihnachten nicht zusammen feiern? Aber wir haben doch schon alles geplant."

„Es tut mir so leid, mein Schatz. Aber es geht leider nicht. Du kannst aber doch nach Deutschland kommen, dann können wir dort etwas feiern", schlug sie mir vor.

„Das geht nicht Mum. Du weißt doch, dass Ians Familie uns zum ersten Weihnachtsfeiertag eingeladen hat und wir noch einige Tage dortbleiben wollen, damit ich mir die Stadt ansehen kann. Deswegen hatten wir mit euch doch bereits geplant, dass wir am dreiundzwanzigsten zu euch kommen und am ersten Weihnachtsfeiertag morgens weiterfliegen. Ich kann das nicht alles absagen. Die Flüge sind doch auch schon gebucht."

„Ach stimmt. Nein das sollst du auch nicht absagen. Genieße die Tage und wir holen Weihnachten im Januar nach. Ihr beide könntet doch dann ein Wochenende zu uns kommen", schlug sie versöhnlich vor.

„Von mir aus", sagte ich trotzig.

„Ach mein Schatz, dein Vater und mir tut es sehr leid. Wir hätten gerne mit dir Weihnachten gefeiert, aber wir haben keine Zeit. Dieser Auftrag ist sehr wichtig für uns." Das hörte ich ständig. Jeder Auftrag war immer so wichtig für meine Eltern. Ich war es anscheinend nicht.

„Ist schon gut, Mum. Ich verstehe das", erwiderte ich resigniert und Tränen bildeten sich in meinen Augen. Jetzt bloß nicht weinen. Meine Mutter sollte nicht mitbekommen, wie sehr es mir weh tat, dass ihnen die Arbeit wieder mal wichtiger war, als ihre Tochter. Ian sah mich besorgt an und setzte sich zu mir auf die Couch. Er nahm meine Hand in seine und strich beruhigend mit dem Daumen über meinen Handrücken. Ich sah ihn dankend an.

„Es tut mir wirklich leid. Ich muss jetzt allerdings auch auflegen. Wir haben noch einiges zu erledigen, bevor wir in zwei Tagen fliegen. Ich melde mich, wenn wir in München angekommen sind. Mach es gut mein Schatz und sei nicht traurig.

Wir holen den Festtag nach, versprochen. Grüße bitte Ian von mir."

„Das mache ich. Tschüss Mum", sagte ich und legte auf.

„Was ist los, Honey?", fragte Ian.

„Wie immer das Gleiche. Meinen Eltern ist die Arbeit wichtiger, als ihr Kind und deshalb können sie nicht mit uns Weihnachten feiern", erzählte ich ihm und eine Träne löste sich aus meinem Auge.

„Komm her, Honey", sagte Ian und zog mich in seine Arme. Ich drückte mich näher an ihn und ließ meinen Tränen freien Lauf.

„Das machen sie ständig. Schon früher war ihnen die Arbeit wichtiger als ich, sodass sogar Urlaube abgebrochen wurden. Sie haben es immer wieder versucht mit Geschenken wieder gut zu machen. Aber ich wollte keine Geschenke. Ich wollte meine Eltern", schluchzte ich.

„Es tut mir so leid. Aber vielleicht haben sie doch nicht so viel zu tun, wie sie im Moment annehmen und können mit uns Weihnachten feiern."

„Nein, das geht nicht. Sie sind nicht nur in Deutschland um die Bauarbeiten dort zu überwachen, sondern auch um meinen Cousin, der dort die neue Zweigstelle leiten wird, anzulernen", erwiderte ich und löste mich von Ian um mich aufzusetzen.

„Und was ist, wenn du nach Deutschland fliegst? Dann könntest du dort mit deinen Eltern Weihnachten feiern", fragte er.

„Nein, das möchte ich nicht. Wir haben alles geplant und ich freue mich schon auf unseren Kurzurlaub in New Orleans und die Weihnachtsfeier mit deiner Familie."

„Da hast du recht. Ich freue mich auch schon sehr darauf. Es ist sehr schade, dass deine Eltern nicht mit uns Weihnachten feiern können."

„Wollen", verbesserte ich ihn noch immer wütend darüber, dass meine Eltern mich mal wieder versetzten.

„Gut dann eben wollen. Ich verspreche dir, du wirst trotzdem ein wunderschönes Weihnachtsfest haben. Dafür werde ich sorgen", sagte Ian.

„Danke. Ich liebe dich."

„Ich liebe dich auch, Honey", erwiderte er, zog mich zu sich und gab mir einen sanften Kuss auf die Lippen.

Kapitel 15

Heilig Abend verbrachten wir mit Linus und Carla zusammen in meiner Wohnung. Die Jungs hatten einen Tannenbaum besorgt, den wir aufgestellt und geschmückt hatten. Carla und ich hatten zusammen ein Festessen vorbereitet, dass aus einem Rinderbraten, Klößen und Rotkohl bestand.

„Ein großes Lob an die beiden Köchinnen", sagte Linus, der sich satt in den Stuhl sinken ließ. „Bruder, ich glaube wir müssen nach den Feiertagen ganz viel Sport treiben, damit wir die Kilos wieder herunterbekommen, die wir uns auf Grund des guten Essens zulegen werden, wenn es so weiter geht."

„Das glaube ich auch", lachte Ian.

„Na, wenn ihr beide Angst um eure Figuren habt, dann essen Lexi und ich den Nachtisch allein", grinste Carla.

„Also etwas Nachtisch wird noch in meinen Magen hineinpassen. Abgesehen davon, können wir beide uns doch heute Nacht noch etwas sportlich betätigen", sagte Linus und schaute Carla anzüglich an.

„Das kommt darauf an, wie viel Punsch du heute Abend noch trinken möchtest. Drei Gläser hast du schon getrunken, wenn du so weitermachst, dann fällst du nachher betrunken ins Bett und schläfst gleich ein", konterte Carla grinsend.

„Hey, nach der letzten Party, hatten wir noch eine heiße Nacht, obwohl ich betrunken war", wandte Linus ein.

„Können wir jetzt bitte den Nachtisch essen? Ich möchte wirklich nicht wissen, was ihr beiden nachts so treibt", kam es von Ian.

„Erzähl mir nicht, dass ihr beiden ganz brav nebeneinander im Bett liegt und nichts außer schlafen tut. Ich erinnere dich nur an die Nacht nach dem Grillabend, wo ich Carla den Heiratsantrag gemacht habe. Du wolltest Lexi nachts nur nach Hause bringen und kamst erst am Mittag wieder zu uns herüber. Da habt ihr mit Sicherheit nicht nur geschlafen", lachte Linus.

„Erwischt. Na gut, können wir denn jetzt den Nachtisch essen?", fragte Ian.

„Ja, jetzt können wir", erwiderte ich, stand auf und ging in die Küche. Dort holte ich den Nachtisch aus dem Kühlschrank. Ich hatte am Vormittag bereits eine kleine Schokoladentorte gebacken, die ich nun auf den Esstisch stellte. Anschließend holte ich noch vier Teller und Gabeln. Carla schnitt die Torte mit einem Messer an und verteilte sie auf die Teller.

„Möchte noch jemand etwas trinken?", fragte ich in die Runde.

„Ich nehme noch ein Glas Punsch", erwiderte Linus und reichte mir sein Glas. Ich nahm es und wandte mich an die anderen beiden. „Und ihr?"

„Ich würde auch noch ein Glas nehmen", sagte Ian und auch Carla reichte mir ihr Glas.

„Also eine Runde Punsch für alle", entgegnete ich und füllte die Gläser, bevor ich mich mit an den Tisch setzte.

Nachdem wir mit dem Nachtisch fertig waren, räumten wir den Tisch ab und setzten uns im Wohnzimmer auf die Couch. Wir beschlossen Gesellschaftsspiele zu spielen und hatten noch einen sehr lustigen Abend.

„Komm ich helfe dir beim Aufräumen, dann geht es schneller", sagte Ian, nachdem Carla und Linus gegangen waren.

„Danke das ist lieb von dir."

„Das ist doch selbstverständlich", erwiderte er und half mir die Spülmaschine einzuräumen. Anschließend räumten wir noch das Wohnzimmer auf und setzten uns mit einem Glas Wein, als wir fertig waren, auf die Couch. „Fröhliche Weihnachten", sagte er und wir stießen an. „Möchtest du dein Geschenk jetzt oder erst traditionell morgen früh?"

„Morgen früh", erwiderte ich ohne groß darüber nachzudenken und trank einen großen Schluck von dem Wein. Tradition war schließlich Tradition.

„Na gut, dann gibt es die Bescherung morgen früh." Er beugte sich zu mir herüber und küsste mich.

Am nächsten Morgen wurde ich von dem Wecker mit einem lauten Piepen geweckt. Verschlafen schaute ich auf den Wecker. Es war erst sechs Uhr. Grummelnd schaltete ich den Wecker aus und drehte mich um.

„Hey, nicht wieder einschlafen. Wir müssen aufstehen. Unser Flug geht bald", sagte Ian und zog mir die Bettdecke weg.

„Ich stehe ja schon auf", murrte ich und bemühte mich aus dem Bett.

„Na komm, der Weihnachtsmann war schließlich da", sagte Ian und zog mich zu sich. „Fröhliche Weihnachten, Honey."

„Dir auch fröhliche Weihnachten. Ich muss mal schauen gehen, ob er Geschenke dagelassen, oder den restlichen Punsch ausgetrunken hat und nun besoffen auf der Couch liegt", grinste ich.

„Dann lass uns mal nachschauen gehen", lachte Ian und zusammen gingen wir ins Wohnzimmer. „Anscheinend hat er nur die Geschenke gebracht. Lass uns mal schauen, ob der Weihnachtsmann nur mir Geschenke gebracht hat oder auch eines für dich dabei ist. Bist du denn auch dieses Jahr brav gewesen?"

„Ja natürlich. Ich bin immer brav", erwiderte ich.

„Dann schaue ich doch mal", sagte er und beugte sich zu den Geschenken herunter, die unter dem Weihnachtsbaum lagen. „Ah hier ist ja eines für dich." Er nahm ein Päckchen und reichte es mir.

„Danke", erwiderte ich und packte es aus. In dem Päckchen befand sich eine längliche Schachtel, die ich öffnete. Darin lag eine weiß-goldene Kette mit einem mit Brillanten besetzten Herzanhänger. „Sie ist wunderschön. Danke." Ich nahm die Kette aus der Schachtel und betrachtete sie genauer.

„Soll ich dir die Kette umlegen?"

„Ja, bitte." Ich reichte ihm die Kette und er legte sie mir um den Hals. Ich nahm den Anhänger in die Hand und schaute ihn mir noch einmal an.

„Sie ist sehr schön und gefällt mir richtig gut. Danke nochmal. Sie war doch bestimmt nicht billig. Du hättest nicht so viel Geld für mich ausgeben brauchen."

„Das mache ich doch gerne. Du bekommst alles von mir", erwiderte er und gab mir einen süßen Kuss auf die Lippen.

„Danke. So jetzt wollen wir doch mal schauen, was der Weihnachtsmann für dich dagelassen hat." Es war gar nicht so leicht gewesen, das passende Geschenk für Ian zu finden. Aber ich glaubte, dass ich ein passendes gefunden hatte. Ich reichte ihm ein längliches Päckchen und war gespannt darauf, was er dazu sagen würde.

„Danke Honey", sagte er und packte das Päckchen aus. Er nahm den dicken Umschlag, der sich darin befunden hatte, heraus und öffnete ihn. „Nein, das gibt es doch nicht. Das ist ja Wahnsinn. VIP-Karten für das nächste Footballspiel. Danke Honey."

„Gefällt es dir wirklich", hakte ich vorsichtig nach.

„Ja natürlich. Das ist ein sehr tolles Geschenk."

„Dann bin ich ja beruhigt. Ich dachte mir, dass es doch eine gute Idee ist und du dort mit deinem Bruder hingehen kannst."

„Möchtest du nicht mit?", fragte er verdutzt.

„Ich bin jetzt kein großer Football-Fan und kenne auch gar nicht die Regeln. Abgesehen davon ist das Spiel im Februar und findet hier in New York statt. Du weißt, dass wir nicht zusammen ins Stadion gehen können."

„Da hast du recht. Schade. Ich wäre viel lieber mit dir dorthin gegangen", seufzte er.

„Wie wäre es, wenn wir es uns beim nächsten Spiel vor dem Fernseher gemütlich machen und du mir die Regeln erklärst?", schlug ich ihm vor.

„Einverstanden. Und wenn du deinen Abschluss hast, werden wir beide mal zusammen ins Stadion gehen, damit du ein Spiel live sehen kannst."

„So machen wir es. Oh ich glaube, wir sollten uns langsam mal beeilen, sonst fliegt das Flugzeug ohne uns nach New Orleans", sagte ich.

„Da hast du recht. Also dann mal los."

Zum Flughafen fuhren wir leider getrennt, denn es durfte uns schließlich niemand zusammen sehen. Carla fuhr mit mir in einem Taxi. Sie saß im Flugzeug auch neben mir. Ian und Linus saßen ein paar Reihen hinter uns. Erst am Flughafen in New Orleans, wo wir von Theodor abgeholt wurden, konnten wir wieder zusammen sein. Dana wartete bereits mit dem Mittagsessen auf uns. Sie hatte einen köstlichen Weihnachtsbraten mit Salzkartoffeln und Erbsen und Möhren gemacht. Zum Nachtisch gab es eine Eistorte. Linus hatte recht gehabt. Auch ich musste nach den Feiertagen mehr Sport treiben, damit ich das gute Festtagsessen wieder abtrainierte. Am Nachmittag kamen Ians Verwandte zum Kaffeetrinken. Ich lernte seine Großeltern sowie Onkels, Tanten und Cousins kennen. Alle waren sehr nett gewesen und ich hatte mich gut mit ihnen unterhalten. Dieses Weihnachtsfest war so schön gewesen. Genau so ein Fest hatte ich mir immer gewünscht gehabt. Die ganze Familie saß zusammen und es wurde harmonisch Weihnachten gefeiert. Bei uns Zuhause lief es eher so ab, dass ich bereits am Heilig Abend bei meinen Großeltern gewesen war, die mit mir Weihnachtsplätzchen gebacken hatten. Ich blieb über Nacht und durfte am nächsten Morgen meine Geschenke auspacken. Meine Großeltern hatten immer alles getan, um mir ein schönes Weihnachtsfest zu bereiten. Meine Eltern kamen erst am ersten Weihnachtsfeiertag zu meinen Großeltern, da sie Heilig Abend oftmals bis abends im Büro gewesen waren und wir aßen dort zusammen zu Mittag. Sie mochten die Feiertage nicht, denn dann konnten sie nicht so arbeiten, wie sie wollten, da andere Firmen geschlossen hatten.

„Wir sind dann weg, Mum", rief Ian am nächsten Tag seiner Mutter zu. Ian wollte mir New Orleans zeigen und so machten wir uns nach dem Frühstück fertig für die Stadtbesichtigung. Wir verbrachten die Tage bei Ians Eltern und schliefen in seinem alten Zimmer.

„Ich wünsche euch beiden viel Spaß", sagte Dana und kam aus der Küche in den Flur.

„Danke. Wir sind zum Abendessen wieder da", erwiderte Ian.

„Dann bringt mal ordentlich Hunger mit, denn ich will Lasagne machen. Dein Bruder hat sie sich gewünscht."

„Wer auch sonst", lachte Ian und wandte sich dann mir zu. „Lasagne ist Linus Lieblingsgericht."

„Das stimmt und wenn ihr nicht pünktlich heute Abend um neunzehn Uhr wieder da seid, dann bekommt ihr nichts mehr von dieser köstlichen Lasagne ab", rief Linus, der gerade die Treppe herunterkam.

„Das schaffen wir", entgegnete ich grinsend.

„Und ich werde genügend von der Lasagne machen, damit ihr alle satt werdet", kam es von Dana.

„So dann lass uns mal los", sagte Ian zu mir und wandte sich seiner Mutter zu. „Danke, dass du uns deinen Wagen leihst."

„Das mache ich doch gerne. Und nun raus mit euch beiden", lachte sie.

„Wir gehen ja schon", grinste Ian und führte mich aus dem Haus. Wir gingen zur Auffahrt des Hauses und stiegen in Danas Auto ein. Ian startete den Motor und fuhr los.

Ian zeigte mir die Stadt mit all ihren Sehenswürdigkeiten, wobei mir das French Quarter am besten gefiel. Die wunderschönen Häuser, die Souvenirshops und die Jazzmusik, die von einer Band auf der Straße gespielt wurde. Natürlich machte ich mit meiner Kamera viele Fotos, wobei es nicht nur Sehenswürdigkeiten waren, sondern auch Fotos von Ian und mir. Ich genoss die Zeit mit Ian unbeschwert durch die Stadt zu schlendern, ohne Angst haben zu müssen, dass uns jemand zusammen sah. Na gut, ein kleines Risiko bestand, dass jemand von unserer Uni hier in New Orleans war, doch ich sah es als großen Zufall an, wenn diese Person uns hier zusammen sehen würde. Zumindest stammte keiner meiner Mitstudenten aus New Orleans und auch Ian hatte mir versichert, dass kein

Dozent aus dieser Stadt kam, soweit er es aus Gesprächen erfahren hatte. Somit war eigentlich nicht zu befürchten, dass sie hier ihre Familie besuchen würden. Zumindest nahmen wir es an.

„Hey, wen haben wir denn da", hörte ich jemanden rufen und im nächsten Moment kam ein großer Mann mit blonden kurzen Haaren und einem muskelbepackten Körper auf uns zu. Ich überlegte, ob ich ihn schon einmal gesehen hatte. Vielleicht in New York oder sogar an der Uni. Wurden wir nun etwa ertappt?

„Alec, das gibt es ja nicht", rief Ian erfreut, ließ mich los und umarmte den Mann. „Was machst du denn hier?"

„Das gleiche, wie du. Die Eltern besuchen."

„Da hast du recht. Darf ich dir vorstellen? Das ist meine Freundin Alexa", sagte Ian und wandte sich dann mir zu. „Lexi, das ist mein bester Freund Alec."

„Hallo, es freut mich dich kennenzulernen. Ich habe schon viel von dir gehört", grinste Alec und reichte mir die Hand. Ich nahm sie und schüttelte sie kurz.

„Mich freut es auch. Ich habe ebenfalls schon viel von dir gehört", erwiderte ich und war erleichtert, dass es Ians bester Freund und nicht jemand von der Uni war, der uns vielleicht noch verraten hätte. Ian hatte mir viel von Alec erzählt gehabt. Sie kannten sich bereits seit dem Kindergarten, waren zusammen auf der Schule und auf der Uni gewesen. Soweit ich wusste, wohnte er mit seiner Frau seit einem Monat in Washington. Sie schrieben sich oft und telefonierten miteinander.

„Na das hoffe ich doch, dass es nur Gutes war", grinste Alec mich an.

„Ja soweit schon", erwiderte ich.

„Wo ist denn Maggie?", wollte Ian wissen.

„Sie ist gerade in den Laden dort drüben gegangen. Ach da kommt sie ja", antwortete Alec und deutete auf eine junge Frau mit blonden langen Haaren und einer ebenfalls sportlichen

Figur. „Schatz, schau mal, wen ich hier getroffen habe. Ian kennst du ja und das ist seine Freundin Alexa", stellte er mich ihr vor.

„Hallo Ian, schön dich mal wieder zu sehen", sagte sie umarmte ihn kurz und reichte mir die Hand. „Hallo schön dich kennenzulernen."

„Mich freut es ebenfalls", erwiderte ich, nahm ihre Hand und schüttelte auch diese kurz.

„Na besuchst du wieder die Heimat?", fragte sie Ian.

„Ja und gerade machen wir eine Stadtbesichtigung. Ich muss Lexi schließlich meine Heimat und die Sehenswürdigkeiten zeigen."

„Das stimmt. Habt ihr denn etwas Zeit? Wir könnten doch zusammen einen Kaffee trinken gehen", fragte Maggie.

„Zeit haben wir", sagte Ian und schaute mich an. Ich nickte zustimmend und wir setzten uns in eines der kleinen Cafés. Nachdem wir uns etwas zu Trinken bestellt hatten, unterhielten wir uns. Ich erfuhr, dass Alec als Finanzberater und Maggie in der Buchhaltung einer Firma arbeitete. Die beiden waren seit zwei Jahren verheiratet und erwarteten nun ihr erstes Kind. Sie waren nach Washington gezogen, da Alec ein lukratives Jobangebot erhalten hatte.

„Ihr müsst uns mal besuchen kommen", sagte Maggie, als wir zusammen das Café verließen.

„Das werden wir und ihr müsst mal zu uns nach New York kommen. Habt ihr vielleicht Lust
Silvester mit uns zusammen zu feiern?", fragte Ian die beiden.

„Also Silvester haben wir noch nichts vor. Und bevor das Baby größer wird und ich nicht mehr laufen kann, wäre ein Städtetrip nach New York gar nicht so schlecht", grinste Maggie.

„Also abgemacht. Wir feiern dann Silvester bei euch in New York", sagte Alec. „So wir müssen auch langsam los. Meine Mutter wartet mit dem Abendessen auf uns."

„Wir sollten uns auch langsam nach Hause machen, sonst bekommen wir nichts mehr von der Lasagne ab, die meine Mutter macht, da Linus uns alles wegessen wird", kam es von Ian, nachdem er auf seine Armbanduhr geschaut hatte.

„Dann solltet ihr euch wirklich beeilen", lachte Alec. „Wir telefonieren dann noch mal wegen Silvester. Macht es gut", verabschiedete er sich und machte sich mit Maggie zusammen auf den Heimweg.

„Hat dir der Tag gefallen?", fragte Ian mich und wir machten uns auf dem Weg zum Parkplatz, auf dem wir Danas Wagen abgestellt hatten.

„Ja, es war ein sehr schöner Tag. Ich habe viel von der Stadt gesehen und dazu noch deinen besten Freund und seine Frau kennengelernt."

„Es freut mich, dass es dir gefallen hat. Es war wirklich eine Überraschung Alec zu treffen und ihn mal wiederzusehen. Zuletzt haben wir uns im Sommer gesehen, bevor ich nach New York gezogen bin. Ich hoffe, es war in Ordnung, dass wir mit den beiden Kaffeetrinken waren, denn schließlich sollte es unser Tag werden?", fragte er mich.

„Ja das war schon in Ordnung. Er ist dein bester Freund und dann ist es natürlich verständlich, dass ihr euch unterhalten wollt, wenn ihr euch mal seht. Abgesehen davon, habe ich so noch etwas mehr über dich erfahren", grinste ich.

„Glaub nicht alles, was Alec erzählt. Er hat einen Hang zum Übertreiben."

„Naja es hörte sich sehr glaubwürdig an. Du hast also zu Halloween das Haus deines Lehrers mit Eiern beworfen. Das war aber nicht nett."

„Hey, er war auch nicht nett zu mir gewesen", verteidigte er sich.

„Und was war mit euren Nachbarn, denen ihr eine Kottüte vor die Tür gestellt und angezündet habt? Waren sie auch nicht nett zu dir?", fragte ich lachend.

„Das war ein Dummer-Jungen-Streich. Ich war da vielleicht zehn oder elf Jahre gewesen. Warte ab, ich werde deine

Freundinnen auch mal fragen, was du so alles getan hast. Ich bin gespannt, was ich da alles erfahren werde."

„Ich war immer ein braves Mädchen gewesen", grinste ich.

„Ob ich dir das glauben kann?", lachte er.

„Ja das kannst du."

„Ich werde sie trotzdem fragen."

„Tu es doch", sagte ich und streckte ihm die Zunge raus.

„Na so brav scheinst du ja doch nicht zu sein", lachte er. „Komm lass uns nach Hause fahren." Wir waren mittlerweile am Wagen angekommen, stiegen ein und Ian fuhr los.

Pünktlich zum Abendessen kamen wir bei Ians Eltern Zuhause an. Dana hatte gleich zwei große Auflaufformen mit Lasagne gemacht und so wurden alle satt.

„Wie war denn euer Ausflug?", fragte Theodor, nachdem wir mit dem Essen fertig waren.

„Er war gut. Ich habe Lexi alle Sehenswürdigkeiten gezeigt. Ach und wir haben Alec und Maggie getroffen. Sie besuchen seine Eltern", erzählte Ian.

„Ach das ist ja schön. Wie geht es den beiden denn? Ich habe sie schon lange nicht mehr gesehen", fragte Dana.

„Ihnen geht es gut. Sie sind doch letzten Monat nach Washington gezogen. Maggie ist übrigens schwanger", berichtete Ian.

„Wirklich? Im wievielten Monat ist sie denn?", fragte Dana.

„So wie sie sagte, ist sie im dritten Monat. Sie wollen Silvester zu uns nach New York kommen", erwiderte Ian und wandte sich dann an Linus und Carla. „Habt ihr etwas dagegen, wenn die beiden mitfeiern?"

„Nein, sie können ruhig mit uns mitfeiern. Je mehr, desto besser", sagte Linus und Carla nickte zustimmend. „Im Übrigen habe ich heute Dean und Joshua getroffen. Sie kommen Silvester auch mit ihren Freundinnen vorbei."

„Es wird voll, aber wir werden sie schon alle unterbekommen", lachte Carla.

„Zur Not nehmen wir meine Wohnung noch dazu", stimmte ich in ihr Lachen mit ein.

„Habt ihr morgen eigentlich schon etwas vor?", fragte Theodor in die Runde.

„Nein bis jetzt noch nicht. Warum?", fragte Linus neugierig.

„Eure Mutter und ich haben uns überlegt, dass wir doch einen kleinen Familienausflug machen könnten. Wie wäre es mit einer Schaufelraddampferfahrt auf dem Mississippi. Lexi und Carla haben es doch bestimmt noch nicht gemacht und so eine Fahrt sollte man in seinem Leben schon einmal mitgemacht haben."

„Das hört sich gut an", sagte Ian.

„Ich bin dabei. Ich bin wirklich noch nie mit einem Schaufelraddampfer gefahren", stimmte ich zu.

„Ich auch noch nicht", kam es von Carla.

„Also gut, dann würde ich sagen, dass wir morgen Nachmittag einen Ausflug machen und anschließend lade ich euch alle zum Essen ein", entgegnete Theodor.

Am nächsten Nachmittag fuhren wir mit zwei Autos zum Hafen. Dort war die Anlegestelle des Schaufelraddampfers.

„Gib mir doch bitte mal die Kamera und stellt euch vier zusammen vor den Dampfer", wies Theodor uns an. Ich reichte ihm meine Kamera und stellte mich anschließend mit Ian, Carla und Linus vor dem Dampfer. Theodor schoss ein Foto von uns und wies uns nun an paarweise sich davor zu stellen.

„Soll ich von Ihnen allen zusammen ein Foto machen?", fragte ein Dampfermitarbeiter.

„Oh sehr gerne., Danke", erwiderte Theodor und reichte ihm die Kamera. Er stellte sich zusammen mit Dana zu uns und der Mitarbeiter schoss ein Foto.

„Danke schön", bedankte ich mich bei dem Mann, als er mir die Kamera zurückreichte. „Und nun seid ihr beiden noch dran", wandte ich mich an Theodor und Dana. Die beiden stellte sich nun zusammen vor dem Dampfer und ich machte von ihnen ebenfalls ein Paarfoto. Als ich fertig war, gingen wir auf den Dampfer. Heute war das Wetter sehr schön. Die Sonne schien und der Himmel war wolkenlos. Trotzdem war es kalt und ich hatte mich warm angezogen. Wir stellten uns oben an Deck und die Fahrt begann. Ich schoss einige Fotos von der Umgebung, wobei Theodor mir einige Male die Kamera abnahm, um ein paar Aufnahmen von Ian und mir zu machen. So wie ich von ihm erfahren hatte, mochte er ebenfalls die Fotografie und es war ein Hobby von ihm. Die Rückfahrt des Dampfers verbrachten wir im unteren Bereich. Wir hatten uns warme Getränke geholt und uns an einen Tisch gesetzt. Es tat gut sich aufzuwärmen, denn der Wind oben an Deck war schon sehr kalt gewesen. Im Anschluss an die Schifffahrt gingen wir in ein Restaurant, in das uns Theodor, wie er gesagt hatte, einlud. Es war ein sehr schöner Tag gewesen und ich hatte den Ausflug mit Ians Familie sehr genossen.

Am Abend lag ich in Ians Arm im Bett und wir schauten uns zusammen auf dem Kameradisplay die Fotos an, die wir gemacht hatten. Theodor hatte sich bereits die Familienfotos auf seinen Computer geladen. Eines davon, wo wir alle drauf abgebildet waren, hatte er sogar schon ausgedruckt und in einen Rahmen auf das Sideboard im Wohnzimmer gestellt.

„Es sind sehr schöne Fotos geworden", sagte ich.

„Ja da hast du recht. Wir beide sind auch talentierte Fotografen", grinste er.

„Was sind denn das für Bilder? Wer hat denn uns da fotografiert?", fragte ich verwundert, als ich weiterklickte und Bilder von mir und Ian fand, wie wir auf dem Dampfer am Geländer standen und uns küssten.

„Du solltest meinen Vater nicht die Kamera geben. Dann kommt so etwas dabei heraus", lachte Ian.

„Das werde ich mir merken. Aber es sind schöne Bilder geworden. Du hast das Talent von deinem Vater geerbt."

„Ich habe noch ganz andere Talente", sagte er mit rauer Stimme und drehte sich zu mir um, sodass er halb über mir war. Mit einem lustvollen Blick schaute er mich an.

„Ich weiß, was du vorhast, aber das können wir nicht tun", erwiderte ich.

„Warum nicht?"

„Wir sind in deinem Elternhaus und deine Eltern schlafen gleich gegenüber. Sie werden uns hören", erklärte ich ihm.

„Na und? Dann müssen wir halt leise sein. Außerdem hat dieses Haus dicke Wände", erwiderte er, beugte sich herunter und begann meinen Hals zu küssen.

„Und wenn sie uns hören?", keuchte ich.

„Warte." Ian ließ von mir ab, griff nach der Fernbedienung, die auf dem Nachttisch lag und schaltete den Fernseher ein. „So jetzt werden sie uns nicht hören." Er beugte sich wieder zu mir herüber und nahm gleich darauf meinen Mund in Beschlag.

Zwei Tage später war unser kurzer Urlaub schon wieder vorbei und wir flogen zurück nach Hause. Ich fand es sehr schade, denn ich wäre gerne noch länger geblieben. Allerdings mussten wir eine Silvesterparty vorbereiten, die bei Linus und Carla stattfinden würde.

Am nächsten Tag klingelte es mittags an der Tür.

„Wer ist das denn jetzt?", fragte ich, denn ich erwartete keinen Besuch.

„Vielleicht ist es deine gute Freundin Katelynn", grinste Ian.

„Oh nein, bitte nicht", seufzte ich, stand von der Couch auf und ging in den Flur, um zu sehen, wer vor der Tür stand.

„Ich werde nicht in den Schrank gehen", lachte Ian und folgte mir.

„Das gibt es doch nicht", entkam es mir, als ich auf den Bildschirm schaute und sah, wer draußen vor dem Eingangstor stand. Freude überkam mich und ich drückte schnell auf den Knopf, um das Tor zu öffnen.

„Wer ist es denn?", fragte Ian und kam neugierig zu mir.

„Yumi und Tiana. Oh mein Gott, was machen sie denn hier?" Wieder klingelte es. Ich drückte auf den Türöffner, um sie ins Haus zu lassen. Aufgeregt öffnete ich die Wohnungstür.

Ich konnte es kaum erwarten meine beiden besten Freundinnen in die Arme zu schließen. Ich hörte den Fahrstuhl. In wenigen Augenblicken würden sie da sein. Die Aufzugtür öffnete sich und kurz darauf traten Tiana, Yumi und ihre Freunde Jonathan und Pedro heraus.

„Lexi", quietschten Tiana und Yumi, rannten zu mir und warfen sich mir um den Hals. Ich freute mich wahnsinnig die beiden wiederzusehen und umarmte sie.

„Was macht ihr denn hier? Warum habt ihr nicht Bescheid gesagt, dass ihr kommt? Ich hätte euch doch vom Flughafen abgeholt."

„Wir wollten dir keine Umstände machen und haben uns ein Taxi genommen. Abgesehen davon wollten wir dich überraschen. Wir dachten uns, dass es doch schön wäre Silvester mal in New York mit unserer besten Freundin zu feiern", erklärte Yumi.

„Es sei denn, du hast etwas anderes vor", kam es von Tiana.

„Nein, ich meine, wir haben zwar eine Party geplant, aber ihr seid selbstverständlich eingeladen. Ich freue mich so, dass ihr hier seid."

„Und wir erst", strahlte Yumi.

„Wir wollen außerdem den Mann persönlich kennenlernen, der dir total den Kopf verdreht hat", grinste Tiana.

„Tiana", zischte ich peinlich berührt, denn Ian stand direkt hinter mir und hatte es bestimmt gehört.

„Ich habe dir also den Kopf verdreht", hörte ich Ian hinter mir schmunzelnd fragen.

„Ja das hast du. Und wie", lachte Tiana.

„Sollen wir nicht reingehen oder wollt ihr euch im Hausflur weiterunterhalten?", versuchte ich das Thema zu wechseln.

„Gute Idee, dann kann ich Ian noch mehr über dich erzählen", ärgerte Tiana mich und ging an mir vorbei in die Wohnung.

Meine Freundinnen wollten bis zum zweiten Januar in New York bleiben. Ich hatte ihnen angeboten bei mir zu übernachten, aber sie wollten mir nicht zur Last fallen und wohnten während ihres Aufenthaltes in einem Hotel. Ich machte mit ihnen eine Stadtführung, denn Jonathan und Pedro waren zum ersten Mal in New York und wollten natürlich etwas von der Stadt sehen. Ian kam nicht mit, was mich sehr traurig machte, denn ich zog mit zwei Pärchen los und kam mir etwas wie das fünfte Rad am Wagen vor. Ian versprach mir, dass wir nach meinem Abschluss alles nachholen würden, was wir im Moment in dieser Stadt nicht tun konnten. Er selbst war allerdings auch unterwegs. Alec und Maggie waren kurz nach meinen Freundinnen bei mir eingetroffen und mit den beiden machte er nun ebenfalls eine Stadtführung. Es wäre so schön gewesen, wenn wir alle zusammen hätten losziehen können, aber es ging ja leider nicht.

Heute war Silvester. Ich hatte den Vormittag damit verbracht Salate für die Party vorzubereiten, wobei Tiana und Yumi mir halfen. Ian war in der Zeit mit Jonathan und Pedro bei Linus und halfen die Möbel zu verrücken und die Partydeko aufzuhängen.

„Wie weit bist du, Honey?", fragte mich Ian am Abend, als wir uns für die Party fertig machten.

„Ich bin sofort fertig", sagte ich und besah mich ein letztes Mal im Badspiegel. Ich trug ein knielanges langärmliges dunkelblaues Kleid mit einer schwarzen Leggings und grauen Stiefeln. Meine Haare, die mir nun fast bis zu den Schultern reichten, ließ ich offen. Meinen Pony hatte ich mit zwei Haarspangen seitlich nach hinten gesteckt, damit er mir nicht ins Gesicht fiel. Zufrieden mit meinem Aussehen verließ ich das Badezimmer. Ian, der bereits im Flur auf mich wartete, ließ seinen Blick über mich wandern. In seinen Augen flammte Verlangen auf.

„Du siehst so verführerisch aus", raunte er und zog mich in seine Arme. „Ich könnte dich auf der Stelle vernaschen."

„Dann werden wir zu spät zur Party kommen."

„Das ist mir egal", knurrte er und begann mich am Hals zu küssen. Ich stöhnte auf und wollte gerade meine Arme um seinen Hals legen, als es an der Tür klopfte.

„Ian, mach bitte mal die Tür auf. Carla braucht die Salate", rief Linus.

„Sollen wir so tun, als ob wir nicht da wären?", fragte Ian mich.

„Ich glaube, das wird nichts bringen. Er weiß, dass wir Zuhause sind", erwiderte ich.

„Na gut. Dann lasse ich ihn rein", seufzte er. „Aber das hier holen wir heute Nacht nach. Im Übrigen werde ich dich auf der Party nicht aus den Augen lassen. Schließlich muss ich aufpassen, dass dich mir kein anderer Mann wegnimmt."

„Da brauchst du keine Angst zu haben. Das wird nicht passieren, denn ich liebe nur dich", versicherte ich ihm.

„Und ich nur dich", sagt er und gab mir einen sanften Kuss auf die Lippen. Dann ließ er mich los und ging zur Tür.

„Na endlich. Komm wir müssen die Salate herüberbringen", sagte Linus, als Ian die Tür geöffnet hatte und kam in die Wohnung. Ich schnappte mir meine Tasche, in der ich meinen Schlüssel und mein Handy verstaute. Ian und Linus hatten in der Zeit die zwei Salate aus dem Kühlschrank geholt und zusammen verließen wir die Wohnung.

„Da seid ihr ja endlich. Wir müssen uns beeilen. Die Gäste kommen gleich und wir müssen das Buffet noch vorbereiten", sagte Carla, als wir die Wohnung betraten.

„Keine Panik. Die Salate sind schon da", beruhigte Linus sie

„Das ist gut. Die Schüsseln könnt ihr gleich hier im Flur auf den Tisch stellen. Linus kannst du dich dann bitte um die Musik und die Lichter kümmern?", fragte sie und wirkte gehetzt.

„Ja, das mache ich", erwiderte er.

„Wie können wir dir helfen?", wollte ich von ihr wissen.

„Es wäre toll, wenn ihr beide euch um das Buffet kümmern könntet."

„Wird gemacht", kam es von Ian und führte mich in die Küche. Wir holten das Essen aus dem Kühlschrank und stellten es auf den Tisch. Carla brachte die Pappteller, Servietten sowie das Besteck, was sie auf den Tisch legte. Wir waren gerade fertig mit dem Buffet, als es auch schon an der Tür klingelte und die ersten Gäste eintrafen.

Die Party war in vollem Gange. Es waren nicht nur Freunde von Carla und Linus gekommen, sondern wir hatten neben Tiana und Yumi und deren Partnern, sowie Alec und Maggie auch Jake und Lorena eingeladen.

„Darf ich Sie um einen Tanz bitten?", fragte mich Ian, als ein ruhiges Lied gespielt wurde.

„Sehr gerne", erwiderte ich und ließ mich von ihm auf die Tanzfläche, die sich im Wohnzimmer befand, führen. Ian zog mich dicht an sich und ich schlang meine Arme um seinen Hals.

„Eine sehr tolle Party", bemerkte er.

„Ja eigentlich schon, aber diese Linda geht mir auf die Nerven. Wie sie dich ständig anschmachtet. Was wollte sie denn gerade von dir?"

„Ist da etwa jemand eifersüchtig", schmunzelte er.

„Nein, ich kann es nur nicht leiden, wenn jemand meinen Freund anmacht. Vor allem vor meinen Augen."

„Du bist so süß, wenn du eifersüchtig bist", sagte er und gab mir einen Kuss auf die Lippen. „Du brauchst aber keine Angst zu haben. Ich liebe nur dich und niemanden anderes. Weder diese Linda noch eine andere Frau interessiert mich. Ich will nur dich."

„Da bin ich aber froh. Ich werde dich auch nie wieder hergeben."

„Das will ich doch hoffen", grinste er, beugte sich zu mir herunter und legte seine Lippen auf meine, um mich in einen Kuss zu verwickeln. Ich erwiderte den Kuss und vertiefte ihn.

„Hey, hier wird nicht herumgeknutscht, sondern gefeiert", rief Linus und kam zu uns.

„Linus hat vollkommen recht. Los lasst uns anstoßen", sagte Tiana, die mit einem Tablett mit gefüllten Schnapsgläsern zu uns kam und sie an uns verteilte.

„Na dann prost", rief Linus und wir stießen an.

„Leute, wir sollten langsam die Sektgläser füllen. Es sind nur noch wenige Minuten, bis das neue Jahr beginnt", kam es von Carla. Wir gingen in die Küche und befüllten die Gläser mit Sekt, die wir anschließend an die Gäste verteilten. Wir gingen alle zusammen auf den Balkon, damit wir uns nach dem Anstoßen das Feuerwerk anschauen konnten.

„Zehn, neun, acht, sieben, sechs, fünf, vier, drei, zwei, eins, frohes neues Jahr", riefen wir alle und stießen an.

„Frohes neues Jahr, Honey", sagte Ian und zog mich in seine Arme.

„Dir auch ein frohes neues Jahr", erwiderte ich und gab ihm einen Kuss.

„Lexi", hörte ich Yumi und Tiana rufen. Ich drehte mich zu ihnen um und wurde auch gleich von ihnen umarmt.

„Frohes neues Jahr euch beiden", sagte ich.

„Das wünschen wir dir auch", entgegnete Yumi. „Dir natürlich auch ein frohes neues Jahr", wandte sie sich an Ian.

„Danke, euch beiden auch", erwiderte er.

„Hey, lasst uns anstoßen", rief Alec, der mit Maggie, Jake und Lorena zu uns kam.

„Das hört sich gut an", kam es von Linus. Der nun mit Carla zu uns stieß.

„Auf ein gutes neues Jahr", sagte Jake und wir stießen an.

„Hast du Lust das Feuerwerk anzusehen?", fragte Ian nah an meinem Ohr.

„Ja sehr gerne." Ian führte mich zum Geländer des Balkons. Er stellte sich hinter mich und legte seine Arme um meinen Bauch. Ich kuschelte mich eng an ihn und zusammen schauten wir uns das Feuerwerk an.

„Ich habe hier etwas für uns", sagte Maggie und reichte mir eine Wunderkerze.

„Danke", sagte ich und nahm sie entgegen. Alec holte ein Feuerzeug aus der Tasche und wir zündeten die Wunderkerzen an.

„New York ist eine atemberaubende Stadt", meinte Maggie.

„Ja da hast du recht. Ich liebe diese Stadt. Was habt ihr heute denn, bevor ihr hier hergekommen seid noch gemacht?"

„Wir waren in New Jersey im Outletstore und haben eingekauft", erwiderte Maggie.

„Nein nicht wir haben eingekauft, sondern du. Wie gut das wir mit dem Auto hier sind, sonst müssten wir beim Rückflug mehr für das Gepäck bezahlen", lachte Alec.

„Ich brauchte halt neue Klamotten. Und tu du nicht so, als ob du dir nichts gekauft hast", verteidigte sich Maggie.

„Alec, lass uns anstoßen", rief Linus, der mit seinen Freunden Dean und Joshua zu uns kam.

„Haben wir nicht gerade erst zusammen angestoßen?", fragte Alec ihn.

„Doch schon, aber man kann doch nicht genug auf das neue Jahr anstoßen, oder", grinste Linus und verteilte an uns kleine Schnapsfläschchen. An Maggie hatte er auch gedacht und reichte ihr ein Glas Orangensaft, da sie durch ihre Schwangerschaft schließlich keinen Alkohol trinken sollte.

„Na dann prost", rief Linus und wir tranken die Fläschchen.

„Wenn das so weitergeht, musst du mich nachher ins Hotel tragen", sagte Alec zu Maggie lachend.

„Das kann passieren. Es wird nicht das letzte Mal sein, dass du mit meinem Bruder anstoßen musst", grinste Ian.

„Hey ihr beiden. Frohes neues Jahr", kam es von Tanja, die mit Benjamin zu uns kam.

„Danke euch auch ein frohes neues Jahr", erwiderten Ian und ich wie aus einem Mund.

„Jetzt seid ihr aber zusammen, oder?", fragte Tanja grinsend. Ich konnte mich noch genau an die Grillfeier erinnern, wo Tanja geglaubt hatte, dass Ian und ich ein Paar wären. Zu dem Zeitpunkt waren wir es noch nicht gewesen.

„Ja, jetzt sind wir es", bestätigte es Ian ihr und grinste ebenfalls.

„Oh es wird langsam kalt hier draußen, wollen wir nicht wieder reingehen?", fragte Tanja.

„Ja, lasst uns drinnen weiterfeiern", rief Linus und war der erste, der wieder ins Wohnzimmer ging. Lachend folgten wir ihm in die Wohnung, wo die Party weiterging.

Gegen drei Uhr lagen Ian und ich geschafft im Bett. Alle Gäste waren gegangen und wir hatten Carla und Linus noch beim Aufräumen geholfen. Es war gar nicht so leicht gewesen mit einem betrunkenen Linus, der durch die Wohnung schwankte und ständig mit uns anstoßen wollte.

„Du hättest gar nicht deine Schlafsachen anzuziehen brauchen", raunte Ian an meinem Ohr. „Ich möchte mit dir noch unsere eigene persönliche Party feiern."

„Das hört sich gut an", grinste ich, drehte mich zu ihm um und sofort lagen seine Lippen auf meine und er verwickelte mich in einen langen leidenschaftlichen Kuss.

Kapitel 16

Es war Februar und wir saßen am Sonntag auf der Couch und überlegten, was wir tun könnten. Es hatte geschneit und ich hätte gerne mit Ian einen Schneespaziergang unternommen, allerdings ging es nicht in New York.

„Wie wäre es, wenn wir etwas rausfahren? Vielleicht zu dem Wald, wo wir schon einmal gewesen sind und gehen dort spazieren", schlug Ian vor.

„Das hört sich gut an", stimmte ich begeistert zu.

„Okay, dann zieh dich an damit wir losfahren können." Ich stand von der Couch auf und wollte gerade ins Schlafzimmer gehen, um mich umzuziehen, als mein Handy klingelte. Ich nahm es vom Wohnzimmertisch und sah auf dem Display, dass es meine Mutter war.

„Hallo Mum", grüßte ich sie, als ich dran ging.

„Hallo mein Schatz. Ich rufe an, weil ich dir etwas sagen muss." Sie hörte sich seltsam an. So als, ob irgendetwas Schlimmes passiert war.

„Was ist los, Mum? Ist etwas mit Dad?", fragte ich sie sofort und ich hatte so eine Vorahnung.

„Dein Vater hatte heute Morgen einen Herzinfarkt. Wir sind jetzt im Krankenhaus und er wird gerade untersucht", berichtete sie.

„Er hatte was? Wie ... wie geht es ihm? Was sagen die Ärzte? Er wird es doch schaffen, oder?", wollte ich nun wissen und Angst machte sich in mir breit. Mein Vater hatte wieder einen Herzinfarkt. Es kam bestimmt wieder davon, dass er zuviel arbeitete. Ich liebte meinen Vater und wollte ihn nicht verlieren. Ängstlich schaute ich zu Ian, der gleich zu mir kam und mich in den Arm nahm. Er hatte zwar das Gespräch nicht mitgehört, aber er konnte sich wahrscheinlich denken, dass etwas nicht stimmte. Beruhigend strich er mit seiner Hand meinen Arm entlang.

„Lexi, beruhige dich. Wie gesagt, er wird gerade untersucht. So wie der Arzt mir gerade sagte, hat er großes Glück gehabt."

„Ich komme zu euch", sagte ich schnell.

„Das brauchst du nicht, Schatz. Du sollst dich um dein Studium kümmern."

„Das kann auch ein paar Tage ohne mich auskommen. Ich schaue gleich, wann der nächste Flug geht und werde zu euch fliegen", erwiderte ich.

„Na gut. Gib mir dann bitte Bescheid, wann du hier bist, dann werde ich dich vom Flughafen abholen. Aber mach dir bitte keine Sorgen. Dein Vater ist hier in der Klinik in den besten Händen."

„Okay Mum. Ich melde mich dann gleich noch mal", sagte ich und legte auf. „Mein Vater hatte einen Herzinfarkt. Ich muss sofort zu ihm", erklärte ich Ian, was passiert war.

„Das ist verständlich. Ich würde auch sofort zu meiner Familie fliegen, wenn etwas wäre. Wie geht es ihm denn?"

„Er wird gerade untersucht. Meine Mutter meinte, er hätte großes Glück gehabt. Ich habe solche Angst, dass es nicht gut um ihn steht und er … . Ich … ich habe Angst, dass er …, dass er stirbt", schluchzte ich und Tränen liefen nun an meinen Wangen entlang.

„Hey Honey, es wird alles gut. Die Ärzte werden sich gut um deinen Vater kümmern und alles für sein Leben tun", beruhigte er mich und nahm mich nun fester in den Arm. „Soll ich mitkommen?"

„Nein, das brauchst du nicht. Ich schaffe das schon. Abgesehen davon wäre es zu auffällig, wenn wir beide in der Uni fehlen."

„Da hast du recht. Es würde Fragen geben, wenn ich mich krankmelde und mich jemand am Flughafen sieht." Natürlich wäre es mir lieber gewesen, wenn er mitkommen würde. Er war mein Fels in der Brandung. Er fing mich immer wieder auf, wenn es mir schlecht ging. Aber die Gefahr, dass wir zusammen am Flughafen gesehen wurden, war doch zu groß. Ian ließ mich los und holte sein Handy.

„Was machst du denn da?", fragte ich verdutzt.

„Ich buche dir einen Flug nach Orlando", erwiderte er. „Der nächste Flug mit einem freien Platz geht heute um fünfzehn Uhr. Los pack deine Sachen, denn wir müssen dann gleich los."

Das Flugzeug startete pünktlich um fünfzehn Uhr. Ian hätte mich gerne zum Flughafen gebracht, aber auf Grund der Gefahr, dass uns jemand zusammen hätte sehen können, ging es leider nicht. So musste ich mich bei mir Zuhause schweren Herzens vom ihm verabschieden und Carla hatte mich gefahren. Nun saß ich bei meiner Mutter im Auto, die mich in Orlando vom Flughafen abgeholt hatte und war auf dem Weg ins Krankenhaus.

„Was haben die Ärzte denn gesagt? Wie geht es Dad?", wollte ich von ihr wissen.

„Ihm geht es den Umständen entsprechend gut. Er wird morgen operiert und wird einen Herzschrittmacher bekommen."

„Oh okay", sagte ich und schluckte über diese Nachricht schwer, denn schließlich konnte bei einer Operation viel passieren. „Wie ist es denn zu dem Herzinfarkt gekommen? Ist heute Morgen etwas vorgefallen oder hat er sich überarbeitet?"

„Ich glaube, es war in den letzten Monaten einfach alles zuviel für ihn. Der Stress mit der neuen Zweigstelle in Deutschland, wo erst nicht alles so lief, wie wir es wollten und dann hat er heute Morgen auch noch erfahren, dass gestern auf der Baustelle hier in Orlando ein Arbeiter den Bagger in die Baugrube gefahren hat. Dieser hat nun einen Totalschaden. Dein Vater hat sich so sehr aufgeregt, dass er dabei dann den Herzinfarkt bekommen hat."

„Ich habe immer gesagt, dass er zuviel arbeitet. Du auch, aber ihr wollt ja beide nicht hören", sagte ich anklagend.

„Ich weiß mein Schatz. Als ich deinen Vater auf dem Boden liegen sah und auf den Notarzt gewartet habe, wurde mir klar, dass es so nicht weitergehen kann und nicht nur er, sondern auch ich weniger arbeiten muss."

„Das hast du nach Dads ersten Herzinfarkt schon mal gesagt, aber dann habt ihr doch wieder so viel gearbeitet und was dabei herauskommt sieht man ja jetzt", erwiderte ich.

„Du hast ja recht. Aber nun wird es sich wirklich ändern. Sobald dein Vater wieder fit ist, werden wir schauen, wie wir die Arbeit reduzieren können. Vielleicht sollten wir einfach einen Geschäftsführer einstellen, der sich um die Firma kümmert. Tu mir bitte nur einen Gefallen und spreche dieses Thema nicht bei deinem Vater an. Das was er jetzt nicht gebrauchen kann ist Aufregung."

„Nein, das werde ich nicht", versprach ich ihr, denn ich wollte schließlich nicht, dass mein Vater, wenn wir uns streiten und er sich aufregen würde, noch ein Herzinfarkt bekäme. Meine Mutter fuhr auf dem Parkplatz des Krankenhauses und parkte auf einen freien Platz den Wagen. Wir stiegen aus und gingen zusammen ins Klinikgebäude. Mein Vater lag zur Vorsicht auf der Intensivstation. Es erschreckte mich meinen Vater an den ganzen Geräten zur Überwachung des Herzens und zur Beatmung angeschlossen zu sehen, als ich das Krankenzimmer betrat.

„Hallo Dad", sagte ich leise, ging zu ihm und umarmte ihn vorsichtig.

„Hallo mein Schatz. Was machst du denn hier?", fragte er mit einer kratzigen Stimme.

„Ich bin sofort hergekommen, als Mum mir erzählt hat, was passiert ist. Wie geht es dir?"

„Es geht schon. Ich soll nicht aufstehen und durch die Kabel kann ich mich gar nicht richtig bewegen", meckerte er.

„Du sollst dich nicht aufregen", ermahnte ihn meine Mutter.

„Ist ja gut. Wie war denn dein Flug, Lexi?", wollte er nun von mir wissen.

„Er war soweit gut. Wir sind pünktlich gestartet."

„Ist denn Ian auch hier?", wollte er nun wissen.

„Nein, er wollte zwar mitkommen, aber ich habe gesagt, dass er es nicht braucht. Ich wollte nicht, dass er sich extra für mich Urlaub nimmt", log ich.

„Er fände es wahrscheinlich auch nicht so schön im Krankenhaus herumzusitzen. Ich bin auch froh, wenn ich hier wieder heraus bin", sagte mein Vater. „Und wie ist es mit der Uni? Du wirst jetzt einiges vom Unterrichtsstoff verpassen."

„Das meiste ist sowieso Wiederholung, was wir im Moment durchnehmen und ich habe meine Kursbücher mit. Die paar Tage kann die Uni auch ohne mich auskommen. Außerdem werde ich mich erkundigen, was in den Tagen in den einzelnen Kursen gemacht wurde und es nacharbeiten", erwiderte ich.

„Weißt du denn schon, wann du deine Abschlussprüfungen hast?", wollte mein Vater nun wissen.

„Ja am vierzehnten Mai sind die schriftlichen Prüfungen, am sechzehnten Mai ist die praktische Prüfung und die Abschlussfeier findet dann am achtzehnten Mai statt."

„Oh dann musst du dich bald mal bei Firmen bewerben", bemerkte meine Mutter.

„Das werde ich auch", versicherte ich ihnen.

„So dann werden wir dich jetzt mal in Ruhe lassen, schließlich musst du dich ausruhen. Du hast morgen eine Operation vor dir. Wir kommen dich dann morgen wieder besuchen", sagte meine Mutter. „Ich bringe dir dann morgen Anziehsachen und Waschzeug mit. Brauchst du sonst noch irgendetwas?"

„Ja mein Buch, welches ich gerade lese, mein Handy und der Laptop wäre nicht schlecht, damit ich etwas arbeiten kann", antwortete mein Vater.

„Das wüsste ich aber. Du sollst dich ausruhen und dich nicht gleich wieder in die Arbeit stürzen. Ich werde dir dein Buch mitbringen, aber dein Laptop bleibt Zuhause", kam es von meiner Mutter streng.

„Aber ich muss mich doch um die Firma kümmern", protestierte mein Vater.

„Dad, rege dich bitte nicht auf. Du musst an dein Herz denken", ermahnte ich ihn.

„Um die Arbeit werde ich mich kümmern. Jetzt ist erst einmal wichtig, dass du wieder gesund wirst", entgegnete meine Mutter.

„Tschüss Dad, bis morgen", verabschiedete ich mich und umarmte ihn kurz.

„Tschüss mein Schatz", erwiderte mein Vater.

„Bis morgen und ruhe dich aus", kam es von meiner Mutter, die meinem Vater einen kurzen Kuss auf die Lippen gab.

Am Freitag flog ich zurück nach New York. Mein Vater hatte die Operation sehr gut überstanden und ihm ging es schon viel besser. Auch wenn mein Aufenthalt in Orlando aus nicht erfreulichen Gründen war, so genoss ich die Zeit mit meinen Eltern sehr. Jeden Tag besuchten meine Mutter und ich meinen Vater im Krankenhaus. Wir lachten zusammen und unterhielten uns über alles Mögliche. So etwas hatte mir wirklich sehr gefehlt, da sich die Gespräche bei uns, wenn wir uns sahen, meistens um die Uni und die Firma drehten. Meine Mutter versuchte nun die Arbeit so gut es ging von meinem Vater fernzuhalten und hatte die Aufgaben meines Vaters an der Arbeit an die Mitarbeiter verteilt. Allerdings fehlte mir Ian so sehr, obwohl wir uns tagsüber Nachrichten schrieben und am Abend entweder telefonierten oder uns über die Videotelefonie am Laptop sahen und miteinander sprachen. Aber es war einfach nicht so, wie als, wenn wir zusammen waren. Ich vermisste seinen Geruch, seine Berührungen, einfach seine Nähe. Carla holte mich vom Flughafen ab.

„Wie geht es deinem Vater?", wollte sie wissen, als wir auf dem Weg zu ihrem Wagen waren.

„Ihm geht es soweit gut. Er muss noch eine Woche im Krankenhaus bleiben und dann muss er in die Reha. Zumindest hoffe ich, dass er sie auch machen wird. Meine Mutter hat mir versprochen dafür zu sorgen, dass er die Reha macht und anschließend weniger arbeiten wird."

„Na das ist doch schön, dass es deinem Vater besser geht. Wie geht es dir?"

„Soweit gut. Auch wenn der Anlass, dass ich bei meinen Eltern gewesen bin, nicht der schönste war, so habe ich doch die Zeit mit ihnen sehr genossen, da ich sie sonst nicht oft sehe."

„Das glaube ich dir", entgegnete sie. Wir waren am Wagen angekommen und stiegen ein, nachdem ich meine Reisetasche im Kofferraum verstaut hatte. Carla startete den Wagen und fuhr los.

„Ich habe Ian nur sehr vermisst."

„Und er dich. Er war diese Woche oft bei uns und man hat ihm angesehen, wie sehr er dich vermisst. Er wartet übrigens bei uns Zuhause auf dich."

„Wirklich? Ich kann es kaum erwarten ihn zu sehen."

„Ich fahr ja schon schneller", lachte Carla und trat auf das Gaspedal. Durch Carlas rasanten Fahrstil kamen wir bereits nach einer halben Stunde bei uns Zuhause an. Einige Male ging mein rechter Fuß auf die imaginäre Bremse im Fußraum, als sie etwas zu dicht auf andere Autos auffuhr, bevor sie bremste.

-Hallo Mum, ich bin gut in New York gelandet. Carla hat mich abgeholt und wir fahren jetzt nach Hause- schrieb ich meiner Mutter, damit sie sich keine Sorgen machte.

-Das ist schön zu hören. Mach dir bitte keine Sorgen, deinem Vater geht es soweit gut und ich werde dafür sorgen, dass er wieder gesund wird und die Reha machen wird. Kümmere du dich jetzt um die Uni und deinen Abschluss.-

-Das werde ich Mum, versprochen.- Carla fuhr in die Tiefgarage und parkte den Wagen auf ihren Stellplatz. Wir stiegen aus und fuhren, nachdem ich meine Tasche aus dem Kofferraum geholt hatte, mit dem Fahrstuhl nach oben. Ich konnte es kaum erwarten, dass wir endlich bei uns in der achten Etage ankamen und ich Ian endlich wiedersehen würde. Hibbelig schaute ich auf die Etagenanzeige, die die sechste Etage anzeigte. Nur noch zwei Etagen. Ich fieberte der achten Etage entgegen, wobei ich das Gefühl hatte, als ob der Fahrstuhl heute wesentlich länger brauchte, als sonst. Endlich kamen wir in der achten Etage an

und die Türen öffneten sich. Wir stiegen gerade aus dem Fahrstuhl aus, als sich Carlas Wohnungstür öffnete und Ian in den Flur kam.

„Ian", rief ich voller Freude, ließ meine Reisetasche fallen und fiel ihm in die Arme.

„Nicht so stürmisch, Honey", lachte er und schlang seine Arme um mich.

„Entschuldigt Leute, aber ich muss auf die Toilette. Wir sehen uns", sagte Carla neben uns.

„Danke, dass du mich abgeholt hast", bedankte ich mich bei ihr.

„Das habe ich gerne gemacht. Bis dann", erwiderte sie und rannte in ihre Wohnung.

„Und wir beide gehen jetzt zu dir und feiern unser Wiedersehen", raunte Ian an meinem Ohr und führte mich zu meiner Wohnung.

„Hey Lexi, da bist du ja wieder", rief Chloe am nächsten Tag, als wir uns vor dem Gebäude der Universität trafen. „Wie geht es denn deinem Vater?"

„Ihm geht es schon besser. Darüber bin ich auch sehr froh."

„Das kann ich mir vorstellen. Mein Vater hatte letztes Jahr einen Herzinfarkt und hat danach einen Herzschrittmacher bekommen", sagte Serena.

„Den hat mein Vater auch bekommen und nun muss er in die Reha. Habe ich denn hier viel verpasst?", fragte ich die beiden.

„Nein, eigentlich nicht. Ach am einunddreißigsten März ist der Frühlingsball. Dieses Mal ist das Thema viktorianischer Maskenball. Serena und ich haben uns überlegt, dass wir doch zu dritt dort hingehen können", sagte Chloe.

„Du kommst doch mit, oder? Bitte du musst mitkommen. Das ist unser letzter Ball vor unserem Abschluss. Da müssen wir noch einmal unbedingt zusammen hin", kam es von Serena.

„Ja, ich komme mit", erwiderte ich, denn sie hatten recht. Es würde unser letzter Ball vor unserem Abschluss sein und wir sollten ihn noch genießen. Natürlich wollte ich mit den beiden nach der Uni weiterhin Kontakt halten, aber wer wusste schon, was nach dem Abschluss war. Jeder würde seinen Weg gehen.

„Oh das wird so klasse", rief Chloe und klatschte in die Hände. „Wir sollten dann mal zusammen shoppen gehen, denn schließlich brauchen wir jeder ein Kleid für den Ball."

„Das sollten wir tun. Wir können gleich mal nach einem Termin schauen, allerdings muss ich jetzt mal eben zu Mrz. Hill mich zurückmelden. Wir sehen uns dann gleich im Kurs", sagte ich und ging in das Gebäude. Ich hatte den letzten Montag, wo ich in Orlando gewesen war, in der Uni angerufen und Mrs. Hill Bescheid gegeben, dass ich wegen meines Vaters nach Hause geflogen war. Sie hatte vollstes Verständnis für meine Situation und hatte mich für die Woche von dem Unterricht freigestellt. Ich ging den Gang entlang zu Mrs. Hills Büro. Dort angekommen klopfte ich an die Tür.

„Herein", rief Mrs. Hill. Ich öffnete die Tür und trat in den Raum.

„Guten Morgen, Mrs. Hill", grüßte ich sie freundlich und schloss die Tür hinter mir.

„Oh guten Morgen Miss Edison", sagte sie und schaute mich freundlich an.

„Ich möchte mich nur zurückmelden."

„Geht es Ihrem Vater wieder besser", wollte sie wissen.

„Ja, soweit schon. Er muss noch im Krankenhaus bleiben und im Anschluss in die Reha", erzählte ich ihr.

„Das ist doch erfreulich, dass es Ihrem Vater wieder besser geht. Ich habe mit Ihren Dozenten gesprochen und sie werden Ihnen die Unterrichtsthemen geben, die Sie verpasst haben." Ich musste innerlich grinsen. Von einem Dozenten hatte ich den Unterrichtsstoff bereits erhalten und er war ihn mit mir am Wochenende durchgegangen.

„Oh das wäre gut, dann kann ich die Themen nacharbeiten. Vielen Dank noch einmal, dass Sie mich vom Unterricht freigestellt haben, damit ich bei meinem Vater sein konnte", bedankte ich mich bei ihr.

„Das ist doch selbstverständlich gewesen", entgegnete sie.

„Ich muss dann jetzt langsam los, denn mein Kurs beginnt gleich."

„Ja natürlich. Und sollte etwas sein, können Sie jederzeit zu mir kommen", sagte sie freundlich.

„Danke schön. Tschüss Mrs. Hill", verabschiedete ich mich und verließ ihr Büro. Ich ging den Flur entlang zu meinem Kursraum und grinste, als mir jemand entgegenkam.

„Guten Morgen, Mr. Davis", grüßte ich Ian.

„Guten Morgen Miss Edison", erwiderte er lächelnd und streifte kurz meinen Arm.

Ich ging nach meinem ersten Kurs gerade den Gang entlang, zu meinen nächsten Kursraum, als ich bemerkte, dass Mr. Thomas hinter mir her lief. Ich hatte das Gefühl, als wenn er mich verfolgte, denn bereits, nachdem ich den Kursraum verlassen hatte, war er hinter mir hergelaufen. Vielleicht kam es mir auch nur so vor. Aber irgendetwas stimmte nicht. Ahnte er vielleicht etwas und wollte nun sehen, wo ich hingehen würde? Ich drehte mich um und tat so, als ob ich nach jemanden Ausschau hielt. Mr. Thomas bleib stehen und tat so, als ob er etwas in einer Tasche suchte. Ich ging weiter und hörte wieder Schritte hinter mir. Ich beschloss eine extra Runde durch das Universitätsgebäude zu laufen. Etwas Zeit hatte ich noch, bis mein nächster Kurs beginnen würde und so konnte ich austesten, ob Mr. Thomas mich wirklich verfolgte. Ich bog in den nächsten Gang ab, der zu den Büros der Dozenten führte. Sein Büro wäre gleich die erste Tür. Wenn er dort hineingehen würde, wäre es nur ein Zufall gewesen, dass er hinter mir herlief. Ich ging an seinem Büro vorbei weiter den Gang entlang, doch als ich mich kurz umdrehte, war er immer noch da. Ich lief einfach weiter und kam an Ians Büro vorbei. Mr. Thomas dachte mit Sicherheit, dass ich dort hinein gehen würde, aber da hatte er falsch gedacht. Ich ging an dem Büro vorbei weiter den Gang entlang und bog dann in den nächsten ein. Wieder drehte ich mich kurz um und sah, dass ich weiterhin verfolgt wurde. Wann gab er denn endlich auf? Ich beschloss einfach zu meinen Kursraum zu gehen und mich nicht mehr um ihn zu scheren. Sollte er doch hinter mir herlaufen. Wenn er einen Verdacht hatte, so würde er Ian und mich hier an der Uni nicht zusammen erwischen. Ich kam an meinen Kursraum an und ging hinein. Ich setzte mich neben Chloe und packte meine Sachen aus.

Kapitel 17

Heute war der Maskenball. Ich war mit Chloe und Serena Kleider und Masken kaufen gewesen und nun stand ich in meinem Badezimmer, um mich fertig zu machen. Zu dem Frühlingsball, der jedes Jahr und immer mit einem anderen Motto an der Universität stattfand, waren nicht nur die Studenten eingeladen, sondern auch die Dozenten. Für alle gab es die gleichen Regeln, was die Kleidervorschrift betraf. So würde Ian sich ebenfalls altertümlich kleiden. Ich hatte mir ein burgunderrotes langarmiges Abendkleid im viktorianischen Stil gekauft, welches am Oberkörper eng geschnitten war und ab der Taille wurde der Stoff weiter und ging bis zum Boden. Dazu hatte ich mir eine schwarze Augenmaske gekauft, die an der rechten Seite einen Schmetterlingsflügel besaß, der an meiner Wange bis hinunter zum Kiefer reichte. Die Haare hatte ich hochgesteckt und mit Haarnadeln fixiert. Ich verließ das Badezimmer und traf im Flur auf Ian. Mir verschlug es die Sprache, als ich ihn in seinem dunkelgrauen Anzug sah. Er sah atemberaubend gut aus. Das Jackett war etwas länger, als bei einem normalen Anzug. Darunter trug er eine hellgraue Weste und dazu ein graues Hemd mit einer roten Krawatte. Passend dazu hatte er sich eine silberne Augenmaske und einen Zylinder gekauft, die er nun trug.

„Hallo schöner Mann", grinste ich und ging auf ihn zu. Ians Blick wanderte über meinen ganzen Körper.

„Hallo meine wunderschöne Frau", erwiderte er und zog mich in seine Arme.

„Bleibt genau so stehen", hörte ich Carla neben uns sagen, die mir beim Anziehen des Kleides und beim stylen geholfen hatte. Ich hörte es einige Male klicken und wusste, dass sie Fotos von uns machte. „Und nun stellt ihr euch nebeneinander", befahl sie uns. Wir taten, was sie sagte, stellten uns nebeneinander und Ian legte einen Arm um meine Taille. „Jetzt mal lächeln." Und wieder machte sie einige Bilder. Wir hatten sie im Vorfeld darum gebeten, da wir auf dem Ball leider nicht zusammen ein Foto durch den Fotografen, der dort sein würde, machen lassen konnten. Dafür durften wir allerdings etwas anderes und darauf freute ich mich sehr. Auf dem Frühlingsball war es Dozenten und Studenten erlaubt miteinander zu tanzen, solange es keine unanständigen Tänze waren. „So ich bin fertig. Es sind sehr schöne Fotos geworden", sagte Carla und stellte die Kamera auf das Sideboard.

„Wir schauen sie uns nachher an. Jetzt sollten wir langsam los, sonst fängt der Ball ohne uns an", kam es von Ian und wandte sich an mich. „Bist du soweit fertig?"

„Ja, wir können los." Ich zog mir eine Jacke an, da es doch noch sehr kalt draußen war und nahm meine Tasche. Zusammen verließen wir die Wohnung und fuhren mit dem Aufzug nach unten. Carla hatte sich angeboten mich zur Uni zu fahren, auch wenn ich keinen Alkohol trinken wollte, aber mit diesem Kleid, war es schwer genug ins Auto zu steigen und ich wusste nicht, ob ich damit auch fahren könnte. Der einzige Alkohol, den es auf dem Ball geben würde, war Sekt und davon bekam jeder Gast auch nur ein Glas zur Begrüßung, welche am Eingang verteilt wurden. Es sollte damit verhindert werden, dass sich die Gäste betranken und sich schlecht benahmen oder es Ärger mit den Eltern gab, falls sich ein minderjähriger Student betrank. Mir war es egal, denn ich brauchte keinen Alkohol um Spaß zu haben. Die alkoholfreien Cocktails, die bei dem Ball angeboten wurden, waren sehr lecker und eine gute Alternative zum Alkohol. Ian würde mit seinem Wagen fahren. Er konnte mich leider nicht mitnehmen, da es zu auffällig gewesen wäre, wenn wir zusammen dort ankämen.

„Wir sehen uns gleich auf dem Ball", sagte er, als wir in der Tiefgarage angekommen waren und gab mir einen Kuss. Ich hatte für Ian bei der Hausverwaltung eine zweite Parkkarte besorgt, damit er den zweiten Parkplatz, der zu meiner Wohnung gehörte nutzen konnte. So brauchte er nicht mehr auf der

Straße zu parken. Carla half mir mit dem Kleid beim Einsteigen in ihren Wagen. Als sie selbst auf dem Fahrersitz platz genommen hatte, fuhr sie los.

„Ruf mich an, wenn ich dich wieder abholen soll", sagte sie, als wir auf dem Weg zur Uni waren.

„Du brauchst mich nicht abzuholen. Ich kann doch auch ein Taxi nehmen", erwiderte ich, denn ich wollte nicht, dass sie extra meinetwegen aufblieb und nachts durch New York fuhr.

„Das kommt gar nicht infrage. Ich bleibe sowieso immer lange wach und du brauchst doch nicht extra Geld für ein Taxi auszugeben. Ruf mich einfach an und ich komme dich abholen."

„Okay, aber nur, wenn es dir wirklich nichts ausmacht. Wenn du dich umentscheidest, schreib mir einfach. Ich werde schon nach Hause kommen. Sollte ich von irgendjemanden nach Hause gebracht werden, dann sage ich dir Bescheid, damit du nicht auf einen Anruf wartest."

„So machen wir das", stimmte sie zu. Ein paar Minuten später bog sie auf den Parkplatz der Universität und hielt an. „Ich wünsche euch viel Spaß."

„Danke und danke, dass du mich gefahren hast", sagte ich und stieg aus. Ich strich mein Kleid zurecht und ging zum Eingang des Saales, indem der Baal stattfand. Vor dem Eingang standen bereits Chloe und Serena, die auf mich warteten.

„Hey, da bist du ja. Wow, das Kleid sieht wirklich wunderschön aus", kam es von Serena.

„Danke. Eure aber auch. Ich glaube, wir haben eine sehr gute Wahl getroffen", erwiderte ich grinsend.

„Ja, das haben wir wirklich. So, dann lasst uns mal reingehen", sagte Chloe, die sich bei mir und Serena unterhakte. Zusammen gingen wir in den Saal. Als Erstes gaben wir unsere Jacken an der Garderobe ab. Am Empfang, der sich am Eingang des Saales befand, bekamen wir jeder ein Glas Sekt. Okay, Chloe und ich bekamen ein Glas Sekt. Serena bestellte sich einen Orangensaft, da sie auf Grund ihrer Schwangerschaft keinen Alkohol trank. Wir gingen weiter in den Saal hinein, der wunderschön dekoriert war. Die Dekoration war dem Thema angepasst. Überall standen Kerzenleuchter und das Licht im Saal war gedimmt.

„Guten Abend die Damen", grüßte uns Ian, der mit Jake an uns vorbeiging. Sein Blick war auf mich gerichtet und er lächelte mich an.

„Guten Abend die Herren", erwiderten wir, wie aus einem Mund und lachten.

„Lasst uns anstoßen. Auf einen schönen Abend", sagte Chloe und wir stießen an.

„Wie wäre es, wenn wir drei ein schönes Erinnerungsfoto machen?", schlug Serena vor.

„Ja, das ist eine tolle Idee", kam es von mir und Chloe stimmte zu. Wir tranken unsere Gläser aus, stellten sie an der Bar ab und gingen zum Fotografen.

„Oh gleich drei Schönheiten", sagte er und wies uns an uns vor die Fotowand zu stellen. Wir stellten uns in Position und der Fotograf machte das Foto. „Sehr schön. Sie können das Bild bei meiner Assistentin bestellen. Die Bilder werden Ihnen dann per Post oder per E-Mail zugesandt."

„Danke schön", bedankten wir uns und gingen zu der Assistentin. Wir schauten uns das Bild auf den Laptop an und gaben ihr unsere E-mailadressen. Sie versprach uns, dass sie uns das Bild in den nächsten Tagen zusenden würde.

„So und nun lasst uns etwas Essen gehen. Ich habe heute noch nichts Richtiges gegessen", sagte Chloe und zog uns mit zum Buffet.

Nachdem wir gegessen hatten, waren wir an einem der Tische sitzen geblieben und hatten uns unterhalten. Mittlerweile war die Tanzfläche schon sehr voll. Auch Chloe war bereits von einem Mitstudenten namens Dylan zum Tanz aufgefordert worden.

„Möchten die Damen vielleicht tanzen", hörte ich meine Lieblingsstimme neben mir fragen. Ich schaute zur Seite und sah Ian und Jake, die vor unserem Tisch standen.

„Sehr gerne", sagte ich und Serena nickte zustimmend. Ian reichte mir seine Hand. Ich nahm sie und ließ mich von ihm, nachdem ich vom Stuhl aufgestanden war, auf die Tanzfläche führen. Ich sah, dass Jake und Serena ebenfalls zur Tanzfläche kamen. Ian legte einen Arm um meine Taille und wir begannen uns zum Takt der Musik zu bewegen. Dabei achteten wir sehr darauf einen gewissen Abstand zueinander zu halten. Schließlich wollten wir nicht auffallen.

„Sie tanzen sehr gut. Wo haben Sie das gelernt?", fragte Ian.

„Danke. Ich habe vor ein paar Jahren einen Tanzkurs gemacht, bei dem ich die Standardtänze gelernt habe", erwiderte ich.

„Wann haben Sie zuletzt getanzt?"

„Oh Standardtanz ist jetzt schon etwas länger her. Zuletzt letztes Jahr beim Frühlingsball."

„Mit anderen Männern?", fragte Ian nun leise.

„Ja einige Studenten haben mich damals zum Tanz aufgefordert. Wenn Sie zu der Zeit allerdings schon an unserer Uni gewesen wären, dann hätte ich natürlich nur mit Ihnen getanzt", erwiderte ich ebenso leise und grinste.

„Wie schade, dass ich erst jetzt in diesen Genuss komme, wo Sie doch bald Ihren Abschluss machen. Dafür genieße ich es jetzt umso mehr", grinste er zurück und wirbelte mich herum.

„Oh Mr. Davis. Sie müssen unbedingt mit mir tanzen", hörte ich Katelynns Stimme neben uns und verdrehte die Augen. Warum musste sie uns stören? Sie sah doch, dass wir gerade zusammen tanzten.

„Der nächste Tanz gehört Ihnen Miss White", sagte Ian.

„Ich möchte aber jetzt mit Ihnen tanzen. Bitte, es wird gerade so ein schönes Lied gespielt."

„Ist schon gut. Tanzen Sie ruhig mit ihr, damit sie ihren Willen bekommt. Ich werde mir etwas zu trinken holen gehen", kam es von mir genervt und löste mich aus Ians Armen. Hätte ich nicht nachgegeben, so hätte Katelynn uns die ganze Zeit weiter genervt, bis Ian mit ihr getanzt hätte. Abgesehen davon durften wir nicht auffallen und das könnte passieren, wenn wir den ganzen Abend zusammen tanzten. Ian schaute mich besorgt an. Seine Augen fragten mich, ob es für mich okay wäre und ich nickte kurz. Ich ging zur Bar und bestellte mir eine Cola. Der Barkeeper reichte mir lächelnd das Glas und ich setzte mich an einen der freien Tische. Ich schaute Ian und Katelynn beim Tanzen zu und mich überkam die Wut, als ich sah, wie sie versuchte meinen Freund anzumachen. Ian hatte sichtlich Mühe sie von ihm fernzuhalten und sagte etwas zu ihr, was ich leider durch die Musik nicht verstehen konnte.

„Was sitzt du denn hier alleine?", fragte Serena, die gerade von der Tanzfläche kam.

„Katelynn meinte uns beim Tanzen zu stören und hat herumgenervt. Ich hatte keine Lust mehr und habe das Feld geräumt", berichtete ich ihr.

„Katelynn kann aber auch ganz schön nerven. Der arme Mr. Davis, der nun mit ihr tanzen muss", erwiderte Serena.

„Ja er kann einem ganz schön leidtun. Zumal sie anscheinend versucht ihn anzumachen. Aber so wie es aussieht, hat er Mühe sie von sich fernzuhalten", sagte ich und deutete mit dem Kopf auf die beiden.

„Anscheinend naht die Rettung", lachte Serena und deutete auf Mrs. Hill, die nun neben den beiden stand und abklatschte. Katelynn sah mehr als entrüstet aus, dass sie den Platz für die Direktorin räumen musste. Das geschah ihr recht. So ließ sie wenigstens die Finger von Ian.

„Schau mal, wie sie protestiert, aber weder Mr. Davis noch Mrs. Hill beachten sie", lachte ich. Ihr Gesichtsausdruck war zum Schießen, als Mrs. Hill Ian um einen Tanz gebeten hatte und dieser sofort Katelynn losgelassen und mit der Direktorin angefangen hatte zu tanzen. Sie hatte so ungläubig geschaut.

„Die Damen scheinen sich gut zu amüsieren", sagte Mr. Thomas, der an unserem Tisch gekommen war.

„Ja das tun wir", erwiderte ich lächelnd.

„Das freut mich. Wie geht es Ihnen denn, Miss Green?", fragte Mr. Thomas Serena und deutete mit der Hand auf ihren Bauch. Mittlerweile wussten die Dozenten über Serenas

Schwangerschaft Bescheid. Sie konnte es nun allerdings auch durch den größer gewordenen Bauch auch nicht mehr verheimlichen.

„Mir geht es soweit gut. Das Baby ist manchmal nur sehr aktiv", erwiderte sie.

„Sie sollten sich in Ihrem Zustand schonen und auf sich aufpassen. Also keine Überanstrengungen", riet er ihr.

„Das werde ich", versicherte sie ihm.

„Ich wünsche den Damen noch einen schönen Abend", verabschiedete er sich und ging weiter, dabei warf er mir einen seltsamen Blick zu. Ich wusste nicht, was dieser Blick zu bedeuten hatte. Allerdings war es in letzter Zeit öfter vorgekommen, dass er mich so angesehen hatte. Ich hatte auch ab und an das Gefühl, dass er mich in der Uni verfolgte und schaute, wo ich hinging. Schöpfte er etwa Verdacht? Wusste er, dass Ian und ich eine geheime Beziehung hatten? Das konnte ich mir nicht vorstellen. Woher sollte er es auch wissen? Seitdem uns Jake vor ihm gewarnt hatte, waren wir in der Uni sehr vorsichtig gewesen und ich hatte es gemieden in Ians Büro zu gehen, falls Mr. Thomas mich dort noch einmal sehen würde. Er war damals schon so skeptisch gewesen, als er mich zweimal in diesem Büro gesehen hatte. Ich hatte Ian bereits von dem merkwürdigen Verhalten von Mr. Thomas mir gegenüber erzählt. Er konnte es sich auch nicht erklären und wir beschlossen weiterhin sehr vorsichtig zu sein. Ich war kurz davor ihn zur Rede zu stellen, aber ich wusste nicht, was ich sagen sollte, denn vielleicht bildete ich mir das auch nur ein und dann würde ich ihn für etwas beschuldigen, was er nicht getan hatte. Und falls er mir den Vorwurf mit der Beziehung machen würde, wollte ich uns auf keinen Fall verraten, indem ich falsch reagieren würde. Also würde ich die letzten paar Wochen bis zu meinem Abschluss auch noch mit seinem seltsamen Verhalten überstehen. Ich konnte es kaum glauben. Nur noch sieben Wochen und ich hätte meinen Masterabschluss. Danach bräuchten Ian und ich unsere Beziehung nicht mehr geheim halten. Endlich konnten wir dann alles zusammen in dieser Stadt tun, was Pärchen normalerweise taten und ich freute mich schon wahnsinnig darauf. Ich hatte mich bereits bei einigen Firmen beworben, aber außer von einer Firma hatte ich sonst von den anderen noch keine Rückmeldung bekommen. Diese eine besagte Firma allerdings würde mich sofort einstellen. Der Firmenname war Come and See Davis Grafikdesign und Produktion und gehörte niemanden anderen als Ian und Linus. Die Firma befand sich zwar noch im Aufbau, aber ich hatte mich trotzdem bei ihnen beworben. Ian hatte gelacht, als ich ihm meine Bewerbung vorbeigebracht hatte und hatte sie anschließend grinsend gelesen. Er meinte, dass ich die Stelle auch ohne Bewerbung sofort bekommen würde, wenn ich wollte. Ich konnte mir sehr gut vorstellen mit ihm in einer Firma zu arbeiten und sie zusammen aufzubauen.

„Hey ihr beiden macht es euch etwas aus, wenn ich mit Dylan noch etwas weiter tanze?", fragte uns Chloe, die zu uns gekommen war.

„Nein, das macht uns nichts aus. Was läuft denn da zwischen euch?", wollte ich grinsend von ihr wissen.

„Das weiß ich nicht. Aber er ist irgendwie süß", quietschte sie.

„Na dann viel Spaß euch zwei", sagte Serena.

„Und ihr seid nicht sauer, denn schließlich wollten wir drei doch zusammen etwas feiern?", fragte Chloe.

„Nein, das sind wir nicht. Los geh schon", versicherte ich ihr.

„Okay, dann bis später", rief sie und ging zurück zu Dylan, der an der Tanzfläche auf sie wartete. Ich schaute kurz zu Ian, der nun von der Tanzfläche ging.

„Serena, wie geht es dir? Wir haben uns schon lange nicht gesehen?", fragte eine junge Frau, die sich zu uns setzte. Ian kam nicht, wie ich gehofft hatte, zu mir, sondern verließ durch eine Seitentür den Saal. Zuvor gab er mir mit den Augen ein Zeichen, dass ich ihm folgen sollte. Was hatte er vor? Ich schaute mich nach Mr. Thomas um und fand ihn am anderen Ende des Saales. Er stand mit dem Rücken zu mir, sodass er gar nicht mitbekommen würde, wenn ich Ian folgte. Ich wartete noch zwei Minuten und stand dann auf.

„Ich gehe mal kurz zur Toilette", gab ich Serena Bescheid und hoffte, dass sie jetzt nicht mitkommen wollte.

„Ja ist gut. Bis gleich", erwiderte sie und wandte sich dann wieder Ihrer Bekannten zu. Ich ging zur Seitentür, die wirklich zu den Toiletten führte. Ich öffnete sie und verließ den Saal. Ich schaute mich im Flur um, konnte aber Ian nirgends entdeckten.

„Lexi, hier bin ich", flüsterte Ian und stand rechts von der Saaltür an der Ecke eines Ganges. „Komm her." Ich schaute mich kurz um, ob niemand da war, der uns sehen könnte und ging zu ihm. Ian nahm meine Hand und zog mich den Gang entlang zum Notausgang. Die Tür stand offen, wahrscheinlich, falls sich die Gäste die Beine vertreten wollten. Wir traten hinaus, sahen uns um und als wir sicher waren, dass niemand da war, liefen wir zu dem kleinen Park hinüber, der zur Universität gehörte. Ian zog mich hinter einen großen Baum, wo wir vom Gebäude aus nicht gesehen werden konnten und legte seine Arme um meine Taille.

„Ich habe Sehnsucht nach dir", sagte er und legte seine Lippen auf meine. Sofort erwiderte ich seinen Kuss und schlang meine Arme um seinen Hals.

„Es tut mir leid, dass wir von Katelynn bei unserem Tanz gestört wurden", sagte er leise, nachdem wir uns voneinander gelöst hatten.

„Das ist nicht schlimm. Wir hätten sowieso nicht den ganzen Abend zusammen tanzen können. Irgendwann wäre es zu auffällig geworden", erwiderte ich.

„Da hast du recht. Naja gerade dachte ich mir, wir könnten mal eine kurze Auszeit vom Ball nehmen. Ich weiß, wir haben nicht lange Zeit. Irgendwann werden wir wahrscheinlich vermisst werden. Deshalb sollten wir unsere kurze Auszeit genießen", raunte er, und legte seine Lippen wieder auf meine. Ich wollte gerade den Kuss erwidern, als ich etwas aufblitzen sah. Verwundert schaute ich mich um. Was war das?

„Was ist los?", fragte Ian und sah mich an.

„Ich habe gerade etwas aufblitzen sehen."

„Vielleicht waren es die Scheinwerfer eines vorbeifahrenden Autos. Dort vorne ist doch die Straße", mutmaßte er.

„Können wir vielleicht doch lieber wieder reingehen? Ich habe Angst, dass wir hier von jemanden gesehen werden", fragte ich und schaute mich weiter um. Allerdings konnte ich niemanden entdecken.

„Na gut. Geh du zuerst. Ich werde dann etwas später nachkommen, damit es nicht auffällt", stimmte Ian zu und gab mir noch einen kurzen Kuss. Ich schaute mich kurz um und ging dann schnellen Schrittes zur Notausgangstür. Ich betrat das Gebäude, ging den Gang entlang Richtung Saal und schlüpfte durch die Tür durch.

„Wo warst du solange?", fragte Serena, als ich an unseren Tisch zurückgekommen war.

„Ich war auf der Toilette. Erst hatte ich Schwierigkeiten mit diesem Kleid auf die Toilette zu gehen und dann habe ich mich noch kurz etwas frisch gemacht", erklärte ich ihr und setzte mich neben sie.

„Ja mit solchen Kleidern ist es nicht einfach auf Toilette zu gehen. Das habe ich auch vorhin gemerkt", lachte Chloe, die nun mit Dylan an unserem Tisch saß.

„Macht das mal mit Kleid und Babybauch, das ist gar nicht mal so leicht, wie ich vorhin nach dem Essen feststellen musste", kam es von Serena.

„Kann ich den Damen etwas zu trinken holen?", fragte Dylan und stand auf.

„Oh gerne, ich würde ein Wasser nehmen", sagte Serena.

„Ich möchte bitte eine Cola", kam es von mir.

„Ja, ich nehme auch eine", stimmte Chloe zu.

„Alles klar. Ich bin sofort wieder da", sagte Dylan und ging zur Bar.

„Da hast du dir aber einen Gentleman ausgesucht, der nicht schlecht aussieht", merkte Serena an und ich konnte ihr nur zustimmen. Dylan war ein Meter neunzig groß, hatte hellbraune kurze gelockte Haare und hatte eine sportliche muskulöse Figur.

„Ja, das glaube ich auch. Ich warte aber erst einmal ab, was sich so daraus ergibt", sagte Chloe.

„Das würde ich auch. Ach übrigens, mein Freund holt mich nachher ab. Sollen wir euch mit nach Haus nehmen?", fragte Serena.

„Das braucht ihr nicht. Dylan möchte mich nachher nach Hause bringen", kam es von Chloe.

„Und wie sieht es bei dir aus", wandte sich Serena an mich.

„Nur wenn es euch keine Umstände macht. Ansonsten kann ich mich auch abholen lassen."

„Ach Quatsch. Das macht uns gar nichts aus. Wir bringen dich gerne nach Hause und so ein großer Umweg ist nicht", versicherte sie mir.

„Okay, danke. Dann werde ich eben mal meiner Freundin schreiben, dass sie mich nicht abholen braucht", sagte ich und holte mein Handy aus der Tasche.

-Hallo Carla, du brauchst mich nicht abzuholen. Ich werde nach Hause gebracht.- schrieb ich ihr.

-Alles klar. Viel Spaß noch.- schrieb sie kurze Zeit später zurück. Ich las die Nachricht und steckte dann mein Handy wieder in die Tasche.

„So die Damen. Hier sind Ihre Getränke", sagte Dylan und stellte die Gläser auf den Tisch.

Um halb eins war ich wieder Zuhause. Ich war froh darüber, denn so langsam taten mir die Füße von den Schuhen weh. Mein Handy klingelte und ich holte es aus der Tasche. Ich lächelte, als ich sah, dass Ian mich anrief.

„Hey", meldete ich mich.

„Hi Honey, bist du Zuhause?", fragte er.

„Ja, ich bin gerade nach Hause gekommen."

„Gut, denn ich bin in ein paar Minuten bei dir. Wage es ja nicht dich umzuziehen."

„Das werde ich nicht. Aber die Schuhe darf ich doch wohl wenigstens ausziehen. Mir tun meine Füße weh."

„Na gut. Aber das Kleid bleibt an. So Honey, ich bin gleich bei dir. Ich fahre jetzt in die Tiefgarage. Bis gleich", sagte er und legte auf. Wenige Minuten später klingelte es an meiner Wohnungstür. Ich ging zur Tür und öffnete sie.

„Hey", sagte Ian, trat ein und schloss die Tür hinter sich. Er kam zu mir und zog mich gleich in seine Arme. „Jetzt werden wir unseren eigenen Ball veranstalten und ich kann es kaum erwarten dich zu entkleiden", raunte er und begann mich zu küssen. Dabei hob Ian mich hoch und trug mich zu meinem Bett, auf dass er mich sanft absetzte. Seine Hände glitten über meinen Rücken und machten sich an dem Reißverschluss zu schaffen. Seine Lippen verließen meinen Mund und wanderten über meine Wange hinunter zu meinem Hals, den er nun liebkoste. Ich stöhnte auf und fasste mit meinen Händen nach seinem Jackett, welches ich ihm auszog und achtlos auf den Boden fallen ließ. Anschließend knöpfte ich seine Weste auf, die ich ihm ebenfalls auszog. Bei seinem Hemd und seiner Krawatte half Ian mir dabei beides loszuwerden. Sanft strich ich mit den Händen die Konturen seiner Muskeln nach, was ihn aufstöhnen ließ.

„Du machst mich wahnsinnig", raunte er, zog mir das Kleid aus und legte es anschließend auf dem Boden ab. Seine Lippen küssten sich meinen Hals entlang und legten sich auf meinen Mund. Er strich mit der Zunge über meine Unterlippe und ich öffnete leicht den Mund. Seine Zunge drang ein und verwickelte meine in ein wildes Spiel. Langsam glitten seine Hände zu meinem Rücken. Er öffnete meinen BH und zog ihn mir aus. Seine Hände strichen über meine Brüste und ich stöhnte genüsslich auf. Ian ließ von meinem Mund ab, küsste sich meinen Hals entlang hinunter über mein Schlüsselbein und glitt weiter zu meinen Brüsten. Die Erregung in mir nahm zu und mir wurde heiß. Ich stöhnte laut auf, als er eine meiner Brustwarzen in den Mund nahm und daran saugte. Ich ließ meine Hände über seinen Rücken gleiten. Ich küsste mich über seine

Brust hinunter zu seinem Bauch. Meine Hände griffen nach seiner Hose. Ich öffnete sie und zog sie ihm aus. Seine Socken folgten der Hose, die ich auf dem Boden geworfen hatte. Ian zog mich wieder zu sich nach oben und unsere Lippen krachten aufeinander. Wir ließen uns auf das Bett sinken und er kam über mir. Sanft strich er über meine Oberschenkel, glitt mit seiner Hand höher zu meiner Strumpfhose und streifte sie mir mitsamt dem Slip ab. Er küsste sich den Weg von meinem Oberschenkel über meinen Bauch hoch zu meinen Brüsten, die er nacheinander ausgiebig liebkoste. Ein Ziehen machte sich in meinem Unterleib breit und ich hielt es nicht mehr aus. Ich packte Ian an den Schultern und zog ihn zu mir nach oben. Gleich darauf nahm ich seine Lippen mit meinen in Beschlag. Meine Hände strichen seinen Rücken hinunter und ich machte mich an seiner Boxershorts zu schaffen, wobei er mir half, sie auszuziehen.

„Du bist so wunderschön", flüsterte er, und ließ seinen Blick über meinen Körper gleiten. Er begann wieder meinen Hals zu küssen und ich stöhnte. Seine Hand strich über meinen Bauch hinunter zu meiner heißen Mitte. Er begann mich dort zu streicheln und ich keuchte auf. Die Erregung in mir stieg und ich wollte ihn endlich in mir spüren.

„Ian bitte", flehte ich keuchend. Er verstand, was ich von ihm wollte und positionierte sich zwischen meine Beine. Ich konnte sein hartes Glied schon an meinen Eingang spüren und die Vorfreude, ihn in mir zu spüren stieg. Er stützte sich mit seinen Armen, neben meinen Kopf ab und drang in mich ein. Ein Stöhnen entkam uns beiden. Er bewegte sich langsam in mir und legte seine Lippen wieder auf meine. Ich passte mich seinem Rhythmus an und wir bewegten uns im Einklang. Unsere Lippen verschmolzen miteinander und während wir uns küssten, stöhnten wir in den Mund des anderen. Ich schlang meine Beine um seine Hüften, um ihn noch tiefer in mir spüren zu können. Ians Stöße wurden schneller und ich merkte, dass mein Höhepunkt immer näherkam. Es dauerte nicht lange und wir beide sprangen zusammen laut stöhnend über die Klippe.

Keuchend glitt er aus mir heraus und legte sich neben mich. Er nahm die Decke, deckte uns damit zu und nahm mich in den Arm. Ich legte meinen Kopf auf seine Brust und schmiegte mich eng an ihn.

„Ich liebe dich", sagte ich.

„Ich liebe dich auch", erwiderte er.

Kapitel 18

Ich saß am Montagmorgen in meinem ersten Kurs und hörte Mrs. Torres zu, wie sie etwas über die Geschichte der Medien erzählte. Jeden Moment war der Unterricht zu Ende und in meinem Bauch kribbelte es vor Vorfreude darauf, dass ich Ian gleich in meinem nächsten Kurs sehen würde. Die Tür des Kursraumes öffnete sich. Mrs. Lorenz, die Sekretärin der Direktorin kam herein und ging zu Mrs. Torres. Sie redeten leise miteinander. Anschließend verließ Mrs. Lorenz wieder den Raum. Mrs. Torres beendete den Unterricht und ich packte schnell meine Sachen zusammen. Ich stand auf und ging den Gang entlang nach vorne Richtung Tür.

„Miss Edison, können Sie bitte kurz zu mir kommen?", fragte Mrs. Torres. Ich ging zu ihr und fragte mich, was sie von mir wollte.

„Was gibt es denn?", wollte ich von ihr wissen.

„Sie sollen sofort zu Mrs. Hill kommen. Sie wartet in ihrem Büro auf Sie", sagte sie.

„Oh, was möchte sie denn von mir?"

„Das weiß ich leider nicht. Gehen Sie bitte zu ihr. Sie wartet bereits", erwiderte sie.

„Das mache ich. Tschüss Mrs. Torres", verabschiedete ich mich und verließ den Raum. Ich machte mich auf den Weg zu Mrs. Hills Büro. Ich war nervös, denn ich wusste nicht, warum ich zu ihr kommen sollte. War etwas vorgefallen? Hatte mein Vater etwa doch seine Drohung wahr gemacht und hatte mich von der Uni abgemeldet? Nein, das glaubte ich nicht, denn schließlich hatte er mir versprochen, es nicht zu tun. War vielleicht etwas mit ihm? Ging es ihm wieder schlechter? Das glaubte ich nicht. Dann hätte meine Mutter doch eher mich angerufen und nicht meine Direktorin. Aber vielleicht hatte ich den Anruf gar nicht mitbekommen. Ich holte mein Handy aus der Tasche und schaute auf das Display. Es war kein Anruf in Abwesenheit vermerkt. Auch hatte ich keine Nachricht von meiner Mutter bekommen. Aber weshalb sollte ich sonst zu ihr kommen? Panik machte sich plötzlich in mir breit. Konnte es sein, dass Ian und ich aufgeflogen waren? Wurde ich deshalb zu ihr ins Büro zitiert? Aber woher sollte sie es denn wissen? Wir waren doch sehr vorsichtig gewesen. Nein, es musste etwas anderes sein. Vielleicht machte ich mir auch nur zu viele Gedanken und es war etwas ganz Harmloses. Ich kam bei ihrem Büro an und klopfte an die Tür.

„Herein", rief Mrs. Hill. Ich öffnete nervös die Tür und trat ein. Ich erschrak, als ich die Personen, die sich außer der Direktorin noch in diesem Raum befanden, sah. Mrs. Hill saß mit vor der Brust verschränkten Armen hinter ihrem Schreibtisch. Ihre Miene war ernst. Vor dem Schreibtisch saß Ian und daneben standen Mr. Thomas und zu meiner Überraschung auch Katelynn. Was war hier los?

„Sie wollten mich sprechen?", fragte ich und schloss die Tür hinter mir.

„Nehmen Sie bitte platz, Miss Edison", sagte sie streng und deutete auf den Stuhl neben Ian. Ich ging zu dem Stuhl und setzte mich hin. Ich schaute zu Ian hinüber, der mich kurz ansah. Sein Blick verriet mir, dass wir aufgeflogen waren. Oh Scheiße. Das durfte nicht wahr sein. Was sollten wir jetzt nur tun?

„Sie sind der Meinung, wir hätten eine Beziehung oder eine Affäre. Das ist doch lächerlich", sagte Ian und gab mir mit einem Blick zu verstehen, dass ich mitspielen sollte.

„Ja, das ist wirklich absolut lächerlich", stimmte ich ihm schnell zu und schaute dann zu Mrs. Hill. „Wie kommen Sie denn darauf? Wir haben weder eine Beziehung noch eine Affäre schließlich ist Mr. Davis mein Dozent."

„Hören Sie auf es abzustreiten. Die Fotos sind eindeutig", rief Mr. Thomas aufgebracht.

„Welche Fotos?", fragte ich verwirrt.

„Na diese hier", sagte er und schob mir einige Fotos über den Tisch zu. Ich nahm die Fotos in die Hand und schaute sie mir an. Ich musste schwer schlucken, denn auf diesen Fotos waren Ian und ich, wie wir uns am Tag des Maskenballs in dem kleinen Park küssten. Also war es ein Blitz von einer Kamera, den ich gesehen hatte. Auf einem anderen Bild waren unsere Gesichter seitlich zu sehen und deutlich zu erkennen. Ich versuchte mir nichts anmerken zu lassen und setzte ein Pokerface auf.

„Ich bin das nicht auf diesen Fotos. Sie sind gefälscht", erwiderte ich und legte die Fotos wieder auf den Tisch.

„Ich bin das auch nicht auf den Fotos. Sie versuchen uns doch nur etwas anzuhängen", entgegnete Ian, lehnte sich in seinem Stuhl zurück und verschränkte die Arme vor seiner Brust.

„Eben, Sie sind doch nur sauer, weil ich Sie nicht um Rat wegen meiner Prüfungsfächer gefragt habe, sondern Mr. Davis", schmetterte ich Mr. Thomas entgegen. „Und was will sie eigentlich hier?", deutete ich auf Katelynn.

„Das ist doch totaler Blödsinn. Die Fotos sind nicht gefälscht und mir ist es doch vollkommen egal mit wem Sie über Ihre Prüfung sprechen. Und Miss White ist hier, weil sie mir geholfen hat Ihre Beziehung zu Mr. Davis aufzudecken. Ich war Ihnen schon lange auf den Fersen, aber die Fotos hat Miss White gemacht", erklärte mir Mr. Thomas.

„Das Sie mir schon lange auf den Fersen sind, habe ich gemerkt. Sie verfolgen mich doch schon seit Wochen und schauen, wo ich in der Uni hingehe", sagte ich bissig und wandte mich dann an Katelynn. „Sag mal, was soll das? Ist das deine Rache, weil ich dich nicht bei mir wohnen lasse? Erst versuchst du unsere Mitstudenten gegen mich aufzuhetzen und nun unterstellst du mir eine Beziehung mit Mr. Davis. Was kommt als Nächstes?"

„Nein, ich halte mich nur an das Universitätsgesetz, dass Studenten und Dozenten keine Beziehung haben dürfen", erwiderte sie hochnäsig.

„Ach und deshalb hast du dich ja auch schon mehrmals versucht an Mr. Davis heranzumachen. Zuletzt am Samstag beim Maskenball, als du mit ihm getanzt hast", erwiderte ich.

„Jetzt reicht es. Die Fotos sind eindeutig und Sie beide sind darauf gut zu erkennen", herrschte Mrs. Hill Ian und mich an. „An dieser Universität werden Beziehungen zwischen Dozenten und Studenten nicht geduldet. Sie beide kennen diese Regel ganz genau und haben sich nicht darangehalten. Mr. Davis, es tut mir leid, aber Sie sind fristlos gekündigt und Miss Edison, Sie werden für das erste vom Unterricht suspendiert, bis ich eine Entscheidung darüber gefällt habe, ob Sie an dieser Universität Ihren Abschluss machen dürfen."

„Aber das können Sie nicht tun", kam es von mir geschockt.

„Doch das kann ich. Sie haben sich nicht an die Regeln gehalten. Jetzt müssen Sie mit den Konsequenzen leben. Verlassen Sie jetzt bitte mein Büro. Ach und Mr. Davis, Sie packen jetzt Ihre Sachen und werden diese Universität verlassen. Ich gebe Ihnen eine halbe Stunde dafür Zeit. Danach haben Sie auf dem Universitätsgelände nichts mehr zu suchen und haben Hausverbot", sagte Mrs. Hill streng und Ihr Blick, mit dem sie uns beide ansah, duldete keine Widerrede. Geschockt und resigniert über die Ereignisse stand ich vom Stuhl auf und ging zur Tür. Ian folgte mir. Wir verließen das Büro und blieben auf dem Flur stehen.

„Was machen wir denn jetzt?", fragte ich Ian leise.

„Ich weiß es nicht. Es tut mir so leid, Honey. Meinetwegen bist du jetzt vom Unterricht suspendiert worden", sagte er.

„Es ist nicht deine Schuld. Ich wollte es doch genauso wie du. Eher gesagt, war ich diejenige, die dich zu einer Entscheidung gezwungen hat. Also ist es meine Schuld. Du hast meinetwegen deinen Job verloren. Das tut mir so leid."

„Nein Honey. Dir muss gar nichts leidtun."

„Dir aber auch nicht. Wir wollten es beide und kannten die Gefahr. Ich liebe dich und ich möchte dich nicht verlieren."

„Ich liebe dich auch. Du wirst mich auch nicht verlieren. Mach dir um mich keine Sorgen. Ich habe immer noch die

Firma, um die ich mich nun richtig kümmern kann, um sie aufzubauen. Und du wirst deinen Abschluss machen. Das verspreche ich dir", sagte er und gab mir einen kurzen Kuss auf die Lippen. „Ich muss jetzt eben meine Sachen packen gehen."

„Soll ich dir dabei helfen?", fragte ich.

„Das brauchst du nicht. Fahr du schon mal nach Hause. Ich komme gleich nach." Ian ging zu seinem Büro und ich verließ die Uni. Ich konnte es immer noch nicht glauben, was gerade passiert war. Wir waren aufgeflogen, obwohl wir uns so angestrengt hatten unsere Beziehung geheim zu halten. Was sollten wir denn jetzt nur tun? Würde ich meinen Abschluss überhaupt machen können? Okay, ich hatte ja bereits meinen Bachelor-Abschluss und mit diesen würde ich wahrscheinlich auch einen Job bekommen, aber mein Ziel war es eigentlich den Masterabschluss zu machen. Was würden meine Mitstudenten nun von mir denken? Katelynn würde es gleich mit Sicherheit in der ganzen Universität herumerzählen. Oh mein Gott, ich musste es meinen Eltern erzählen. Wie sollte ich ihnen denn sagen, dass ich von der Uni suspendiert worden war? Das würde ein riesen Donnerwetter geben. Ich kam an meinen Wagen an und schloss die Fahrertür auf. Meine Tasche warf ich auf den Beifahrersitz und ließ mich seufzend in den Sitz fallen. Es brachte alles nichts. Es gab nur eine Person, die mir jetzt noch helfen konnte und das war meine Mutter. Sie war doch schließlich Anwältin und könnte es schaffen, dass ich doch weiter studieren durfte. Ich seufzte noch einmal, nahm mein Handy aus der Tasche und wählte die Nummer von meiner Mutter.

„Hallo mein Schatz", meldet sie sich.

„Hallo Mum. Ich brauche deine Hilfe."

„Ich weiß gar nicht, was ich dazu sagen soll", sagte meine Mutter am Abend, nachdem Ian und ich ihr alles erzählt hatten. Sie war direkt, nachdem ich sie angerufen hatte, nach New York geflogen. „Tue mir einen Gefallen und erzähl davon deinem Vater erst einmal nichts. Er erholt sich gerade in der Reha von seiner Operation und kann Aufregung jetzt gerade gar nicht gebrauchen."

„Nein, das werde ich nicht. Du bist jetzt sicherlich enttäuscht von mir", mutmaßte ich.

„Nein, das bin ich nicht. Natürlich bin ich nicht erfreut darüber, was passiert ist und dass ihr es vor uns verheimlicht habt, dass Ian dein Dozent ist. Aber ich kann es auch verstehen, denn schließlich verbietet eure Universität so eine Art von Beziehung. Warum seid ihr denn nicht vorsichtig gewesen?", wollte meine Mutter nun wissen.

„Das waren wir doch. Wir haben alles dafür getan, dass die Beziehung nicht auffliegt."

„Es war meine Schuld. Ich habe Lexi auf dem Ball nach draußen geführt. Wenn wir das nur nicht getan hätten, wären wir jetzt auch nicht aufgeflogen", sagte Ian und seufzte.

„Das war nicht deine Schuld. Wir haben uns doch vorher versichert, dass niemand draußen war. Wir konnten doch nicht wissen, dass Katelynn draußen herumschleicht und uns nachspioniert. Sie muss von Mr. Thomas beauftragt worden sein. Vielleicht hat er ihr dafür eine bessere Note in Aussicht gestellt, denn sie ist notenmäßig nicht gut in Marketing", erwiderte ich und sah ihn an.

„Das kann sein. Das würde ich Mr. Thomas sogar zutrauen, dass er Studenten besticht, um für ihn zu spionieren", entgegnete Ian. „Ich war heute Vormittag, bevor ich die Uni verlassen habe, übrigens noch einmal bei Mrs. Hill und habe die ganze Schuld auf mich genommen. Ich habe sie gebeten deine Suspendierung aufzuheben und dir die Chance zu geben deinen Abschluss zu machen, aber sie ließ sich nicht darauf ein. Es tut mir so leid." Entschuldigend und schuldbewusst sah er mich an.

„Es ist schon gut. Du hast es versucht und dafür danke ich dir", sagte ich und lächelte ihn leicht an.

„Lexi, wir beide werden morgen zur Universität fahren und mit Mrs. Hill sprechen. Wir wollen doch mal sehen, ob du nicht doch deinen Abschluss machen kannst", kam es von meiner

Mutter entschlossen. „Aber ob ich es auch schaffe, dass du dort wieder arbeiten darfst, kann ich dir nicht versprechen", wandte sie sich an Ian. Ich war froh, dass meine Mutter da war und uns helfen wollte. Sie hatte es alles besser aufgenommen, als ich dachte. Ich hatte eigentlich damit gerechnet, dass sie uns beide anschreien und mir sagen würde, dass ich selbst daran schuld wäre, dass ich meinen Abschluss nicht machen könnte. Aber sie hatte ganz anders reagiert. Irgendwie verständnisvoll. Das hätte ich gar nicht gedacht.

„Das macht nichts. Ich werde mich nun ganz auf meine Firma konzentrieren. Die Hauptsache ist, dass Lexi weiter studieren darf", erwiderte Ian.

Am nächsten Morgen machten meine Mutter und ich uns auf dem Weg zur Uni. Meine Mutter hatte bei mir übernachtet. Ich hatte ihr selbstverständlich mein Bett überlassen und hatte auf der Couch geschlafen. Ian war noch bis spät am Abend bei mir gewesen und hatte sich mit meiner Mutter über seine Firma unterhalten. Sie hatte ihn einige Tipps gegeben worauf er beim Aufbau seiner Firma achten sollte. Die beiden schienen sich gut zu verstehen, worüber ich sehr froh war. Ich fuhr auf dem Parkplatz der Uni und stellte meinen Wagen ab. Ich war froh, dass der Unterricht bereits begonnen hatte, denn ich hatte keine Lust auf die Blicke der Studenten. Ich hatte am Abend zuvor noch mit Chloe und Serena geschrieben, die mir erzählt hatten, dass Katelynn es bereits in der Uni herumgetratscht hatte, was ich mir schon gedacht hatte. Die beiden waren geschockt darüber gewesen, dass ich suspendiert worden war und hatten mir versichert, dass sie zu mir standen. Wir stiegen aus dem Wagen aus und gingen in das Gebäude. Vor dem Büro von Mrs. Hill blieben wir stehen und ich klopfte nervös an die Tür. Ich wusste nicht, wie dieses Gespräch ausgehen würde. Ich hoffte allerdings, dass meine Mutter es schaffen würde Mrs. Hill dazu zu bringen die Suspendierung aufzuheben, damit ich weiter studieren konnte.

„Herein", erklang die Stimme von der Direktorin. Meine Mutter öffnete die Tür und wir traten ein.

„Oh Mrs. Edison. Guten Tag. Was kann ich für Sie tun?", fragte Mrs. Hill schon fast überfreundlich. Sie wirkte überrascht und hatte anscheinend nicht damit gerechnet, dass meine Mutter hierherkommen würde.

„Guten Tag Mrs. Hill. Ich bin wegen meiner Tochter hier. Wir haben etwas zu klären", erwiderte meine Mutter, ging zu einem der Stühle, die vor dem Schreibtisch standen und setzte sich. Sie wirkte so selbstsicher und hatte anscheinend Ihren Anwaltsmodus eingeschaltet. Ich folgte ihr und setzte mich auf den anderen Stuhl neben sie.

„Nun ich nehme an, dass sie wegen der Suspendierung Ihrer Tochter hier sind. Ich weiß nicht, ob sie Ihnen erzählt hat, was sie getan hat. Sie hat eine Beziehung mit dem Dozenten Mr. Davis. An dieser Universität ist eine Beziehung jeglicher Art zwischen Studenten und Dozenten verboten. Aus diesem Grund habe ich Mr. Davis gekündigt und Ihre Tochter erst einmal vom Unterricht suspendiert", klärte Mrs. Hill meine Mutter auf.

„Ja, ich habe über das Vergehen Kenntnis. Allerdings ist es so, dass die beiden sich vor Mr. Davis ersten Arbeitstag an dieser Universität schon kannten und ineinander verliebt haben. Sie wussten nicht, dass beide an dieser Fakultät sind und haben es erst an dem ersten Tag nach den Semesterferien erfahren."

„Dann hätten sie ihre Beziehung sofort beenden müssen. Aber das haben sie nicht getan", klagte Mrs. Hill an.

„Da haben Sie recht. Sie wussten, dass sie etwas Verbotenes tun, aber sie lieben sich und aus diesem Grund ist es nicht so leicht die Beziehung zu beenden. Das können Sie sicherlich nachvollziehen. Wie sehen die Regeln eigentlich mit Bestechung an Ihrer Universität aus?", fragte meine Mutter.

„Wie meinen Sie das?", wollte die Direktorin nun wissen.

„Naja, die Vermutung liegt nahe, dass Mr. Thomas die Studentin Miss White mit guten Noten oder irgendetwas anderem bestochen hat, ihm bei seiner Spionage zu helfen." Oh ha da sprach die Anwältin aus meiner Mutter.

„Das glaube ich nicht. Das sind Unterstellungen. So etwas würde Mr. Thomas nie tun", kam es aufgebracht von Mrs. Hill.

„Ach nein und warum nicht? Er hat doch auch meine Tochter jeden Tag hier an der Universität verfolgt, um zu schauen, wo sie hingeht. Was übrigens als Nachstellung ausgelegt werden könnte. Also kann es doch auch sein, dass er eine Studentin dazu missbraucht hat, um meiner Tochter hinterherzuspionieren."

„Jetzt reicht es aber. Mr. Thomas ist ein sehr guter Dozent und er würde nie einen Studenten bestechen. Er hat auch nicht Ihre Tochter verfolgt. So etwas würde er nie tun", verteidigte sie ihn.

„Doch das hat er. Ich habe es doch getestet und bin extra mal eine Runde durch das Gebäude gelaufen. Er hat mich die ganze Runde über verfolgt und es kann kein Zufall sein", sagte ich wütend.

„Das haben Sie sich doch nur eingebildet und nun wollen Sie einem der besten Dozenten dieser Fakultät etwas anhängen, um von Ihrem Vergehen abzulenken", sagte Mrs. Hill empört.

„Nein, das stimmt gar nicht. Ich weiß, dass ich eine Regel gebrochen habe, auch wenn ich ehrlich sagen muss, dass es mir nicht leidtut, denn Mr. Davis und ich lieben uns."

„Alexa, das bringt uns jetzt auch nicht weiter", ermahnte mich meine Mutter und wandte sich dann wieder der Direktorin zu. „So wie Sie von Mr. Thomas sprechen hört es sich an, als ob Sie ein Verhältnis miteinander haben. Habe ich recht?"

„Nein, nein das stimmt nicht", stritt sie es ab.

„Das hört sich allerdings so an. Das ist ja auch egal. Ich möchte, dass Sie meine Tochter weiter an dieser Universität studieren lassen damit sie ihren Abschluss machen darf und Mr. Davis wiedereinstellen", sagte meine Mutter.

„Mr. Davis wird seinen Job nicht mehr zurückbekommen. Er darf an dieser Fakultät nicht mehr arbeiten, da er sich nicht an die Regeln gehalten hat. Über die Suspendierung Ihrer

Tochter jedoch können wir reden. Ihre Tochter ist eine der besten Studentinnen und ich möchte ihr ungern die Chance nehmen Ihren Abschluss zu machen. Natürlich müssten wir überprüfen, ob die Noten, die sie von Mr. Davis bekommen hat, auch gerechtfertigt waren. Aber da sehe ich keine Probleme, da sie bereits bei Mr. Mortimer sehr gute Noten hatte. Ich lasse Ihre Tochter unter einer Bedingung hier wieder studieren. Sie darf bis zu ihrem Abschluss keinen Kontakt zu Mr. Davis haben. Ich möchte nicht, dass sie einen Vorteil gegenüber den anderen Studenten hat, indem er ihr beim Lernen hilft", erwiderte Mrs. Hill und ich konnte es nicht fassen. Ich durfte Ian bis zu meinem Abschluss nicht sehen? Das konnte sie vergessen. Nein, das würde ich nicht mitmachen.

„Nein, das können Sie nicht verlangen. Was ich in meiner Freizeit tue und mit wem ich mich treffe, geht Sie gar nicht an", rief ich wütend und stand so heftig auf, dass der Stuhl nach hinten auf den Boden kippte.

„Alexa", ermahnte mich meine Mutter streng.

„Aber Mum, das geht nicht."

„Setz dich wieder hin", befahl sie. Ich bückte mich und stellte den Stuhl wieder hin, bevor ich mich setzte. Die Wut brodelte immer noch mir und ich ballte die Hände, die in meinem Schoß lagen zu Fäusten.

„Okay, wir nehmen Ihr Angebot an unter einer Bedingung. Ich möchte nicht, dass meine Tochter anders als andere Studenten behandelt wird. Das heißt, sie darf von den Dozenten nicht schlechter durch diesen Vorfall benotet oder behandelt werden. Auch nicht von Mr. Thomas", forderte meine Mutter.

„Einverstanden. Ab morgen darf Ihre Tochter wieder an dieser Universität studieren", stimmte Mrs. Hill zu.

„Das klingt doch gut", sagte meine Mutter und stand auf. Immer noch wütend stand ich ebenfalls vom Stuhl auf und ging zur Tür.

„Auf Wiedersehen Mrs. Hill", verabschiedete sich meine Mutter von Ihr.

„Auf Wiedersehen, Mrs. Edison. Bis morgen Miss Edison", sagte sie freundlich.

„Tschüss Miss Hill", verabschiedete auch ich mich von ihr, auch wenn ich darauf eigentlich keine Lust hatte. Denn schließlich war sie diejenige, die gefordert hatte, dass ich Ian bis zu meinem Abschluss nicht mehr sah. Ich öffnete die Tür und wir verließen das Büro. Ich war sauer auf meine Mutter, dass sie dieser Bedingung zugestimmt hatte und stapfte wütend den Gang entlang. Erst als wir am Wagen wieder angekommen waren, machte ich meiner Wut Luft.

„Wie konntest du dieser Bedingung von Mrs. Hill nur zustimmen?", fragte ich sie wütend.

„Du hättest sonst nicht weiter studieren dürfen."

„Das ist Erpressung", spie ich, schloss den Wagen auf und stieg ein.

„Ach Schatz. Es sind doch nur sechs Wochen", sagte sie und stieg ebenfalls in den Wagen „Abgesehen davon glaube ich nicht, dass sie euch nachspionieren werden."

„Das weißt du nicht. Ich traue Mr. Thomas alles zu."

„Jetzt beruhige dich erst einmal. Wichtig ist doch jetzt, dass du weiter studieren darfst und die sechs Wochen werden im Flug vergehen. Leider habe ich nicht erreicht, dass Ian seinen alten Job wiederbekommt. Das tut mir wirklich sehr leid."

„Ja, das ist wirklich schade. Aber dann wäre die Bedingung auch hinfällig gewesen, da ich ihn sowieso in der Uni gesehen hätte. Aber was ist das denn für ein Blödsinn, dass sie nicht möchte, dass ich einen Vorteil habe. Welchen Vorteil soll ich denn haben? Er kennt die Prüfungsaufgaben doch gar nicht", regte ich mich weiter auf. „Das ist doch nur Schikane von ihr. Und ich wette, dass sie ein Verhältnis mit Mr. Thomas hat. Ihre Reaktion, als du es ihr vorgeworfen hast, war eindeutig."

„Ja, das habe ich auch gemerkt."

„Trotzdem danke Mum. Ohne dich hätte ich bestimmt nicht weiter studieren dürfen", bedankte ich mich bei ihr, auch wenn ich mit der Bedingung nicht einverstanden war.

„Das habe ich gerne gemacht."

„Und wie ist es gelaufen?", fragte Ian, als er mittags zu mir gekommen war. Ich hatte, nachdem wir von der Uni wieder nach Hause gefahren waren, meine Mutter zum Flughafen gebracht, da sie wieder zurück nach Orlando musste.

„Ich darf weiter studieren. Aber meine Mum hat es leider nicht geschafft, dass du deinen Job wiederbekommst", sagte ich seufzend.

„Das ist nicht so schlimm. Die Hauptsache ist, dass du deinen Abschluss machen darfst." Ian musterte mich besorgt. „Was ist los Honey? Du freust dich gar nicht, dass du weiter studieren darfst."

„Ich darf es nur unter einer Bedingung."

„Und die wäre?"

„Wir … wir dürfen uns bis zu meinem Abschluss nicht sehen." Mir kamen die Tränen bei dem Gedanken, Ian sechs Wochen lang nicht sehen zu dürfen.

„Hey Honey, komm her." Ian zog mich in seine Arme und ich schmiegte mich eng an ihn.

„Warum dürfen wir uns denn nicht mehr sehen?", wollte er nun wissen.

„Weil Mrs. Hill befürchtet, dass ich einen Vorteil hätte, wenn du mir beim Lernen für die Prüfungen hilfst. Obwohl es totaler Blödsinn ist, denn du kennst doch noch nicht einmal die Prüfungsaufgaben. Wie soll ich denn dann einen Vorteil gegenüber den anderen Studenten haben?"

„Da hast du recht. Ich kenne die Aufgaben gar nicht." Es klingelte an der Tür. „Ich gehe schon", sagte Ian und stand von der Couch auf. Er ging in den Flur und öffnete die Tür. Normalerweise hätte er es gar nicht tun dürfen, denn er wusste doch gar nicht, wer geklingelt hatte. Aber da wir eh schon aufgeflogen waren, war es nun auch egal, ob ihn jemand in meiner Wohnung sehen würde.

„Hi ihr beiden, kommt rein", hörte ich ihn jemanden begrüßen.

„Wir wollten nur mal fragen, wie das Gespräch gelaufen ist", sagte Carla und kurz darauf kam sie mit Linus ins Wohnzimmer. Ian folgte den beiden und setzte sich wieder zu mir auf die Couch.

„Lexi darf weiterhin an der Uni studieren", berichtete Ian den beiden, die sich ebenfalls auf die Couch gesetzt hatten.

„Na das ist doch super", kam es von Carla erfreut.

„Naja, der Nachteil ist, dass Ian und ich uns bis zu meinem Abschluss nicht mehr sehen dürfen", fügte ich hinzu. „Meine Direktorin hat Angst, dass ich einen Vorteil habe, wenn Ian mit mir zusammen lernt."

„Das ist doch Schwachsinn. Da steckt doch eher Schikane dahinter", sagte Carla empört und schüttelte den Kopf.

„Wahrscheinlich will sie euch damit bestrafen, dass ihr die Regeln nicht befolgt habt. Aber wie will sie das denn kontrollieren?", fragte Linus.

„Das weiß ich nicht. Ich kann mir zumindest vorstellen, dass Mr. Thomas uns vielleicht weiterhin nachspioniert", mutmaßte ich.

„Das kann natürlich sein, allerdings werde ich da nicht mitspielen", sagte Ian.

„Ich auch nicht. Ich möchte nicht sechs Wochen lang von dir getrennt sein", erwiderte ich und wischte mir die Tränen aus dem Gesicht.

„Das brauchst du auch gar nicht. Vielleicht können wir uns nicht jeden Tag sehen, damit wir nicht erwischt werden, denn ich möchte nicht riskieren, dass du doch noch von der Uni geworfen wirst, weil du dich nicht an die Bedingung hältst. Aber wir werden uns weiterhin sehen, auch wenn wir noch vorsichtiger sein müssen", versprach mir Ian.

„Und wir helfen euch dabei. Sollte es wirklich so sein, dass dieser Typ euch hinterherspioniert, dann werden wir ihn irgendwie austricksen, dass ihr beiden euch sehen könnt. Abgesehen davon können sie euch das Telefonieren nicht verbieten, beziehungsweise nachvollziehen, ob ihr es tut", entgegnete Carla.

„Danke, das ist lieb von euch", erwiderte ich.

„Das machen wir doch gerne", kam es von Linus.

„Na dann lassen wir euch mal wieder alleine, damit ihr euren gemeinsamen Tag genießen könnt", sagte Carla und stand von der Couch auf. Linus tat es ihr gleich.

„Das werden wir", entgegnete Ian.

„Seid aber nicht zu laut. Wir wohnen schließlich gleich nebenan", grinste Linus.

„Macht es gut ihr beiden. Und Kopf hoch. Zusammen schaffen wir das", machte uns Carla Mut.

„Danke. Das hoffe ich", erwiderte ich.

„Und wir beiden werden jetzt unseren Tag noch genießen und ich habe auch schon eine Idee, was wir machen könnten", sagte Ian, als die beiden gegangen waren und schaute mich lächelnd an.

„Wie sieht denn die Idee aus?"

„Ich würde vorschlagen, dass wir mit einem gemeinsamen Entspannungsbad beginnen", schlug er vor.

„Das hört sich gut an. Ich bin einverstanden", stimmte ich zu, stand von der Couch auf und ging ins Badezimmer. Ian folgte mir.

„Wissen deine Eltern es schon", wollte ich von ihm wissen, während ich das Wasser in die Wanne ließ.

„Ja, ich habe vorhin schon mit ihnen telefoniert."

„Was haben sie dazu gesagt?"

„Sie können die Entscheidung der Direktorin nicht so ganz nachvollziehen und finden die Regel unsinnig. Aber sie sind auf unserer Seite."

„Also sind sie nicht sauer auf mich, denn schließlich ist es doch auch meine Schuld, dass du deinen Job verloren hast."

„Nein, sie sind nicht sauer auf dich. Du brauchst dir keine Gedanken zu machen. Du bist auch nicht schuld daran, dass ich meinen Job verloren habe. Ich wusste, was passieren kann, wenn wir zusammen sind und erwischt werden. Es ist ganz alleine meine Schuld."

„Aber … ."

„Nichts aber. Schluss jetzt damit. Lass uns jetzt nicht mehr daran denken und stattdessen unseren Nachmittag genießen", sagte Ian und gab mir einen Kuss.

Kapitel 19

Am nächsten Tag war ich sehr nervös, als ich zur Uni fuhr. Ich hatte am Abend zuvor noch mal mit Serena und Chloe geschrieben und hatte ihnen berichtet, wie das Gespräch gelaufen war. Auch die beiden boten mir ihre Hilfe an, damit Ian und ich uns treffen konnten. Ich fuhr auf den Parkplatz und stellte meinen Wagen ab. Als ich ausstieg, kamen die beiden bereits auf mich zu. Sie wollten mich auf den Weg ins Gebäude begleiten, um dumme Kommentare oder Blicke von anderen Studenten von mir fernzuhalten. Ich war ihnen so dankbar dafür, dass sie mir halfen und zu mir standen.

„Hey Lexi, wie geht es dir?", fragte Serena und umarmte mich.

„Ich bin etwas nervös, aber ansonsten geht es."

„Das wird schon. Wir sind da und helfen dir", sagte Chloe, die mich nun umarmte.

„Danke. Ich bin so froh, dass ihr noch weiterhin mit mir befreundet sein wollt, obwohl ich mich nicht an die Regeln der Uni gehalten habe und eine Beziehung mit einem Dozenten habe."

„Natürlich wollen wir noch weiter mit dir befreundet sein. Es ist doch egal, welchen Beruf er hat. Hauptsache er macht dich glücklich", entgegnete Serena.

„Das macht er auf jeden Fall."

„Abgesehen davon finde ich, dass ihr ein sehr schönes Paar seid. Ich kann auch verstehen, dass du uns nichts erzählt hast. Ihr musstet eure Beziehung schließlich geheim halten. Wir hätten es zwar niemanden erzählt, aber wer weiß, wer es vielleicht mitbekommen hätte. Diese Uni hat viele Ohren", kam es von Chloe.

„Dort ist zum Beispiel eine der neugierigsten Personen hier an der Uni." Serena deutete auf Katelynn, die gerade aus ihrem

Auto gestiegen war. Als sie uns sah, kam sie direkt auf uns zu. Die hatte mir gerade noch gefehlt.

„Ach hallo Alexa, na darfst du doch hier wieder studieren? Wie ist es denn so, jemanden den Job genommen zu haben? Der arme Mr. Davis darf jetzt nicht mehr hier arbeiten und das nur deinetwegen, weil du die Finger nicht von ihm lassen konntest", provozierte sie mich.

„Halt deine Schnauze, Katelynn und verpiss dich. Lass mich einfach in Ruhe", erwiderte ich bissig.

„Na na na jetzt werde aber nicht unverschämt. Sei froh, dass du hier weiter studieren darfst. Wobei, ohne deine Mummy würdest du jetzt Zuhause sitzen und dürftest deinen Abschluss nicht machen", provozierte sie weiter. Ich ballte meine Hände zu Fäusten.

„Beachte sie gar nicht. Sie ist es nicht wert, dass du ärger bekommst", sagte Serena.

„Genau, ignoriere sie einfach. Sie ist einfach nur erbärmlich. Kommt lasst uns reingehen. Der Unterricht beginnt gleich", schlug Chloe vor. Wir drehten uns um und gingen zum Gebäude ohne weiter auf Katelynn zu achten.

Der Tag war einfach nur die Hölle. Auch wenn die Dozenten mich normal behandelten, als ob nichts gewesen wäre, so war es bei den Studenten anders. Ich hatte das Gefühl, dass ich von allen angestarrt wurde. Einige Blicke waren wütend und abwertend, andere wiederum mitleidig oder verständnisvoll. Um mich herum wurde immer wieder mal geflüstert und ab und an hörte ich auch Sätze wie „Da ist diejenige, die mit Mr. Davis eine Affäre hat" oder „Ihretwegen wurde Mr. Davis gekündigt". Chloe und Serena versuchten viel von mir abzuhalten, aber alles schafften sie auch nicht. Ich war froh, als der Unterricht vorbei und ich endlich wieder Zuhause war.

„Hey meine Prinzessin, wie war heute dein Tag?", fragte Ian, als wir telefonierten.

„Frag nicht. Die Uni war die Hölle. Es hat sich dank Katelynn an der ganzen Uni herumgesprochen, dass wir beide eine

Beziehung haben und du gekündigt wurdest. Dementsprechend wurde ich von vielen angesehen, als hätte ich ein Verbrechen begangen. Zum Glück stehen Serena und Chloe zu mir. Alleine hätte ich den Tag nicht überstanden."

„Das tut mir so leid. So sind leider die Menschen. Sie interessieren sich lieber für andere Menschen, wenn etwas passiert ist, anstatt sich um ihr eigenes Leben zu kümmern. Lieber mischen sie sich in anderer Leute Angelegenheiten ein, denn anscheinend ist ihr eigenes Leben zu langweilig. Aber es wird besser werden. Spätestens, wenn etwas anderes passiert, dann bist du für sie uninteressant geworden. Ignoriere die Menschen einfach so gut es geht und rege dich nicht über sie auf. In sechs Wochen ist alles vorbei und du brauchst dich nicht mehr mit ihnen herumärgern", versuchte er mich aufzubauen.

„Noch sechs Wochen. Das ist eine lange Zeit", seufzte ich.

„Ich weiß, Honey. Aber dann können wir unser gemeinsames Leben endlich genießen."

„Darauf freue ich mich schon."

„Ich mich auch. Ich kann gleich leider nicht zu dir kommen, da ich mich mit Linus treffe. Wir wollen uns ein Büro für die Firma ansehen. Ich habe eine Immobilienanzeige heute in der Zeitung gefunden und danach müssen wir noch einiges klären."

„Das ist schon okay. Die Firma geht erst einmal vor. Ich werde mich dann mal wieder an meine Bücher machen und weiterlernen."

„Ist es wirklich für dich in Ordnung? Ansonsten verschiebe ich den Besichtigungstermin", fragte er fürsorglich.

„Nein, es ist schon gut. Schließlich müsst ihr mit dem Aufbau der Firma weitermachen. Und so kann ich in Ruhe lernen", erwiderte ich grinsend.

„Willst du damit etwa sagen, dass ich dich sonst vom Lernen abhalte?", fragte er gespielt empört.

„Naja, wenn du da bist, lenkst du mich öfter ab."

„Du musst doch auch mal Lernpausen machen."

„Bei diesen Lernpausen finde ich mich aber oft im Schlafzimmer wieder", lachte ich.

„Dann bleiben wir das nächste Mal im Wohnzimmer. Die Couch reicht auch aus, damit du dich vom Lernen entspannen kannst", grinste er. „Deinen Esstisch und die Küche haben wir noch gar nicht ausprobiert." Mir wurde heiß bei dem Gedanken, wo wir uns alles lieben könnten und versuchte sie wieder loszuwerden.

„Lass es sein, sonst kann ich mich gleich nicht mehr beim Lernen konzentrieren", sagte ich.

„Du hast recht. Wenn ich mir weiter vorstelle, was ich alles mit dir machen könnte, dann werde ich doch zu dir kommen, anstatt mir das Büro anzusehen."

„Auch wenn ich mir nichts sehnlicher wünsche, als dass du bei mir bist, so ist es doch vernünftiger, wenn du dich um deine Firma kümmerst und ich für meine Prüfung lerne."

„Wie recht du hast. Dann lerne fleißig und wenn du möchtest frage ich dich heute Abend am Telefon ab."

„Ja gerne und du, kümmere dich um die Firma, denn schließlich brauche ich nach dem Abschluss einen Arbeitsplatz", grinste ich.

„Der Arbeitsplatz ist dir auf jeden Fall sicher. Bis heute Abend Honey. Ich liebe dich."

„Ich liebe dich auch", erwiderte ich und wir legten auf. Ich nahm mir meine Bücher und etwas zum Schreiben, machte es mir auf der Couch gemütlich und wollte gerade mit dem Lernen beginnen, als es an der Tür klingelte. Wer war das denn jetzt? Ich stand von der Couch auf und ging zur Tür. Auf dem Bildschirm der Kamera konnte ich niemanden draußen vor dem Tor sehen. Ich öffnete die Tür und hätte sie am liebsten wieder geschlossen, als ich sah, wer davorstand.

„Was willst du hier?", fragte ich Katelynn.

„Ich bin hier um zu sehen, ob du dich auch an die Bedingung hältst und keinen Kontakt zu Mr. Davis hast."

„Das ist nicht dein Ernst", sagte ich ungläubig.

„Doch natürlich. Ich werde deine Wohnung kontrollieren, um sicher zu gehen, dass er nicht da ist. Also lass mich rein", sagte sie und versuchte an mir vorbei in die Wohnung zu kommen. Ich stellte mich ihr in den Weg und zog die Tür dicht an mich, damit sie nicht in die Wohnung kam. Was dachte diese Frau sich eigentlich?

„Das kannst du vergessen. Ich lasse dich nicht in meine Wohnung", zischte ich.

„Wieso nicht? Hast du etwas zu verbergen? Ist er vielleicht da? Mr. Davis kommen Sie raus. Ich weiß, dass Sie da sind", rief sie.

„Ich habe nichts zu verbergen und er ist auch nicht hier."

„Dann kannst du mich doch auch in die Wohnung lassen."

„Nein, das werde ich auf gar keinen Fall und jetzt verpiss dich", knurrte ich.

„Okay, du willst es ja nicht anders. Dann werde ich Mrs. Hill erzählen, dass du dich nicht an die Bedingung hältst und dich weiterhin mit ihm triffst."

„Tu es doch. Ich bin gespannt, was Mrs. Hill zu deinen Lügen und zu deinem Auftritt hier sagen wird. Ich halte mich an die Bedingungen und Mr. Davis ist nicht hier. Aber wenn du sie anlügen möchtest, dann tu dir keinen Zwang an und mach es. Mir ist es egal. Und jetzt verpiss dich", sagte ich bissig, ging in meine Wohnung und schlug die Tür zu. Ich atmete tief durch. Was glaubte diese Frau eigentlich, wer sie war? Sie tauchte hier auf und wollte meine Wohnung durchsuchen. Ging es ihr eigentlich noch ganz gut? Sollte sie doch zur Direktorin gehen und ihre Lügen erzählen. Mir war es egal. Ich ließ mich nicht von Katelynn unter Druck setzen. Natürlich hatte ich gelogen, als ich sagte, dass ich mich an die Bedingungen hielt. Ich liebte Ian über alles auf der Welt und ich würde es nicht ertragen ihn nicht mehr zu sehen oder zu sprechen. Ich ging ins Büro und schaute aus dem Fenster, ob Katelynn gegangen war. Ich wartete einige Minuten, aber sie kam nicht aus dem Haus. Mir kam es irgendwie komisch vor und ging zur

Wohnungstür. Ich öffnete die Tür einen Spalt breit und sah Katelynn, wie sie gebückt vor meiner Tür stand.

„Was machst du da?", fragte ich sie.

„Ich … ich habe gerade meinen Schuh zugebunden", erwiderte sie und richtete sich auf.

„Hör auf zu lügen. Du hast an meiner Tür gelauscht. Das ist echt unglaublich. Du verlässt auf der Stelle das Haus", schrie ich sie an.

„Und was ist, wenn nicht?", fragte sie provozierend.

„Dann werde ich die Polizei rufen und die wird dich aus dem Haus begleiten. Also such es dir aus", erwiderte ich bissig.

„Du willst die Polizei rufen?", fragte sie ungläubig.

„Ja natürlich. Wenn du nicht sofort das Haus verlässt, werde ich das tun."

„Das ist unfassbar", motzte sie und ging zum Fahrstuhl.

„Verpiss dich einfach", sagte ich darauf nur und wartete, bis sie in den Fahrstuhl gestiegen war. Als sich die Türen schlossen, ging ich zurück in meine Wohnung und schaute aus dem Fenster im Büro, ob sie dieses Mal nun wirklich das Haus verlassen würde. Ich atmete erleichtert auf, als ich sah, wie sie aus dem Haus kam und zu ihrem Wagen ging. Sie stieg in ihr Auto ein und fuhr endlich weg.

Am Abend sprach ich mit Tiana und Yumi über die Videotelefonie.

„So und jetzt erzähl mal, was genau los ist. Du hast uns zwar eine Nachricht geschrieben, aber so ganz habe ich es noch nicht verstanden. Wie kam es dazu, dass ihr aufgeflogen seid?", forderte Tiana mich auf und ich erzählte ihnen, wie es dazu gekommen war.

„Und nun dürfen Ian und ich uns nicht mehr sehen. Das ist die Bedingung, dass ich meinen Abschluss machen darf", endete ich mit der Erzählung.

„Was ist das denn für eine schwachsinnige Bedingung? Das ist doch nur ein Vorwand, um dich zu bestrafen", sagte Tiana kopfschüttelnd.

„Ihr werdet euch aber doch nicht an diese Bedingung halten, oder? Sie können es doch gar nicht nachprüfen, ob ihr euch seht oder Kontakt habt", wollte Yumi wissen.

„Nein, wir werden uns nicht daranhalten. Wir müssen zwar noch vorsichtiger sein, als bisher, aber wir werden uns den Kontakt nicht verbieten lassen."

„Genau so ist es richtig", sagte Tiana.

„Wir müssen nur auf Thomas und Katelynn aufpassen. Anscheinend besticht er sie mit guten Noten, dass sie für ihn spioniert. Sie kam heute Nachmittag vorbei und wollte sogar meine Wohnung durchsuchen."

„Das gibt es doch nicht. Du hast sie doch wohl nicht reingelassen?", fragte Yumi.

„Nein, natürlich nicht. Ich habe sie allerdings noch, nachdem ich ihr die Tür vor der Nase zugeschlagen habe, dabei erwischt, wie sie an der Tür gelauscht hat. Angeblich wollte sie nur ihren Schuh zu machen, aber das kann sie mir nicht erzählen."

„Das ist echt ein starkes Stück. Unglaublich so etwas", kam es von Yumi fassungslos.

„Was gibt es denn bei euch so Neues?", fragte ich die beiden, denn ich wollte sie nicht weiter mit meinen Problemen belästigen.

„Ich habe einen Job. Nach meinem Abschluss werde ich in Orlando bei einer Architekturfirma anfangen", sagte Tiana strahlend.

„Das ist doch super. Herzlichen Glückwunsch. Ich freue mich so für dich", erwiderte ich.

„Herzlichen Glückwunsch", kam es von Yumi.

„Danke euch beiden. Oh ich freue mich so. Vor allem, können Jonathan und ich uns dann jeden Tag sehen. Er hat mich heute gefragt, ob ich dann zu ihm ziehe", quietschte sie vor Freude.

„Und was hast du ihm geantwortet?", fragte Yumi grinsend.

„Ja natürlich. Das ist doch ganz klar. Das wird so klasse. Wie sieht es denn bei euch aus, Yumi? Wann zieht ihr zusammen?", wollte sie nun wissen.

„Nach dem Studium. Wir suchen schon fleißig nach einer Wohnung. Wir werden beide hier in Kalifornien bleiben. Pedro hat bereits die feste Zusage für einen Job und ich hatte am Montag ein Vorstellungsgespräch. Es lief sehr gut und es hat sich so angehört, als ob sie mich einstellen wollen. Wir werden sehen."

„Ich drücke dir ganz fest die Daumen", sagte ich.

„Wie sieht es denn bei euch aus, Lexi?", wollte Tiana nun von mir wissen. „Wann zieht ihr beide denn zusammen?"

„Das weiß ich nicht. Wir haben noch gar nicht darüber gesprochen. Okay jetzt ist allerdings auch das Kontaktverbot dazwischengekommen. Im Moment könnten wir gar nicht zusammenziehen. Das würde wahrscheinlich herauskommen und dann war es das mit meinem Abschluss." Wir hatten wirklich noch nicht über das Zusammenziehen gesprochen. Ich stellte es mir schön vor mit Ian jeden Morgen aufzuwachen und einzuschlafen. Aber im Moment ging es leider nicht. Wir konnten schließlich nicht riskieren erwischt zu werden, denn sonst würde ich doch nicht meinen Abschluss machen können. Wahrscheinlich würde mir dann meine Mutter die Hölle heiß machen. Sie hatte alles dafür getan, dass die Suspendierung aufgehoben wurde und wenn ich nun diese Chance aufs Spiel setzen würde, wäre sie wahrscheinlich mehr als sauer auf mich.

„Das ist verständlich. Hast du denn mittlerweile eine Zusage wegen eines Jobs?", fragte Yumi.

„Bis jetzt noch nicht. Aber wenn ich möchte, kann ich bei Ian und seinem Bruder in der Firma anfangen, die sie eröffnen wollen. Ich glaube, das werde ich auch machen. So Leute, Zeit fürs Bett", sagte ich grinsend.

„Du willst nur so schnell aus der Videotelefonie raus, weil Ian gleich noch anruft", grinste Tiana.

„Na gut, ertappt. Ja er ruft gleich noch an und will mich noch zum Lernstoff abfragen."

„Ich muss jetzt aber auch Schluss machen. Jonathan ruft gleich noch an", gab Tiana zu.

„Ach schau mal einer an", grinste ich. „Macht es gut ihr beiden", verabschiedete ich mich und beendete die Videotelefonie.

Zwei Wochen waren vergangen in denen Ian und ich uns nicht täglich gesehen hatten. Dafür telefonierten wir mehrmals am Tag. Trotzdem fehlte er mir an jedem Tag, an dem wir uns nicht sahen. Katelynn hatte es nicht mehr gewagt das Haus zu betreten. Ich hatte allerdings in den letzten Tagen das Gefühl, als ob ich verfolgt werden würde. Egal ob ich in der Uni oder in der Stadt unterwegs war. Aber jedes Mal, wenn ich mich umschaute, sah ich niemanden. Vielleicht bildete ich es mir auch nur ein und wurde langsam aber sicher paranoid, weil ich Angst hatte, dass herauskäme, dass Ian und ich doch Kontakt zueinander hatten. Heute war Freitag und ich freute mich schon wahnsinnig darauf, endlich Ian zu sehen. Wir wollten das Wochenende zusammen bei ihm verbringen. Ich hatte meine Sachen bereits gepackt und war nun auf dem Weg zu meinem Wagen. Ich packte die Reisetasche in den Kofferraum, stieg ein und startete den Motor. Ich fuhr aus der Tiefgarage und bog auf die Straße. Mir fiel ein Wagen auf, der auf der anderen Straßenseite parkte. Das Auto kam mir bekannt vor, aber ich kam nicht drauf, wem er gehörte. Ich fuhr weiter und sah im Rückspiegel, wie nun der Wagen ebenfalls in die gleiche Richtung losfuhr. Wurde ich etwa verfolgt? Ich hatte anscheinend wirklich so langsam Paranoia, dass ich schon dachte, dass ich von einem Auto verfolgt wurde. Ich verdrängte den Gedanken und konzentrierte mich auf die Straße. An einer roten Ampel musste ich stehen bleiben. Ich schaute wieder in den Rückspiegel und sah, dass der Wagen immer noch hinter mir war. Ich schaute genauer hin und sah, dass Katelynn in diesem Wagen saß. Nun wusste ich auch wem er gehörte und woher ich ihn kannte. Es war ihr Auto. Warum verfolgte sie mich? Wollte sie mir wieder hinterherspionieren oder war es nur ein Zufall, dass sie den gleichen Weg nahm, wie ich? Ich beschloss es auszutesten und bog, als die Ampel grün wurde, links ab. Ich fuhr eine kleine Runde und sah, dass sie mich weiterhin verfolgte. So ein Mist. Was sollte ich denn jetzt tun? Ich konnte jetzt unmöglich zu Ian fahren. Sie würde mir bis zu ihm folgen und mich glatt bei der Direktorin verpetzen.

„Hi Honey, bist du schon unterwegs?", fragte Ian, als ich ihn über die Freisprecheinrichtung in meinem Wagen anrief.

„Eigentlich schon. Ich habe allerdings ein Problem."

„Was ist los?", wollte er nun wissen.

„Ich werde von Katelynn verfolgt. Sie fährt mir die ganze Zeit hinterher. Ich kann nicht zu dir kommen."

„Dieses kleine Miststück", knurrte er. „Okay, dann komme ich halt zu dir."

„Und wie willst du das machen? Wenn ich jetzt wieder nach Hause fahre, folgt sie mir und wird dich dort sehen."

„Halt sie für eine halbe Stunde von deiner Wohnung fern. Ich parke in der Tiefgarage und warte da auf dich. Sie wird gar nicht merken, dass ich da bin", schlug er vor.

„Okay. Dann werde ich Einkaufen fahren. Wir brauchen schließlich etwas zu essen, wenn du das Wochenende bei mir bist."

„Alles klar Honey, bis gleich. Ich liebe dich."

„Ich liebe dich auch", erwiderte ich und legte auf. Ich fuhr zum Supermarkt. Katelynn würde sich schon wundern. Sie hatte mit Sicherheit damit gerechnet, dass ich zu Ian fahren würde. Ich schaute in den Rückspiegel und sah, dass sie mir immer noch folgte. Das freute mich, denn ich wollte schließlich nicht, dass sie jetzt doch wieder zu meiner Wohnung fuhr. Ich lenkte den Wagen auf den Parkplatz vom Supermarkt und parkte auf einen freien Platz. Ich nahm meine Tasche und stieg aus. Ich schaute mich nach Katelynn um, die gerade ebenfalls aus ihrem Wagen gestiegen war. Jetzt konnte diese Frau etwas erleben. Wütend stapfte ich zu ihr herüber.

„Warum folgst du mir?", fragte ich bissig.

„Ich folge dir nicht. Ich wollte einkaufen gehen", erwiderte sie.

„Ja ist klar und deshalb stehst du erst vor meinem Haus und fährst mir dann die ganze Zeit hinterher. Hör auf zu lügen", schrie ich sie an.

„Gut okay, ich wollte schauen, ob du zu Mr. Davis fährst. Schließlich dürft ihr keinen Kontakt haben", gab sie schließlich zu.

„Wir haben keinen Kontakt. Hör endlich auf mir nachzuspionieren und lass mich in Ruhe", knurrte ich und drehte mich um. Ich ging zum Supermarkt und bemerkte, dass sie mir weiterhin folgte.

„Ich habe gesagt, dass du mich in Ruhe lassen sollst", zischte ich und drehte mich halb zu ihr um.

„Ich muss auch etwas einkaufen", erwiderte sie und ging an mir vorbei. Wieso glaubte ich ihr das nicht? Da ich ihr leider nicht verbieten konnte, in den gleichen Supermarkt einzukaufen wie ich es tat, nahm ich mir einen Einkaufswagen und betrat den Laden. Andererseits war es doch irgendwie gut, wenn sie ebenfalls einkaufen ging, denn so hatte ich sie unter Kontrolle und musste nicht befürchten, dass sie wieder zu meiner oder zu Ians Wohnung fuhr und entdecken würde, dass wir sie gerade hereinlegten. Ich ließ mir Zeit beim Einkaufen und schlenderte durch die Gänge, denn ich musste Ian genügend Zeit geben zu meiner Wohnung fahren zu können. Ich bemerkte, dass Katelynn mich immer wieder beobachtete, aber ich ließ mich nicht von ihr aus der Ruhe bringen. Als ich alles im Einkaufswagen hatte, was ich brauchte, ging ich zur Kasse. Wie ich erwartet hatte, folgte Katelynn mir. Dafür, dass sie ebenfalls einkaufen wollte, hatte sie sich nur ein Mascara, eine Diätlimo und eine Packung Müsliriegel gekauft. Mir war schon klar gewesen, dass sie nicht vorhatte wirklich einkaufen zu gehen. Es war nur ein Vorwand um mir weiterhin nachzuspionieren. Ich bezahlte meinen Einkauf und ging zu meinen Wagen. Ich lud die Einkaufstüten auf die Rückbank meines Autos. Den Kofferraum konnte ich nicht öffnen, denn dann hätte sie meine Reisetasche gesehen und sofort gewusst, dass ich eigentlich zu Ian fahren wollte.

„Folgst du mir jetzt wieder oder lässt du mich endlich in Ruhe", rief ich zu ihr herüber, als sie ebenfalls an ihrem Wagen angekommen war. Sie antwortete mir nicht, sondern stieg einfach in ihr Auto ein. Ich brachte den Einkaufswagen weg und stieg anschließend in mein Auto. Ich fuhr noch nicht los, sondern wählte stattdessen Ians Nummer.

„Hey Honey", begrüßte er mich, als er dran ging.

„Wo bist du?", fragte ich.

„Ich bin bei dir Zuhause in der Tiefgarage. Bist du fertig mit einkaufen?"

„Ja bin ich. Ich mache mich dann jetzt auf den Weg nach Hause. Mal schauen, ob Katelynn mir weiterhin folgt." Ich startete den Wagen und fuhr los. Ich schaute in den Rückspiegel und sah, dass Katelynn ebenfalls den Parkplatz verließ. Allerdings bog sie an der Straße in die andere Richtung ab und folgte mir somit nicht mehr. „Sie hat aufgegeben", sagte ich triumphierend.

„Gott sei Dank. Ich dachte schon, wir müssten mit ihr zusammen das Wochenende verbringen", kam es von Ian erleichtert.

„Zum Glück nicht. Das hätte ich nicht ertragen. Ich hoffe, sie lässt uns jetzt endlich in Ruhe."

„Das hoffe ich auch." Ich schaute in den Rückspiegel, um mich zu vergewissern, dass Katelynn mir wirklich nicht mehr folgte und atmete erleichtert aus, als ich sie nirgends entdecken konnte. Ich bog in die nächste Straße ein und fuhr nach Hause.

„Ich bin gleich da", sagte ich und bog in die Straße ein, wo ich wohnte.

„Ich kann es kaum erwarten, dich endlich wieder in meine Arme zu nehmen und dich zu küssen", erwiderte Ian.

„Ich auch nicht. Ich fahre jetzt in die Tiefgarage." Ich fuhr in die Garage und parkte meinen Wagen auf meinen Parkplatz neben seinen. Ich stieg aus dem Wagen aus und fiel Ian, überglücklich ihn wiederzusehen, in die Arme.

„Hi", sagte ich leise.

„Hi Honey", erwiderte er, zog mich enger an sich und küsste mich.

Kapitel 20

„Oh, hallo Miss Edison. Mit wem schreiben Sie denn da?",
fragte mich Mr. Thomas am Mittwoch in der Uni. Es war gerade Mittagspause und ich stand im Gang an der Wand gelehnt
mit meinem Handy in Hand und schrieb eine Nachricht an
meine Mutter.

„Das geht Sie gar nichts an, Mr. Thomas", erwiderte ich.

„Doch es geht mich schon etwas an, wenn Sie mit Mr. Davis
schreiben. Sie haben schließlich zu ihm Kontaktverbot."

„Ich schreibe aber nicht mit ihm."

„Das glaube ich Ihnen nicht", sagte er und riss mir das
Handy aus der Hand.

„Hey, was soll das? Geben Sie mir sofort mein Handy wieder", schrie ich ihn an. Zum Glück hatte ich alle Fotos von Ian
und mir von meinem Handy entfernt. Unsere Nachrichten
hatte ich gelöscht und seine Handynummer hatte ich mit einem
anderen Namen getarnt. Diesen Tipp hatte mir Lorena gegeben, falls mal jemand in mein Handy schauen sollte. Genau das
passierte gerade. Mr. Thomas tippte auf meinem Handy herum.
Das konnte doch jetzt nicht wahr sein. Ich entriss ihm wieder
mein Handy und packte es schnell in meine Tasche.

„Was erlauben Sie sich?", fragte er empört.

„Was erlauben Sie sich eigentlich mir mein Handy zu klauen
und darin herumzuschnüffeln. Ich bin gespannt, was Mrs. Hill
dazu sagen wird", erwiderte ich wütend.

„Sie wird mir recht geben", sagte er und sah mich herausfordernd an.

„Das werden wir gleich sehen." Ich drehte mich um und ging
geradewegs zu Mrs. Hills Büro. Mr. Thomas folgte mir. Ich
klopfte an die Tür vom Büro der Direktorin.

„Herein", rief Mrs. Hill. Ich öffnete die Tür und ging in das
Büro.

„Oh Miss Edison, was kann ich für Sie tun?", fragte sie zwar freundlich, aber sie machte den Eindruck, als ob sie nicht erfreut war mich zu sehen.

„Ich möchte mich über Mr. Thomas beschweren. Er hat mir gerade auf dem Gang mein Handy weggenommen und hat darin herumgeschnüffelt. Es geht ihn nichts an, mit wem ich in meiner Pause schreibe oder was ich in meinem Handy gespeichert habe", sagte ich wütend.

„Ich musste doch sichergehen, dass Miss Edison keinen Kontakt zu Mr. Davis hat", verteidigte sich Mr. Thomas.

„Ich habe keinen Kontakt mehr zu Mr. Davis. Und was ich auf meinem Handy gespeichert habe oder wem ich schreibe, ist meine Privatsache", erwiderte ich.

„Naja da muss ich Miss Edison recht geben. Sie haben nicht das Recht dazu in ihr Handy zu schauen, Mr. Thomas. Ich bitte Sie das zu unterlassen", sagte Mrs. Hill streng.

„Aber wir müssen doch wissen, ob Miss Edison keinen Kontakt mehr zu Mr. Davis hat. Auch wenn sie sich nicht treffen, so können sie immer noch telefonieren oder Nachrichten schreiben. Ich wäre dafür, dass wir Miss Edison ihr Handy bis zum Abschluss wegnehmen, damit sie keinen Kontakt mehr zu Mr. Davis haben kann", schlug Mr. Thomas vor. Hatte er sie noch alle? Ganz sicher würde ich nicht mein Handy abgeben.

„Auf gar keinen Fall. Ich werde mein Handy ganz sicher nicht abgeben", protestierte ich.

„Mr. Thomas hat schon recht. Wir müssen sichergehen, dass sie keinen Kontakt mehr zu Mr. Davis haben. Ihnen ist schließlich jeglicher Kontakt verboten. Also wäre es schon besser, wenn Sie ihr Handy abgeben würden", kam es von Mrs. Hill.

„Nein, das werde ich nicht tun. Mein Handy ist meine Privatsache. Sie müssen meinen Worten schon glauben, wenn ich sage, dass ich keinen Kontakt mit ihm mehr habe", erwiderte ich und konnte es nicht glauben, was hier gerade ablief.

„Wir sollten auch mal ihre Wohnung durchsuchen. Wir werden dort sicherlich einige private Sachen von Mr. Davis finden, wenn sie sich noch weiterhin sehen", sagte Mr. Thomas.

„Das können Sie vergessen. Sie haben doch vor zwei Wochen erst Katelynn zu mir geschickt, die nicht nur in meine Wohnung wollte, um nachzusehen, ob Mr. Davis da wäre, sondern ich habe sie auch noch dabei erwischt, wie sie mich belauschen wollte, als sie gehen sollte und ich die Wohnungstür geschlossen habe. Ganz zu schweigen davon, dass sie mir letzten Freitag nachspioniert und mich mit dem Auto verfolgt hat. Wie dumm, dass ich nur einkaufen gefahren bin. Also nichts Spektakuläres, denn schließlich brauche ich auch Nahrung um zu Leben. Und nein ich habe mich nicht mit Mr. Davis im Supermarkt getroffen", knurrte ich und die Wut brodelte nur so in mir.

„Das sind Unterstellungen. Ich habe Miss White nicht zu Ihnen geschickt", verteidigte er sich.

„Das glaube ich aber schon. Haben Sie sie etwa mit guten Noten bestochen? Alleine würde Katelynn doch nicht auf die Idee kommen mir nachzuspionieren."

„Jetzt ist es gut Miss Edison", ermahnte mich die Direktorin.

„Nein, das habe ich nicht. Aber Sie versuchen jetzt abzulenken. Geben Sie ihr Handy ab und lassen Sie uns Ihre Wohnung sehen, damit wir sicher sein können, dass sie keinen Kontakt mehr zu Mr. Davis haben", sagte Mr. Thomas.

„Na klar, aber sonst geht es noch. Wie wäre es, wenn ich gleich in die Uni einziehe oder aber gar bei Ihnen, damit Sie mich unter Kontrolle haben? Vergessen Sie es. Ich werde weder mein Handy abgeben noch werde ich Sie in meiner Wohnung herumschnüffeln lassen. Wie gesagt, ich habe keinen Kontakt mehr zu Mr. Davis und es ist mir egal, ob Sie mir glauben oder nicht. Ich werde jetzt gehen. Aber eines sage ich Ihnen, sollte mir noch einmal hinterherspioniert werden, werde ich bei der Polizei Anzeige erstatten", sagte ich und verließ das Büro. Das konnte doch alles nicht wahr sein. Glaubten sie wirklich, ich würde zulassen, dass sie meine Wohnung durchsuchten oder ich ihnen mein Handy geben würde? Niemals! Das würde ich nie machen. Ich hatte eigentlich gar keine Lust mehr zu meinem nächsten Kurs zu gehen, aber ich wollte ihnen auch keine Angriffsfläche geben, wenn ich jetzt nach Hause fahren und den Kurs schwänzen würde. Ich atmete tief durch und ging zum Kursraum.

Die nächsten Wochen wurden für Ian und mich regelrecht zum Spießrutenlauf. Es hatte sich, seitdem ich bei Mrs. Hill gewesen war und mich beschwert hatte, gar nichts geändert. Im Gegenteil, es war sogar schlimmer geworden. In der Uni wurde ich nun nicht mehr nur von Mr. Thomas und Katelynn beobachtet, sondern auch noch von ein paar Mitstudenten. Ich nahm an, dass Thomas sie ebenfalls bestochen hatte, damit sie es taten. Ich konnte nicht mal mehr auf mein Handy schauen, ohne dass mir jemand über die Schulter sah, um zu sehen, wem ich schrieb. Auch das Haus verlassen konnte ich nicht mehr ohne, dass mich jemand verfolgte. Ian ging es nicht anders. Vor seinem Haus stand meistens Thomas wache. Egal wo Ian hinfuhr, er wurde ständig verfolgt, sodass er nicht mal seinen Bruder besuchen konnte, denn er wollte nicht, dass herauskam, dass Linus im selben Haus wohnte, wie ich. Einerseits hätte es alles leichter gemacht, wenn unsere Beobachter wüssten, dass sein Bruder bei mir im Haus wohnte, andererseits wollte ich Carla und Linus nicht mit in unsere Probleme hineinziehen, denn ich konnte mir gut vorstellen, dass sie dann auch noch beobachtet worden wären. Vielleicht würde mich aber auch Mrs. Hill von der Uni werfen, wenn sie es erfahren würde, denn dadurch könnten Ian und ich uns trotzdem sehen und es wäre nicht nachzuvollziehen, wen er besuchen würde. Da wir kein Risiko eingehen wollten, fuhr Linus immer zu Ian. Er wollte mich auch schon mal mitnehmen, da ich mit meinem Auto nicht zu ihm fahren konnte. Ich hatte ihn gefragt, wie das gehen sollte, denn bei Ian gab es keine Tiefgarage und ich parkte immer an der Straße, wenn ich zu ihm fuhr. Ob er mich in ein Koffer packen und in Ians Wohnung tragen würde, denn anders würde ich ungesehen nicht ins Haus kommen. Linus hatte kurz überlegt, sagte dann allerdings, dass er nicht so einen großen Koffer hätte, wo ich hineinpassen würde. Ich war mittlerweile fertig mit meinen Nerven und war kurz davor das Studium hinzuschmeißen, damit Ian und ich endlich wieder in Ruhe leben konnten.

„Das kommt gar nicht in Frage", rief Chloe, die mit Serena zum Lernen vorbeigekommen war. Die beiden und noch einige weitere Studenten standen zu mir und halfen mir in der Uni mit meinen Verfolgern so gut es ging. „Es sind nur noch zweieinhalb Wochen bis zu unserem Abschluss. Das schaffst du jetzt auch noch."

„Aber ich halte es nicht mehr aus. Egal wo ich hingehe oder was ich tue, ich werde ständig beobachtet und die Direktorin tut überhaupt nichts dagegen. Im Gegenteil sie ist auch noch auf Thomas Seite. Selbst meine Drohung mit der Anzeige hat nichts gebracht. Dazu kommt noch, dass mir Ian so wahnsinnig fehlt. Wir telefonieren zwar täglich aber ich möchte endlich wieder bei ihm sein."

„Das kann ich verstehen. Es ist regelrechter Psychoterror, was sie auf dich ausüben. Aber trotzdem darfst du jetzt nicht aufgeben. Das wollen sie doch nur. Sie wollen dich in die Knie zwingen und das darfst du nicht zulassen", redete Serena auf mich ein. „Lass dir von denen nicht deine Zukunft versauen. Auch wenn es dir schwerfällt, aber in zweieinhalb Wochen könnt Ian und du euch wieder jeden Tag sehen und euer Leben genießen." Sie hatten ja recht. Es waren nur noch zweieinhalb Wochen bis zum Abschluss und die musste ich einfach überstehen. Ich konnte jetzt nicht aufgeben. Das wäre eine Genugtuung für Mrs. Hill und Mr. Thomas und das durfte ich nicht zulassen. Ich musste weitermachen.

„Ihr habt ja recht. Ich darf jetzt nicht aufgeben. Ich weiß, dass Ian es auch nicht wollen würde, wenn ich die Uni abbreche und ich muss es unseren Spionen zeigen, dass ich mich von Ihnen nicht einschüchtern lasse."

„Genau so ist es richtig", sagte Chloe. „Also dann, lasst uns weiterlernen."

Am nächsten Tag ging ich zwischen zwei Kursen in der Uni auf die Toilette. Ich merkte, dass mir Sarah folgte und wurde wütend. Auch sie, war eine von den Studenten, die mir nachspionierten. Ich ging in den Toilettenraum zu den Kabinen. Ich nahm eine weiter hinten im Raum. Sarah kam mir hinterher. Was sollte das? Wollte sie mir jetzt auch noch beim Pinkeln zusehen? Dachte sie, dass ich dadurch Kontakt zu Ian aufnehmen könnte? Oder wollte sie nur hören, ob ich mit ihm telefonierte? Das würde ich auch in der Uni tun, wo alle mithören konnten.

„Möchtest du mit in die Kabine und mir beim Pinkeln zuschauen?", fragte ich sie bissig und drehte mich zu ihr um.

„Äh nein, ich nehme immer die letzte Kabine hier", sagte sie erschrocken und ging an mir vorbei.

„Ja ist klar. Hör auf mir nachzuspionieren", knurrte ich, ging in die Kabine und schloss die Tür. Ich erledigte mein Geschäft, wobei ich mir dabei mehr Zeit als sonst ließ. Ich verließ die Kabine und ging in den Toilettenvorraum, wo ich mir die Hände wusch. Als ich sie mir mit einem Papierhandtuch abtrocknete, kam Sarah in den Vorraum, um sich ebenfalls die Hände zu waschen. Ich beachtete sie gar nicht und verließ die Damentoilette. Ich ging den Flur entlang zu meinem nächsten Kurs und hörte schnelle Schritte hinter mir. Ich drehte mich um und sah, dass Sarah hinter mir war.

„Du brauchst mir nicht weiter nachzuspionieren. Ich gehe jetzt zu meinem nächsten Kurs. Dein Kursraum liegt allerdings in der entgegengesetzten Richtung", sagte ich und drehte mich wieder um.

„Ich muss noch zu Mr. Thomas", erwiderte sie.

„Ach musst du ihm Bericht erstatten, dass ich auf der Toilette gewesen bin? Führt er etwa eine Strichliste, wie oft ich hier in der Uni auf die Toilette gehe?", fragte ich sie spöttisch.

„Nein, ich muss etwas wegen der Prüfung mit ihm klären", entgegnete sie.

„Natürlich", kam es von mir und ging ohne sie weiter zu beachten zu meinem Kurs.

Am Nachmittag beschloss ich joggen zu gehen. Ich hatte keine Lust mich im Haus zu verstecken. Ich verließ das Haus und winkte Katelynn, die im Auto gegenüber vom Haus saß, zu und joggte los. Dieses Mal verfolgte sie mich nicht. Das letzte Mal musste ihr gereicht haben, denn sie konnte nicht mit mir Schritt halten und lief keuchend hinter mir her. Irgendwann hatte ich sie abgehängt und sah sie auf dem Rückweg völlig erschöpft auf einer Bank sitzen. Ich war froh, dass sie dieses Mal nicht mitkam. Vielleicht hatte ich nun Glück und konnte endlich mal in Ruhe Sport treiben. Ich lief die Straße entlang in Richtung Central Park. Dabei sah ich mich mehrmals in alle Richtungen um, doch ich konnte niemanden entdecken, der mich verfolgte. Zumindest keinen bekannten von der Uni. Ich lief in den Park hinein und joggte meine übliche Runde.

„Hallo Alexa", grüßte mich Andrew, der durch den Westeingang in den Park gekommen war.

„Hallo Andrew", erwiderte ich und fragte mich, ob es wirklich nur ein Zufall war, dass er zur gleichen Zeit hier war wie ich oder ob er mich nun beobachten würde. „Bist du zum Joggen hier oder willst du mich auch beobachten?", fragte ich ihn gerade raus.

„Nein, ich bin nur zum Joggen hier. Ich habe gar kein Interesse daran, dir nachzuspionieren. Ich finde es auch unmöglich, was sie machen und habe deshalb das Angebot abgelehnt."

„Welches Angebot", wollte ich nun neugierig wissen und wir joggten zusammen weiter.

„Mr. Thomas hat mir das Angebot gemacht, wenn ich ihm helfe, dir nachzuspionieren würde ich in seinem Kurs die Note eins im Abschlusszeugnis bekommen. Ich finde es aber mehr als unfair, was er macht und habe deswegen abgelehnt. Abgesehen davon habe ich es auch nicht nötig, da ich bei ihm sowieso notenmäßig gutstehe. Bitte verrate mich aber nicht, dass ich es dir erzählt habe", sagte er.

„Nein das werde ich nicht. Aber genau das habe ich bereits vermutet, dass Mr. Thomas Studenten besticht, um ihm zu helfen. Ich habe ihn bereits vor Mrs. Hill damit konfrontiert, aber er stritt es ab und ich hatte das Gefühl, als ob sie auf seiner Seite ist. Sie wollten doch wirklich meine Wohnung durchsuchen und ich sollte mein Handy bis zum Abschluss abgeben. Ich habe es aber nicht gemacht."

„Das ist unfassbar. Ich meine, klar war ich überrascht, als ich die Beziehung von dir und Mr. Davis erfahren habe und ihr habt ja bereits die Konsequenz für den Regelverstoß zu spüren bekommen, zumindest Mr. Davis, der seinen Job verloren hat, aber deswegen noch weiterhin so ein Theater zu machen ist wirklich unglaublich. Hast du dir mal überlegt Anzeige wegen Nachstellung zu erstatten?", fragte er mich.

„Ja, das habe ich und ich habe es Mr. Thomas und Mrs. Hill bereits angedroht, aber es hat nichts gebracht. Sie machen immer weiter. Mittlerweile denke ich, es sind nur noch zweieinhalb Wochen und die werde ich noch überstehen. Sollte es nach dem Abschluss allerdings noch weitergehen, werde ich zur Polizei gehen."

„Das würde ich auch tun."

„Zumindest mache ich mir im Moment einen Spaß daraus Katelynn zu ärgern. Abgesehen davon, dass sie mir nicht mehr beim Joggen folgt, da sie nicht mit mir mithalten kann, fahre ich jetzt auch mal einfach nur eine Runde um den Block und sie folgt mir. Ihr Blick, wenn ich wieder zurück nach Hause und in die Tiefgarage fahre, ist einfach zum Schießen. Einmal bin ich auch zu ihr nach Hause gefahren und habe vor der Haustür geparkt. Da sie mich ja beobachten sollte, konnte sie noch nicht einmal in ihre Wohnung gehen."

„Das ist wirklich gut. Lass dich von ihr nicht ärgern."

„Nein, das habe ich nicht vor."

„Mr. Davis und du seid aber noch zusammen und habt Kontakt, oder", wollte er nun wissen. Was sollte ich ihm jetzt nur antworten? Ich wusste nicht, ob ich ihm vertrauen konnte.

„Also zusammen sind wir auf jeden Fall noch", erwiderte ich und hoffte, dass ihm die Antwort reichen würde.

„Das habe ich mir schon gedacht und was ist mit dem Kontakt?"

„Also ähm, wir dürfen doch im Moment keinen Kontakt haben."

„Das weiß ich. Nun komm schon, raus mit der Sprache. Du kannst mir vertrauen. Ich werde es niemanden sagen. Ich habe dir doch auch von Mr. Thomas und seinem Bestechungsversuch erzählt." Da hatte er recht, allerdings mit dem Unterschied, dass er keine Konsequenz zu befürchten hatte, wenn es herauskam, dass er etwas erzählt hatte. Nur Mr. Thomas würde mit Konsequenzen für seine Tat rechnen müssen. Bei mir war es anders. Wenn es herauskäme, dass Ian und ich weiterhin Kontakt hätten, könnte es sein, dass ich meinen Abschluss nicht machen dürfte. Ich überlegte, was ich ihm genau sagen würde. Ich musste ihm ja nicht erzählen, dass Ian und ich jeden Tag Kontakt zueinander hatten.

„Naja Kontakt kann man es im Moment nicht nennen. Dadurch, dass wir beobachtet werden, können wir uns nicht sehen und da ich befürchte, dass Mr. Thomas uns vielleicht abhören lässt, zumindest habe ich Katelynn mal dabei erwischt, wie sie an meiner Wohnungstür gelauscht hat, ist es mit Telefonieren halt recht schwierig."

„Das glaube ich. Aber es ist ja nicht mehr lange und dann könnt ihr wieder zusammen sein", erwiderte Andrew und ich war froh, dass ihm meine Antwort ausgereicht hatte und er nicht weiter nachfragte. Ich wusste, dass ich unfair war, denn er hatte mir schließlich auch von der Bestechung erzählt. Aber ich vertraute ihm nicht so recht und ich musste aufpassen, wem ich was erzählte. Mittlerweile hatten wir unsere Joggingstrecke beendet und standen nun wieder am Westeingang des Parks.

„So ich muss dann jetzt auch wieder nach Hause. Auf mich warten jetzt wieder die Lehrbücher", sagte ich.

„Soll ich dich nach Hause bringen? Ich bin mit dem Auto da", fragte Andrew.

„Nein, das brauchst du nicht. Ich laufe das Stück noch. Es ist ja nicht weit. Wir sehen uns dann morgen in der Uni."

„Alles klar. Bis morgen", erwiderte er und stieg in seinen Wagen ein.

„Hey Honey, na wie war dein Tag?", fragte mich Ian am Abend, als wir über die Videotelefonie miteinander sprachen. Ich hatte es mir auf der Couch gemütlich gemacht. Der Laptop stand vor mir und ich lag bäuchlings auf der Couch.

„Aufschlussreich. Ich war heute Nachmittag joggen und habe dort Andrew getroffen. Zuerst dachte ich, dass er mir auch wieder nachspionieren möchte, aber er hat mir erzählt, dass er bei der Spionage nicht mitmacht. Er hat von Mr. Thomas ein Angebot bekommen. Er soll mir nachspionieren und dafür würde er bei ihm im Kurs gute Noten bekommen. Also genau das, was wir schon vermutet haben. Mr. Thomas besticht die Studenten."

„Das darf wirklich nicht wahr sein. Hm, aber wir haben nun etwas, was wir gegen ihn verwenden können."

„Und wie? Ihn bei der Direktorin verpetzen? Mrs. Hill ist auf seiner Seite. Sie wird nichts dagegen tun."

„Und wenn wir uns beim Ministerium über ihn beschweren? Schließlich sind sie für die Universitäten zuständig", überlegte Ian.

„Das schon, aber es ist doch eine Privatuniversität und keine staatliche. Ich weiß nicht, ob sie dafür ebenfalls zuständig sind. Mr. Thomas wird mit Sicherheit alles abstreiten genauso wie die Studenten. Katelynn auf jeden Fall. Ich weiß nicht, ob Andrew als Zeuge ausreichen würde, wenn er überhaupt aussagen sollte, denn er will mit der Sache eigentlich nichts zu tun haben", wandte ich ein.

„Uns wird schon etwas einfallen. Ich möchte im Moment aber auch nicht deinen Abschluss gefährden. Vielleicht können wir aber nach deinem Abschluss etwas gegen ihn tun. Schließlich nutzt er Studenten aus und besticht sie. Das wird er nicht zum ersten Mal getan haben."

„Da hast du recht. Ich bin froh, wenn das alles vorbei ist und wir uns endlich wiedersehen können. Du fehlst mir so sehr."

„Du mir auch, Honey."

„Wie war denn dein Tag", wollte ich von ihm wissen.

„Sehr kreativ. Ich habe das Logo für die Firma entworfen und etwas an der Firmenhomepage herumgebastelt."

„Oh da bin ich mal gespannt. Das musst du mir mal zeigen, wenn es fertig ist."

„Das werde ich. Was macht das Lernen?"

„Es geht voran."

„Soll ich dich abfragen?"

„Gerne. Warte ich hole meine Bücher", sagte ich, stand von der Couch auf und holte meine Unterlagen. Anschließend legte ich mich wieder auf die Couch. „Ich bin soweit. Der Unterricht kann beginnen", grinste ich.

„Na dann mal los."

Kapitel 21

„Hallo Lexi, was hast du dieses Wochenende vor?", fragte mich Carla am Freitagmittag, als ich von der Uni nach Hause kam. Ich war gerade aus dem Fahrstuhl gestiegen, als sie aus der Wohnung gekommen war.

„Nichts außer lernen", erwiderte ich.

„Musst du dafür Zuhause sein oder kannst du auch woanders lernen?", wollte sie nun wissen.

„Nein, dafür muss ich nicht Zuhause sein. Aber wieso fragst du?", wollte ich von ihr argwöhnisch wissen.

„Das ist gut. Pack deine Sachen, du fährst über das Wochenende weg", sagte sie.

„Wie weg? Wohin denn?", fragte ich sie nun verdutzt.

„Das verrate ich dir nicht. Sei in einer halben Stunde fertig, denn dann geht es los", erwiderte sie und verschwand grinsend in Ihrer Wohnung. Ich wusste nicht, was das sollte. Wo wollte sie denn mit mir hin? Würde ich Ian wiedersehen? Ich wollte mir lieber keine Hoffnungen machen, denn falls es nicht so war, würde die Enttäuschung sehr groß sein und genau das wollte ich vermeiden. Ich ging in meine Wohnung und packte, wie Carla es mir gesagt hatte, meine Sachen. Ich brauchte noch nicht einmal eine halbe Stunde, bis ich fertig war und verließ mit meiner Reisetasche die Wohnung. Ich wusste nicht, ob ich bei Carla klingeln oder auf dem Flur warten sollte. Ich entschied mich bei ihr zu klingeln und drückte auf den Klingelknopf. Kurz darauf wurde die Tür geöffnet und Carla schaute mich grinsend an.

„Hey, bist du schon fertig? Komm rein, wir können gleich los", sagte sie.

„Ja, ich war schnell mit packen. Und wo geht es gleich hin?", versuchte ich etwas aus ihr herauszubekommen.

„Das verrate ich dir nicht. So wir können los", erwiderte sie, nahm ihre Tasche und ging zur Tür. Ich folgte ihr und wir verließen die Wohnung. Wir fuhren mit dem Aufzug in die Tiefgarage und gingen zu ihrem Wagen. Carla öffnete den Kofferraum und ich stellte meine Reisetasche hinein.

„Du musst dich gleich ducken und so lange geduckt bleiben, bis wir aus der Stadt raus sind. Wir wollen doch schließlich nicht, dass uns jemand folgt."

„Nein, da hast du recht. Ich habe, als ich nach Hause kam, zwar noch niemanden gesehen, aber das kann sich ja bereits geändert haben. Wer weiß, wer dieses Mal bei uns vor dem Haus steht." Wir stiegen in den Wagen ein und Carla fuhr los. Ich machte mich im Sitz klein und duckte mich, so gut es ging, denn schließlich wollte ich nicht von meinen Verfolgern gesehen werden. Carla fuhr aus der Stadt heraus auf den Highway und ich konnte mich endlich gerade in den Sitz setzen.

„Das hat gut geklappt. Uns verfolgt niemand", kam es von Carla.

„Gott sei Dank. Sagst du mir jetzt wo wir hinfahren?", fragte ich sie und versuchte an Hand der Straßenschilder etwas herauszufinden.

„Okay, also wir fahren nach Hampton Bays. Meine Eltern haben dort im Sears Bellows County Park ein Ferienhaus. Es ist dort sehr schön und ruhig und ich dachte mir, du könntest etwas Entspannung brauchen."

„Bleibst du auch dort? Du hast doch gar keine Sachen dabei", wollte ich nun wissen.

„Nein, ich bleibe nicht dort. Ich fahre wieder zurück und hole dich am Sonntagnachmittag wieder ab."

„Bleibe ich dann ganz alleine dort?", fragte ich verdutzt. Das wollte ich nicht, denn alleine würde ich mich in einem fremden Haus nicht wohl fühlen. Aber warum sollte sie mich zu einem Ferienhaus bringen und mich dort alleine lassen?

„Du wirst nicht alleine sein", grinste sie. „Jemand wartet dort schon sehnsüchtig auf dich." Wie jemand wartete dort auf mich? War es vielleicht doch Ian?

„Ist Ian dort?", fragte ich vorsichtig.

„Ja genau. Er ist heute Vormittag mit Linus zum Haus gefahren. Sie hatten ihren Verfolger ausgetrickst, indem sie zum Flughafen gefahren sind. Ian ist zwar ins Flughafengebäude gegangen, aber Linus hat ihn gleich wieder vor der Ankunftshalle abgeholt und sie sind zum Ferienhaus gefahren."

„Das heißt, Ian und ich werden ein ganzes Wochenende für uns haben?"

„Ja genau. Linus und ich dachten uns, dass ihr bei all dem Stress, den ihr im Moment habt, ein schönes ruhiges Wochenende verdient habt. Du musst mir nachher nur deinen Wohnungsschlüssel geben."

„Warum?", fragte ich verwirrt. Was wollte sie denn mit meinem Wohnungsschlüssel? Sie hatte doch eine eigene Wohnung.

„Weil ich abends zwischendurch in deine Wohnung hinübergehen werde um in verschiedenen Räumen das Licht ein und auszuschalten. Es soll doch schließlich so aussehen, als ob du Zuhause bist und es wird auffallen, wenn du den ganzen Abend kein Licht anhast", erklärte sie mir.

„Da hast du recht. Ich gebe dir den Schlüssel dann nachher. Wie lange fahren wir bis zu dem Ferienhaus?"

„Noch ungefähr zwei Stunden."

„So lange?"

„Genug Zeit um Frauengespräche zu führen", grinste Carla.

Nach zwei Stunden kamen wir im Sears Bellows County Park an. Carla parkte den Wagen vor einem schönen Holzhaus mit einer Veranda vor der Haustür. Neben dem Haus stand bereits der Wagen von Linus. Gleich würde ich Ian endlich wiedersehen. Ich konnte es kaum erwarten. Aufgeregt stieg ich aus dem Wagen aus und nahm meine Reisetasche aus dem Kofferraum. Zusammen mit Carla ging ich zur Haustür, die bereits von Linus geöffnet wurde.

„Da seid ihr ja endlich", rief er grinsend. „Hast du Lexi schon erzählt, dass wir einen Angelausflug machen?"

„Einen was?", fragte ich.

288

„Na einen Angelausflug und anschließend gibt es Fisch zum Abendessen."

„Auf keinen Fall. Ich kann gar nicht angeln und Fisch mag ich noch nicht einmal so gern."

„Das ist schlecht. Wir wollen jeden Tag Fisch essen. Dann gibt es für dich eben nur Brot", grinste Linus.

„Erzähl ihr doch nicht so einen Mist", hörte ich meine Lieblingsstimme lachend sagen. Im nächsten Moment erschien er hinter ihm in der Tür.

„Ian", rief ich, ließ meine Reisetasche fallen, drängte mich an Linus vorbei ins Haus und fiel Ian um den Hals. Er schlang seine Arme um mich und zog mich dicht an sich.

„Hey Honey", sagte er und legte sogleich seine Lippen auf meine.

„Das war es wohl mit deinem Angelausflug", lachte Carla hinter mir.

„Schade. Ich habe mich schon so darauf gefreut", erwiderte Linus gespielt enttäuscht. „Dann lass uns beide angeln gehen."

„Nein, ich möchte nicht angeln gehen. Wir sollten die beiden jetzt mal alleine lassen."

„Na gut, dann lade ich dich gleich noch zum Essen ein, bevor wir nach Hause fahren", sagte Linus.

„Einverstanden", kam es von Carla. „So ihr beiden, wir werden dann mal fahren. Ich lasse euch meinen Wagen hier, falls ihr irgendwo hinfahren wollt. Wir holen euch dann am Sonntagnachmittag wieder ab."

„Danke für alles", sagte ich, löste mich von Ian und umarmte sie kurz.

„Das machen wir doch gerne. Genießt das Wochenende."

„Das werden wir. Ach warte kurz." Ich holte meinen Schlüssel aus der Tasche und reichte ihn ihr.

„Danke. Deinen Beobachtern wird es gar nicht auffallen, dass du nicht da bist", grinste sie und gab mir ihren Wagenschlüssel. „Bis Sonntag", verabschiedete sie sich und verließ mit Linus das Haus.

„Und was machen wir jetzt?", fragte ich Ian und drehte mich wieder zu ihm um.

„Ich würde sagen, dass ich dir erst einmal das Haus zeige. Anschließen könnten wir zusammen kochen und es uns dann vor dem Kamin gemütlich machen", schlug er vor.

„Das hört sich gut an", stimmte ich zu.

„Na dann los."

Es war ein sehr schönes Ferienhaus, welches Carlas Eltern besaßen. Es bestand aus zwei Etagen. Im Erdgeschoss befand sich ein Wohnzimmer mit einem offenen Kamin, welcher mir sehr gut gefiel, eine Küche und ein kleines Bad. In der oberen Etage gab es zwei Schlafzimmer und ein größeres Badezimmer mit einer Dusche und einer Badewanne. Nach der Hausführung gingen wir in die Küche und begannen zusammen das Abendessen zuzubereiten. Linus und Ian hatten auf der Fahrt hier her bei einem Supermarkt Halt gemacht und für das Wochenende eingekauft, damit wir auch etwas zu essen hatten. Wir hatten uns für einen Gemüseauflauf entschieden.

„Hat es dir geschmeckt?", fragte Ian, nachdem wir gegessen hatten.

„Ja, es war sehr lecker. Wir haben wirklich sehr gut gekocht."

„Ja, das finde ich auch." Ich stand auf und brachte die Teller in die Küche. Ian half mir und in null Komma nix hatten wir die Küche aufgeräumt.

„Möchtest du noch ein Glas Wein?", fragte Ian.

„Sehr gerne."

„Alles klar, mach es dir doch schon einmal vor dem Kamin bequem und ich komme gleich mit dem Wein nach." Ich ging zu dem Kamin, vor dem Ian bereits eine Decke und Kissen gelegt hatte und setzte mich. Der Kamin brannte und gab eine angenehme Wärme ab. Ian kam mit den zwei Gläsern Wein zur Decke und setzte sich neben mich. Er reichte mir ein Glas und wir tranken einen Schluck.

„Ich habe dich so sehr vermisst", sagte Ian und zog mich zu sich.

„Ich dich auch. Die letzten zwei Wochen waren wirklich schrecklich. Auch wenn wir immer telefoniert haben, aber ich wollte endlich wieder bei dir sein."

„Und ich bei dir." Er nahm mir das Weinglas ab und stellte es zusammen mit seinem auf dem kleinen Tisch, der neben dem Kamin stand. Er beugte sich zu mir herab und küsste mich. Ich erwiderte sofort den Kuss und vertiefte ihn. Seine Hand glitt langsam meinen Rücken hinunter. Er ließ von meinen Lippen ab und küsste nun meinen Hals. Sanft drehte er mich um und küsste meinen Nacken, was mir einen angenehmen Schauer durch den Körper jagte. Seine Hände glitten zu dem Saum meines Shirts hinab und zogen es mir aus. Ich drehte mich zu ihm um und schon lagen unsere Lippen aufeinander. Ich knöpfte sein Hemd auf und zog es ihm aus. Meine Hände strichen über seine Brust hinunter zu seinem Bauch. Ein Stöhnen entfuhr ihm, als ich mich von seinem Hals über seine Brust hinunter zu seinem Bauch küsste. Meine Hände glitten zu seiner Hose, die sie öffneten und sie ihm anschließend auszogen. Ian zog mich zu sich hoch und legte mich auf eines der Kissen. Seine Hand strich über meinen Körper.

„Du hast mir wirklich so sehr gefehlt", sagte er leise und küsste mich. Seine Hände glitten zu meinen Rücken und öffneten meinen BH. Er zog ihn mir aus und liebkoste meine Brüste, was mich zum Aufstöhnen brachte. Ich setzte mich ein Stück auf, griff nach seiner Boxershorts und zog sie ihm aus, wobei er mir half. Seine Socken folgten gleich darauf. Ich strich über sein erregtes Glied, umfasste es und glitt mit der Hand auf und ab. Ian stöhnte laut auf, machte sich an meinen Slip zu schaffen und streifte ihn mit mitsamt den Socken ab. Sanft streichelte er die Innenseiten meiner Oberschenkel und glitt über meine mittlerweile feuchte Mitte, was mich stöhnen ließ. Ich spreizte meine Beine und zog Ian zu mir nach oben. Ich brauchte ihn sofort und wollte nicht mehr länger warten. Ian positionierte sich vor meinen Eingang und drang stöhnend in mich ein.

Nachdem wir beide zu unserem Höhepunkt gekommen waren, deckte Ian uns mit einer Decke zu und wir kuschelten uns eng aneinander.

„Ich liebe dich", sagte ich und war noch ganz außer Atem.

„Ich liebe dich auch." Ich genoss es in Ians Armen zu liegen und wünschte mir, dass die Zeit nie vergehen würde. Am liebsten würde ich für immer hier mit Ian liegen. Mir fiel eine Frage wieder ein, die ich mir schon des Öfteren gestellt hatte.

„Glaubst du, dass wir, wenn ich meinen Abschluss habe, immer noch so glücklich sind, wenn wir uns nicht mehr verstecken müssen? Ich meine der Reiz des Verbotenen ist ja dann weg und ich habe Angst, dass es uns dann langweilig wird und wir uns trennen."

„Nein, das glaube ich nicht. Ich liebe dich und ich bin nicht mit dir zusammen, weil wir uns eigentlich nicht lieben dürfen. Wobei es jetzt ja egal ist. Aber ich will mit dir zusammen mein Leben verbringen und wenn wir uns nicht mehr verstecken müssen, wird es doch erst viel schöner", erwiderte er und küsste mich sanft auf die Stirn.

„Da hast du recht. Ich kann es kaum erwarten, bis ich endlich meinen Abschluss habe und wir uns nicht mehr verstecken müssen. Dann können wir endlich jedem zeigen, dass wir uns lieben und zusammengehören."

„Genau so ist es. Ich habe noch etwas für dich", sagte er und stand auf. Er ging zu seiner Tasche und kam kurz darauf mit etwas hinter seinem Rücken versteckt wieder zur Decke. Er reichte mir einen süßen Teddybären.

„Der ist ja süß. Danke", sagte ich und schaute mir den Bären genauer an. Er war etwa dreißig Zentimeter groß, hatte eine rote Schleife um seinen Hals gebunden und war kuschelig weich.

„Er ist dafür da, wenn ich nicht bei dir sein kann. Also als Kuschelersatz."

„Du bist so süß", sagte ich, zog ihn zu mir und küsste ihn.

„Was machen wir denn heute?", fragte ich am nächsten Morgen, nachdem wir ausgiebig gefrühstückt hatten.

„Auf was hast du denn Lust?"

„Hm, auf jeden Fall ganz viel Zeit mit dir verbringen", grinste ich.

„Na das will ich doch hoffen. Wie wäre es mit einem Spaziergang in der Natur? Wir könnten den Nationalpark erkunden und im Anschluss vielleicht in die Stadt fahren."

„Das hört sich gut an. Ich mache mich nur schnell fertig und dann können wir los", sagte ich, zog mir meine Schuhe und meine Jacke an und nahm meine Kamera. „Ich bin fertig", verkündete ich und ging zur Haustür.

„Dann lass uns los", sagte Ian und legte einen Arm um meine Taille. Zusammen verließen wir das Haus und gingen den Parkweg entlang. Das Wetter war richtig schön und angenehm warm. Die Sonne schien und der Himmel war wolkenlos. Ich hörte die Vögel zwitschern und einen Wasserfall plätschern, den es in der Nähe geben musste. Ich genoss die frische Luft und atmete mehrmals tief ein. Aber am meisten genoss ich es mit Ian zusammen zu sein und drückte mich enger an ihn.

„Es ist wirklich schön hier", sagte ich, als wir an einem See vorbeikamen.

„Das finde ich auch. Komm wir machen ein Selfie", schlug er vor und holte sein Handy aus der Tasche. Wir stellten uns an den See und lächelten beide in die Kamera. Wir schauten uns das Foto auf seinem Handy an, das sehr schön geworden war. „So und nun etwas Unterricht. Komm ich zeige dir, wie du deine Technik beim Fotografieren noch verbessern kannst."

„Jawohl Herr Lehrer", lachte ich und nahm meine Kamera. Ich suchte mir ein Motiv und nahm einen Baum, der am Ufer des Sees stand. Ian zeigte mir einige Einstellungen an der Kamera, womit ich das Foto noch verbessern konnte.

Gegen Mittag machten wir uns auf den Heimweg und fuhren mit Carlas Wagen nach Hampton Bays. Ian parkte den Wagen auf einen Parkplatz und wir gingen Arm in Arm los, um die

Stadt zu erkunden. Wir hatten die Kamera dabei, denn auch hier ging der Unterricht weiter und schossen viele Fotos. Mir machte es gar nichts aus, neben der Stadtbesichtigung auch noch etwas zu lernen, denn das Wichtigste war für mich, dass Ian bei mir war. Abgesehen davon machte der Unterricht viel Spaß und ich lernte noch einiges dazu, was ich für die Prüfungen gebrauchen konnte. Neben der Stadtbesichtigung gingen wir in einige Läden und shoppten etwas. Nicht nur ich kleidete mich neu ein, sondern auch Ian und ich war seine Modeberaterin. Er fragte mich bei jedem Kleidungsstück, welches er anprobierte, nach meiner Meinung. Auch wenn es ihm in erster Linie gefallen musste, so freute ich mich doch, dass er meine Meinung dazu hören wollte. Bei mir war es nicht anders. Ich brauchte auch oft eine zweite Meinung, um sicher zu gehen, dass mir das Kleidungsstück auch stand und so war Ian ebenfalls mein Modeberater. Im Anschluss führte Ian mich noch in ein Restaurant zum Essen aus, bevor wir wieder zu dem Ferienhaus fuhren.

„Mir tun ganz schön die Füße weh", sagte ich, als wir wieder Zuhause waren und ließ mich auf die Couch fallen.

„Dann habe ich wohl für heute Abend das richtige geplant."

„Und was genau?", fragte ich neugierig.

„Ich dachte mir, wir machen es uns auf der Couch gemütlich und schauen uns einen Film an. Was hältst du davon?"

„Das hört sich sehr gut an. Dann werde ich mal Popcorn machen gehen", sagte ich und stand von der Couch auf.

„Ich werde in der Zeit den Kamin anmachen und mich um die Getränke kümmern." Ich ging in die Küche und bereitete das Popcorn zu.

„So der Kamin ist an. Was möchtest du denn trinken?", fragte Ian, der in die Küche gekommen war.

„Ich nehme ein Glas Cola."

„Alles klar. Wie weit ist das Popcorn?"

„Das ist gleich fertig. Such du doch schon mal den Film aus."

„Okay, hast du einen speziellen Wunsch?"

„Überrasche mich", erwiderte ich lächelnd und wandte mich wieder dem Popcorn zu. Als es fertig war, stellte ich den Herd aus und füllte das Popcorn in eine Schüssel. Anschließend süßte ich es noch mit Zucker und ging mit der Schüssel ins Wohnzimmer, wo Ian bereits alles vorbereitet hatte. Ich stellte die Schüssel auf den Tisch ab und setzte mich neben ihn auf die Couch. Er legte einen Arm um meine Schulter und ich kuschelte mich eng an ihn.

„Bist du bereit?", fragte er und schaute mich lächelnd an.

„Ja das bin ich."

Das Wochenende verging leider viel zu schnell und am Sonntag ging es mir gar nicht gut, denn ich wusste, dass wir uns nun zwei Wochen lang wieder nicht sahen und nur telefonieren konnten.

„Hey Honey, es sind nur noch zwei Wochen", sagte Ian, als wir uns voneinander verabschieden mussten. Linus und Carla waren gekommen, um uns abzuholen. Wir hatten unsere Sachen bereits in die Autos gepackt und nun standen wir eng umschlungen vor dem Haus.

„Ich will aber nicht von dir getrennt sein", sagte ich leise und eine Träne stahl sich aus meinem Auge und rann die Wange hinunter.

„Nicht weinen, Honey. Die zwei Wochen werden ganz schnell vergehen und dann können wir endlich unser Leben zusammen genießen", versuchte er mich zu trösten.

„Ich weiß, aber du wirst mir so sehr fehlen."

„Du mir doch auch. Wir müssen diese zwei Wochen noch durchhalten. Na komm, die beiden warten schon auf uns. Wir müssen jetzt los. Ich rufe dich heute Abend wieder an." Ian beugte sich zu mir herunter und gab mir einen langen Kuss.

„Jetzt reißt euch mal los. Heute Abend kommt noch ein Footballspiel im Fernsehen, welches ich gerne sehen möchte", drängte uns Linus.

„Jetzt lass die beiden sich doch voneinander verabschieden", kam es von Carla.

„Das tun sie schon seit einer viertel Stunde."

„Bis heute Abend, Honey", sagte Ian und löste sich seufzend von mir. Er ging zu Linus Wagen und stieg ein. Traurig schaute ich ihnen nach, als sie losfuhren. Nun rannen die Tränen in Strömen meine Wangen entlang. Ich wollte nicht schon wieder von Ian getrennt sein. Carla kam zu mir und nahm mich in den Arm.

„Es wird alles gut werden. Ihr beide könnt bald jede Minute miteinander verbringen", sagte sie und strich mir beruhigend über den Rücken.

„Es ist alles im Moment einfach so schwer. Die Uni, die Menschen, die uns nicht in Ruhe lassen und dann darf ich ihn auch nicht sehen."

„Ich weiß. Aber es ist doch nicht mehr so lange. Dann hast du deinen Abschluss und danach könnt ihr euer Leben genießen. Stell dir doch einfach vor, dass er nun auf eine Geschäftsreise muss und ihr euch erst in zwei Wochen wiederseht. Vielleicht ist diese Vorstellung dann etwas leichter für dich zu ertragen und schalte diesen ganzen Stress aus."

„Ich werde es einfach mal versuchen", sagte ich, löste mich von ihr und wischte mir die Tränen aus dem Gesicht.

„Genau so ist es richtig und jetzt komm, lass uns nach Hause fahren."

Kapitel 22

Montagnachmittag saß ich gerade am Esstisch und war am Lernen, als es an der Tür klingelte. Ich stand auf, ging in den Flur und schaute auf den Monitor, um zu sehen, wer vor dem Tor stand. Aber dort war niemand. Das Tor war auch geschlossen, sodass niemand ins Haus gekommen sein konnte. Also konnte es nur ein Bewohner des Hauses sein. Vielleicht war es ja auch Carla. Ich öffnete die Tür und erschrak, als ich sah, wer da vor mir stand.

„Mr. Thomas, was wollen Sie denn hier?", fragte ich ihn.

„Guten Tag Miss Edison. Wollen Sie mich nicht hereinbitten?"

„Nein, das möchte ich nicht. Was wollen Sie hier?", fragte ich nun energischer.

„Ich bin hier, um eine Wohnungsdurchsuchung durchzuführen. Sie wissen doch, wir haben darüber zusammen mit Mrs. Hill gesprochen", antwortete er.

„Stimmt und ich habe Ihnen gesagt, dass es keine Wohnungsdurchsuchung geben wird. Hat Mrs. Hill angeordnet, dass Sie es tun sollen, oder weiß sie gar nichts davon, dass Sie nun vor meiner Tür stehen und meine Wohnung durchsuchen wollen?", fragte ich ihn bissig.

„Wir haben heute Vormittag darüber noch einmal gesprochen", sagte er nur.

„Also weiß sie davon und hat es Ihnen nicht untersagt. Das ist sehr interessant." Das würde ich meiner Mutter erzählen. Sie war schließlich Anwältin und könnte mir bestimmt einen Rat geben, wie ich gegen die Spionage, die eine Direktorin auch noch befürwortete, vorgehen könnte.

„Jetzt lassen Sie mich endlich in die Wohnung, damit ich nachschauen kann, ob Mr. Davis bei Ihnen ist."

„Nein, das werde ich auf keinen Fall. Verschwinden Sie",
sagte ich und stellte mich so in die Tür, dass er nicht an mir
vorbeikam.

„Sie werden mich jetzt sofort hereinlassen", knurrte Thomas
und kam einen Schritt auf mich zu.

„Nein das werde ich nicht. Verschwinden Sie endlich oder
ich rufe die Polizei", spie ich.

„Sie wollen die Polizei rufen? Tun Sie es ruhig, aber dann
können Sie Ihren Abschluss vergessen, denn ich werde dafür
sorgen, dass Sie von der Universität fliegen. Dann war es das
mit Ihrer Karriere. Also lassen Sie mich jetzt endlich rein." Er
kam einen weiteren Schritt auf mich zu, packte meinen Arm
und versuchte ihn vom Türrahmen zu lösen.

„Nein, Sie kommen hier nicht rein. Hilfe", schrie ich so laut
ich konnte und hoffte, dass mich jemand hörte. „Hilfe."

„Hören Sie auf zu schreien und lassen Sie mich rein", schrie
nun Thomas, der es schaffte, meinen Arm vom Türrahmen zu
lösen. Er schleuderte mich in die Wohnung. Ich knallte mit voller Wucht mit dem Kopf gegen die Wand und rutschte an ihr
herunter. Ich wollte mich mit meinem Arm am Boden abstüt-
zen, aber ich knickte mit meinem Handgelenk um und schlug
mit dem Kopf auf den Fliesen auf. Ich schrie auf und blieb
stöhnend auf dem Boden liegen. Thomas störte es gar nicht,
dass er mir weh getan hatte. Er stieg über mich und machte
sich nun in meiner Wohnung auf die Suche nach Ian.

„Was ist los. Oh mein Gott, Lexi", hörte ich Linus rufen und
im nächsten Moment war er über mir. „Lexi, geht es dir gut?
Was ist passiert", wollte er wissen. In meinen Kopf drehte sich
alles und er tat höllisch weh.

„Thomas hat mich gegen die Wand geschleudert und ist in
der Wohnung, um Ian zu suchen", sagte ich leise. Ich versuchte
mich aufzusetzen, doch ich schaffte es nicht. In meinen Kopf
begann es zu hämmern und der Schwindel nahm noch mehr
zu. Stöhnend ließ ich mich wieder auf den Boden sinken.

„Bleib liegen", sagte Linus und wandte sich an jemanden, der
hinter ihm stand. „Carla ruf sofort einen Krankenwagen und

bleib bei Lexi. Ich werde mir diesen Typen schnappen." Er stand vom Boden auf und ging in meine Wohnung. Vor meinen Augen verschwamm alles. Ich hörte, wie Carla mit irgendjemanden sprach, bevor sie sich zu mir kniete. Mir fielen die Augen zu. Die Dunkelheit wollte mich zu sich ziehen.

„Lexi, mach die Augen auf", befahl Carla mir und wurde panisch. Ich versuchte, die Augen zu öffnen. Vor meinen Augen drehte sich alles. Ich hörte Getöse und Geschrei in meiner Wohnung, aber das interessierte mich nicht.

„Lexi, bleib bei mir. Schau mich an", rief Carla. Ich versuchte die Augen offen zu halten und zu ihr zu schauen. Wieder fielen mir die Augen zu und ich sank in die Dunkelheit.

„Ich glaube, sie wacht auf", hörte ich eine Stimme neben mir sagen. Ich öffnete die Augen und musste einige Male blinzeln, bevor ich wieder klarsehen konnte. Ich hörte neben mir etwas piepsen. Was war das denn? Ich schaute mich um und entdeckte ein Gerät, von dem das Piepsen kam, welches neben dem Bett stand. Wo war ich? Was war passiert? Langsam kamen die Erinnerungen wieder. Mr. Thomas hatte mich gegen die Wand geschleudert und war in meine Wohnung gestürmt. Linus und Carla waren da, aber an mehr konnte ich mich nicht erinnern.

„Wo bin ich?", fragte ich mit krächzender Stimme.

„Du bist im Krankenhaus Honey. Du hast eine Gehirnerschütterung. Wie geht es dir?", fragte Ian neben mir. Erst jetzt fiel mir auf, dass er an meinem Bett saß. Neben ihm standen Carla und Linus, die mich besorgt ansahen.

„Mein Kopf tut mir noch weh und was ist das an meiner Hand?", fragte ich, als ich den Verband entdeckte.

„Du hast dir das Handgelenk verstaucht", erwiderte Ian. „Kannst du dich daran erinnern, was passiert ist?"

„Mr. Thomas stand vor meiner Tür und wollte unbedingt die Wohnung durchsuchen, ob du da bist. Er hat mich dann irgendwann gegen die Wand geschleudert, da ich ihn nicht reinlassen wollte und ist in die Wohnung gegangen. Nach dem

Aufprall wollte ich mich auf dem Boden abfangen. Dabei bin ich mit der Hand umgeknickt und mit dem Kopf auf den Boden aufgeschlagen. Ich weiß nur noch, dass Linus und Carla gekommen sind. Danach weiß ich nichts mehr."

„Du bist ohnmächtig geworden. Der Krankenwagen kam und wir sind mit ins Krankenhaus gefahren. Ich habe dann Ian angerufen, der gleich hierhergekommen ist", erzählte mir Carla.

„Du darfst gar nicht hier sein. Wir dürfen doch nicht zusammen gesehen werden", fiel mir ein.

„Das ist mir egal. Es ist selbstverständlich, dass ich bei dir bin, wenn du im Krankenhaus liegst", sagte Ian und strich mir sanft mit dem Handrücken über die Wange.

„Was ist denn mit Thomas passiert? Er ist doch wohl nicht mehr in meiner Wohnung?", fragte ich und schaute die drei an.

„Nein, er ist gerade bei der Polizei und wird sich für seine Tat verantworten müssen. Carla hat, nachdem Sie den Krankenwagen gerufen hat, auch gleich die Polizei alarmiert", kam es von Linus.

„Die Polizei wird dich übrigens dazu noch befragen. Du musst ihn anzeigen. Er darf mit seiner Tat nicht so davonkommen", entgegnete Carla.

„Ich soll ihn anzeigen?", fragte ich.

„Ja natürlich. Honey, du darfst dir das nicht gefallen lassen. Thomas muss für seine Tat betraft werden. Es kann nicht angehen, dass er dich verletzt und in deine Wohnung eindringt", redete Ian auf mich ein.

„Da hast du recht. Aber wahrscheinlich wird er an der Uni bleiben dürfen, denn Mrs. Hill wusste, was er vorhatte und hat ihm es nicht verboten. Zumindest hat es Thomas nicht abgestritten, als ich es ihr vorgeworfen habe."

„Das ist echt interessant", murmelte Ian.

„Deshalb will ich auch mit meiner Mutter sprechen, was ich rechtlich dagegen tun kann."

„Das kannst du nachher tun", sagte Ian.

„Wie meinst du das?", fragte ich verwundert.

„Ich habe, nachdem ich erfahren habe, was passiert ist, deine Eltern angerufen. Sie sind auf dem Weg hierher."

„Wirklich? Aber sie brauchen doch nicht extra hierher zu kommen. Mir geht es doch wieder gut", sagte ich und setzte mich zum Beweis auf. Allerdings überkam mich der Schwindel und ich ließ mich wieder auf das Kissen sinken.

„Das sieht man. Dir geht es nicht gut und deshalb wirst du auch liegen bleiben."

„Oh unsere Patientin ist wach. Das ist gut. Wie geht es Ihnen denn, Miss Edison? Ich bin Dr. Colt", stellte sich mir der Arzt vor, der mit einer Krankenschwester ins Zimmer gekommen war.

„Ich habe noch Kopfschmerzen und mir wird schwindelig, wenn ich mich aufsetze", antwortete ich ihm.

„Das kommt von der Gehirnerschütterung. Sie haben großes Glück gehabt. Wir hatten erst die Befürchtung, dass Sie ein Schädel-Hirn-Trauma hätten, da Sie solange ohnmächtig waren, aber dieses konnten wir durch eine Computertomographie ausschließen. Sie müssen sich ein paar Tage schonen. Keine Anstrengung und kein Stress. Mit Ihrem Handgelenk haben Sie ebenfalls Glück gehabt. Es ist nur verstaucht", erklärte mir Dr. Colt.

„Wann darf ich denn nach Hause?", wollte ich wissen.

„Wir möchten Sie gerne eine Nacht zur Beobachtung hierbehalten. Morgen können Sie dann nach Hause."

„Wenn es sein muss", murrte ich, denn ich konnte Krankenhäuser noch nie leiden. In meiner Kindheit war ich einige Mal im Krankenhaus gewesen. Vom entzündeten Blinddarm über kleinere Unfälle, die mich in die Notaufnahme gebracht hatten.

„Es wäre besser. Mit einer Gehirnerschütterung ist nicht zu spaßen und es können noch Komplikationen auftreten."

„Also gut, dann bleibe ich hier", gab ich nach.

„Na also geht doch. Solche Patienten habe ich am liebsten, die ohne große Diskussionen das tun, was ich möchte", lachte Dr. Colt. „Wir sehen uns dann morgen früh zur Visite. Ach und die Polizei steht vor der Tür und würde gerne mit Ihnen sprechen, wenn das für Sie in Ordnung ist."

„Ja, sie können reinkommen", erwiderte ich und atmete einmal tief durch. Dr. Colt verließ mit der Krankenschwester das Zimmer und bat zwei Polizisten herein, die meine Aussage und die Anzeige gegen Thomas aufnahmen.

„Oh mein Schatz, wie geht es dir? Was hat der Arzt denn gesagt, was hast du denn?", fragte meine Mutter, als sie am Abend mit meinem Vater zusammen ins Krankenzimmer kam und mich umarmte.

„Es geht schon. Die Schmerztablette wirkt gerade. Ich habe eine Gehirnerschütterung und ein verstauchtes Handgelenk", erwiderte ich, löste mich von meiner Mutter und umarmte nun meinen Vater.

„Hallo Ian, schön dich zu sehen", grüßte meine Mutter ihn.

„Hallo Rachel, hallo Carl", grüßte er die beiden.

„Danke, dass du uns gleich angerufen hast, nachdem es passiert ist", bedankte sich mein Vater bei ihm, als er mich losgelassen hatte. Ich war so froh, dass mein Vater Ian als meinen Freund akzeptierte und nichts mehr gegen unsere Beziehung hatte. Meine Mutter hatte ihm die Sache, dass Ian mein Dozent gewesen und was passiert war, so schonend wie möglich beigebracht und war selbst ganz überrascht gewesen, dass er es recht gut und ohne Aufregung aufgenommen hatte. Ich war sehr verdutzt darüber gewesen, als sie mir es am Telefon erzählt hatte.

„Das war doch selbstverständlich", tat Ian es ab.

„Hast du denn schon mit der Polizei gesprochen", wandte sich mein Vater wieder an mich.

„Ja vorhin und ich habe auch Anzeige gegen Thomas erstattet."

„Das ist auch richtig so. Es kann nicht angehen, dass er dich verletzt und in deine Wohnung eindringt. Mal abgesehen davon, dass er euch vorher schon nachspioniert hat", sagte meine Mutter.

„So wie es aussieht, hat Mrs. Hill etwas von seinem Vorhaben gewusst und hat es ihm nicht untersagt", erzählte ich ihr.

„Wirklich? Na dann werde ich mich doch mal morgen mit dieser Frau unterhalten", erwiderte meine Mutter im Anwaltsmodus und sah kampflustig aus.

„Ich komme mit. Diese Frau kann etwas erleben", kam es von meinem Vater.

„Ich will auch mit", rief ich.

„Was hat denn der Arzt gesagt, wie lange du im Krankenhaus bleiben sollst?", fragte mich meine Mutter.

„Nur über Nacht. Morgen darf ich nach Hause."

„Allerdings soll sie sich schonen. Keine Anstrengung und keinen Stress", warf Ian mit ein.

„Hm, dann wäre wohl der Besuch bei deiner Direktorin nicht gerade ratsam für dich", überlegte meine Mutter.

„Ach bitte, Mum. Ich werde mich danach auch brav auf die Couch legen. Versprochen."

„Na gut. Dann holen wir dich morgen aus dem Krankenhaus ab und fahren direkt zur Universität. Möchtest du auch mit, Ian", wandte meine Mutter sich an ihn.

„Ich weiß nicht, ob das so gut wäre. Lexi und ich haben ja eigentlich noch Kontaktverbot. Wobei ich es heute selbst aufgehoben habe, nachdem ich erfahren habe, was Thomas Lexi angetan hat. Ich hoffe nur, dass sie trotzdem ihren Abschluss machen darf", erwiderte er.

„Mach dir darüber keine Gedanken. Das wird sie dürfen. Mrs. Hill wird sich nach der Tat von diesem Thomas hüten, Lexi den Abschluss zu verbieten", sagte meine Mutter. Es klopfte an die Tür.

„Herein", rief ich und im nächsten Moment kamen Carla und Linus ins Zimmer.

„Oh wir wollten nicht stören. Wir wollten dir nur deine Sachen vorbeibringen", sagte Carla, als sie meine Eltern erblickte.

„Ihr stört nicht. Danke für die Sachen. Darf ich euch vorstellen? Das sind meine Eltern. Mum, Dad, das sind Carla und

Linus meine Nachbarn und Freunde. Linus ist Ians Bruder",
stellte ich sie vor.

„Oh schön Sie kennenzulernen. Vielen Dank, dass Sie unserer Tochter geholfen und den Krankenwagen gerufen haben",
bedankte sich meine Mutter bei ihnen.

„Das war doch selbstverständlich. Wie geht es denn unserer
Kranken?", fragte Linus grinsend.

„Schon etwas besser. Ich kann mich jetzt schon aufsetzen,
ohne dass es mir schwindelig wird."

„Das ist doch schon mal etwas", entgegnete er.

„So dann werden wir dich mal in Ruhe lassen, damit du dich
ausruhen kannst", sagte mein Vater, kam zu mir und umarmte
mich kurz. „Sag uns morgen Bescheid, wann wir dich abholen
können."

„Wo übernachtet ihr denn eigentlich? Ihr könnt in meiner
Wohnung schlafen", bot ich ihnen an.

„Nein, es ist schon gut. Wir haben bereits ein Hotelzimmer
gemietet", antwortete meine Mutter.

„Aber das ist doch quatsch. Spart euch das Geld und schlaft
in meiner Wohnung. Sie ist doch frei."

„Na gut", gab meine Mutter nach.

„Hier ist der Schlüssel", sagte Carla und reichte ihn meiner
Mutter.

„Danke schön." Sie nahm den Schlüssel entgegen und kam
dann zu mir. „Ruhe dich aus, mein Schatz. Wir sehen uns dann
morgen."

„Das werde ich. Bis morgen", erwiderte ich und umarmte
meine Mutter. Meine Eltern verabschiedeten sich noch von
den anderen und verließen das Zimmer.

„Wir werden jetzt auch mal wieder gehen und dich in Ruhe
lassen", sagte Carla.

„Danke, dass ihr mir meine Sachen gebracht habt und ich
glaube, ich habe mich noch gar nicht für eure Hilfe bedankt."

„Dafür brauchst du dich auch nicht zu bedanken. Das ist
selbstverständlich", sagte Linus. „So und jetzt ruhe dich aus.
Wir sehen uns morgen."

„Bis morgen", erwiderte ich und auch die beiden verließen das Zimmer. Nun war ich mit Ian alleine. Ich hoffte, dass er noch bleiben würde, denn ich wollte nicht alleine in diesem Zimmer bleiben. Okay ich hatte Glück gehabt, denn ich hatte ein schickes Einzelzimmer und somit meine Ruhe. Mich hätte es auch anders treffen können, zum Beispiel ein Mehrpatientenzimmer mit redebedürftigen Leuten, die nicht aufhörten zu reden und einem die ganze Lebensgeschichte erzählten. Da war mir ein Einzelzimmer wirklich lieber.

„Bleibst du noch?", fragte ich Ian und sah ihn hoffnungsvoll an.

„Ja natürlich bleibe ich noch. Es tut mir so leid, was heute passiert ist. Ich hätte bei dir sein sollen, Honey. Ich hätte dich vor diesem Typen beschützen müssen."

„Nein, du konntest nichts dafür. Wir durften uns doch gar nicht sehen. Wer hätte denn ahnen können, dass so etwas passiert? Gib dir dafür bitte nicht die Schuld. Nimm mich bitte einfach nur in den Arm und sei bei mir."

„Das mache ich, Honey", sagte er, stand vom Stuhl auf und kam zu mir. Er setzte sich ans Kopfende und zog mich in seine Arme. „Ich bin so froh, dass dir nichts Schlimmeres passiert ist. Ich hatte so eine Angst um dich, als Carla mich angerufen und erzählt hatte, was passiert war. Ich bin direkt ins Krankenhaus gekommen."

„Ich bin so froh, dass du bei mir bist", sagte ich und kuschelte mich enger an ihn.

„Ich auch, Honey."

„Meinst du, wir können uns jetzt doch wiedersehen und das Kontaktverbot ist aufgehoben?"

„Das weiß ich nicht. Aber ehrlich gesagt, ist mir das Verbot jetzt auch egal. Mrs. Hill hat es mit verschuldet, dass du verletzt wurdest und nun kann sie nicht mehr verlangen, dass wir uns bis zu deinem Abschluss nicht sehen. Deine Mutter wird es morgen sicherlich schon regeln."

„Das wäre schön", gähnte ich.

„Bist du müde? Du solltest etwas schlafen. Dein Körper braucht Ruhe."

„Bleibst du denn bei mir?"

„Ja, das werde ich. Ich bleibe bei dir, bis mich die Krankenschwester rauswirft. Schlaf jetzt, Honey. Ich liebe dich", sagte er und gab mir einen Kuss auf das Haar.

„Ich liebe dich auch", nuschelte ich und schlief ein.

Als ich am nächsten Morgen aufwachte, lag ich nicht mehr in Ians Armen. Hatte die Krankenschwester ihn etwa wirklich rausgeworfen und er war nach Hause gefahren? Ich schaute mich um und entdeckte ihn mit einem Kissen und einer Decke auf dem Stuhl neben meinem Bett.

„Guten Morgen, Honey", sagte Ian und reckte sich.

„Guten Morgen. Du bist ja noch hier."

„Ja, die Krankenschwester hat mir gestern Abend erlaubt hierzubleiben und hat mir ein Kissen und eine Decke gebracht. Wie geht es dir denn?"

„Besser. Die Kopfschmerzen und der Schwindel sind weg", erwiderte ich.

„Das ist doch gut." Es klopfte an die Tür und im nächsten Moment erschien die Krankenschwester mit einem Tablett.

„Guten Morgen. Ich bringe Ihnen das Frühstück", sagte sie und stellte das Tablett auf den Nachttisch ab. „Ich muss bei Ihnen allerdings noch eben den Blutdruck und den Puls messen." Ich streckte ihr meinen Arm entgegen und sie legte die Blutdruckmanschette an. Sie drückte auf den Knopf des kleinen Gerätes und die Messung begann.

„Wann kommt denn der Arzt zur Visite?", fragte ich, nachdem die Messung fertig war.

„Nach dem Frühstück", antwortete die Krankenschwester und nahm mir die Manschette wieder ab. „Guten Appetit", sagte sie und verließ das Zimmer. Ich schaute mir das Tablett an und war überrascht, dass sich dort für zwei Personen Essen und Getränke darauf befanden. Ich hatte mir bereits überlegt, dass ich mein Frühstück mit Ian teilen würde, denn schließlich musste er auch etwas essen. Nun brauchte ich es aber nicht mehr.

„Setzt du dich zu mir? Hier ist auch ein Frühstück für dich mit dabei", sagte ich und deutete mit der Hand auf das Tablett.

„Wirklich? Damit habe ich gar nicht gerechnet", kam es von Ian, der von dem Stuhl aufstand und sich zu mir auf das Bett setzte.

„Ich auch nicht. Aber so brauche ich mein Frühstück nicht mit dir teilen", grinste ich.

„Du würdest nicht mit mir teilen?", fragte er gespielt entrüstet.

„Wenn ich müsste schon."

„Ach und sonst nicht? Du kleines Biest", sagte er, packte mich und kitzelte mich durch.

„Nein nicht, hör auf", lachte ich.

„Bekomme ich dein Brötchen?"

„Nein."

„Dann höre ich auch nicht auf", sagte er und kitzelte mich weiterhin.

„Ich gebe dir die Scheibe Wurst, wenn du aufhörst", bot ich ihm lachend an.

„Okay einverstanden", erwiderte er und hörte auf mich zu kitzeln. „Ich liebe dein Lachen." Er beugte sich zu mir herüber und gab mir einen Kuss auf die Lippen. Ich erwiderte diesen und verwickelte ihn in einen langen Kuss. „So nun ist Schluss. Jetzt wird gefrühstückt", sagte er und löste sich von mir.

„Jawohl Sir", lachte ich und machte mich daran mein Brötchen aufzuschneiden. Vorher legte ich ihm allerdings die versprochene Scheibe Wurst auf seinen Teller. Ian schaute mich fragend an. „Ich mag die Wurst nicht, deshalb kannst du sie haben", erklärte ich ihm.

„Ach so, ich bekomme also das, was du nicht magst. Wie sieht es denn mit den Joghurt aus? Den magst du doch bestimmt auch nicht."

„Doch den mag ich", grinste ich.

Nach dem Frühstück zog ich mich an und wusch mich. Ich war froh endlich aus diesem Krankenhaushemd heraus zu sein. Dr. Colt kam zur Visite und gab mir meine Entlassungspapiere. Ich sollte mich die nächsten Tage noch schonen und sollte, sobald es mir schlechter ging, sofort vorbeikommen. Ich rief meine Eltern an, damit sie mich abholen und wir zur Uni fahren würden.

„Honey, ich kann nicht mit zur Uni kommen", sagte Ian, der gerade mit seinem Bruder telefoniert hatte. „Linus und ich haben gleich einen Maklertermin. Der Makler hat ihn angerufen und mitgeteilt, dass er eine passende Räumlichkeit für unsere Firma gefunden hat. Er will sich gleich mit uns treffen."

„Das ist in Ordnung. Fahr ruhig zu dem Termin, denn schließlich wollt ihr doch bald eure Firma eröffnen und ohne Büro wird es schwierig."

„Ist es wirklich für dich in Ordnung? Wenn ich mit zur Uni kommen soll, dann verschiebe ich den Termin", fragte er und schaute mich an.

„Ja, es ist in Ordnung. Fahr schon. Schließlich möchte ich ein schönes Büro haben, wenn ich bei euch anfange", grinste ich. Für mich stand mittlerweile fest, dass ich bei Come and See Davis Grafikdesign und Produktion anfangen würde zu arbeiten und hatte mich auch gar nicht mehr bei anderen Firmen beworben. Ian und Linus waren damit einverstanden gewesen, dass ich mit in der Firma arbeiten würde und sie hatten bereits für mich einen Arbeitsvertrag fertiggemacht. Eine Bedingung hatte ich allerdings. Ich wollte ein normales Gehalt bekommen, denn ich wusste, dass Ian mir sonst mehr bezahlen würde, als es normalerweise als Angestellte in dem Beruf üblich war.

„Das bekommst du. Ich komme dann nachher, wenn ihr bei der Uni gewesen seid, zu dir. Bis nachher, Honey und denk dran, du sollst dich nicht anstrengen."

„Das werde ich nicht. Viel Erfolg."

„Danke. Bis nachher." Er gab mir noch einen Kuss und verließ das Zimmer. Ich packte in der Zeit, wo ich auf meine Eltern wartete meine Sachen. Da ich nicht viel dabeigehabt hatte, war ich schnell fertig. Ich setzte mich auf das Bett und musste gar nicht lange warten, bis meine Eltern kamen.

„Hallo mein Schatz. Wie geht es dir?", fragte meine Mutter, als sie ins Zimmer gekommen war.

„Besser als gestern. Keine Kopfschmerzen und auch kein Schwindel mehr."

„Fühlst du dich denn fit genug, um mit zur Uni zu fahren? Sonst bringen wir dich erst nach Hause und fahren alleine", wollte mein Vater besorgt wissen.

„Nein, es geht schon. Ich kann mich danach doch auf die Couch legen. Außerdem möchte ich wissen, was Mrs. Hill zu dem Vorfall sagt."

„Na dann lasst uns los", sagte mein Vater und nahm meine kleine Reisetasche. Zusammen verließen wir das Krankenzimmer. Ich verabschiedete mich noch von Dr. Colt, der uns auf dem Flur entgegenkam und verließ mit meinen Eltern das Krankenhaus. Wir gingen zu dem Mietwagen von meinen Eltern, den sie sich für ihren Aufenthalt hier in New York am Flughafen gemietet hatten und fuhren zur Universität. Ich hatte etwas Angst, denn ich wusste nicht, ob ich Mr. Thomas begegnen würde. Ich wollte ihn nicht mehr sehen. Mein Vater parkte den Wagen auf den Parkplatz und wir stiegen aus. Ich ging mit meinen Eltern zusammen den Weg zum Gebäude entlang. Zum Glück waren die Studenten bereits in ihren Kursen, denn sie hätten mich wahrscheinlich fragend angesehen, warum ich schon wieder mit meiner Mutter zur Uni kam. Serena und Chloe hatte ich gestern bereits per Handy geschrieben, was passiert war. Deshalb wussten sie Bescheid, dass ich nicht zur Uni kam. Sie waren beide geschockt darüber gewesen, was Mr. Thomas getan hatte und wollten mich heute Abend Zuhause besuchen kommen. Wir betraten das Gebäude und gingen den Flur entlang zu Mrs. Hills Büro. Ich klopfte an und nach dem Herein von Mrs. Hill traten wir ins Büro.

„Oh Mrs. Edison, Mr. Edison guten Tag. Was kann ich für Sie tun? Ist etwas passiert?", fragte Mrs. Hill überrascht darüber meine Eltern und mich zu sehen.

„Guten Tag Mrs. Hill. Wir kommen wegen eines Vorfalls, der sich gestern mit Ihrem Dozenten Mr. Thomas ereignet hat und weswegen unsere Tochter die Nacht über mit einer Gehirnerschütterung und einem verstauchten Handgelenk im Krankenhaus bleiben musste", sagte meine Mutter und nahm auf einen der Stühle vor dem Schreibtisch platz. Mein Vater gab mir zu verstehen, dass ich mich ebenfalls setzen sollte, was ich auch tat. Ich merkte, dass ich doch noch nicht so fit war, denn alleine die Strecke zum Büro zu laufen, hatte mich schon angestrengt und ich war froh, dass ich mich hinsetzen konnte. Mein Vater holte sich einen Stuhl, der neben der Tür stand und setzte sich neben mich.

„Wie, was ist denn passiert?", fragte Mrs. Hill verwirrt.

„Mr. Thomas ist gestern Nachmittag bei unserer Tochter aufgekreuzt und wollte die Wohnung durchsuchen, da er nachschauen wollte, ob Mr. Davis dort war. So wie er unserer Tochter erzählt hat, hätte er vormittags bereits mit Ihnen über sein Vorhaben gesprochen und Sie haben ihn nicht davon abgehalten. Da unsere Tochter ihn nicht in die Wohnung lassen wollte, was sie auch nicht braucht, wurde er gewalttätig, hat sie gegen die Wand geschubst und ist in ihre Wohnung eingedrungen. Sie wurde mit dem Krankenwagen ins Krankenhaus gebracht, wo bei ihr eine Gehirnerschütterung und ein verstauchtes Handgelenk festgestellt wurde. Von den Hämatomen am Arm ganz abgesehen, die er ihr zugefügt hat, als er ihren Arm wegziehen wollte. Alexa hat bereits Anzeige gegen ihn bei der Polizei erstattet", klärte meine Mutter sie auf.

„Er hat was getan? Das kann doch nicht wahr sein. Ja, er hat vormittags mit mir darüber gesprochen, aber ich habe für diese Tat nicht meine Zustimmung gegeben", versicherte Mrs. Hill.

„Sie haben ihn aber auch nicht davon abgehalten", kam es von meinem Vater wütend.

„Wie sollte ich das denn auch tun? Was Mr. Thomas in seiner Freizeit tut, kann ich wohl kaum kontrollieren", verteidigte sie sich.

„Ach aber das unserer Tochter nachspioniert wird, ist also in Ordnung", donnerte mein Vater los.

„Beruhige dich Carl. Denk an dein Herz", ermahnte meine Mutter ihn und wandte sich dann wieder der Direktorin zu. „Ich muss meinen Mann recht geben. Meiner Tochter wurde die letzten Wochen nachspioniert und sie wurde verfolgt. So wie sie mir erzählte, haben Sie es sogar noch befürwortet. Sie wollten ihr Handy und ihre Wohnung durchsuchen. Mal ganz davon abgesehen, dass meine Tochter ihr Handy bei Ihnen bis zu ihrem Abschluss abgeben sollte."

„Gibt es denn überhaupt Beweise, dass es Mr. Thomas es gewesen ist", wollte Mrs. Hill nun in einem hochnäsigen Tonfall wissen.

„Er wurde nicht nur von ihrem Nachbarn aus der Wohnung gezerrt, sondern auch vor Ort von der Polizei abgeführt. Also ja Beweise gibt es", erwiderte meine Mutter bissig. „Ich hoffe doch, dass Sie Mr. Thomas nun von der Universität suspendieren."

„Dafür sehe ich im Moment gar keinen Anlass. Es muss erst bewiesen sein, dass er wirklich diese Tat begangen hat."

„Wollen Sie mich verarschen? Dieser Typ hat meine Tochter gestern so schwer verletzt, dass sie ins Krankenhaus eingeliefert wurde. Anstatt ihr zu helfen ist er einfach in ihre Wohnung marschiert und Sie stellen meine Tochter nun als Lügnerin dar", schrie mein Vater sie an.

„Ich muss mich von Ihnen nicht anschreien lassen. Verlassen Sie bitte mein Büro", verlangte Mrs. Hill.

„Das werden wir. Im Übrigen hatten wir eine Abmachung. Alexa sollte keinen Kontakt zu Mr. Davis haben und Sie wollten dafür sorgen, dass die Lehrkräfte meine Tochter wie jeden anderen Studenten auch behandeln, also nicht benachteiligen. Das haben Sie nicht getan und somit ist diese Abmachung hinfällig. Meine Tochter wird sich nicht nur wieder mit Mr. Davis treffen, sondern auch diese Woche nicht mehr zur Uni kommen, denn schließlich möchte ich nicht, dass sie weiterhin von Ihnen schikaniert wird. Nächste Woche sind die

Abschlussprüfungen, an denen sie teilnehmen wird. Sie werden Alexa also nicht von den Prüfungen ausschließen und sie wird ihren Abschluss machen dürfen. Glücklicherweise werden die Prüfungen von Prüfern aus dem Ministerium betreut und bewertet. So können Sie wenigstens nicht die Noten beeinflussen. Im Übrigen werde ich das Ministerium über die ganze Sache hier in Kenntnis setzen. Es wird sie bestimmt brennend interessieren, was hier an dieser Universität geschieht", sagte meine Mutter und stand auf. „Kommt lasst uns gehen." Mein Vater und ich standen ebenfalls auf und verließen mit meiner Mutter zusammen das Büro. Zurück ließen wir eine sprachlose Direktorin, die nach der Ansprache von meiner Mutter kreidebleich im Gesicht geworden war. Der Grund dafür war klar. Wenn das Ministerium von ihren Taten und den Machenschaften mitbekommen würde, konnte es sehr gut sein, dass ihr die Führung der Universität genommen werden und sie ihren Job verlieren würde.

„Dürfen Ian und ich uns jetzt wirklich wiedersehen", hakte ich bei meiner Mutter nach, als wir das Gebäude verlassen hatten und auf dem Weg zum Wagen waren.

„Ja das dürft ihr. Wenn ich gewusst hätte, dass euch beiden hinterherspioniert wird, hätte ich dieser Abmachung nie zugestimmt. Ich hatte gedacht, ihr könntet euch einfach weiterhin heimlich treffen und es würde nicht auffallen."

„Was ist das bloß für eine Direktorin? Wie kann sie dir unterstellen, dass du lügst?", regte sich mein Vater auf.

„Es liegt wahrscheinlich daran, dass sie ein Verhältnis mit Mr. Thomas hat. Zumindest vermuten Mum und ich es", erklärte ich ihm.

„Lasst uns nach Hause fahren. Lexi muss sich ausruhen", kam es von meiner Mutter und stieg in den Wagen ein.

„Mum, du brauchst nicht aufzuräumen und auch nicht die Betten zu beziehen. Ich mache das schon", sagte ich, nachdem wir nach Hause gekommen waren.

„Du sollst dich nicht anstrengen, also wirst du dich jetzt auf die Couch legen. Ich mache das schon", sagte sie streng und schob mich zur Couch. Murrend zog ich mir meine Schuhe aus und legte mich auf die Couch. Es klingelte an der Tür. Ich wollte gerade wieder aufstehen, doch mein Vater hielt mich zurück.

„Du bleibst liegen. Ich gehe schon", sagte er und ging zur Tür. „Hallo Ian, komm rein", hörte ich ihn einige Minuten später sagen. „Lexi ist im Wohnzimmer." Ich konnte es immer noch nicht glauben. Ian und ich durften uns wiedersehen. Eigentlich durften wir jetzt offiziell zusammen sein und niemand konnte mehr etwas dagegen sagen. Ian betrat das Wohnzimmer und kam gleich zu mir.

„Hey Honey", sagte er, beugte sich zu mir herunter und gab mir einen Kuss.

„Ich wurde auf die Couch verbannt", beschwerte ich mich bei ihm.

„So ist es ja auch richtig. Der Arzt hat gesagt, du sollst dich schonen", erwiderte er und setzte sich zu mir auf die Couch. „Wie ist es denn gelaufen?"

„Mrs. Hill wollte uns nicht glauben, was Thomas getan hat. Aber sie wurde kreidebleich, als meine Mutter ihr gedroht hat, dem Ministerium alles zu erzählen."

„Und genau das werde ich auch tun. Ich werde dort gleich mal anrufen", sagte meine Mutter, als sie ins Wohnzimmer kam. „Hallo Ian. Wie war denn eure Besichtigung", wollte sie von ihm wissen.

„Die war gut. Wir haben endlich die passenden Räumlichkeiten für die Firma gefunden", erwiderte er.

„Wirklich? Dann kann es ja mit der Firma losgehen. Ich freue mich schon darauf, bei euch anzufangen", platzte es ohne zu überlegen aus mir heraus. Unsicher schaute ich zu meinen Eltern, denn sie wussten noch gar nicht, dass ich in Ians Firma arbeiten wollte. „Ähm, ach ja, das habe ich euch noch gar nicht erzählt. Ich habe mich entschlossen bei ihm und seinem Bruder in der Firma zu arbeiten."

„Das ist doch schön. Das freut mich für dich", sagte meine Mutter lächelnd. „Ehrlich gesagt, habe ich mir so etwas schon gedacht."

„Ich mir auch. Aber vielleicht ist es gar nicht verkehrt, wenn du in einer Firma anfängst, die noch im Aufbau ist. So kannst du dich vielleicht auch mit Ideen einbringen", entgegnete mein Vater und lächelte zu meiner Überraschung ebenfalls. Ich hatte eigentlich mit einer ganz anderen Reaktion von den beiden gerechnet. Ich dachte, die beiden wären wütend, weil ich meine Karriere nicht in einer großen Mediendesignfirma starten würde.

„Genau das soll sie auch tun. Sie soll sich auf jeden Fall einbringen", sagte Ian und wandte sich dann an mich. „Dein Büro hat übrigens eine wunderschöne Aussicht auf den Hudson River."

„Wirklich? Oh das muss ich mir mal anschauen gehen."

„Ja, aber erst, wenn du wieder gesund bist. Solange wirst du hier liegen bleiben und dich ausruhen", erwiderte er.

„So mein Schatz, wir werden uns jetzt auf den Weg zum Flughafen machen. Unser Flug geht bald. Ruhe dich schön aus und wie gesagt, du brauchst diese Woche nicht mehr zur Uni zu gehen. Sollte irgendetwas sein, dann melde dich", sagte meine Mutter und umarmte mich. „Pass bitte auf, dass sie sich auch ausruht. Sie ist wie ihr Vater, sobald sie meint, ihr geht es besser, ist sie nicht mehr im Bett zu halten und übernimmt sich gerne mal", wandte sie sich meinen Freund zu.

„Keine Sorge, Ich werde schon dafür sorgen, dass sie auf der Couch liegen bleibt und sich erholt", versicherte er ihr.

„Wir sehen uns dann nächste Woche zu deiner Abschlussfeier. Ruhe dich aus, mein Schatz", sagte mein Vater und umarmte mich.

„Ich bringe euch beiden noch zur Tür", kam es von Ian und verließ mit ihnen das Wohnzimmer. Kurze Zeit später hörte ich die Wohnungstür und Ian kam zu mir.

„Weißt du eigentlich, dass wir jetzt offiziell zusammen sein dürfen?"

„Wie meinst du das?", fragte er verwirrt und setzte sich zu mir.

„Naja, meine Mutter hat dafür gesorgt, dass das Verbot aufgehoben wird. Beziehungsweise hat sich Mrs. Hill nicht an die Abmachung gehalten und Thomas regelrecht auf mich gehetzt und somit brauchen wir uns auch nicht mehr daranhalten und dürfen nun zusammen sein", erklärte ich ihm grinsend.

„Wirklich? Das ist ja super", sagte er, zog mich in seine Arme und küsste mich. „Ab jetzt können wir beide unser Leben zusammen genießen, ohne uns verstecken zu müssen."

„Ich kann es kaum erwarten. Wie wäre es mit einem Stadtbummel?"

„Vergiss es. Du bleibst auf der Couch liegen und ich werde uns jetzt etwas zu essen machen."

Am Abend kamen Serena und Chloe vorbei.

„Oh hallo Mr. Davis", grüßten sie ihn.

„Ich bin kein Dozent mehr. Also wie wäre es, wenn wir uns duzen? Ich bin Ian", stellte er sich den beiden grinsend vor.

„Na gut. Also ich bin Chloe", stellte sie sich ihm grinsend vor.

„Und ich Serena."

„Kommt rein, Lexi ist im Wohnzimmer", sagte Ian und im nächsten Moment kamen die drei in den Raum. Ich lag immer noch auf der Couch. Ian hatte sehr darauf geachtet, dass ich liegen blieb. Ich durfte nur zum Essen und für den Toilettengang aufstehen. Ansonsten sollte ich mich ausruhen.

„Hallo Lexi, wie geht es dir?", fragte Serena und kam zu mir. Etwas umständlich mit ihrem dicken Bauch beugte sie sich zu mir herunter und umarmte mich. Anschließend war Chloe dran, die mich ebenfalls umarmte. Beide setzten sich zu mir auf die Couch und ich setzte mich ein Stück auf, damit ich sie besser sehen konnte.

„Es geht schon wieder", versicherte ich den beiden.

„Könntet ihr beide auf Lexi achten, dass sie liegen bleibt und sich nicht anstrengt? Ich muss mal kurz zu mir nach Hause fahren und noch ein paar Sachen holen", fragte Ian sie.

„Ja natürlich. Das ist kein Problem", erwiderte Serena.

„Ich bin gleich wieder da", sagte er zu mir und gab mir einen Kuss auf die Lippen. „Und stell nichts an."

„Mach ich schon nicht. Nimm meinen Schlüssel mit. Er liegt auf dem Sideboard. Dann brauchst du nicht klingeln", erwiderte ich und er verließ das Wohnzimmer.

„Ihr seid so süß zusammen", quietschte Chloe.

„Ich kann es immer noch nicht glauben, was Mr. Thomas gemacht hat. Das ist wirklich unglaublich. Er war heute an der Uni und hat so getan, als ob nichts wäre", sagte Serena.

„Mrs. Hill lässt ihn auch weiterhin dort arbeiten. Meine Eltern waren mit mir heute dort und haben mit ihr gesprochen. Sie wollte es uns gar nicht glauben und meinte doch wirklich, solange es nicht bewiesen wäre, dass er es getan hat, könnte er auch weiterhin als Dozent dort arbeiten. Mein Vater ist fast ausgerastet, als er das gehört hat. Meine Mutter will das Ministerium anrufen und sich dort beschweren. Als sie es Mrs. Hill gesagt hat, wurde sie kreidebleich im Gesicht. Wahrscheinlich bangt sie gerade um ihren Job", erzählte ich den beiden.

„Das glaube ich. Ich verstehe nur nicht, warum sie es nicht glauben will", erwiderte Serena.

„Naja, es ist zwar nur eine Vermutung, aber ich glaube, dass sie mit Thomas ein Verhältnis hat und ihn deswegen dort weiterhin arbeiten lässt."

„Jetzt wo du es sagst. Ich habe die beiden letzte Woche zufällig zusammen in der Bibliothek in einer eindeutigen Pose erwischt. Angeblich wäre Mrs. Hill mit dem Fuß umgeknickt und er hätte sie aufgefangen. Ja ist klar. Ich habe den beiden es da schon nicht geglaubt", sagte Chloe.

„Ich werde übrigens diese Woche nicht mehr zur Uni kommen. Mrs. Hill weiß darüber auch schon Bescheid. Meine Mutter möchte nicht, dass ich dorthin gehe, wenn Thomas weiterhin unterrichtet und ich von ihm oder der Direktorin schikaniert werde. Ich möchte ihn auch gar nicht mehr sehen."

„Aber deinen Abschluss machst du, oder?", fragte Serena.

„Ja natürlich. Nächste Woche werde ich auch zu den Prüfungen kommen."

„Dann ist ja gut. Du darfst dich von den beiden nicht unterkriegen lassen", sagte Serena.

„Das werde ich auch nicht."

Nachdem Serena und Chloe gegangen waren, sprach ich noch über die Videotelefonie mit Tiana und Yumi. Die beiden wollten natürlich genau wissen, was vorgefallen war und ich musste ihnen alles erzählen. Ian hatte sich in der Zeit an den Esstisch verzogen, da er noch etwas für die Firma recherchieren wollte. Als wir mit der Videotelefonie fertig waren, machten Ian und ich es uns vor dem Fernseher gemütlich und wollten noch einen Film schauen.

„Was möchtest du denn gerne schauen?", fragte Ian.

„Oh ich weiß nicht, was kommt den im Fernsehen?"

„Wie wäre es mit einem Actionfilm? Es fängt gleich einer an", schlug er vor.

„Das hört sich gut an. Ja, dann lass uns doch den schaue."

„Alles klar." Ian schaltete auf den Fernsehsender, auf dem der Film gesendet wurde und ich kuschelte mich eng an ihn. Ich kam gerade mal bis zur Mitte des Filmes, als mir die Augen zufielen und ich einschlief.

Kapitel 23

Am Mittwochnachmittag klingelte es an meiner Tür. Ich stand von der Couch auf und ging in den Flur. Da ich auf den Monitor niemanden vor dem Tor stehen sah, dachte ich, es wäre Carla oder Linus und öffnete die Tür.

„Hallo Alexa", grüßte Katelynn, die mal wieder einfach ins Haus gekommen war. Was wollte sie denn hier.

„Was willst du?", fragte ich gereizt.

„Ich habe vorhin Mr. Davis hier ins Haus gehen sehen. Du weißt, dass ihr euch nicht sehen dürft. Mr. Davis, kommen Sie raus. Ich weiß, dass Sie da sind", rief sie und wollte in die Wohnung kommen, aber ich hielt sie auf.

„Und was wollen Sie jetzt tun, Miss White?", fragte Ian provozierend, der in den Flur gekommen war und sich hinter mich stellte. Er schlang seine Arme um meinen Bauch und ich legte meine Hände auf seine.

„Sie wissen, dass Sie nicht hier sein dürfen. Ich werde es Mrs. Hill sagen müssen", antwortete Katelynn.

„Tu es doch. Ich lasse mir von dir nicht drohen", erwiderte ich. Katelynn wusste anscheinend noch gar nicht, dass das Verbot aufgehoben worden war und ich würde es ihr nun mit Sicherheit nicht sagen. Sollte sie doch zu der Direktorin gehen und uns verpetzen.

„Das werde ich auch. Es sei denn … ."

„Es sei denn was?", unterbrach ich sie.

„Naja, ich könnte schweigen, aber das kostet natürlich. Hm, also ich könnte zehntausend Dollar schon gebrauchen. Ach nein, machen wir doch fünfzigtausend daraus."

„Vergiss es. Wir werden dir kein Schweigegeld bezahlen", knurrte ich. Was dachte sie sich eigentlich? Sie kam hier her und wollte uns erpressen. Was war das nur für eine widerliche Person.

„Bist du dir da sicher? Wenn ich es Mrs. Hill sage, dann kannst du deinen Abschluss vergessen. Dann war es das mit deiner Karriere", sagte sie arrogant.

„Das ist mir doch egal. Geh ruhig zu Mrs. Hill und petze ihr, dass Ian und ich wieder Kontakt zueinander haben. Wie bereits gesagt, du wirst von uns kein Geld bekommen und jetzt verschwinde hier. Ich habe dir letztes Mal bereits gesagt, dass ich die Polizei holen werde und genau das tue ich jetzt auch, wenn du nicht sofort aus diesem Haus verschwindest", sagte ich und wandte mich dann Ian zu. „Kannst du mir bitte mal das Telefon holen?"

„Ich gehe ja schon. Das wirst du noch bereuen. Du kannst dich schon mal von deinem Abschluss verabschieden, denn den wirst du nicht machen", erwiderte sie hochnäsig und ging zum Fahrstuhl. Ich wartete noch, bis sie eingestiegen war und schloss die Wohnungstür.

„Was nimmt sich diese Frau eigentlich heraus? Kommt hier hin und will uns erpressen", fragte ich wütend und ging ins Wohnzimmer.

„Reg dich nicht auf, Honey. Sie ist es nicht wert. Abgesehen davon, wird sie eine Überraschung erleben, wenn sie zu Mrs. Hill geht und dort erfährt, dass es gar kein Verbot mehr gibt", beruhigte mich Ian.

„Da hast du recht. Ich möchte zu gern ihr Gesicht sehen, wenn sie davon erfährt."

„Ich auch. So komm, lass uns jetzt weiterlernen, denn schließlich hast du eine Prüfung zu bestehen."

„So ein Mist", fluchte Ian am Freitagmittag und durchsuchte seine Unterlagen noch einmal.

„Was ist los?", fragte ich und schaute zu ihm herüber. Wir saßen beide am Esstisch und arbeiteten. Gut er arbeitete für die neue Firma und ich lernte für meine Prüfungen. Mir ging es mittlerweile wieder gut und hatte keine Beschwerden mehr. Nur mein Handgelenk tat mir ab und zu noch weh.

„Ich habe unseren Businessplan bei mir Zuhause vergessen. Den brauche ich gerade aber. Diese Sachen Hin- und Herfahrerei nervt ganz schön."

„Dann zieh doch zu mir", schlug ich ihm vor und meinte es ernst. Ich hatte es mir die Woche über bereits überlegt. Ich konnte es mir gut vorstellen mit ihm zusammen zu wohnen. Da ich für meine Wohnung keine Miete zahlte, denn es war eine Eigentumswohnung und sie gehörte mir, wollte ich sie nicht aufgeben und zu ihm in eine Mietwohnung ziehen. Meine Wohnung war zudem größer als seine. Es bot sich also an, dass er zu mir zog.

„Meinst du das ernst?", fragte er und schaute mich überrascht an.

„Ja natürlich meine ich es ernst. Wir sehen uns jeden Tag. Du bist die ganze Woche schon bei mir, also kannst du doch, jetzt wo wir offiziell zusammen sein dürfen, auch bei mir einziehen. Und wie sieht es aus? Möchtest du mit mir zusammenwohnen?"

„Natürlich möchte ich mit dir zusammenwohnen. Komm her, Honey." Ich ging zu ihm herüber und er zog mich auf seinen Schoß. „Ich kann mir nichts Schöneres vorstellen, als mit dir jeden Tag zusammen aufzuwachen und einzuschlafen."

„Ich mir auch nicht." Ich beugte mich vor und küsste ihn. „Wann möchtest du denn einziehen?"

„Wie wäre es am nächsten Wochenende? Ich möchte dich dieses Wochenende nicht beim Lernen für die Prüfungen stören und so kann ich es in Ruhe mit meinem Vermieter klären, dass ich ausziehen werde und meine Sachen packen", schlug er vor.

„Einverstanden. Dann werden wir ja nächste Woche gleich zwei Ereignisse feiern können. Einmal meinen Abschluss und deinen Einzug."

„Da hast du recht. Aber wir haben noch gar nicht unsere offizielle Beziehung gefeiert. Das müssen wir heute Abend unbedingt noch nachholen", sagte er und schaute mich mit einem lustvollen Blick an.

„Da hast du recht. Das sollten wir wirklich tun. Aber warum bis heute Abend warten?" Ich zog seinen Kopf zu mir und küsste ihn. Ian erwiderte den Kuss sofort und vertiefte ihn.

Die nächsten Tage lernte ich für meine Prüfungen. Ian half mir dabei und fragte mich zu den einzelnen Themen ab. Die Abschlussprüfungen liefen für mich recht gut und ich war froh, dass ich Mr. Thomas, der inzwischen von der Universität suspendiert worden war, nicht mehr sehen musste. Meine Mutter hatte sich beim Ministerium beschwert und erzählt, was genau vorgefallen war. Das Ministerium war empört darüber gewesen, wie Mrs. Hill gehandelt hatte und hatte Thomas mit sofortiger Wirkung suspendiert.

Endlich war es soweit. Heute war der 18.05.2018 und somit der Tag meiner Abschlussfeier. Ich hatte diesen Tag seit Wochen entgegengefiebert und nun war es endlich soweit. Aufgeregt saß ich im Saal der Universität und wartete darauf mein Abschlussdiplom zu bekommen. Ich trug, wie die anderen Studenten, über meiner Kleidung eine rote Robe und dazu den farblich passenden Hut. Die Direktorin rief nach dem Alphabet die Namen auf und übergab den Studenten das Diplom.

„Alexa Edison", rief sie und ich merkte ihr an, dass sie nicht gerade erfreut darüber war, dass ich doch meinen Masterabschluss geschafft hatte. Sie und Mr. Thomas hatten sich solche Mühe gegeben, um mir das Leben an der Uni schwer zu machen. Aber ich hatte mich durchgebissen und es geschafft. Ich stand von meinem Stuhl auf und ging nach vorne zur Bühne. „Herzlichen Glückwunsch", sagte Mrs. Hill halbherzig und überreichte mir das Abschlussdiplom.

„Danke", erwiderte ich knapp und sah freudestrahlend zu meinen Eltern hinüber, die ebenfalls im Saal saßen und mich anlächelten. Sie waren einen Tag zuvor bereits angereist, um bei meiner Abschlussfeier dabei sein zu können. Zu meiner Überraschung hatten meine Eltern nun einen Geschäftsführer und eine Anwältin für die Baufirma eingestellt und sie selbst arbeiteten nun deutlich weniger. Sie hatten es eingesehen, dass sie zuviel gearbeitet hatten und der zweite Herzinfarkt meines Vaters hatte ihnen die Augen geöffnet, dass es so nicht weitergehen konnte und sie mehr auf ihre Gesundheit achten sollten. Ich freute mich sehr über diese Neuigkeit und deren Einsicht. Ian durfte leider nicht bei der Abschlussfeier dabei sein. Mrs. Hill hatte ihm bei seinem Rausschmiss Hausverbot erteilt und so durfte er das Unigelände nicht betreten. Ich war etwas traurig darüber, denn ich hätte ihn sehr gerne bei der Feier dabeigehabt. So konnten wir uns erst nach der Feier Zuhause sehen. Obwohl er offiziell erst am Wochenende zu mir ziehen würde, hatte er schon einige Sachen in meine Wohnung gebracht. Ich war überglücklich darüber, dass wir nicht nur zusammen sein konnten, sondern auch zusammenwohnten. Meine Eltern hatte es gar nicht gewundert, dass wir zusammenziehen wollten. Sie hatten so etwas bereits geahnt. Ich verließ die Bühne und setzte mich wieder auf meinen Platz.

„Jetzt kannst du ja wieder mit deinen Dozenten herummachen", sagte Katelynn leise, die hinter mir saß. Sie war wirklich zu Mrs. Hill gegangen und wollte Ian und mich verpetzen, allerdings wurde sie von der Direktorin mit den Worten, dass es ihr egal wäre, aus dem Büro geworfen. Serena und Chloe hatten es mitbekommen und hatten es mir gleich per Handynachricht geschrieben. Dazu hatten sie mir noch ein Foto von Katelynns verdutzten Gesichtsausdruck geschickt und ich wäre fast vor Lachen von der Couch gefallen, als ich es gesehen hatte.

„Halts Maul, Katelynn", knurrte ich nur leise.

„Ignoriere sie einfach", kam es von Serena, die neben mir saß.

„Das tue ich auch. Sie muss sich jetzt ein anderes Hobby suchen, da sie mir nicht mehr nachzuspionieren braucht", erwiderte ich und hoffte, dass Katelynn es gehört hatte. Das hatte sie, denn ich hörte sie verärgert schnauben. Für mich war es einfach nur eine Genugtuung, dass es die Leute nicht geschafft hatten mich so fertig zu machen, dass ich aufgab. Ich hatte nun meinen Abschluss und den konnte mir niemand mehr nehmen.

„Ich wünsche allen Absolventen alles Gute und viel Erfolg in ihrem zukünftigen Berufsleben", sagte Mrs. Hill, nachdem alle ihr Diplom erhalten hatten. Damit war die Abschlussfeier beendet. Alle Studenten sprangen von ihren Stühlen auf und warfen jubelnd die Hüte in die Luft.

„Wir haben es geschafft", rief Chloe strahlend und fiel Serena und mir um den Hals.

„Ja, ich kann es kaum glauben", erwiderte Serena.

„Wir bleiben aber doch weiterhin in Kontakt, oder?", fragte Chloe, als sie sich von uns beide löste und schaute uns an.

„Auf jeden Fall", sagte ich.

„Herzlichen Glückwunsch mein Schatz", sagte meine Mutter und umarmte mich.

„Wir sind so stolz auf dich", kam es von meinem Vater, der mich nun umarmte. „Wir haben noch eine Überraschung für dich."

„Was für eine denn?", fragte ich neugierig und schaute meinen Vater an.

„Jemand wartet draußen vor dem Gelände auf dich", grinste er.

„Vor dem Gelände?"

„Ja und nun geh schon. Ich sehe dir doch an, wie Neugierig du bist", lachte er. Ich fragte mich, wer die Überraschung sein könnte und verließ den Saal. Vielleicht war es Ian? Aber er wollte eigentlich Zuhause auf mich warten beziehungsweise hatte er noch einen dringenden Termin wegen der Firma und wusste nicht genau, wann dieser fertig sein würde. Ich blickte zur Straße und traute meinen Augen nicht. Das konnte doch nicht sein. Ian stand dort an seinem Wagen gelehnt und lächelte mich an. Ich lief zu ihm und fiel ihm sogleich in die Arme, die er ausgestreckt hatte.

„Herzlichen Glückwunsch zu deinem Abschluss", sagte er lächelnd und gab mir einen Kuss.

„Danke. Ich bin so froh, es endlich hinter mir zu haben. Jetzt können wir zusammen unser Leben genießen."

„Das werden wir auch." Ian beugte sich zu mir herunter und gab mir einen langen Kuss.

„Wolltest du nicht zu einem dringenden Termin?"

„Naja, das war gelogen, denn ich wollte dich hier überraschen."

„Ah sie hat die Überraschung gefunden", hörte ich meine Mutter hinter mir sagen. Ich löste mich von Ian und drehte mich zu ihr um.

„Ja, das habe ich", erwiderte ich überglücklich.

„Hallo Ian", grüßte ihn mein Vater freundlich und gab ihm die Hand.

„Hallo Carl", erwiderte Ian lächelnd und schüttelte kurz die Hand.

„Hallo Ian, die Überraschung scheint gelungen zu sein", sagte meine Mutter.

„Ja, das glaube ich auch", grinste Ian.

„Wie wäre es, wenn wir alle zusammen jetzt etwas Essen gehen?", schlug mein Vater vor.

„Das hört sich gut an. Dann lasst uns fahren", stimmte meine Mutter ihm zu.

„Ich fahre mit Ian mit", rief ich.

„Das habe ich mir schon gedacht", lachte sie.

„Ich kenne ein schönes Restaurant. Fahrt mir einfach hinterher", sagte Ian und wir stiegen ein. Nachdem auch meine Eltern in ihren Mietwagen eingestiegen waren, fuhren wir los. Es war nicht weit bis zum Restaurant. Wir parkten den Wagen am Straßenrand und stiegen aus. Meine Eltern kamen zu uns und zusammen gingen wir in das Restaurant.

„Guten Tag. Einen Tisch für vier Personen?", fragte der Kellner freundlich.

„Ja bitte", erwiderte mein Vater. Der Kellner führte uns zu einem Tisch und wir setzten uns.

„Dar ich Ihnen schon einmal etwas zu trinken bringen?", fragte er.

„Ja, wir möchten bitte eine Flasche Champagner. Meine Tochter hat heute Ihren Studiumabschluss gemacht und das müssen wir feiern", sagte mein Vater.

„Oh dann herzlichen Glückwunsch. Ich bringe Ihnen sofort die Flasche und die Gläser", kam es vom Kellner und verschwand gleich darauf.

„Dad, musste das sein? Es muss doch nicht jeder wissen, dass ich meinen Abschluss gemacht habe", maulte ich.

„Ich bin halt stolz auf meine Tochter und von mir aus kann es die ganze Welt wissen", grinste er.

„Ian, woher kennst du das Restaurant? Es ist wirklich sehr schön hier und es hat eine gemütliche Atmosphäre", fragte meine Mutter ihn.

„Ich war vor Thanksgiving mit meinen Eltern hier essen."

„Oh deine Eltern möchte ich auch gerne mal kennenlernen", erwiderte sie. „Wir müssen uns mal alle zum Kennenlernen treffen."

„Das können wir gerne machen", lächelte Ian. Der Kellner kam mit der Champagnerflasche und den Gläsern wieder an unseren Tisch und schenkte jedem ein Glas ein.

„Ich bringe Ihnen gleich noch die Speisekarten", sagte er und ging wieder zum Tresen.

„Na dann auf unsere Absolventin. Prost Lexi", sagte mein Vater und wir stießen an.

Epilog

Zwei Jahre waren nun vergangen und Ian und ich waren immer noch genauso glücklich miteinander, wie am ersten Tag. Wir suchten zur Zeit nach einem gemütlichen Haus für uns beide. Die Firma lief sehr gut und mittlerweile war ich sogar Teilhaberin. Ian und ich hatten eine Abmachung getroffen, dass wir das Berufliche nach Feierabend in der Firma ließen und es nicht mit nach Hause nahmen. Das hieß auch, dass wir Zuhause nie über die Firma sprachen. Es lief mit der Abmachung recht gut und wir konnten uns Zuhause gut von dem Arbeitsstress erholen. Zudem achteten wir sehr darauf, dass wir eine geregelte Arbeitszeit hatten und nicht bis nachts in der Firma waren. Wir wollten es anders machen, als meine Eltern, die sich mit der Arbeit übernommen hatten. Zum Glück hatten sie es wirklich eingesehen, dass sie mit der Arbeit kürzertreten mussten. Sie reisten nun viel und genossen ihr Leben. Carla hatte ihren Job kurz nach der Firmeneröffnung vor zwei Jahren gekündigt und arbeitete auch bei uns in der Firma. Sie übernahm das Marketing für Come and See Davis Grafikdesign und Produktion. Sie und Linus hatten vor einem Jahr geheiratet und erwarteten nun ihr erstes Kind. Mr. Thomas wurde damals wegen Körperverletzung und Hausfriedensbruch zu zwei Jahre auf Bewährung verurteilt. Zusätzlich musste er mir ein Schmerzensgeld von hunderttausend Dollar zahlen. Meiner Meinung nach, war der Betrag etwas zu hoch, aber meine Mutter meinte, dass es ein angemessener Wert wäre, der mir für das. was er mir angetan hatte, zustand. Da der Richter es genauso gesehen hatte, nahm ich an, dass es schon seine Richtigkeit hatte,

„Honey, bist du bald soweit?", fragte Ian, als ich noch im Badezimmer des Hotels war und mir gerade die Haare kämmte. Er hatte mich mit einem Urlaub in Paris überrascht und heute war unser letzter Abend. Ich fand es schade, denn Paris war eine sehr schöne Stadt und ich wäre gerne noch länger geblieben.

„Ja, ich bin sofort fertig", erwiderte ich, nahm noch einen Spritzer Parfum und verließ das Badezimmer.

„Du siehst wunderschön aus", sagte Ian und kam zu mir. Seine Arme schlangen sich um meine Hüften und er gab mir einen Kuss. „Ich muss ja aufpassen, dass dich mir kein Mann wegnimmt." Ich hatte mir ein dunkelblaues knielanges Kleid angezogen und dazu trug ich schwarze Ballerinas.

„Das wird nicht passieren. Ich gehöre nur dir. Aber ich muss auf dich aufpassen. Die Rezeptionistin ist ganz scharf auf dich", lachte ich.

„Da brauchst du dir keine Gedanken zu machen. Sie bekommt mich nicht, da kann sie mir noch so viele Telefonnummern zustecken. Du bist die Einzige, die ich liebe und die ich will. Das wird auch immer so bleiben", versicherte er mir. Ich mochte die Rezeptionistin nicht. Mich sah sie immer nur abschätzend an und war auch nicht unbedingt freundlich zu mir. Ian hingegen himmelte sie regelrecht an und hatte ihm wirklich schon drei Mal ihre Telefonnummer gegeben. Er hatte die Zettel zwar immer entgegengenommen aber jedes Mal in den nächsten Mülleimer geworfen. Das letzte Mal hatte sie es mitbekommen und sah danach sehr enttäuscht aus. Tja Pech gehabt. Dieser Mann gehörte nur mir. Ich nahm meine Jacke und meine Handtasche und verließ mit Ian das Hotelzimmer. Wir fuhren mit dem Fahrstuhl ins Erdgeschoss und gingen aus dem Hotel, wo Ian ein Taxi herbeiwinkte. Ich wusste nicht, was Ian für diesen Abend geplant hatte. Er wollte es mir nicht verraten und so war ich sehr gespannt darauf, was mich erwarten würde. Das Taxi brachte uns zu einem Restaurant. Ian bezahlte beim Taxifahrer und wir stiegen aus. Zusammen gingen wir in das Restaurant.

„Guten Abend. Möchten Sie einen Tisch für zwei?", fragte uns ein Kellner.

„Guten Abend. Ja, sehr gerne", erwiderte Ian,

„Folgen Sie mir bitte", wies uns der Kellner an und führte uns zu einem Zweipersonentisch, der an einer Fensterfront stand. Wir setzten uns und er brachte die Speisekarte.

„Was darf ich Ihnen denn zu trinken bringen?", fragte der Kellner.

„Wir nehmen zwei Gläser von Ihrem besten Wein", sagte Ian. Ich nahm mir die Speisekarte und schaute hinein.

„Weißt du schon, was du nimmst?", fragte Ian, der sich ebenfalls eine Speisekarte genommen hatte.

„Ich werde das Rinderfilet mit Kartoffeln und Buttergemüse nehmen. Und du?"

„Das hört sich gut an. Ich werde das Gleiche nehmen", sagte er und wir legten die Karten beiseite. Der Kellner kam an unseren Tisch, brachte uns den Wein und nahm die Bestellung auf. Er nahm die Speisekarten vom Tisch und ging zur Küche, um die Bestellung aufzugeben.

„Auf einen schönen Abend", prostete Ian mir zu. Ich nahm mein Weinglas, stieß mit ihm an und trank einen Schluck.

„Es war ein sehr schöner Urlaub. Schade, dass er morgen schon vorbei ist und wir wieder nach Hause fliegen", seufzte ich.

„Wir können doch noch mal hier hinfliegen. Wir haben noch so viel Zeit zusammen." Ian beugte sich zu mir herüber und gab mir einen süßen Kuss auf die Lippen. Der Kellner kam und brachte unser Essen.

„Guten Appetit", sagte der Kellner freundlich und ging wieder zurück zum Tresen. Das Essen sah sehr köstlich aus und genauso schmeckte es auch.

Nachdem wir das Restaurant verlassen hatten, winkte Ian ein Taxi heran, in das wir uns setzten.

„Wo fahren wir jetzt hin?", fragte ich ihn neugierig.

„Das verrate ich dir nicht", lächelte er mich an und sagte dem Fahrer auf Französisch, wohin er fahren sollte. Ich hatte erst hier in Paris erfahren, dass Ian sehr gut französisch sprach. Das hatte er mir nie erzählt. Meine Sprachkenntnisse in

Französisch waren sehr begrenzt. Bon jour und Merci bekam ich hin. Aber das war es dann auch schon. Es dauerte nicht lange und der Taxifahrer hielt den Wagen an. Ian gab dem Fahrer Geld und wir stiegen aus. Ich schaute mich kurz um und erst jetzt bemerkte ich, wo wir eigentlich waren.

„Wir sind ja am Eiffelturm", sagte ich überrascht.

„Ja genau und wir werden auch dort hinauffahren. Ich habe gehört, Paris bei Nacht muss man gesehen haben", erwiderte er, nahm meine Hand und wir gingen zum Turm. Wir fuhren mit dem Fahrstuhl hinauf auf die oberste Plattform. Von hier aus hatte man wirklich eine wundervolle Aussicht.

„Das ist so schön", sagte ich und schaute über die Stadt. Die Aussicht war einfach traumhaft schön.

„Du bist noch viel schöner", erwiderte er und drehte mich zu ihm um. Plötzlich kniete er sich vor mich hin und nahm meine Hand in seine. Verwundert schaute ich zu ihm hinunter. Was sollte das denn jetzt werden?

„Lexi, ohne dich ist mein Leben leer und einsam. Du bist alles für mich, mein Leben. Ich liebe dich über alles und kann ohne dich nicht mehr leben. Alexa Edison möchtest du mich heiraten?", fragte er mich und sah mir fest in die Augen. Ich konnte es nicht glauben. Hatte er mir gerade wirklich einen Heiratsantrag gemacht? Ich brauchte gar nicht lange zu überlegen, denn die Antwort stand für mich fest. Ich liebte ihn so sehr und konnte mir ein Leben ohne ihn gar nicht mehr vorstellen.

„Ja, oh mein Gott. Ja natürlich möchte ich dich heiraten", rief ich freudestrahlend und eine Freudenträne stahl sich aus meinem Auge und lief meine Wange entlang. Ian stand auf und schon fiel ich ihm überglücklich um den Hals. Ich zog seinen Kopf zu mir herunter und küsste ihn. Er vertiefte den Kuss und bat mit seiner Zunge an meiner Unterlippe um Einlass, dem ich ihm gewährte. Ich vergaß, dass wir nicht alleine hier auf der Plattform waren. Es war mir aber auch egal, denn jetzt zählten nur Ian und ich.

„Ich habe noch etwas für dich", sagte er, als wir uns schwer atmend voneinander lösten. Er holte eine kleine Schatulle aus seiner Jackentasche, öffnete sie und holte einen silbernen Ring mit einem runden Brillanten, der in einer Fassung steckte, heraus. Er nahm meine linke Hand und steckte mir den Ring an den Ringfinger.

„Der ist wunderschön", flüsterte ich vollkommen überwältigt und betrachtete den Ring.

„Für die wunderschönste Frau auch einen wunderschönen Ring", erwiderte er.

„Danke. Ich liebe dich."

„Ich liebe dich auch." Er zog mich wieder zu sich und küsste mich.

Ende

Ally Trust
The Hell – Hol mich hier raus! Bd. 1

ISBN: 9783744898553
E-Book ISBN: 9783746083063
416 Seiten
Verlag: BoD – Books on Demand

„Ich habe keine Angst vor der Hölle. Ich lebe in einer. Mein Leben ist die Hölle".

Cheyenne erlebt nach dem Tod ihrer Mutter regelrecht die Hölle zu Hause. Ihr Vormund Steve Bozman, ein angesehener Mann, macht ihr das Leben zur Hölle, missbraucht und schlägt sie. Cheyenne lernt den charmanten und gutaussehenden Nicolai kennen, der an der Universität als Player bekannt ist, in den sie sich verliebt. Kann er sie aus dieser Hölle retten? Wird sie ein ruhiges Leben haben, oder wird sie um ihr Leben fürchten müssen?

Ally Trust
The Hell – Du entkommst mir nicht! Bd. 2

ISBN: **9783848242054**
E-Book ISBN: **9783746000824**
292 Seiten
Verlag: BoD – Books on Demand

Ally Trust
The Guardian Angels – Himmlische Verführung Bd. 1

ISBN: 9783746000169
E-Book ISBN: 9783746019475
336 Seiten
Verlag: BoD – Books on Demand

Die junge Studentin Jamie lebt mit ihrer Familie in Portland / Oregon und führt ein normales Leben. Doch dieses ändert sich, als sie den gutaussehenden und mysteriösen Sixt kennenlernt. Die Ereignisse überschlagen sich, als seltsame Dinge geschehen, die sie sich nicht erklären kann, und Sixt ihr gesteht, dass er kein Mensch, sondern ihr Schutzengel ist. Zudem schwebt Jamie in großer Gefahr. Kann Sixt ihr Leben retten?

Ally Trust
The Guardian Angels – Himmlische Küsse Bd. 2

ISBN: 9783746012483
E-Book ISBN: 9783746020150
316 Seiten
Verlag: BoD – Books on Demand

Ally Trust
The Guardian Angels – Himmlische Sehnsucht Bd. 3

ISBN: 9783746014296
E-Book ISBN: 9783746038810
304 Seiten
Verlag: BoD – Books on Demand